| 초등부터 시작하는 수능 국어 전략서 |

수능까지 이어지는

초등 고학년

비문학 독해

6학년

어떻게 학습할까요?

〈수능까지 이어지는 초등 고학년 비문학 독해〉는 초등학교 고학년이 반드시 알아야 할 비문학 독해를 체계적으로 훈련하기 위한 25개의 필수 지문과 실전 문제, 그리고 지문 익힘 어휘 문제로 구성되어 있습니다. 하루 15분씩 다양한 영역의 지문과 실전 문제를 푸는 사이에 부쩍 성장한 독해력을 확인할 수 있습니다.

주제 지문 읽기

실전 독해 문제

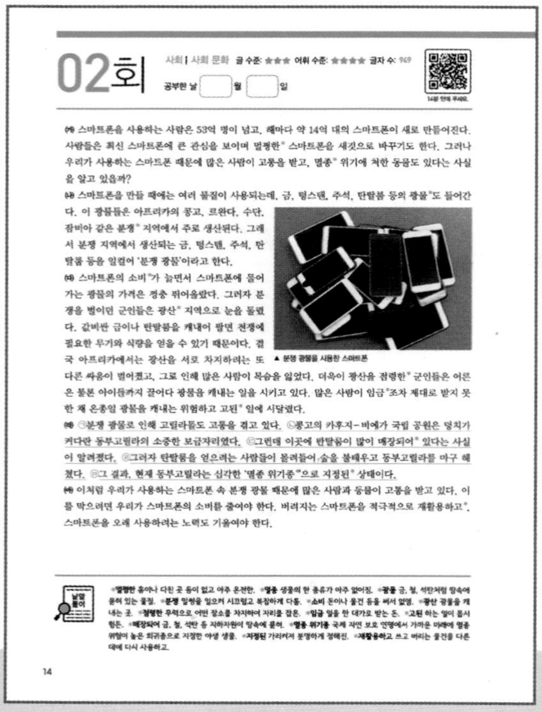

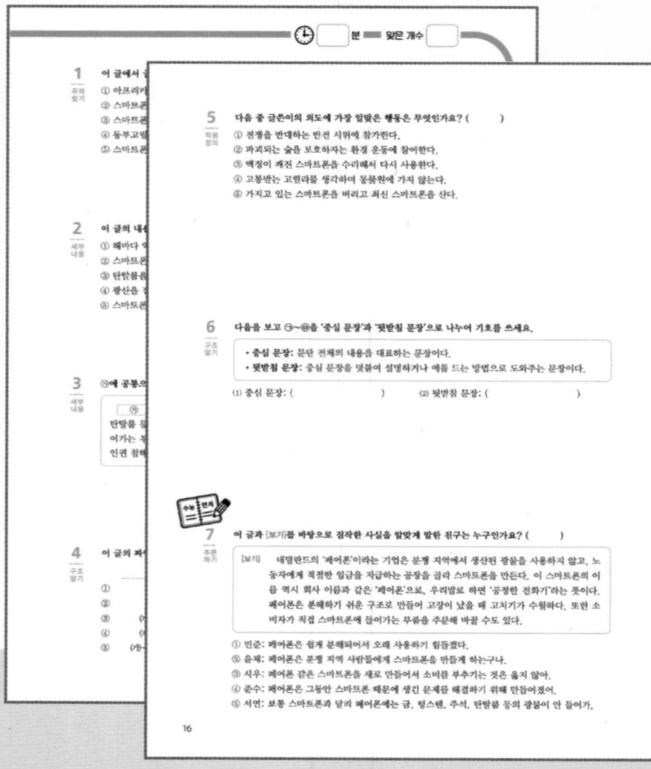

★다양한 영역의 지문 읽기

- 초등학생에게 배경지식이 될 만한 인문, 사회, 과학, 기술, 예술·체육 영역의 글을 지문으로 사용했습니다.
- 다양한 영역의 필수 화제가 담긴 글을 읽으면서 주제와 의견, 글의 구조와 전개 방식, 설명 방법을 파악하는 훈련을 합니다.

★수능형 독해 문제를 포함한 7문항 실전 문제

- 핵심어 및 전개, 서술 방식 파악 → 세부 정보 확인 → 고난이도 사고력 측정으로 이어지는 7문항을 사고의 흐름에 맞추어 구조적으로 배열해 해당 지문을 입체적으로 이해할 수 있습니다.
- 매 일자에 실제 수능 유형을 분석한 수능 연계 문항을 1문항씩 배치해 고난도 문항 유형의 문제 해결력을 키울 수 있습니다.

낱말 풀이
낱말 및 관용 표현의 사전적 의미 확인

별 개수 및 글자 수
글의 길이와 난이도 확인

큐아르(QR) 코드
지문 및 문제 풀이 시간 측정

〈수능까지 이어지는 초등 고학년 비문학 독해〉 매일 4쪽씩 15분간
꾸준히 수능 독해 문제를 연습해요!

어휘력 다지기

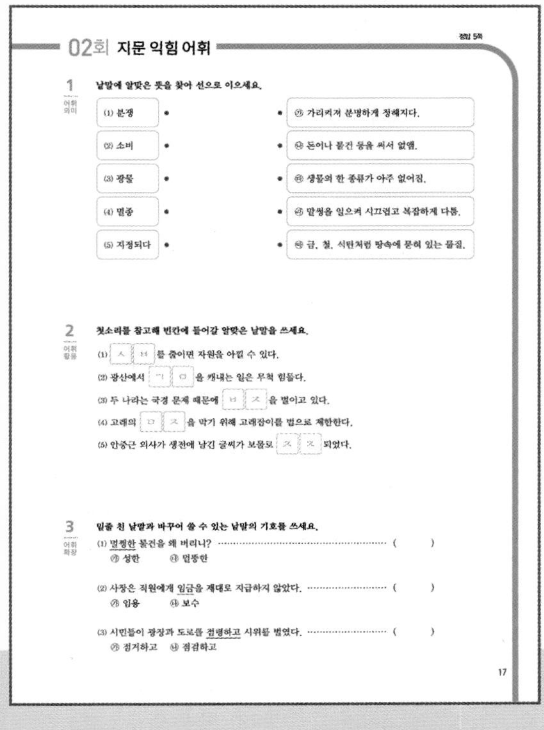

★3단계로 지문에 나온 어휘 정리

- 지문에 나온 낱말 중 핵심 낱말이나 꼭 알아 두어야 할 필수 어휘를 문제로 정리합니다.
- 지문 속 중요 어휘는 의미 확인→어휘 활용→어휘 확장의 3단계로 체계적으로 학습해 둡니다.

어휘 의미
낱말의 사전적 의미 확인

어휘 활용
실제 예문에서 낱말 적용

어휘 확장
낱말 간의 의미 관계, 속담, 관용 표현, 한자 성어 연습 등

자세한 오답 해설

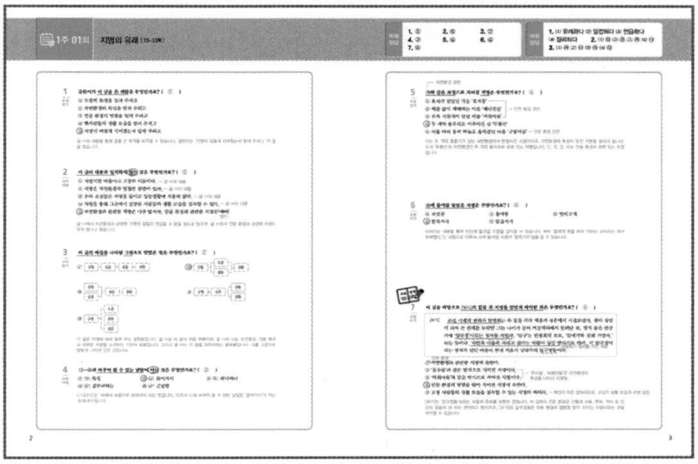

★틀린 문제는 반드시 정오답 풀이로 확인하기

- 문제를 풀고 나서 정답을 확인한 다음에는 내가 이해한 내용이 맞는지 또는 내가 잘못 이해한 부분이 무엇인지 반드시 풀이를 통해 확인해야 합니다.
- 틀린 문제는 따로 표시해 두고, 내가 고르지 않은 답까지 오답 풀이를 통해 완벽하게 학습해 둡니다.

어떻게 활용할까요?

〈수능까지 이어지는 초등 고학년 독해〉는 문학과 비문학을 나누어 각 제재에 대한 독해를 집중적으로 훈련하는 독해서입니다. 이 책은 본책과 정답 책, 모의고사로 구성되어 매일 정해진 분량을 스스로 공부할 수 있을 뿐 아니라, 자신의 학습 수준과 상황을 되돌아볼 수 있는 자기 주도 학습서입니다.

교재 구성

비문학

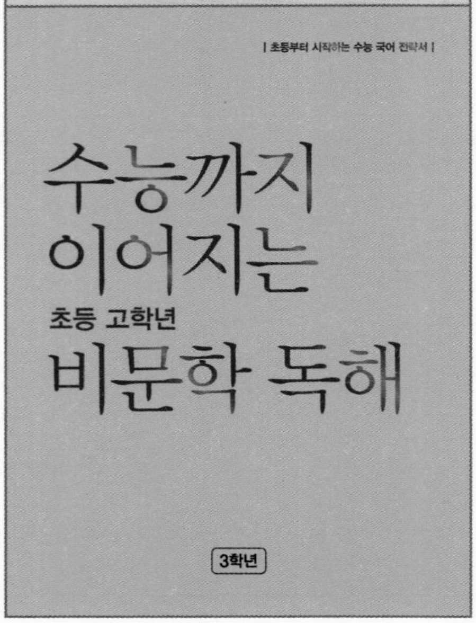

학년	대상	주요 영역
3학년	3학년~4학년	인문, 사회, 과학, 기술, 예술·체육
4학년	4학년~5학년	
5학년	5학년~6학년	
6학년	6학년~예비 중	

★주요 주제

- **3학년** 스마트폰과 고릴라(사회/사회 문화), 비눗방울의 과학적 비밀(과학/물리), 하얀 거짓말(인문/윤리)
- **4학년** 역사를 알려 주는 우리말 유래(인문/언어), 웨어러블 로봇(기술/첨단 기술), 공해가 되어 버린 빛(사회/사회 문화)
- **5학년** 혐오 표현(사회/사회 문화), 보온병의 물이 식지 않는 까닭(과학/물리), 조선판 하멜 표류기, 『표해시말』(인문/한국사)
- **6학년** 한·중·일의 젓가락(사회/사회 문화), 다수를 위한 소수의 희생(인문/철학), 유전자 편집 시대(기술/첨단 기술)

문학

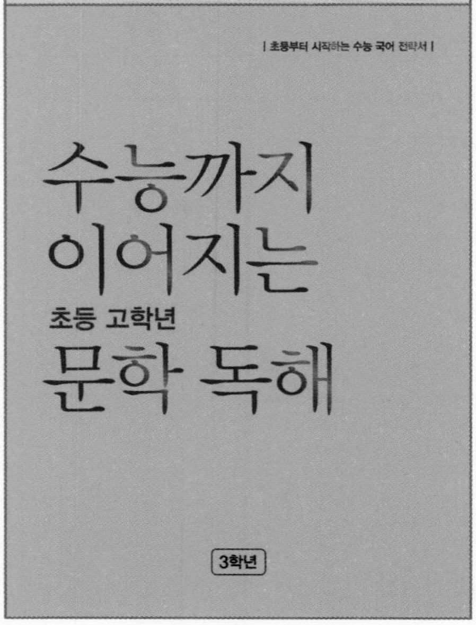

학년	대상	주요 영역
3학년	3학년~4학년	창작·전래·외국 동화, 신화·전설, 동시, 희곡
4학년	4학년~5학년	
5학년	5~6학년	현대·고전·외국 소설, 신화·전설, 현대시, 현대·고전 수필
6학년	6학년~예비 중	

★주요 작품

- **3학년** 바위나리와 아기별(마해송), 할머니 집에 가면(박두순), 대별왕과 소별왕, 크리스마스 캐럴(찰스 디킨스)
- **4학년** 산새알 물새알(박목월), 곰이와 오푼돌이 아저씨(권정생), 큰 바위 얼굴(나다니엘 호손), 저승 사자가 된 강림 도령
- **5학년** 꿈을 찍는 사진관(강소천), 자전거 도둑(박완서), 늙은 쥐의 꾀(고상안), 유성(오세영), 마녀의 빵(오 헨리)
- **6학년** 소음 공해(오정희), 양반전(박지원), 배추의 마음(나희덕), 사막을 같이 가는 벗(양귀자), 동물 농장(조지 오웰)

〈수능까지 이어지는 초등 고학년 독해〉로 꾸준히 공부하면
탄탄한 독해 실력을 키울 수 있어요. 모의고사로
달라진 내 실력을 확인해 보세요!

교재 활용법

"3단계 독해 집중 훈련 코스"

1단계 **매일** → 2단계 **매주** → 3단계 **교재 학습 후**

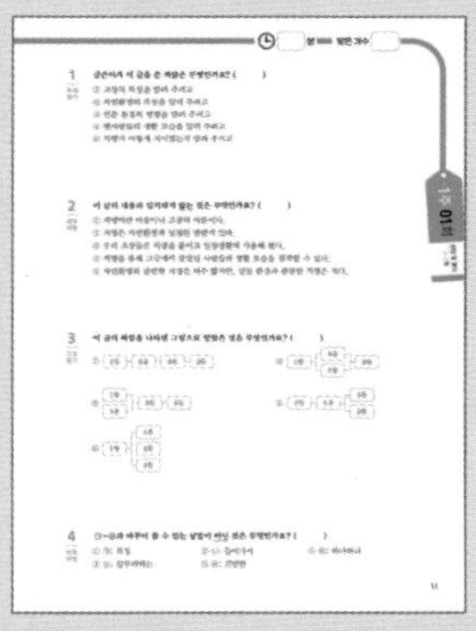

★매일 15분 독해 훈련

하루에 15분씩 필수 화제를 하나씩 읽고 실전 문제를 풀며 독해 훈련을 합니다.

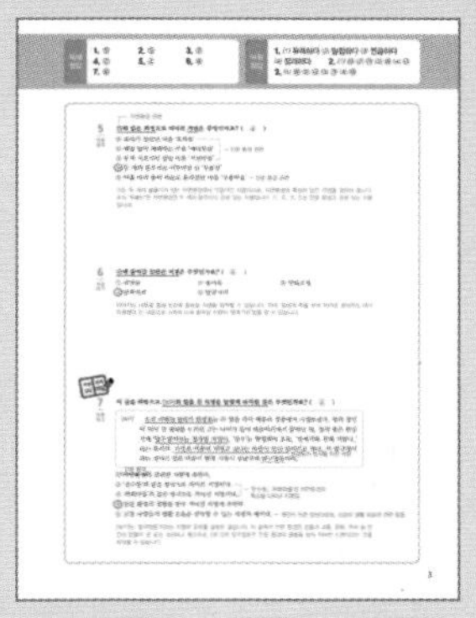

★이번 주 틀린 문제 체크

매주 한 번씩 정답 책에 표시해 둔 이번 주에 틀린 문제만 한 번씩 다시 풀면서 복습합니다.

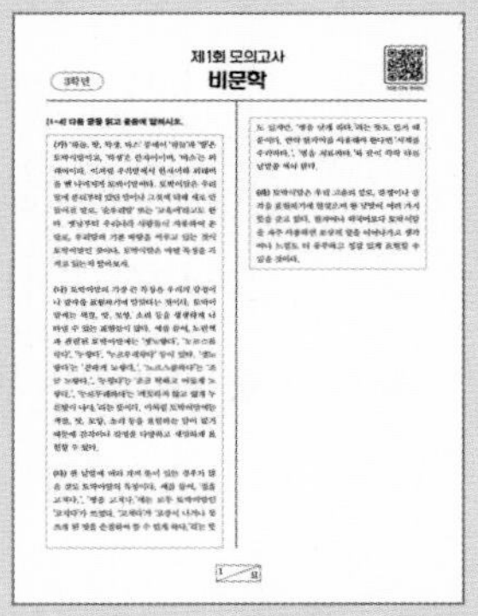

★모의고사로 최종 점검

교재 학습을 모두 마친 후에는 모의고사로 자신의 실력을 최종 점검합니다.

☑ 매일 15분씩 하나의 지문을 해결하면 25일만에 한 권을 완성할 수 있습니다.

☑ 매주 정답 책으로 틀린 문제를 복습해 자신이 취약한 문제 유형을 파악합니다.

☑ 5주 학습을 모두 마친 후에는 모의고사 문제로 자신의 최종 실력을 확인합니다.

CONTENTS

1주

2주

3주

4주

5주

학습 계획표

매일매일 꾸준히 공부하고 기록해 보세요.

주제		쪽수	공부한 날	공부 시간	맞은 개수	
					독해	어휘
01	외국어 남용의 문제점	10~13쪽	월 일	분	/ 7	/ 3
02	한·중·일의 젓가락 문화	14~17쪽	월 일	분	/ 7	/ 3
03	천동설과 지동설	18~21쪽	월 일	분	/ 7	/ 3
04	자율 주행차의 원리	22~25쪽	월 일	분	/ 7	/ 3
05	오페라와 뮤지컬	26~29쪽	월 일	분	/ 7	/ 3
06	다수를 위한 소수의 희생	32~35쪽	월 일	분	/ 7	/ 3
07	개인 정보 보호의 필요성	36~39쪽	월 일	분	/ 7	/ 3
08	이글루에 숨은 과학	40~43쪽	월 일	분	/ 7	/ 3
09	유전자 편집 시대	44~47쪽	월 일	분	/ 7	/ 3
10	피카소의 「게르니카」	48~51쪽	월 일	분	/ 7	/ 3
11	조선 건국의 정당성	54~57쪽	월 일	분	/ 7	/ 3
12	미세 플라스틱의 위협	58~61쪽	월 일	분	/ 7	/ 3
13	뇌의 구조와 기능	62~65쪽	월 일	분	/ 7	/ 3
14	디지털 증명서, 엔에프티(NFT)	66~69쪽	월 일	분	/ 7	/ 3
15	우리나라 민요의 특징	70~73쪽	월 일	분	/ 7	/ 3
16	칭찬의 힘, 피그말리온 효과	76~79쪽	월 일	분	/ 7	/ 3
17	간접 광고	80~83쪽	월 일	분	/ 7	/ 3
18	생물 다양성의 유지와 보존	84~87쪽	월 일	분	/ 7	/ 3
19	얼굴 인식 기술의 원리	88~91쪽	월 일	분	/ 7	/ 3
20	길거리에서 만나는 공공 미술	92~95쪽	월 일	분	/ 7	/ 3
21	듣고 보는 신개념 독서법	98~101쪽	월 일	분	/ 7	/ 3
22	문화를 이해하는 태도	102~105쪽	월 일	분	/ 7	/ 3
23	지구의 내부 구조	106~109쪽	월 일	분	/ 7	/ 3
24	미래 에너지, 우주 태양광 기술	110~113쪽	월 일	분	/ 7	/ 3
25	영화 음악의 힘	114~117쪽	월 일	분	/ 7	/ 3

1주

01회

인문 | 언어 글 수준: ★★★ 어휘 수준: ★★★★ 글자 수: 1226

공부한 날 ( ) 월 ( ) 일

14분 안에 푸세요.

(가) 최근 한 누리집에 게시된 대형 할인점의 내부 사진이 누리꾼들에게 화제*가 되었다. 문구점으로 보이는 곳에 문구류를 뜻하는 'stationery', 공주를 뜻하는 'princess'라는 안내 간판이 한글 표기* 없이 달려 있었기 때문이다. 이처럼 충분히 한글 표기가 가능한데도 외국어를 쓰는 사례를 우리 주변에서 쉽게 볼 수 있다. 'sweet coffee(달콤한 커피), cute pet shop(귀여운 반려동물 가게), mama's kitchen(엄마의 부엌)' 등 거리에서 외국어로 된 간판을 찾는 것은 어렵지 않은 일이다. 하지만 이렇게 ㉠무분별한* 외국어의 사용은 많은 문제를 일으킨다.

(나) 외국어를 무분별하게 사용하면 사람들이 다양한 정보를 이해하는 데 어려움을 겪을 수 있다. 알기 쉬운 우리말이 있는데도 외국어를 쓰면 고급스럽거나 전문적으로 보인다는 편견* 때문에 개인뿐만 아니라 여러 기업, 심지어 공공 기관에서도 외국어를 선호하는* 경우가 있다. 하지만 이해하기 어려운 외국어를 사용하면 말의 의미를 쉽게 알 수 없고, 필수적인 정보에서 소외되는* 사람들이 생겨난다.

(다) 또한 외국어의 무분별한 사용으로 국민 간의 소통*이 어려워진다. 외국어의 사용 경험이나 이해도는* 세대나 집단*에 따라 다르므로 ㉡외국어를 함부로 사용하면 세대나 집단 간의 소통을 단절시킨다*. 그 예로 외국어 사용 경험이 적은 노인들과 비교적 외국어 사용 경험이 많은 청년들이 서로 소통하는 데 어려움을 겪을 수 있다. 이러한 소통의 단절은 나아가 세대나 집단 간의 갈등을 일으키기도 한다.

(라) 외국어의 남용*은 아름다운 우리말을 훼손하고* 사라지게 한다. 외국어를 함부로 사용하면서 외국어와 우리말이 뒤섞인 ㉢국적 불문*의 신조어*들이 생겨나고 있다. 유행에 밝다는 뜻인 '힙(hip)'과 우리말 '-하다'를 합친 '힙하다', 부정의 뜻을 나타내는 '노(no)'와 재미의 줄임말인 '잼'을 합친 '노잼'과 같은 단어들이 대표적이다. 이러한 신조어들은 의미도 정확하지 않고 듣기에도 좋지 않다. 무분별한 외국어의 사용으로 소중한 우리말이 잊히고 파괴되고 있다.

(마) 한글은 과학적인 원리로 만들어지고, 누구나 쉽게 배울 수 있는 글자이다. 이처럼 우수한 문자인 한글이 외국어의 무분별한 사용으로 심각한 위기를 겪고 있다. 우리말이 훼손되면 말에 담긴 우리의 정신도 훼손될 수 있다. 우리말과 그 속에 담긴 정신을 온전히 보전하여* 후대에 물려주는 것은 우리에게 남겨진 중요한 과제이다. 우리는 외국어의 무분별한 사용을 줄이고 우리말을 아끼고 사랑해야 한다.

낱말 풀이

*__화제__ 이야기할 만한 재료나 소재. ***표기** 적어서 나타냄. ***무분별한** 바른 생각이나 판단이 없는. ***편견** 공정하지 못하고 한쪽으로 치우친 생각. ***선호하는** 여럿 가운데서 특별히 가려서 좋아하는. ***소외되는** 무리에 끼지 못하고 따돌림을 당하여 멀어지는. ***소통** 막히지 않고 서로 잘 통함. ***이해도** 이해한 정도 ***집단** 여럿이 모여서 이룬 무리나 단체. ***단절시킨다** 서로 간의 관계가 끊어지게 한다. ***남용** 일정한 기준이나 한도를 넘어서 함부로 씀. ***훼손하고** 가치나 이름, 체면 등을 상하게 하고. ***국적 불문** 국적을 가리지 않음. ***신조어** 새로 생긴 말. ***보전하여** 변하는 것이 없도록 잘 지키고 유지하여.

1 주제 찾기

이 글에 나타난 글쓴이의 주장으로 알맞은 것은 무엇인가요? (　　　　)

① 여러 세대에 걸쳐 외국어의 사용 경험을 늘려야 한다.
② 국적 불문의 신조어들을 정확한 의미로 다듬어야 한다.
③ 누구나 쉽게 배울 수 있는 과학적인 글자를 만들어야 한다.
④ 여러 기업에서 소통의 단절을 해결하기 위해 노력해야 한다.
⑤ 외국어의 무분별한 사용을 줄이고 우리말을 아끼고 사랑해야 한다.

2 구조 알기

이 글의 짜임을 나타낸 그림으로 가장 알맞은 것은 무엇인가요? (　　　　)

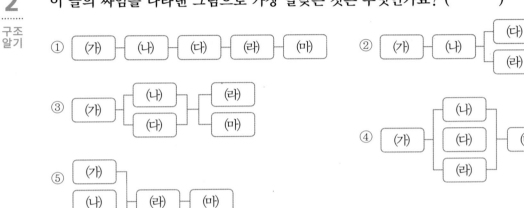

①
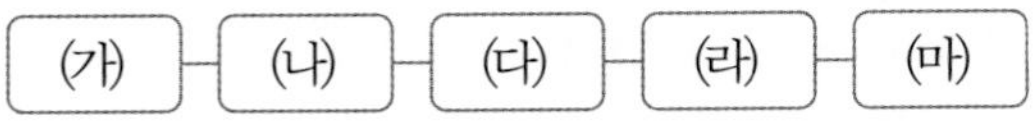

②
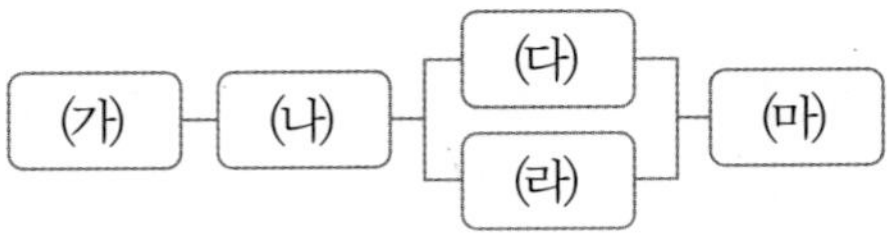

③
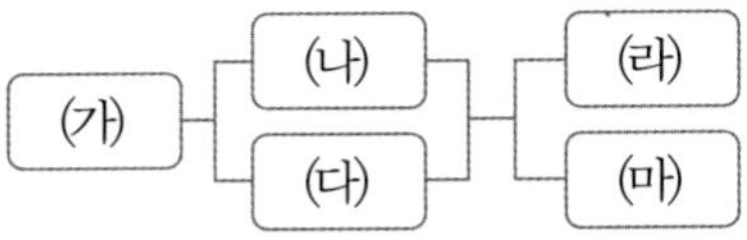

④
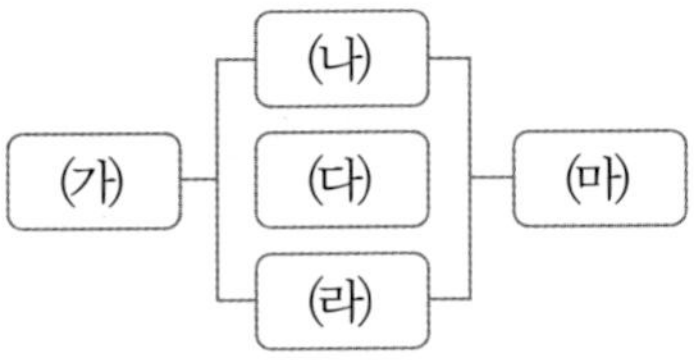

⑤
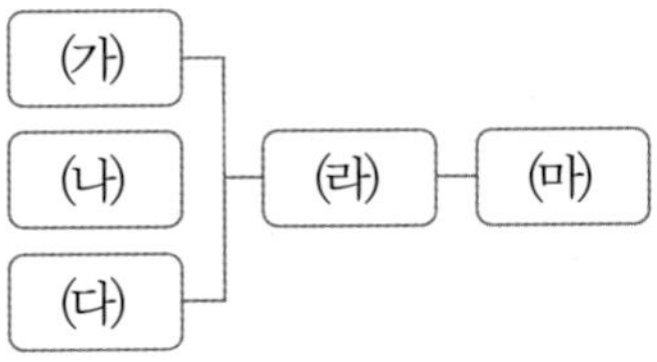

3 세부 내용

㉠의 예로 제시되지 <u>않은</u> 것은 무엇인가요? (　　　　)

① 국민 간의 소통이 어려워진다.
② 아름다운 우리말을 훼손하고 사라지게 한다.
③ 외국어를 사용하면 고급스럽거나 전문적으로 보인다.
④ 필수적인 정보에서 소외되는 사람들이 생겨나게 된다.
⑤ 사람들이 다양한 정보를 이해하는 데 어려움을 겪게 된다.

4 세부 내용

㉡의 까닭을 [보기]에서 찾아 기호를 쓰세요.

[보기] ㉮ 외국어의 뜻을 쉽게 알 수 있기 때문이다.
㉯ 우리말보다 외국어를 편하게 사용하는 사람들이 늘어나기 때문이다.
㉰ 세대나 집단에 따라 외국어의 사용 경험이나 이해도가 다르기 때문이다.

(　　　　　　　　　　)

5

추론하기

㉢에 해당하는 낱말은 무엇인가요? (   )

① 캠핑　　② 버스　　③ 멘붕
④ 햄버거　　⑤ 스커트

수능 연계

6

추론하기

이 글과 [보기]를 읽고, '언어 사대주의'의 관점에서 외국어 남용의 원인을 파악한 친구는 누구인가요? (   )

> [보기] '언어 사대주의'란 외국어가 우리말보다 우월하다고 생각해 외국어를 생각이나 원칙 없이 따르고 사용하는 태도를 말한다. 이러한 태도는 우리말을 수준이 낮은 언어로 생각해 하찮게 여기게 되는 문제점을 발생시킨다. 사회 전반에 자리 잡은 언어 사대주의는 결국에 우리말의 심각한 파괴와 훼손을 일으킬 것이다.

① 현오: 외국어가 우리말보다 쉬워서 자주 사용하게 돼.
② 강우: 외국어의 발음이 재미있어서 외국어를 남용하게 돼.
③ 윤하: 외국어를 사용하면 내용을 좀 더 짧고 간단하게 표현할 수 있어.
④ 시현: 외국어를 대체할 다른 말이 없어서 외국어를 그대로 사용하게 돼.
⑤ 주연: 외국어를 사용하면 좀 더 세련돼 보인다고 생각해 외국어를 남용하는 것 같아.

7

비판하기

글쓴이의 주장과 근거를 알맞게 평가하지 못한 것을 두 가지 고르세요. (,   )

① 근거를 제시할 때 재미있는 표현을 사용하지 않아서 글의 내용이 지루하다.
② 외국어 사용으로 얻는 장점도 같이 근거로 제시해야 주장을 강조할 수 있다.
③ 외국어가 무분별하게 남용되는 상황에서 글쓴이의 주장은 중요하고 가치가 있다.
④ 글 ㈏의 근거에는 공공 기관에서 사용한 외국어 남용 사례를 조사한 자료를 실으면 더욱 신뢰성을 높일 수 있다.
⑤ 글 ㈐의 근거는 주장과 관련이 있는 내용이므로 주장을 잘 뒷받침하고 있다.

01회 지문 익힘 어휘

1

어휘 의미

낱말에 알맞은 뜻을 찾아 선으로 이으세요.

(1) 편견	㉮ 적어서 나타냄.
(2) 남용	㉯ 이야기할 만한 재료나 소재.
(3) 화제	㉰ 바른 생각이나 판단이 없다.
(4) 표기	㉱ 공정하지 못하고 한쪽으로 치우친 생각.
(5) 무분별하다	㉲ 정해진 기준이 넘는 양을 함부로 사용함.

2

어휘 활용

[보기]에서 밑줄 친 낱말의 쓰임이 알맞지 않은 것을 찾아 기호를 쓰세요.

[보기]
㉮ 친구의 외모를 보고 편견을 가지면 안 된다.
㉯ 어제 열렸던 축구 경기가 친구들 사이에 화제가 되었다.
㉰ 선생님께서 답 표기는 고치기 쉽게 연필을 쓰라고 하셨어.
㉱ 우리 부모님께서 물건을 오래 쓰시는 까닭은 물건을 남용해서 쓰시기 때문이다.

(　　　　　　)

3

어휘 확장

밑줄 친 낱말과 바꾸어 쓸 수 있는 낱말의 기호를 쓰세요.

(1) 우리말이 훼손되면 우리의 정신도 훼손될 수 있다. ·································· (　　　)
㉮ 손상되면　㉯ 단절되면　㉰ 개혁되면

(2) 최근 전 세계에서 한국 드라마가 화제가 되고 있다. ································ (　　　)
㉮ 문제　㉯ 글감　㉰ 이야깃거리

(3) 국토를 보전하여 후대에 물려주는 것은 우리의 임무이다. ························· (　　　)
㉮ 고쳐　㉯ 지켜　㉰ 넓혀

02회

사회 | 사회 문화 글 수준: ★★★ 어휘 수준: ★★ 글자 수: 1155

공부한 날 [ ] 월 [ ] 일

13분 안에 푸세요.

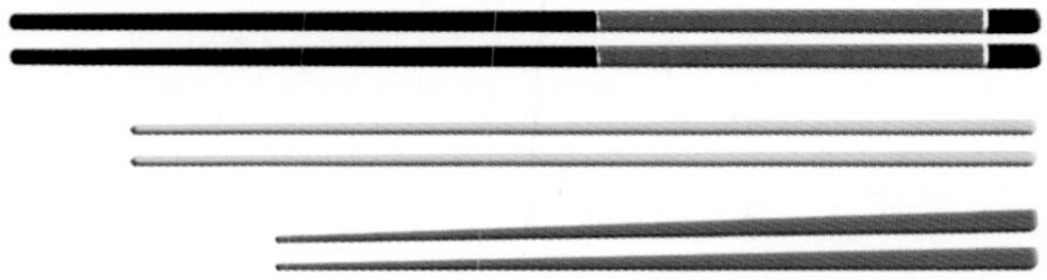

젓가락으로 음식을 먹는 젓가락 문화권*은 전 세계 인구의 3분의 1가량을 차지한다. 그만큼 많은 사람들이 젓가락으로 음식을 먹는 식습관*을 가지고 있다. 젓가락은 찰기*가 많은 쌀을 주식*으로 하는 동아시아 지역에서 주로 사용한다. 차진* 쌀로 지은 밥은 젓가락으로 쉽게 떠먹을 수 있기 때문이다. 그런데 젓가락 문화를 자세히 들여다보면 각 나라의 고유한* 음식 문화와 특성에 따라 차이점이 발견된다. 한국, 중국, 일본의 젓가락 문화를 비교해 그 특징을 알아보자.

한·중·일 가운데 가장 오래된 젓가락 문화를 가지고 있는 중국의 젓가락은 '콰이즈'라고 불린다. 주로 대나무 젓가락을 사용하며 최근에는 플라스틱으로 만든 젓가락도 널리 쓰인다. 중국의 젓가락은 삼국의 젓가락 중 가장 굵고 길다. 커다랗고 둥근 식탁에 둘러앉아 음식을 가운데 두고 여럿이 함께 먹는 문화로 인해 자연스럽게 젓가락의 길이가 길어졌다. 중국의 젓가락은 끝이 두텁고 뭉툭한 형태를 보이는데, 기름지고 덩어리진 음식을 집기에 적합하다.

일본의 젓가락은 '하시'라고 불리는데, 대부분 나무를 사용해서 만들며 삼국의 젓가락 중 가장 짧다. 일본 가정에서는 주로 독상*에서 개인 그릇에 음식을 담아 먹는다. 또한 고개를 숙이고 식사하는 것을 ㉠결례*로 여겨 밥그릇을 들고 먹는데, 이러한 식사 문화 때문에 긴 젓가락을 사용할 필요가 없게 되었다. 섬나라인 일본은 해산물이나 생선을 발라 먹기에 적합하도록 젓가락의 위, 아래 굵기 차이가 크고 끝이 뾰족하며 날렵한* 형태를 보인다.

우리나라는 여럿이 함께 먹는 식습관을 지녔지만 상이 크지 않아 젓가락의 길이가 중국과 일본의 중간 정도이다. 우리나라의 젓가락은 주로 금속으로 만드는데, 금속을 최대한 절약할 수 있는 형태로 발전하여 납작한 편이다. 금속으로 만든 젓가락은 김치와 같은 절임* 음식에 강하고, 음식을 집을 때 힘이 정확히 전달된다는 장점이 있다. 우리나라는 중국이나 일본과 달리 [㉡]를 지녔다. 우리나라에서는 식탁에서 밥그릇을 들고 먹는 것을 예의 없는 행동으로 여긴다. 그렇기 때문에 젓가락으로 음식을 나르다가 흘리는 것을 방지하기 위해 숟가락을 적극적으로 사용한다. 주로 밥과 국은 숟가락으로, 반찬은 젓가락으로 먹는다. 우리나라와는 달리 중국은 국을 먹을 때만 숟가락을 사용하고, 일본은 국을 먹을 때도 숟가락을 사용하지 않고 그릇을 들어 직접 마신다.

낱말 풀이

* **문화권** 하나의 공통된 문화를 공유하는 지역. * **식습관** 음식을 먹는 것과 관련된 습관. * **찰기** 곡식이나 그것으로 만든 음식 등의 끈기 있는 성질이나 기운. * **주식** 밥이나 빵과 같이 끼니에 주로 먹는 음식. * **차진** 반죽이나 밥, 떡 등이 끈기가 많은. * **고유한** 본래부터 가지고 있어 다른 것과 다른. * **독상** 혼자서 먹도록 차린 음식상. * **결례** 예의에 어긋나는 일. * **날렵한** 모양이 아주 날씬해서 매끈하고 맵시가 있는. * **절임** 재료에 소금, 장, 식초, 설탕 등을 배어들게 하는 일. 또는 그렇게 한 음식.

1 주제 찾기

이 글에서 설명하고 있는 것은 무엇인가요? (　　　)

① 젓가락의 역사
② 한국, 중국, 일본 음식 문화의 발전
③ 한국, 중국, 일본에서 젓가락을 제작하는 과정
④ 일본에서 해산물을 이용한 음식이 발전한 까닭
⑤ 한국, 중국, 일본의 젓가락 문화의 차이점과 그 특징

2 구조 알기

이 글의 서술 방식에 대해 알맞게 말한 친구는 누구인가요? (　　　)

① 서윤: 이 글은 시간 순서에 따라 일어난 일을 썼어.
② 하영: 이 글은 서론, 본론, 결론으로 이루어져 있어.
③ 윤호: 이 글은 장소의 변화에 따라 일어난 일을 썼어.
④ 지수: 이 글에는 문제 상황과 해결 방법이 나타나 있어.
⑤ 진우: 이 글은 설명하는 대상을 비교하고 차이점을 중심으로 설명했어.

3 세부 내용

이 글의 내용과 일치하지 <u>않는</u> 것은 무엇인가요? (　　　)

① 일본의 젓가락은 '하시'라고 불린다.
② 우리나라의 젓가락은 주로 금속으로 만든다.
③ 일본의 젓가락은 끝이 뾰족하고 날렵한 형태이다.
④ 일본에서는 밥그릇을 들고 먹는 것을 결례로 여긴다.
⑤ 중국의 젓가락은 기름지고 덩어리진 음식을 집기에 적합하다.

4 세부 내용

중국 젓가락의 길이가 길어진 까닭은 무엇인가요? (　　　)

① 밥그릇을 들고 먹기 때문에
② 절임 음식을 많이 먹기 때문에
③ 대나무로 젓가락을 만들기 때문에
④ 젓가락의 길이가 길수록 고급스럽다고 여기는 인식 때문에
⑤ 크고 둥근 식탁의 가운데에 음식을 놓고 여럿이 함께 먹는 문화 때문에

정답 및 풀이 4~5쪽

5 어휘 어법

㉠과 바꾸어 쓸 수 있는 낱말은 무엇인가요? (　　　　)

① 양해　　② 실례　　③ 습관
④ 버릇　　⑤ 예의범절

6 추론 하기

㉡에 들어갈 내용으로 가장 알맞은 것은 무엇인가요? (　　　　)

① 항상 젓가락만 사용하는 문화
② 항상 고개를 들고 식사하는 문화
③ 항상 숟가락과 젓가락을 함께 쓰는 문화
④ 항상 식탁에서 밥그릇을 들고 먹는 문화
⑤ 항상 개인 그릇에 음식을 담아 먹는 문화

수능 연계

7 적용 창의

이 글과 [보기]의 내용을 바탕으로 젓가락을 가장 알맞게 사용한 친구는 누구인가요? (　　　　)

[보기] 젓가락을 사용할 때 지켜야 할 예절은 다음과 같다.
- 젓가락으로 음식을 찔러서 먹지 않는다.
- 젓가락을 사용할 때 소리가 나지 않게 한다.
- 젓가락으로 접시에 담긴 음식을 뒤적이지 않는다.
- 젓가락으로 그릇이나 접시를 밀거나 끌지 않는다.
- 젓가락을 밥그릇이나 음식 그릇에 꽂아 세워 놓지 않는다.

① 젓가락으로 밥상을 두드린 예지
② 젓가락을 밥그릇에 꽂아 둔 가은
③ 젓가락으로 반찬을 들추어 채소를 골라낸 지호
④ 젓가락으로 반찬 그릇을 자신의 앞으로 당긴 경훈
⑤ 젓가락으로 반찬을 먹고, 숟가락으로 밥을 떠먹은 연아

02회 지문 익힘 어휘

1 어휘 의미

낱말과 뜻이 알맞게 짝 지어지지 않은 것은 무엇인가요? (   )

① 식습관: 음식을 먹는 것과 관련된 습관.
② 문화권: 하나의 공통된 문화를 공유하는 지역.
③ 주식: 밥이나 빵과 같이 끼니에 주로 먹는 음식.
④ 고유하다: 본래부터 가지고 있어 다른 것과 다르다.
⑤ 찰기: 곡식이나 그것으로 만든 음식 등의 푸석푸석하고 미끄러운 기운.

2 어휘 활용

빈칸에 들어갈 알맞은 낱말을 찾아 선으로 이으세요.

(1) 우리나라는 쌀이 [   ](이)다. •　　• ㉮ 찰기
(2) 각 지방마다 [   ]한 풍습을 가지고 있다. •　　• ㉯ 주식
(3) 햅쌀로 지은 밥은 [   ]이/가 있고 윤기가 난다. •　　• ㉰ 고유
(4) 어린이들에게 올바른 [   ]을/를 가르쳐 주어야 한다. •　　• ㉱ 문화권
(5) 아시아의 불교 [   ] 국가에서는 부처님 오신 날을 기념한다. •　　• ㉲ 식습관

3 어휘 확장

밑줄 친 낱말의 뜻을 [보기]에서 찾아 기호를 쓰세요.

[보기] • 날렵하다: ㉮ 가볍고 재빠르다.
㉯ 모양이 아주 날씬해서 매끈하고 맵시가 있다.

(1) 독수리가 <u>날렵하게</u> 날아올랐다. (   )

(2) 축구 선수가 <u>날렵하게</u> 움직이며 공을 몰았다. (   )

(3) 이 차는 <u>날렵한</u> 모양으로 만들어져 사람들에게 인기가 많다. (   )

03회

과학 | 지구 과학 글 수준: ★★★ 어휘 수준: ★★★ 글자 수: 1254

공부한 날 [ ] 월 [ ] 일

13분 안에 푸세요.

(가) 사람들은 오래전부터 하늘과 별들의 움직임을 자세히 관찰했다. 날마다 태양이 동쪽에서 떠서 하늘을 가로질러 서쪽으로 지는 것을 보았고, 밤마다 달과 별이 뜨고 지는 것을 보았다. 고대 그리스인들은 이렇게 관측한* 사실로 인해 지구가 우주의 중심에 정지해 있고, 별과 태양 등의 천체*가 돌고 있는 바깥쪽에는 별들이 박혀 있는 천장이 있다고 생각했다. 이런 생각을 바탕으로 천동설의 체계*를 완성한 사람은 프톨레마이오스이다. 천동설은 정지해 있는 지구를 중심으로 모든 천체들이 원 모양을 그리면서 도는 원운동을 하고 있다는 학설*이다. 프톨레마이오스의 천동설은 정밀한* 관측 자료를 바탕으로 복잡해졌지만, 움직이는 행성*의 위치를 꽤 정확하게 예측할* 수 있었다. 그리고 그는 이런 내용을 정리하여 『알마게스트』라는 책을 썼는데, 이는 1400년 동안 천문학에서 가장 영향력 있는 교과서가 되었다.

(나) 오랜 시간 천동설은 진리처럼 생각되었다. 하지만 16세기에 들어서면서 폴란드의 천문학자 코페르니쿠스가 지구를 포함한 모든 행성들이 태양을 중심으로 원운동을 하고 있다는 지동설을 생각해 냈다. 코페르니쿠스는 우주의 중심은 태양이며, 별들이 뜨고 지는 것은 지구가 자신의 축*을 중심으로 자전하고* 있기 때문이라고 생각했다. 하지만 이러한 주장은 당시 사람들이 받아들이기에는 너무 생소했다*. 사람들은 만약 지구가 태양 주위를 빠르게 돌고 있다면 사람이 땅에 서 있지 못하고 튕겨 나가야 할 것이고, 위를 향해 던진 물체는 제자리가 아닌 뒤쪽에 떨어져야 한다고 생각했다.

(다) 이렇게 잊히는 듯했던 지동설은 이후에 갈릴레이와 케플러에 의해 새롭게 힘을 얻게 되었다. 17세기 초 갈릴레이는 망원경을 만들어 천체를 관측하며 목성 주위를 돌고 있는 4개의 위성*을 최초로 발견하였는데, 이는 모든 천체가 지구 주위를 돌고 있다는 천동설을 부정하는* 매우 중요한 근거가 되었다. 갈릴레이는 자신이 발견한 사실을 바탕으로 지동설을 지지하고* 널리 알렸다. 하지만 이러한 주장은 교회와의 대립을 가져왔고, 결국 갈릴레이는 종교 재판을 받아 자신의 집에서 나오지 못하는 벌을 받게 된다. ㉠코페르니쿠스의 지동설을 완벽하게 완성한 사람은 독일의 천문학자 케플러이다. 케플러는 천체 관측 자료를 바탕으로 행성이 태양을 중심으로 원운동을 하는 것이 아니라 타원 운동을 하고 있다는 이론을 생각해 냈다. 이것은 천체가 일정한 속도로 원운동을 해야 한다고 굳게 믿고 있던 오래된 ㉡관습*을 뒤집는 사건이었다. 이후 사람들은 더 나은 망원경을 이용하여 천체의 운동을 관찰하며 점차 지동설을 받아들이기 시작했다.

낱말 풀이

*관측한 자연에서 일어난 일을 자세히 살펴 어떤 사실을 짐작하거나 알아낸. *천체 우주에 있는 모든 물체. *체계 일정한 원리에 따라 낱낱의 부분이 잘 짜여져 통일된 전체. *학설 학술적 문제에 대하여 주장하고 내세우는 이론. *정밀한 아주 정확하고 꼼꼼하여 빈틈이 없고 자세한. *행성 중심 별이 강하게 끌어당기는 힘 때문에 타원형의 궤도를 그리며 중심 별의 주위를 도는 천체. *예측할 앞으로의 일을 미리 추측할. *축 활동이나 회전의 중심. *자전하고 천체가 스스로 고정된 축을 중심으로 회전하고. *생소했다 어떤 대상이 익숙하지 못하고 낯이 설었다. *위성 행성의 주위를 도는 우주의 천체. *부정하는 그렇지 않다고 판단하여 결정하거나 옳지 않다고 반대하는. *지지하고 어떤 사람이나 단체 등이 내세우는 주의나 의견 등에 찬성하여 따르고. *관습 한 사회에서 오랫동안 이어져 굳어진 풍습이나 방식.

1 세부 내용

'천동설'에 대해 알맞게 말한 것은 무엇인가요? (　　　　)

① 우주의 중심은 태양이라고 생각하는 이론이야.

② 지구가 태양의 주위를 빠르게 돌고 있다고 생각한 이론이야.

③ 태양이 정지해 있고 그 주위를 행성들이 돌고 있다는 학설이야.

④ 모든 행성들이 정지해 있고, 태양이 원운동을 하고 있다는 학설이야.

⑤ 정지해 있는 지구를 중심으로 모든 천체들이 원운동을 하고 있다는 학설이야.

2 세부 내용

'지동설'에 대한 설명으로 알맞지 <u>않은</u> 것은 무엇인가요? (　　　　)

① 우주의 중심은 태양이라고 생각했다.

② 16세기 사람들이 쉽게 받아들일 수 있는 이론이었다.

④ 지동설을 지지하고 알린 갈릴레이는 종교 재판을 받았다.

③ 모든 행성들이 태양을 중심으로 원운동을 하고 있다는 학설이다.

⑤ 별들이 뜨고 지는 것은 지구가 자전하고 있기 때문이라고 생각했다.

3 구조 알기

[보기]의 사건을 천문학이 발전해 온 차례에 맞게 기호를 쓰세요.

[보기] ㉮ 폴란드의 천문학자 코페르니쿠스가 지동설을 생각해 냈다.
㉯ 갈릴레이와 케플러가 지동설을 지지하고 이론을 완성하였다.
㉰ 프톨레마이오스가 천동설의 체계를 완성하여 『알마게스트』라는 책을 썼다.

(　　　　) → (　　　　) → (　　　　)

4 추론 하기

지동설의 관점에서 태양이 동쪽에서 떠서 서쪽으로 지는 까닭은 무엇인가요? (　　　　)

① 지구가 정지해 있기 때문에

② 지구가 자전하고 있기 때문에

③ 태양이 자전하고 있기 때문에

④ 태양이 원운동을 하고 있기 때문에

⑤ 태양이 지구 주위를 돌고 있기 때문에

수능 연계

5 추론하기

이 글과 [보기]의 내용을 참고할 때, ㉠과 같이 말할 수 있는 까닭은 무엇인가요? (　　　)

> [보기] 코페르니쿠스의 지동설은 현대적인 관점에서 볼 때 오류가 있었는데, 그것은 고대 그리스인들의 주장을 그대로 받아들여 모든 행성이 원운동을 할 것이라고 생각한 것이다. 천체가 원운동을 해야 한다는 것은 고대부터 모든 사람들이 받아들이던 기본 원리였기 때문에 코페르니쿠스도 이것을 벗어나는 생각을 하기는 어려웠을 것으로 보인다.

① 케플러가 천체 관측 자료를 연구했기 때문이다.
② 케플러가 당시의 여러 학자들과 교류했기 때문이다.
③ 케플러가 고대 그리스인들의 주장을 지지하는 책을 냈기 때문이다.
④ 케플러가 갈릴레이의 망원경보다 성능이 향상된 망원경을 만들었기 때문이다.
⑤ 케플러가 행성이 태양을 중심으로 타원 운동을 하고 있다는 것을 밝혔기 때문이다.

6 어휘 어법

㉡과 바꾸어 쓸 수 있는 말은 무엇인가요? (　　　)

① 관습을 깨는 사건이었다.
② 관습을 지키는 사건이었다.
③ 관습을 만드는 사건이었다.
④ 관습을 지속하는 사건이었다.
⑤ 관습을 유지하는 사건이었다.

7 구조 알기

다음은 글 ㈎~㈐의 중심 내용을 정리한 것입니다. 빈칸에 들어갈 알맞은 낱말을 쓰세요.

글 ㈎	프톨레마이오스가 정지해 있는 (1) (　　　　　)을/를 중심으로 모든 천체들이 원운동을 하고 있다는 천동설의 체계를 완성하였다.
글 ㈏	코페르니쿠스가 지구를 포함한 모든 행성들이 (2) (　　　　　)을/를 중심으로 원운동을 하고 있다는 지동설을 생각해 냈다.
글 ㈐	갈릴레이는 목성 주위를 도는 위성을 발견하며 지동설을 지지하였고, 케플러는 행성이 태양을 중심으로 (3) (　　　　　) 운동을 하고 있다는 이론을 생각해 냈다.

정답 7쪽

03회 지문 익힘 어휘

1 어휘 의미

뜻에 알맞은 낱말을 [보기]에서 찾아 쓰세요.

[보기]	축	천체	관측하다	예측하다	생소하다

(1) (   ): 활동이나 회전의 중심.

(2) (   ): 우주에 있는 모든 물체.

(3) (   ): 앞으로의 일을 미리 추측하다.

(4) (   ): 어떤 대상이 익숙하지 못하고 낯이 설다.

(5) (   ): 자연에서 일어난 일을 자세히 살펴 어떤 사실을 짐작하거나 알아내다.

2 어휘 활용

밑줄 친 낱말의 쓰임이 알맞지 않은 것은 무엇인가요? (   )

① 망원경으로 별똥별을 관측했다.
② 천문대에 가면 천체를 관찰할 수 있다.
③ 발레리나가 발끝을 축으로 멋지게 회전했다.
④ 나는 이 동네에 오래 살아서 동네의 모습이 생소하다.
⑤ 두 팀 모두 실력이 뛰어나 경기의 결과를 예측하기 어렵다.

3 어휘 확장

밑줄 친 낱말의 뜻을 찾아 선으로 이으세요.

(1) 새로운 이론을 지지하는 사람들이 많아졌다. •

(2) 나는 기울어진 나무를 막대기로 지지하였다. •

(3) 허물어져 가는 낡은 건물을 기둥이 지지하고 있었다. •

(4) 나는 국민을 위한 새로운 정책을 적극적으로 지지하였다. •

• ㉮ 어떤 사람이나 단체 등이 내세우는 주의나 의견 등에 찬성하고 따르다.

• ㉯ 어떤 것을 붙들어서 버티게 하다.

04회

기술 | 첨단 기술 글 수준: ★★★★ 어휘 수준: ★★★★ 글자 수: 1294

공부한 날 [ ] 월 [ ] 일

15분 안에 푸세요.

자율 주행차란 사람이 운전하지 않아도 스스로 운행하는* 자동차를 말한다. 예전에는 미래를 배경으로 한 영화에서나 볼 수 있었던 자율 주행차가 첨단 기술*의 발전을 통해 점차 현실이 되고 있다. 현재 자율 주행차는 미래의 핵심 자동차 기술로 ㉠뜨거운 화두*가 되고 있다.

자율 주행차가 움직이는 원리는 인지*, 판단, 제어*의 세 단계로 구성된다. 첫 번째 인지 단계는 자율 주행차가 도로의 상황을 스스로 인지하는 단계이다. 이를 위해서는 여러 가지 감지 장치*가 필요한데, 자율 주행차의 감지 장치는 사람의 눈과 같은 역할을 한다. 자율 주행차는 감지 장치를 통해 움직이는 자동차, 도로를 건너는 사람, 건물이나 장애물 등 주변 환경을 인식한다*. 감지 장치로 인식하고 수집된* 도로의 정보는 자율 주행차가 스스로 판단하기 위해 매우 중요한 요소이다. 수집된 정보가 정확하지 않다면 자율 주행차가 잘못된 판단을 내려 위험한 상황이 일어날 수 있기 때문이다.

두 번째 판단 단계는 감지 장치로부터 받아들인 정보를 바탕으로 자동차가 스스로 안전하게 운전할 수 있도록 판단하는 단계이다. 이 역할을 수행하는* 것은 인공 지능인데, 인공 지능은 인간처럼 학습하고 생각할 수 있는 컴퓨터 시스템을 말한다. 자율 주행차에서 인공 지능은 사람의 뇌가 상황 판단을 하는 것과 같은 역할을 한다.

세 번째는 제어 단계로, 인공 지능이 판단한 내용을 바탕으로 자동차의 속도나 방향 등을 조종하여* 움직임을 제어하는 단계이다. 제어는 뇌가 판단한 내용대로 움직이는 팔과 다리에 빗댈 수 있다. 자율 주행차는 이렇게 인지, 판단, 제어의 세 단계를 수없이 반복하며 스스로 운행할 수 있게 된다.

자율 주행차를 일상생활에서 사용하게 된다면 많은 장점을 기대할 수 있다. 사람이 직접 운전하지 않아도 되기 때문에 편리할 뿐 아니라 사람의 판단 실수로 일어나는 사고의 위험도 줄어들 것이다. 또한 노인이나 장애인 등 운전을 하는 데 어려움을 겪는 사람들이 안전하고 쉽게 이동할 수 있다. 자율 주행차는 도로의 교통 상황에 대한 실시간 정보를 바탕으로 움직이기 때문에 교통 체증* 또한 줄어들 것이다.

하지만 아직 해결되지 못한 문제도 있다. 자율 주행차는 인공 지능이 스스로 정보를 수집하는 과정에서 개인의 사생활*이 침해될 우려가 있다. 또한 인공 지능이 해킹당한다면* 해킹한 사람이 마음대로 자동차를 움직일 수 있게 되어 사고의 위험이 커진다. 자율 주행차 운행 중 사고가 발생한다면 누구에게 책임이 있는지도 문제가 된다. 운전자, 자동차 회사, 컴퓨터를 개발한 회사 등 누구에게 책임을 물어야 할 것인지 판단할 수 있는 법률과 제도*가 뒷받침되어야 할 것이다.

낱말 풀이

＊**첨단 기술** 수준이 높고 그시대의 가장 앞선 기술. ＊**운행하는** 정해진 길을 따라 자동차나 열차 등이 다니는. ＊**화두** 관심을 두어 중요하게 생각하거나 이야기할 만한 것. ＊**인지** 어떤 사실을 확실히 그렇다고 여겨서 앎. ＊**제어** 기계나 시설, 체계 등이 알맞게 움직이도록 조절함. ＊**감지 장치** 소리, 빛, 온도 등의 발생이나 변화를 알아내는 기계 장치. ＊**인식한다** 사물을 분별하고 판단하여 안다. ＊**수집된** 여러 가지 물건이나 자료, 정보 등이 찾아져 모인. ＊**수행하는** 생각하거나 계획한 대로 일을 해내는. ＊**조종하여** 비행기나 배, 자동차 등의 기계를 다루어 움직이게 하여. ＊**교통 체증** 도로에 차가 많이 몰려 길이 막히고 혼잡한 상태. ＊**사생활** 개인의 사사로운 일상생활. ＊**해킹당한다면** 다른 사람의 컴퓨터 시스템에 침입하여 저장된 정보나 프로그램을 없애거나 망친다면. ＊**제도** 관습, 도덕, 법률 등의 규범이나 사회 구조의 체계.

1 주제 찾기

이 글의 제목으로 가장 알맞은 것은 무엇인가요? (　　　)

① 자율 주행차의 종류
② 인공 지능의 문제점
③ 자율 주행차의 역사
④ 미래 생활 모습의 변화
⑤ 자율 주행차의 원리와 장단점

2 세부 내용

자율 주행차에 대한 설명으로 알맞지 않은 것은 무엇인가요? (　　　)

① 사람이 운전하지 않아도 스스로 운행한다.
② 감지 장치를 통해 도로의 상황을 인식한다.
③ 인지, 판단, 제어의 세 단계를 거쳐 움직인다.
④ 감지 장치는 사람의 뇌가 상황 판단을 하는 것과 같은 역할을 한다.
⑤ 자동차가 스스로 안전하게 운전할 수 있도록 인공 지능이 판단한다.

3 구조 알기

자율 주행차가 움직이는 원리에 맞게 기호를 쓰세요.

㉮ 감지 장치를 통해 도로의 상황을 인지한다.
㉯ 자동차의 속도나 방향 등을 조종하여 움직임을 제어한다.
㉰ 수집된 정보를 바탕으로 인공 지능이 안전하게 운전할 수 있도록 판단한다.

(　　　) → (　　　) → (　　　)

4 세부 내용

자율 주행차의 장점으로 알맞지 않은 것은 무엇인가요? (　　　)

① 교통 체증이 줄어든다.
② 교통사고의 위험이 줄어든다.
③ 개인의 사생활을 보호할 수 있다.
④ 직접 운전하지 않아도 되어 편리하다.
⑤ 노인이나 장애인도 안전하고 쉽게 이동할 수 있다.

5 어휘 어법

밑줄 친 낱말이 ㉠과 같은 뜻으로 사용된 것은 무엇인가요? (   )

① 그는 뜨거운 차를 마셨다.

② 나는 실수를 하고 얼굴이 뜨거웠다.

③ 동생이 감기에 걸려서 온몸이 뜨겁다.

④ 우리는 뜨거운 햇볕 아래 물놀이를 했다.

⑤ 관객은 공연이 끝나고 뜨거운 박수를 보냈다.

6 구조 알기

이와 같은 글을 읽는 방법으로 가장 알맞은 것은 무엇인가요? (   )

① 감각적인 표현을 찾아 느낌을 살려 읽는다.

② 뉴스에서 봤던 인공 지능에 대한 내용을 떠올리며 읽는다.

③ 글을 통해 얻을 수 있는 교훈은 무엇인지 찾아보며 읽는다.

④ 글쓴이의 주장을 뒷받침하는 근거가 타당한지 판단하며 읽는다.

⑤ 언제, 누가, 어디서, 무엇을, 어떻게 하고 있는지 살피며 읽는다.

수능 연계

7 적용 창의

이 글에서 [보기]에 나타난 글쓴이의 주장에 대한 근거로 알맞은 것은 무엇인가요? (   )

> [보기] 첨단 기술의 발전으로 여러 기업에서 자율 주행차 개발에 힘을 쏟고 있다. 하지만 자율 주행차를 일상적으로 사용하기에는 기술적인 부분 이외에도 많은 부분에서 아직 준비가 부족하다. 그중 가장 큰 문제점은 안전성과 윤리적인 문제이다. 또한 구입하는 데 드는 비용이 비싸기 때문에 많은 사람들이 자율 주행차의 장점을 누리기 힘들다. 이처럼 아직 해결하지 못한 과제로 인해 자율 주행차의 미래는 불투명하다.

① 자율 주행차는 미래의 핵심 자동차 기술이다.

② 자율 주행차의 인공 지능이 해킹당한다면 사고의 위험이 커진다.

③ 자율 주행차는 사람의 판단 실수로 일어나는 사고의 위험을 줄여 준다.

④ 자율 주행차는 인지, 판단, 제어의 세 단계를 수없이 반복하며 운행한다.

⑤ 자율 주행차를 사용하면 운전을 하는 데 어려움을 겪는 사람들이 안전하고 쉽게 이동할 수 있다.

04회 지문 익힘 어휘

1
어휘 의미

빈칸에 들어갈 알맞은 말을 [보기]에서 찾아 쓰세요.

[보기] 사실 조절 이야기 모이다 오고 가다

(1) 인지: 어떤 (   )을/를 확실히 그렇다고 여겨서 앎.

(2) 운행하다: 차량 등이 정해진 도로나 목적지를 (   ).

(3) 화두: 관심을 두어 중요하게 생각하거나 (   )할 만한 것.

(4) 제어: 기계나 시설, 체계 등이 알맞게 움직이도록 (   )함.

(5) 수집되다: 여러 가지 물건이나 재료, 정보 등이 찾아져 (   ).

2
어휘 활용

빈칸에 들어갈 알맞은 낱말의 기호를 쓰세요.

(1) 그는 시시티브이(CCTV)로 [   ]된 정보를 분석하였다. ··························· (   )
㉮ 수입 ㉯ 수집 ㉰ 수습

(2) 리모컨으로 자동차를 [   ]할 수 있어 운전하기 편리하다. ······················· (   )
㉮ 제어 ㉯ 제외 ㉰ 억제

(3) 어머니의 고향은 산골이라 버스가 하루에 한 번만 [   ]한다. ···················· (   )
㉮ 진행 ㉯ 운행 ㉰ 여행

(4) 시대의 흐름을 [   ]하고 변화에 적응하는 힘을 길러야 한다. ··················· (   )
㉮ 인지 ㉯ 무지 ㉰ 계량

(5) 요즘 우리 반 친구들 사이에 중요한 [   ]은/는 다음 중에 있을 축구 경기다. ··· (   )
㉮ 역할 ㉯ 화두 ㉰ 화자

3
어휘 확장

밑줄 친 낱말의 뜻을 찾아 선으로 이으세요.

(1) 우리는 드론을 <u>조종하는</u> 법을 배웠다.	• •	㉮ 남을 자기 마음대로 다루어 부리다.
(2) 이 사건은 어떤 거대한 세력이 <u>조종하고</u> 있다.	• •	㉯ 비행기나 배, 자동차 등이 기계를 다루어 움직이게 하다.

05회

예술·체육 | 음악 글 수준: ★★★ 어휘 수준: ★★★ 글자 수: 1270

공부한 날 월 일

13분 안에 푸세요.

오늘날 우리는 다양한 형태의 공연 예술을 접할 수 있다. 그중 오페라와 뮤지컬은 대표적인 공연 예술로 꼽힌다. '오페라'는 음악을 중심으로 한 서양의 오래된 종합 무대 예술로, 음악으로 진행하는 연극이라고 할 수 있다. '뮤지컬'은 노래와 춤, 대사 등이 조화를 이룬 대중적*인 음악극으로 19세기에 오페라의 영향을 받아 탄생했다.

뮤지컬이 오페라의 영향을 받아 탄생한 만큼 오페라와 뮤지컬은 공통점이 많다. 오페라와 뮤지컬은 이야기를 음악으로 만든 음악극이라는 공통점이 있다. 또한 노래와 춤, 의상과 무대 장치*, 연기 등 여러 가지 요소가 어우러진 종합 예술이라는 점이 비슷하다.

하지만 오페라와 뮤지컬을 자세히 알아보면 차이점이 많다는 것을 알 수 있다. 먼저 오페라는 대사가 모두 노래로만 이루어져 있다. 그래서 복잡한 멜로디*를 집어넣지 않고 말하듯이 부르는 ㉠'레치타티보'라는 노래 형식으로 내용을 전달한다. 반면 뮤지컬은 연극처럼 일반적인 대사를 사용하여 이야기를 진행하다가 상황에 맞는 노래와 춤을 춘다.

음악을 중시하는 오페라는 공연하는 사람을 '가수'라고 부르며, 오페라 가수들은 마이크 없이 풍부한 성량*으로 극장을 채운다. 또한 오페라는 가수가 약간의 몸동작을 할 뿐 직접 춤을 추지 않고 무용수*를 따로 둔다. 이야기를 중시하는 뮤지컬은 공연하는 사람을 '배우'라고 부르며, 뮤지컬 배우는 대사가 잘 전달되어야 하기 때문에 마이크를 사용하여 노래한다. 뮤지컬 배우는 직접 춤을 추며 노래하기 때문에 노래는 물론 화려한 춤 솜씨도 매우 중요하다.

오페라와 뮤지컬은 이야기의 소재에도 차이가 있다. 오페라는 주로 문학 작품이나 역사적인 사건, 신화* 등을 이야기의 소재로 다룬다. 이에 비해 뮤지컬은 보다 일상적*이고 대중적인 소재를 다루어 이야기의 범위가 다양하고 넓다.

오페라는 오케스트라*가 직접 연주하며 공연이 진행된다. 때문에 오페라 무대에는 오케스트라가 연주할 수 있는 공간인 '오케스트라 피트'가 반드시 따로 마련되어 있다. 뮤지컬은 오케스트라가 연주를 하는 경우도 있지만 전자 악기*나 다른 여러 악기들을 사용하기도 하고, 녹음된 반주*를 사용하는 경우도 있다.

대표적인 오페라 작품으로는 「마술피리」, 「피가로의 결혼」, 「카르멘」, 「아이다」, 「나비 부인」 등이 있으며, 뮤지컬 작품은 「그리스」, 「캣츠」, 「레 미제라블」, 「오페라의 유령」, 「미스 사이공」 등이 유명하다. 비슷하면서도 다른 장르*인 오페라와 뮤지컬은 관객들에게 깊은 감동과 여운*을 주는 공연 예술이다. 오페라와 뮤지컬은 각자의 특별한 매력으로 공연 예술을 풍부하게 만들어 준다.

낱말 풀이

***대중적** 여러 사람의 취향에 맞는 것. ***무대 장치** 공연을 위하여 무대를 꾸미는 장치. ***멜로디** 높낮이와 리듬이 있는 음의 흐름. ***성량** 목소리의 크기. ***무용수** 극단이나 무용단 등에서 춤을 추는 일을 전문으로 하는 사람. ***신화** 신이나 신 같은 존재에 대한 신비스러운 이야기. ***일상적** 날마다 볼 수 있는 것. ***오케스트라** 관악기, 타악기, 현악기 등 여러 가지 악기로 함께 연주하는 단체. ***전자 악기** 전기에 의한 진동을 소리의 바탕으로 하는 악기. ***반주** 노래나 기악의 연주를 도와주기 위하여 옆에서 다른 악기를 연주하는 것. ***장르** 문학이나 예술의 갈래나 분야. ***여운** 어떤 일이 끝난 다음에도 남아 있는 느낌이나 분위기.

1 구조 알기

이 글의 설명 방법으로 알맞은 것은 무엇인가요? (   )

① 설명하려는 대상의 특징을 나열하여 설명했다.
② 대상의 모습을 그림을 그리듯이 자세히 설명했다.
③ 일정한 기준에 따라 같은 것끼리 묶어서 설명했다.
④ 전체를 여러 부분으로 나누어 각 부분별로 설명했다.
⑤ 두 가지 대상에서 공통점과 차이점을 찾아 설명했다.

2 세부 내용

다음 중 오페라에 대하여 잘못 이해한 친구는 누구인가요? (   )

① 지현: 오페라는 뮤지컬의 영향을 받아 탄생했어.
② 이수: 오페라에서 공연하는 사람은 가수라고 불러.
③ 한호: 오페라는 이야기를 음악으로 만든 음악극이야.
④ 태우: 오페라는 여러 가지 요소가 어우러진 종합 예술이야.
⑤ 유빈: 오페라는 오케스트라가 직접 연주하며 공연이 진행돼.

3 세부 내용

㉠에 대한 설명으로 알맞은 것을 찾아 기호를 쓰세요.

㉮ 복잡한 멜로디와 고음으로 이루어진 노래이다.
㉯ 내용을 전달하기 위해 말하듯이 부르는 노래이다.
㉰ 등장인물의 강렬한 감정을 전하기 위해 부르는 노래이다.

(   )

4 추론 하기

다음에서 오페라의 이야기 소재로 알맞은 것을 두 가지 찾아 기호를 쓰세요.

㉮ 그리스 신화를 바탕으로 한 이야기
㉯ 역사적인 사건을 소재로 한 이야기
㉰ 파티에서 하룻밤 동안 벌어지는 일을 담은 이야기
㉱ 휴가지에서 처음 만난 친구와의 우정을 그린 이야기

(,   )

5 적용 창의

다음 대화에서 지성이가 어머니를 위해 예매할 공연으로 알맞은 것은 무엇인가요? (　　　)

> 지성: 어머니, 이번 생신 때 아버지와 보고 싶은 공연이 있으세요?
> 어머니: 배우들이 연기를 하며 흥겨운 노래에 맞추어 화려한 춤을 추는 공연을 보고 싶구나.

① 「아이다」　② 「카르멘」　③ 「그리스」
④ 「나비부인」　⑤ 「마술피리」

수능 연계

6 추론 하기

이 글과 [보기]를 참고할 때, 오페라와 뮤지컬, 판소리의 공통점으로 알맞은 것은 무엇인가요? (　　　)

> [보기] 판소리는 유네스코 세계 무형 유산으로 지정된 우리나라의 대표적인 전통 공연이다. 노래를 부르는 소리꾼 한 명이 북을 치는 고수의 장단에 맞추어 소리(노래), 아니리(말), 발림(몸짓) 등을 섞어 이야기를 전달한다. 판소리에서 관객은 중요한 요소이다. 관객은 공연 중간마다 추임새로 호응하며 공연하는 사람과 소통한다. 이런 특징은 우리의 공연 예술이 지니는 개방적인 성격을 잘 보여 준다.

① 관객과 소통하며 공연한다.
② 이야기를 대사로 전달한다.
③ 크고 웅장한 전용 극장에서 공연한다.
④ 한 사람이 노래와 춤을 추며 공연한다.
⑤ 이야기를 음악으로 전하는 음악극이다.

7 구조 알기

다음은 이 글의 중심 내용을 정리한 것입니다. 빈칸에 들어갈 알맞은 낱말을 쓰세요.

	오페라	뮤지컬
공통점	이야기를 음악으로 만든 (1) (　　　　　　)이며, 여러 가지 요소가 어우러진 종합 예술임.	
차이점	• 대사가 (2) (　　　　　　)(으)로만 이루어져 있음. • 공연하는 사람을 가수라고 부르며 무용수를 따로 둠. • 문학 작품, 역사적인 사건, 신화 등을 이야기의 소재로 다룸. • (4) (　　　　　　)이/가 직접 연주함.	• 일반적인 대사를 사용함. • 공연하는 사람을 (3) (　　　　　　)(이)라고 부르며 직접 춤을 추면서 노래함. • 일상적이고 대중적인 소재를 다룸. • 전자 악기 등을 사용하거나 녹음된 반주를 사용하는 경우도 있음.

05회 지문 익힘 어휘

1

어휘 의미

뜻에 알맞은 낱말을 낱말 카드로 만들어 쓰세요.

반 대 적 운 주 성 중 여 량

(1) 목소리의 크기. → [ ][ ]

(2) 여러 사람의 취향에 맞는 것. → [ ][ ][ ]

(3) 어떤 일이 끝난 다음에도 남아 있는 느낌이나 분위기. → [ ][ ]

(4) 노래나 기악의 연주를 도와주기 위하여 옆에서 다른 악기를 연주함. → [ ][ ]

2

어휘 활용

빈칸에 들어갈 알맞은 낱말을 찾아 선으로 이으세요.

(1) 가수가 풍부한 [ ](으)로 노래했다. •　　• ㉮ 여운

(2) 청바지는 많은 사람들이 좋아하는 [ ]인 옷이다. •　　• ㉯ 반주

(3) 호준이가 피아노 [ ]에 맞추어 노래를 시작했다. •　　• ㉰ 성량

(4) 영화가 끝났지만 긴 [ ](으)로 자리를 떠나지 못했다. •　　• ㉱ 대중적

3

어휘 확장

[보기]의 밑줄 친 낱말과 바꾸어 쓸 수 있는 낱말은 무엇인가요? (　　　)

[보기]
- 누나가 감미로운 <u>멜로디</u>의 피아노곡을 연주하였다.
- 텔레비전에서 기분 좋은 <u>멜로디</u>의 노래가 흘러나왔다.

① 악기　② 선율　③ 가수
④ 연주　⑤ 반주

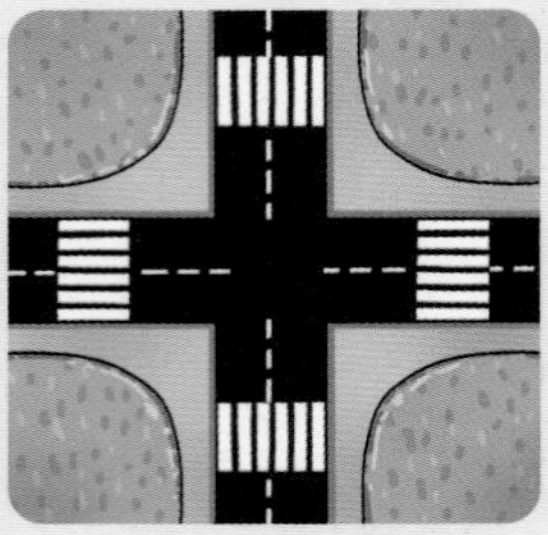

行
다닐 행

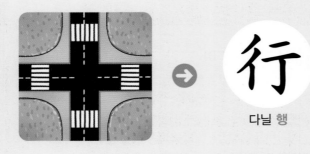

'행(行)' 자는 '다니다', '가다', '들다'라는 뜻을 가진 글자예요. 네 방향으로 갈라진 사거리의 모습을 본떠서 글자를 만들었지요. 사람이나 마차가 다니던 사거리를 그린 데서 '길', '도로', '가다'라는 뜻을 나타내게 되었어요.

• **다음 획순에 따라 한자를 따라 쓰세요.**

行 ノ 彳 彳 彳 行 行

行 行 行

행동 行動
(다닐 행, 움직일 동)

몸을 움직여 어떤 일이나 동작을 함.
예 어른을 보고도 인사하지 않는 것은 무례한 행동이야.

급행 急行
(급할 급, 다닐 행)

급히 감.
예 아버지는 할머니께 보내 드릴 택배를 급행 서비스로 보내셨다.
반대말 완행(緩行): 느리게 감.

실행 實行
(열매 실, 다닐 행)

실제로 행함.
예 학급 회의에서 결정한 자리 순서를 바로 실행하기로 했다.
비슷한말 실시(實施)

Q 빈칸에 공통으로 들어갈 한자는 무엇인가요? (   )

실□ 급□ □동 완□

① 行 ② 內 ③ 天 ④ 立 ⑤ 多

정답 ①

2주

06회

인문 | 철학 글 수준: ★★★★ 어휘 수준: ★★★★ 글자 수: 1263

공부한 날 [ ]월 [ ]일

15분 안에 푸세요.

(가) 민주주의 사회에서는 모든 사람이 동등한* 입장에서 대화와 토론을 통해 갈등과 문제를 해결한다. 하지만 많은 사람의 의견을 하나로 모으기가 쉽지 않기 때문에 '다수결*의 원칙'에 따른다. 그런데 다수를 위해 소수가 희생하는* 것이 항상 옳은 일일까?

(나) 이 질문에 답하기 위해 위급한* 상황에서 누구를 살릴 것인가를 묻는 '전차 실험'이 있다. 달리는 전차 앞에 5명이 묶여 있다. 전차는 브레이크가 고장나서 세울 수는 없고, 방향만 바꿀 수 있다. 하지만 방향을 바꾸면 다른 쪽에도 1명이 묶여 있다. 이때, 기관사가 할 수 있는 선택은 두 가지이다. 첫 번째는 아무것도 하지 않는 것이다. 그러면 5명은 죽게 되고 다른 쪽에 묶인 1명은 살 수 있게 된다. 두 번째는 방향을 바꾸는 것이다. 그러면 1명은 죽게 되지만, 5명을 살릴 수 있다는 것이 실험의 내용이다.

(다) 벨기에 겐트 대학의 심리학 연구팀은 학생들을 대상으로 이 '전차 실험'을 가정한* 생각 실험을 했다. 그 결과, 66퍼센트(%)의 학생들이 전차의 방향을 바꾸어 다른 쪽에 있던 1명을 죽게 했다. 학생들은 그 1명을 죽이는 것이 비도덕적이라는 생각보다 그렇게 함으로써 5명을 살릴 수 있다는 결과에 더 마음이 쏠린 것이다. 다수결의 원칙에 비추어 보면 학생들의 선택은 타당했다*. 이것은 공익*을 위해서는 소수의 희생이 정당하다고 보는 공리주의적 관점*과 맞닿아 있다.

(라) ㉠공리주의는 공공*의 이익을 가치 판단*의 기준으로 삼는 사상으로, '최대 다수의 최대 행복' 실현*을 윤리적 행위의 목적으로 보았다. 즉, 사회 구성원 전체의 행복을 극대화하는* 것이 도덕적인 행동이라는 것이다. 하지만 이러한 생각은 공익을 위해 비도덕적인 상황을 허용하는* 데에 문제가 있다. 고대 로마에서는 재미로 사자를 기독교도들과 함께 콜로세움에 던져 놓았다. 많은 로마인이 이 장면을 보고 즐거워하고 말할 수 없는 행복감마저 느꼈다. 하지만 사자와 함께 갇힌 소수의 기독교도들은 극심한 고통을 겪었다. 이런 경우에는 소수의 고통보다 다수의 행복이 크다고 해서 다수가 옳다고 말할 수 없을 것이다. 이와 비슷한 사례는 오늘날에도 종종 발생한다. 우리나라의 경제 발전을 위해 노동자들이 희생하는 것은 당연하다는 논리나 인구가 적은 곳에 기피 시설*을 짓는 것 등이 그 예이다.

(마) 다수의 의견이 매번 옳거나 합리적인 것은 아니다. 만약 다수가 원한다고 해서 소수에게 정의롭지 못한 일을 따르라고 강요하는 것은 다수의 횡포*에 지나지 않는다. 진정한 민주주의 사회라면 소수의 희생을 강요할 것이 아니라, ㉡소수의 의견까지 존중하고 배려하려는 노력이 필요하다.

낱말 풀이

*동등한 등급이나 정도가 같은. *다수결 많은 사람의 의견에 따라 결정을 내리는 일. *희생하는 어떤 사람이나 목적을 위해 자신의 목숨, 재산, 명예, 이익 등을 바치거나 버리는. *위급한 어떤 일이나 상태가 몹시 위험하고 급한. *가정한 어떤 일이 실제로 일어났다고 여기거나 미리 생각해 보는. *타당했다 사물의 이치에 맞아 올발랐다. *공익 사회 전체의 이익. *관점 사물이나 현상을 보고 생각하는 개인의 입장이나 태도. *공공 한 국가 또는 사회의 모든 사람에게 관계되는 것. *가치 판단 주관적으로 대상의 가치를 판단하는 것. *실현 꿈이나 계획 등을 실제로 이룸. *극대화하는 더 이상 커질 수 없을 만큼 커지게 하는. *허용하는 문제 삼지 않고 허락하여 받아들이는. *기피 시설 사람들이 꺼리거나 싫어하여 피하는 시설. *횡포 제멋대로 굴며 매우 난폭함.

1 주제 찾기

글쓴이의 주장으로 알맞은 것은 무엇인가요? (　　　)

① 다수결의 원칙에 따라 선택해야 한다.
② 도덕적 책임을 지지 않도록 선택해야 한다.
③ 다수의 사람들이 선택한 결과가 옳은 일이다.
④ 다수를 위해 소수의 희생을 강요해서는 안 된다.
⑤ 사회 구성원 전체의 이익이 최대가 되게 해야 한다.

2 세부 내용

이 글의 내용과 일치하지 <u>않는</u> 것은 무엇인가요? (　　　)

① 민주주의 사회에서는 다수결의 원칙을 따른다.
② 전차 실험은 위급한 상황에서의 선택을 다루는 생각 실험이다.
③ 다수가 정의롭지 못한 일을 소수에게 강요하는 것은 다수의 횡포이다.
④ 공리주의는 공공의 이익을 위해서라면 소수의 희생도 정당하다고 생각한다.
⑤ 전차 실험의 결과 다수의 학생들이 전차의 방향을 바꾸지 않는 것을 선택했다.

3 세부 내용

글쓴이의 주장에 대한 근거를 <u>두 가지</u> 고르세요. (　　,　　)

① 다수의 의견이 항상 정의롭거나 올바른 것은 아니다.
② 다수의 의견을 따르는 것이 사회 전체의 이익이 된다.
③ 사회 전체의 공동 이익을 위해서 소수가 희생할 수 있다.
④ 공익을 위해 비도덕적인 상황까지 허용하는 공리주의는 문제가 있다.
⑤ 다수결의 원칙은 사회 공동의 문제를 해결하기 위한 적절한 방법이다.

4 구조 알기

이 글의 짜임을 나타낸 그림으로 알맞은 것은 무엇인가요? (　　　)

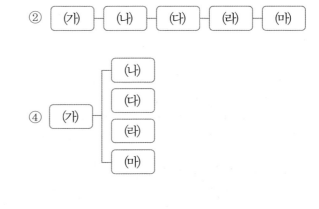

①
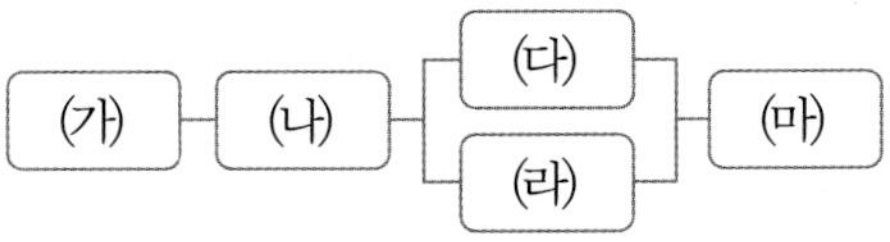

②
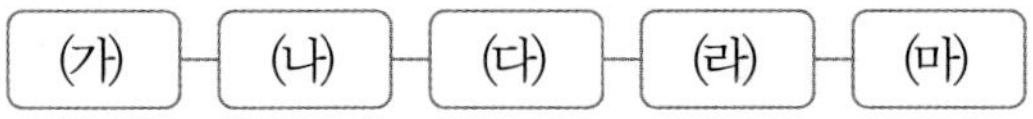

③
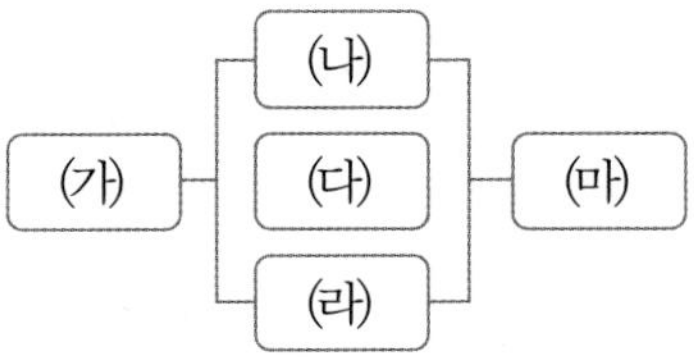

④
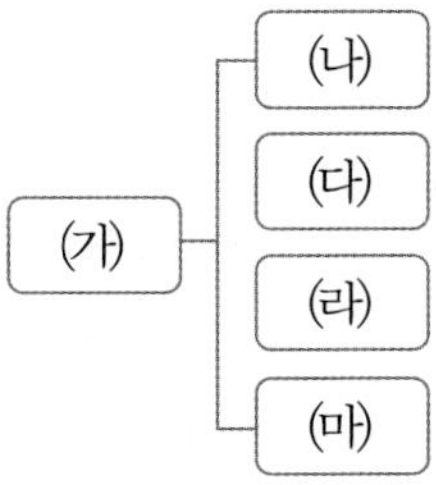

⑤
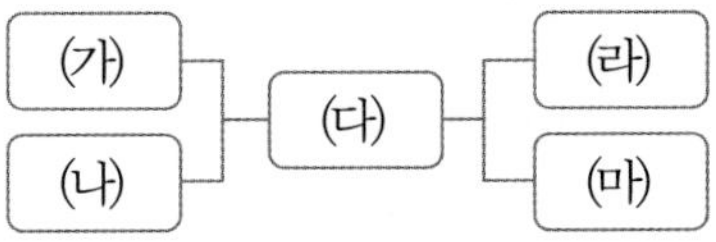

5 글 ㈏의 상황을 나타내기에 알맞은 한자 성어는 무엇인가요? (　　　　)

어휘 어법

① 진퇴양난(進退兩難): 이러지도 저러지도 못하는 어려운 처지.

② 일거양득(一擧兩得): 한 가지 일을 하여 두 가지 이익을 얻음.

③ 칠전팔기(七顚八起): 여러 번 실패해도 포기하지 않고 계속 노력함.

④ 적반하장(賊反荷杖): 잘못한 사람이 아무 잘못도 없는 사람을 나무람.

⑤ 오비이락(烏飛梨落): 아무 관계없는 일이 함께 일어나 억울하게 의심을 받게 됨.

수능 연계

6 ㉠의 관점에서 [보기]의 예를 판단한 것은 무엇인가요? (　　　　)

적용 창의

> [보기] 경제 발전에 큰 공헌을 한 ○○그룹의 재벌 회장과 다섯 명의 교도소 수감자들이 치명적인 전염병에 감염되어 동시에 병원 응급실에 입원했다. ○○그룹 회장은 나이가 많아 더 위험할 수 있고, 교도소에서 집단 감염되어 온 수감자들은 다른 수감자들까지 전염시킬 수 있어서 빠른 치료가 필요하다. 당신이 이들의 치료를 맡은 의사라면, 어느 쪽을 먼저 치료할 것인가?

① 재벌 회장은 나이가 많으니 아직 젊은 수감자들 먼저 치료해야지.

② 시시티브이(CCTV)를 확인해서 병원에 도착한 순서대로 치료하면 되겠네.

③ 범죄자들을 국민의 세금으로 치료해 주면 안 돼. 재벌 회장을 치료하면 큰 보상도 해 줄 테니, 당연히 먼저 치료해야지.

④ 범죄자들은 사회에 피해를 주는 존재니 나중에 치료해도 돼. 우리나라 경제 발전에 많은 기여를 한 재벌 회장부터 살려야지.

⑤ 재벌 회장 한 명보다는 다섯 명의 수감자부터 치료해야지. 회장은 나이가 많아 회복 가능성도 적으니 그 시간에 수감자 다섯 명을 살리는 게 더 효율적이야.

7 ㉡의 방법으로 알맞지 않은 것은 무엇인가요? (　　　　)

추론 하기

① 다수의 의견을 비판할 수 있는 기회가 주어져야 한다.

② 다수의 의견을 묻지 말고 소수의 의견을 물어 결정해야 한다.

③ 다수와 소수가 서로 양보하고 관용을 베푸는 태도를 가져야 한다.

④ 충분한 설득과 토론으로 소수 의견의 동의를 얻어 내도록 해야 한다.

⑤ 다수결의 원칙은 합의점을 찾기 어려울 때 최후의 수단으로 써야 한다.

06회 지문 익힘 어휘

1
어휘 의미

빈칸에 들어갈 알맞은 낱말을 찾아 기호를 쓰세요.

(1) 횡포: 제멋대로 굴며 매우 ☐. ………… (　　　)
㉮ 포근함　㉯ 산만함　㉰ 난폭함

(2) 실현: 꿈이나 계획 등을 ☐ 이룸. ………… (　　　)
㉮ 실제로　㉯ 임시로　㉰ 거짓으로

(3) 허용하다: 문제 삼지 않고 ☐ 받아들이다. ………… (　　　)
㉮ 제안하여　㉯ 허락하여　㉰ 요청하여

(4) 위급하다: 어떤 일이나 상태가 몹시 ☐ 급하다. ………… (　　　)
㉮ 바쁘고　㉯ 불안하고　㉰ 위험하고

2
어휘 활용

빈칸에 들어갈 알맞은 낱말을 [보기]에서 찾아 쓰세요.

[보기]	위급	실현	허용	횡포

(1) 일이 돌아가는 상태가 매우 (　　　　　)하다.

(2) 정부에서 원격 진료를 (　　　　　)해 주기로 했다.

(3) 할아버지는 통일이 (　　　　　)될 날을 손꼽아 기다리셨다.

(4) 대기업의 (　　　　　)(으)로 작은 가게들이 피해를 입고 있다.

3
어휘 확장

다음 낱말과 반대되는 뜻을 가진 낱말을 찾아 선으로 이으세요.

(1) 다수 •　　• ㉮ 손해

(2) 공익 •　　• ㉯ 소수

(3) 이익 •　　• ㉰ 사익

07회

사회 | 정보 글 수준: ★★★★ 어휘 수준: ★★★★ 글자 수: 1164

공부한 날 [ ]월 [ ]일

15분 안에 푸세요.

(가) 요즘에는 회원 가입, 병원 진료, 학원 수강 등록 등 많은 일상생활에서 개인 정보 활용 동의 여부를 확인한다. ㉠개인 정보란 개인의 이름, 주민 등록 번호, 주소, 전화번호, 가족 관계, 진료 기록, 신용 카드 번호, 계좌 번호, 학력, 사회적 지위, 통화 내역, 전자 우편 등 특정 개인을 알아볼 수 있는 모든 정보를 말한다. 또한 그 하나만으로 개인을 알아볼 수 없어도 이들을 결합하여 개인을 특정지을 수 있다면 이것도 개인 정보라고 할 수 있다.

(나) 그런데 개인 정보는 왜 보호되어야 하는 걸까? 현대 사회는 개인에 대한 정보가 컴퓨터 시스템에 기록이 되고, 인터넷상에서 대량으로 처리된다. 이 과정에서 개인 정보가 유출되어* 이로 인한 피해가 발생하고 있다. 특히 금융 부문에서 ㉡개인 정보 유출로 인한 피해는 매우 크다. 유출된 개인 정보가 악용되어* ㉢보이스 피싱* 및 불법 마케팅, 대출 권유, 불법 소액 결제 등 금전적 피해 사례가 자주 발생하고 있다. 뿐만 아니라 그 방법들도 점차 고도화되어* 개인의 명의*를 도용한* 범죄 발생의 우려*도 커지고 있다. 따라서 우리 사회 전반에 걸쳐 개인 정보 보호에 관한 제도와 인식*을 재정비할* 필요가 있다. 이렇게 개인 정보를 보호하기 위해 만든 법이 개인 정보 보호법이다.

(다) 개인 정보 보호법은 개인의 동의* 없이 개인 정보를 수집하거나 활용하며, 이를 다른 사람에게 제공하지 못하도록 금지하고 있다. 공공 기관 및 병원 등은 개인 정보를 의무적으로 보호해야 하며, 주민 등록 번호 같은 정보 요구를 원칙적으로 금지하고 있다. 정보 주체자*의 동의를 얻어 개인 정보를 수집하였을 때는 이를 목적 범위 안에서 이용해야 하며, 수집 목적, 이용 항목, 보유 및 이용 기간을 알려야 한다.

(라) 나날이 스팸*과 보이스 피싱 수법이 정교해지면서* 개인 정보 유출로 인한 피해 사례가 많아지고 있다. 개인 정보가 인터넷상에서 쉽게 유출되기 때문에 피해를 예방하기 위한 습관도 매우 중요하다. 개인 정보를 제공할 때는 개인 정보 이용 약관*을 꼼꼼히 읽어 보고, 비밀번호를 주기적*으로 변경하며, 출처가 불분명하거나 의심이 가는 자료는 내려받지 말아야 한다. 또한 공유하는 컴퓨터에 개인 정보 파일을 저장하지 말고, 인터넷 누리집에 회원 가입을 할 때는 주민 등록 번호 대신 아이핀*을 사용하도록 한다. 처음부터 개인 정보가 유출되지 않도록 사전에 예방하는 것이 중요하다.

낱말 풀이

＊**유출되어** 귀한 물건이나 정보가 불법적으로 외부로 나가 버려. ＊**악용되어** 나쁜 일에 쓰이거나 나쁘게 이용되어. ＊**보이스 피싱** 전화를 통해 불법적으로 개인 정보를 빼내서 사용하는 범죄. ＊**고도화되어** 기술이나 능력이 발전하여 정도가 높아져. ＊**명의** 공식 문서에서 권한과 책임이 있는 이름. ＊**도용한** 남의 물건이나 명의를 몰래 쓴. ＊**우려** 근심하거나 걱정함. ＊**인식** 무엇을 분명히 알고 이해함. ＊**재정비할** 다시 고치거나 정리하여 제대로 갖출. ＊**동의** 다른 사람의 행위를 인정하여 받아들임. ＊**주체자** 어떤 단체나 일의 주가 되는 사람. ＊**스팸** 인터넷을 이용하여 다수의 수신인에게 발송된 이메일 메시지. ＊**정교해지면서** 솜씨나 기술이 세밀하고 정확하며 교묘해지면서. ＊**약관** 일정한 형식에 의해 정해진 계약의 내용. ＊**주기적** 일정한 간격을 두고 되풀이하여 진행하거나 나타나는 것. ＊**아이핀(i-PIN)** 인터넷상에서 주민 등록 번호 대신 아이디와 패스워드를 이용하여 본인 확인을 하는 수단.

1 구조 알기

이 글에 대한 설명으로 알맞은 것은 무엇인가요? (   )

① 글쓴이의 느낌이나 체험을 자유롭게 서술하고 있다.
② 글쓴이의 생각과 느낌을 함축적인 언어로 표현하고 있다.
③ 글쓴이의 생각을 드러내지 않고 객관적인 정보를 전달하고 있다.
④ 글쓴이의 상상력을 바탕으로 이야기를 허구적으로 꾸며 내고 있다.
⑤ 글쓴이의 생각이나 의견을 논리적으로 서술하여 읽는 이를 설득하고 있다.

2 구조 알기

이 글을 쓴 방법으로 알맞지 않은 것은 무엇인가요? (   )

① 중심 용어의 개념을 설명하고 있다.
② 문제의 구체적 사례를 제시하고 있다.
③ 문제에 대한 장단점을 대비시키고 있다.
④ 지식이나 정보를 자세하게 설명하고 있다.
⑤ 문제에 대한 예방법을 구체적으로 제시하고 있다.

3 주제 찾기

글 ㈎~㈑의 중심 내용으로 알맞지 않은 것을 [보기]에서 찾아 기호를 쓰세요.

[보기]
㉮ 글 ㈎: 개인 정보의 개념
㉯ 글 ㈏: 개인 정보 보호의 필요성
㉰ 글 ㈐: 개인 정보 보호법의 문제점
㉱ 글 ㈑: 개인 정보 유출로 인한 피해 예방법

(   )

4 세부 내용

㉠에 해당하지 않는 것은 무엇인가요? (   )

① 전화번호
② 주민 등록 번호
③ 병원 진료 기록
④ 컴퓨터 사용 능력
⑤ 예금 통장 계좌 번호

5 세부 내용

㉡을 막기 위한 방법으로 알맞지 않은 것은 무엇인가요? (　　　)

① 비밀번호를 주기적으로 바꾼다.
② 공유하는 컴퓨터에 개인 정보 파일을 저장하지 않는다.
③ 출처가 불분명하거나 의심이 가는 자료는 내려받지 않는다.
④ 개인 정보를 제공할 때는 개인 정보 이용 약관을 꼼꼼히 살펴본다.
⑤ 인터넷 누리집에 회원 가입을 할 때는 주민 등록 번호를 정확히 입력한다.

수능 연계

6 추론하기

[보기]의 사례를 ㉢으로 판단할 때, 그 근거로 알맞지 않은 것은 무엇인가요? (　　　)

> [보기] 요즘 가족을 사칭하는 보이스 피싱 수법이 유행하고 있다. 주로 자녀를 사칭해서 접근한 뒤, 핸드폰을 잃어버렸다며 갖가지 이유를 대면서 돈을 보내 달라거나 신분증을 촬영해 보내 달라고 한다. 또한 통장 계좌나 신용 카드 번호와 비밀번호 등을 알려 달라고 하는 경우도 있다.

① 핸드폰을 잃어버렸다고 하는가
② 상대의 계좌로 송금을 요구하는가
③ 통장 계좌 번호와 비밀번호를 요구하는가
④ 신용 카드 번호와 비밀번호를 요구하는가
⑤ 주민 등록 번호 등 개인 정보를 요구하는가

7 적용 창의

이 글을 읽고 보인 반응으로 알맞지 않은 친구는 누구인가요? (　　　)

① 아름: 병원 진료를 받으려면 무조건 내 개인 정보를 모두 알려 줘야 돼.
② 나라: 컴퓨터에서 자료를 내려받을 때는 출처가 확실한 것만 이용해야겠어.
③ 보람: 다른 사람에게 우리 집 주소나 전화번호를 함부로 알려 주지 말아야겠어.
④ 민국: 택배 상자를 버릴 때는 상자에 붙어 있는 송장을 꼭 제거하고 버려야겠어.
⑤ 한결: 도서관에서 컴퓨터를 사용하고 나서는 로그아웃하고 이용 기록도 삭제해야지.

정답 15쪽

07회 지문 익힘 어휘

1

어휘 의미

뜻에 알맞은 낱말을 [보기]에서 찾아 쓰세요.

[보기] 명의 우려 유출되다 악용되다 도용하다

(1) ( ): 근심하거나 걱정함.

(2) ( ): 남의 것을 허락 없이 몰래 쓰다.

(3) ( ): 나쁜 일에 쓰이거나 나쁘게 이용되다.

(4) ( ): 공식 문서에서 권한과 책임이 있는 이름.

(5) ( ): 귀한 물건이나 정보가 불법적으로 외부로 나가 버리다.

2

어휘 활용

빈칸에 들어갈 알맞은 낱말을 [보기]에서 찾아 쓰세요.

[보기] 유출 악용 명의 도용 우려

(1) 시험 문제가 ( )되어 시험이 취소되었다.

(2) 다른 사람이 내 ( )(으)로 핸드폰을 개통하였다.

(3) 누군가 내 이름을 ( )하여 카페 회원으로 가입했다.

(4) 개인 정보 유출을 ( )하여 인터넷을 사용하지 않는다.

(5) 자신의 지위를 ( )하여 부당한 행위를 하는 사람들이 있다.

3

어휘 확장

다음 낱말과 반대되는 뜻을 가진 낱말을 찾아 선으로 이으세요.

(1) 특정 • • ㉮ 선용

(2) 악용 • • ㉯ 탈퇴

(3) 가입 • • ㉰ 불특정

08회

과학 | 물리 글 수준: ★★★ 어휘 수준: ★★★ 글자 수: 1299

공부한 날 ( )월 ( )일

13분 안에 푸세요.

㈎ '이글루'는 그린란드와 시베리아, 알래스카 등의 북극 지방에 사는 이누이트의 전통 가옥*을 이르는 말이었다. 우리는 '이글루' 하면 눈과 얼음으로 만든 얼음집을 머리에 떠올린다. 그러나 사실 이글루의 재료는 눈과 얼음 말고도 매우 다양하다. 나무나 돌, 짐승의 가죽 등을 이용해서도 이글루를 짓는다. 이글루는 처음에는 이누이트의 전통 가옥을 통틀어 이르는 말이었다가 얼음집이 유명해지면서 얼음집을 뜻하는 말이 되었다.

㈏ 이누이트들이 이글루를 만드는 방법은 아주 단순하다. 먼저 고래 뼈로 만든 긴 칼로 바닥을 파낸 다음, 폭이 50센티미터(cm) 정도 되는 벽돌 모양으로 눈을 자른다. 잘라 낸 눈 벽돌은 아래에서부터 엇갈리게 해서 반구* 모양으로 쌓는다. 눈 벽돌로 천장까지 막고 나면 ㉠안에서부터 바람의 반대 방향으로 파내어 출입구를 만든다. 출입구를 만든 다음 천장에 환기*를 위한 작은 구멍을 뚫어 집 모양을 완성한다.

㈐ 집 모양이 완성되면 이누이트들은 집을 지을 때 사용하는 시멘트나 나사못 같은 ㉡접착제 없이 눈 벽돌을 고정한다*. 그 방법은 불을 피워 이글루 안의 온도를 높이는 것이다. 이글루 안의 온도가 올라가면 벽 안쪽에서 눈이 녹아내리면서 눈 벽돌 사이의 빈틈을 메워 준다. 이렇게 눈이 어느 정도 녹으면 출입문을 활짝 열어 바깥의 찬 바람이 실내로 들어오게 한다. 그러면 녹아내리던 눈이 갑자기 들어온 찬 공기에 얼어붙는다. 이 과정을 몇 번씩 반복하는 사이 눈 사이에 있던 공기는 빠져나가지 못하고 얼음에 갇히는 동시에 눈 벽돌끼리 서로 단단하게 뭉쳐져 튼튼한 얼음집이 만들어진다.

㈑ 이누이트들은 추운 날에는 이글루 바닥에 물을 뿌려 난방*을 한다. 차가운 얼음 바닥에 물을 뿌리면 난방은커녕 더 추워질 것 같지만 그렇지 않다. 물의 상태가 변화하는 과정에서 열의 흡수*와 방출*이 일어나기 때문이다. 얼음이 녹아 물이 될 때는 주변의 열을 흡수하지만, 물이 얼음이 될 때는 반대로 주변에 열을 내보낸다. 액체인 물이 고체인 얼음이 되면서 방출하는 열을 ㉢'응고열'이라고 하는데, 이글루 바닥에 물을 뿌리면 이 '응고열'이 발생한다. 바닥에 뿌린 물이 얼어붙으면서 자신이 가지고 있던 열을 방출해 주변이 따뜻해지는 것이다. 이때 찬물 대신 뜨거운 물을 뿌리면 더욱 효과적이다. 온도가 높은 뜨거운 물은 증발*이 빨리 일어나 같은 양의 찬물보다 더 빨리 어는점*에 도달하기 때문이다.

㈒ 이누이트들은 응고열과 같은 과학적 원리*는 몰랐지만 주변에서 쉽게 구할 수 있는 눈과 얼음을 이용해 혹한의* 날씨를 이겨 낼 수 있는 이글루를 만들어 냈다. 이글루에는 눈과 얼음으로 뒤덮인 척박한* 땅에서 기후에 적응하며* 터득한* 이누이트들의 지혜가 담겨 있다.

낱말 풀이

*__전통 가옥__ 옛날부터 전해 내려오거나 옛날 방식으로 지은 집. *__반구__ 구(공처럼 둥글게 생긴 물체)를 반으로 나눈 한쪽. *__환기__ 더럽고 탁한 공기를 맑은 공기로 바꿈. *__고정한다__ 한곳에서 움직이지 않게 한다. *__난방__ 방이나 건물 안을 따뜻하게 하는 것. *__흡수__ 안이나 속으로 빨아들임. *__방출__ 빛이나 열 등을 밖으로 내보냄. *__증발__ 어떤 물질이 액체 상태에서 기체 상태로 변함. *__어는점__ 물이 얼기 시작할 때의 온도. *__원리__ 사물의 본질이나 바탕이 되는 이치. *__혹한의__ 아주 심한 추위의. *__척박한__ 땅이 기름지지 못하고 메마른. *__적응하며__ 어떤 곳이나 일에 익숙해지며. *__터득한__ 깊이 생각하여 스스로 이치를 깨달아 알아낸.

1 세부 내용

이 글의 내용과 일치하지 않는 것은 무엇인가요? (　　　)

① 이글루를 짓는 재료는 눈과 얼음 외에도 다양하다.
② 이누이트들은 이글루 바닥에 물을 뿌려서 난방을 한다.
③ 이글루는 시멘트 같은 접착제를 사용해 눈 벽돌을 고정한다.
④ 이글루는 이누이트들의 전통 가옥을 통틀어 이르는 말이었다.
⑤ 온도가 높은 뜨거운 물은 같은 양의 찬물보다 더 빨리 얼게 된다.

2 구조 알기

이글루 만드는 방법의 차례에 맞게 기호를 쓰세요.

㉮ 바람의 반대 방향에 출입구를 만든다.
㉯ 천장에 환기를 위한 작은 구멍을 뚫는다.
㉰ 칼로 바닥을 파낸 다음 눈을 벽돌 모양으로 잘라 낸다.
㉱ 눈 벽돌을 아래에서부터 엇갈리게 해 반구 모양으로 쌓는다.
㉲ 불을 피워 벽 안쪽의 눈을 녹였다가 출입문을 열어 얼게 한다.

(　　　) → (　　　) → (　　　) → (　　　) → (　　　)

3 구조 알기

이 글의 짜임을 나타낸 그림으로 알맞은 것은 무엇인가요? (　　　)

①
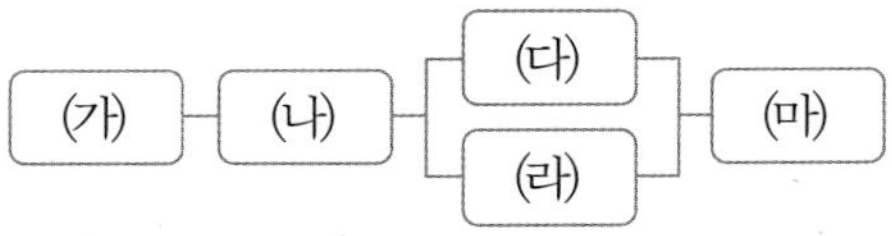

②
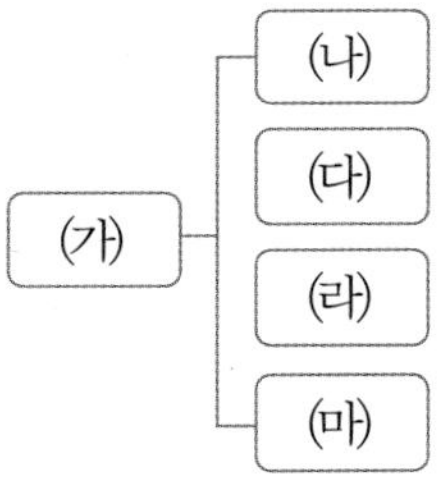

③
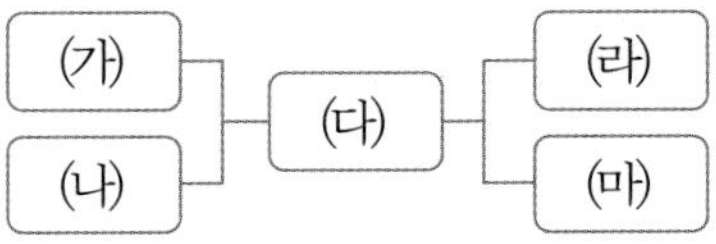

④
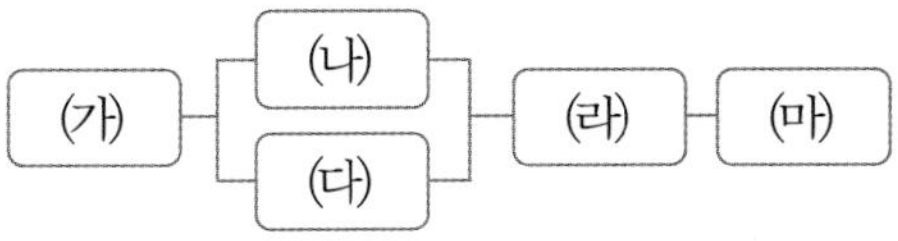

⑤
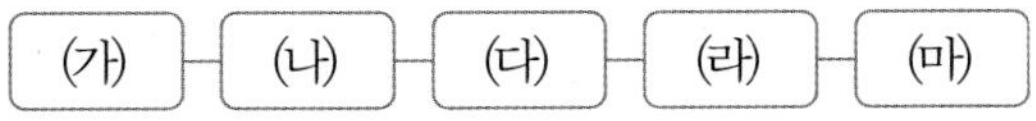

4 추론 하기

㉠의 까닭을 알맞게 짐작한 것은 무엇인가요? (　　　)

① 눈 벽돌이 녹아내리지 않게 하려고
② 이글루 안의 찬 공기가 잘 빠져나가게 하려고
③ 출입문으로 찬 바람이 들어오는 것을 막으려고
④ 이글루 안의 탁한 공기를 맑은 공기로 바꾸려고
⑤ 이글루 안에서 불을 피웠을 때 꺼지지 않게 하려고

5 어휘 의미

이글루에서 ㉡의 역할을 하는 것은 무엇인가요? (　　　　)

① 시멘트나 나사못　② 이글루 안에 피운 불
③ 눈 사이에 있던 공기　④ 불에 의해 녹아내린 눈
⑤ 이글루 바닥에 뿌린 물

6 적용 창의

㉢의 예로 알맞은 것은 무엇인가요? (　　　　)

① 사람은 더울 때 땀을 흘려서 체온을 조절한다.
② 더운 여름날 얼음 조각 근처에 있으면 시원하다.
③ 아이스박스에 얼음을 채워 음식을 차갑게 보관한다.
④ 초겨울에 호수가 있는 지역은 다른 지역보다 따뜻하다.
⑤ 음료수에 얼음을 넣으면 얼음이 녹으면서 음료가 시원해진다.

수능 연계

7 추론하기

이 글을 참고할 때 [보기]에서 밑줄 친 부분의 까닭으로 알맞은 것은 무엇인가요? (　　　　)

[보기] 세계 최대의 오렌지 생산지 중 하나인 미국 플로리다는 따뜻한 기후로 유명한 곳이다. 그런데 이렇게 따뜻한 플로리다에서 기온이 갑자기 내려가는 한파 현상이 발생하여 오렌지 농사를 망친 적이 있다. 플로리다 농부들은 한파로 인한 피해를 막을 방법을 궁리한 끝에 한파가 닥치기 전 오렌지 나무에 물을 뿌리기로 했다. 그러자 농부들이 예상한 대로 오렌지 나무는 한파의 피해를 입지 않았다.

① 한파가 닥치자 물이 얼면서 열을 방출해 오렌지가 피해를 입지 않았다.
② 한파가 닥치자 물이 증발하면서 오렌지가 가진 수분을 빼앗아 피해를 입지 않았다.
③ 한파가 닥치자 물이 얼면서 주변의 열을 흡수해 오렌지가 차가워져 피해를 입지 않았다.
④ 한파가 닥치자 물이 얼면서 한데 뭉친 오렌지가 나무에 단단히 붙어 피해를 입지 않았다.
⑤ 한파가 닥치자 오렌지 나무의 줄기가 얼면서 오렌지들을 미리 떨어뜨려 피해를 입지 않았다.

08회 지문 익힘 어휘

1 어휘 의미

뜻에 알맞은 낱말을 찾아 선으로 이으세요.

(1) 빛이나 열 등을 밖으로 내보내다.	㉮ 터득하다
(2) 한곳에서 움직이지 않게 하다.	㉯ 적응하다
(3) 어떤 곳이나 일에 익숙해지다.	㉰ 고정하다
(4) 땅이 기름지지 못하고 메마르다.	㉱ 척박하다
(5) 깊이 생각하여 스스로 이치를 깨달아 알아내다.	㉲ 방출하다

2 어휘 활용

빈칸에 들어갈 알맞은 낱말을 [보기]에서 찾아 쓰세요.

[보기] 척박 적응 방출 고정 터득

(1) 난로는 뜨거운 열을 (　　　　　　)했다.

(2) 책장이 자꾸 넘어가서 필통으로 (　　　　　　)해 두었다.

(3) 형은 낚시하는 법을 (　　　　　　)해 제법 많은 물고기를 잡았다.

(4) 이 지역은 (　　　　　　)한 땅에 새로운 작물을 심어 개척한 곳이다.

(5) 새 학년이 시작될 때는 학교에 (　　　　　　)하지 못하는 아이들이 있다.

3 어휘 확장

[보기]의 밑줄 친 낱말과 같은 뜻으로 쓰인 것은 무엇인가요? (　　　)

[보기] 이글루는 이누이트들의 전통 가옥을 이르는 말이다.

① 할아버지는 키가 구 척에 이르는 장신이셨다.
② 정훈이는 이른 나이에 혼자 미국 유학을 떠났다.
③ 우리는 머리가 좋고 꾀가 많은 사람을 일러 여우라고 말한다.
④ 약속한 공원에 이르러서야 지갑을 놓고 왔다는 것을 깨달았다.
⑤ 연극에서 등장인물들 사이의 갈등이 매우 심각한 상태에 이르렀다.

09회

기술 | 첨단 기술 글 수준: ★★★ 어휘 수준: ★★★★ 글자 수: 1271

공부한 날 월 일

14분 안에 푸세요.

(가) '콩 심은 데 콩 나고 팥 심은 데 팥 난다'는 속담처럼 자식이 부모를 닮는 것은 당연한 이치*이다. 이렇게 부모의 생김새와 특징이 자식에게 전해지는 현상을 '유전'이라고 하고, 유전을 일으키는 정보는 자식이 부모에게 물려받은 유전자(DNA)*에 담겨 있다.

(나) 1953년 생물학자 왓슨과 크릭이 이 유전자의 존재를 밝혀낸 이후 유전자 연구에 엄청난 돈과 노력, 시간을 들였는데, 그 결과 2000년대에 인간의 유전자 지도가 처음으로 밝혀졌다. 인간의 유전자는 총 32억 개이며, 아데닌(A)과 시토신(C), 구아닌(G), 티민(T) 등 4가지 염기 서열*로 구성돼 있었다. ㉠그러나 인간의 유전자 지도가 밝혀졌다고 해서 곧바로 생명 현상의 비밀을 풀 수 있는 것은 아니었다. 이를 이해하려면 유전자 각각의 역할과 기능에 대해 속속들이 알고 자유롭게 바꿀 수 있을 정도여야 했다. 인간이 유전자를 비교적 자유롭게 다루게 된 것은 2015년 '크리스퍼 유전자 가위'가 개발된 이후부터였다.

(다) 유전자 편집* 기술인 '크리스퍼 유전자 가위'는 하루아침에 만들어지지 않았다. 1970년대에 최초로 개발된 유전자 가위는 '징크핑거 뉴클레이즈'라는 긴 이름을 가진 합성 단백질이었다. 이 유전자 가위는 좀 더 정교하게* 발전해 식품 분야에서 잘 무르지 않는 토마토, 크기가 큰 감자, 병충해*에 강한 밀 등 다양한 유전자 변형 식품을 만들어 냈다. 이후 연구를 거듭한 끝에 유전자 기술의 혁명*이라고 불리는 '크리스퍼 유전자 가위'가 개발됐다.

(라) ㉡크리스퍼 유전자 가위는 하는 일에 따라 크게 두 부분으로 가를 수 있다. 하나는 유전자를 찾는 정보를 담고 있는 부분이고, 다른 하나는 실제로 유전자를 자르는 부분이다. 이 크리스퍼 유전자 가위가 작동하는* 원리는 간단하다. 먼저 바꾸고 싶은 표적* 유전자를 찾아낸 다음 유전자 가위 안에 있는 단백질 효소가 유전자 가닥을 잘라낸다. 여기에 바꾸고 싶은 새로운 유전자 가닥을 끼워 넣으면 유전자 편집이 끝난다.

(마) 크리스퍼 유전자 가위는 유전자에서 원하는 부위만 정확하게 잘라 낼 수 있어 이전 기술보다 앞선 혁신적*인 기술이다. 게다가 비전문가도 사용할 수 있을 정도로 간편하고 걸리는 시간도 짧으며 비용도 저렴해 효율적*이다. 그래서 혈우병 같은 유전병이나 에이즈, 암 등 고치기 어려운 병의 유전자를 제거할 수 있는 기술로 기대를 모으고 있다. 하지만 ㉢이 기술이 인간의 유전자를 마음대로 편집해 맞춤형 아기를 만드는 데 사용된다면 윤리적* 문제를 일으킬 수 있다. 유전자 편집 기술의 발전이 우리에게 독이 되지 않도록 모두가 머리를 맞대고* 진지하게 고민을 시작할 때다.

낱말 풀이

*이치 정당하고 도리에 맞는 원리. *유전자(DNA) 생물체의 세포를 구성하고 유지하는 데 필요한 정보가 담겨 있으며 생식을 통해 자손에게 전해지는 요소. *염기 서열 어버이의 특징을 자식에 전하는 물질을 구성하는 염기의 서열. *편집 여러 자료를 모아서 다듬거나 엮는 것. *정교하게 솜씨나 기술이 빈틈이 없이 자세하고 뛰어나게. *병충해 꽃이나 농작물 등이 균이나 벌레 때문에 입는 피해. *혁명 이전의 것을 뒤집고 새롭고 더 발달된 것을 급격하게 세우는 일. *작동하는 기계 등이 움직여 일하는. *표적 목표로 삼는 물건. *혁신적인 오래된 풍속, 관습, 조직, 방법 등을 완전히 바꾸어 새롭게 하는. *효율적 들인 노력이나 힘에 비해 얻는 결과가 큰 것. *윤리적 사람으로서 마땅히 지켜야 할 바람직한 행동 기준에 관련된 것. *머리를 맞대고 어떤 일을 의논하거나 결정하기 위해 서로 마주 대하고.

1 주제 찾기

이 글의 중심 화제로 가장 알맞은 것은 무엇인가요? (　　　)

① 유전　② 생명 현상　③ 유전자 지도
④ 유전자 편집　⑤ 유전자 변형 식품

2 세부 내용

이 글을 읽고 답할 수 있는 질문은 무엇인가요? (　　　)

① 유전자 각각의 역할과 기능은 무엇인가?
② 유전자 변형 식품의 안전성은 어떠한가?
③ 크리스퍼 유전자 가위는 어떤 장점이 있는가?
④ 유전자 가위를 최초로 개발한 사람은 누구인가?
⑤ 크리스퍼 유전자 가위 이후에는 어떤 기술이 나왔는가?

3 세부 내용

'크리스퍼 유전자 가위'에 대한 설명으로 알맞지 <u>않은</u> 것은 무엇인가요? (　　　)

① 혈우병이나 에이즈, 암의 유전자를 제거할 수 있다.
② 전문가들이 주로 사용하는 기술이라 비용이 상당하다.
③ 인간의 유전자를 편집해 맞춤형 아기를 만드는 데 사용될 수 있다.
④ 이전 기술보다 더 정확하게 유전자에서 원하는 부위를 잘라 낼 수 있다.
⑤ 유전자를 찾을 수 있는 정보를 담은 부분과 실제 유전자를 자르는 부분으로 이루어져 있다.

4 구조 알기

다음 내용이 들어가기에 알맞은 곳은 어디인가요? (　　　)

> 크리스퍼 유전자 가위는 사실 세균이 가지고 있던 바이러스 면역 시스템의 일종이다. 바이러스가 침투하면 세균은 바이러스의 유전자 일부를 잘라 기억해 둔다. 그리고 나중에 다시 바이러스가 침입하면 자신이 기억했던 바이러스의 유전자 조각과 비교해 같은 유전자 조각을 잘라 바이러스를 물리친다. 이 과정을 이용해서 개발한 것이 '크리스퍼 유전자 가위'이다.

① 글 (가)의 뒤　② 글 (나)의 뒤　③ 글 (다)의 뒤
④ 글 (라)의 뒤　⑤ 글 (마)의 뒤

5 추론하기

㉠에서 짐작할 수 있는 내용은 무엇인가요? (　　　)

① 과학 기술이 유전자 지도를 찾아낼 정도로 발전했다.
② 당시에도 유전자의 역할과 기능은 많이 알려져 있었다.
③ 인간의 유전자는 다른 생물들의 유전자와 배열이 달랐다.
④ 인간의 유전자 지도는 생명 현상의 비밀과 관련이 없었다.
⑤ 당시의 과학 기술은 유전자를 다룰 정도로 발전하지 못했다.

6 구조알기

㉡과 같은 설명 방법이 쓰인 것은 무엇인가요? (　　　)

① 발효 식품의 예로는 김치와 된장, 치즈 등이 있다.
② 사과와 복숭아는 과일이고, 가지와 호박은 채소이다.
③ 문어와 낙지는 모두 다리가 여덟 개이며 지능이 높다.
④ 두족류는 아가미의 수에 따라 아가미가 두 쌍인 것과 한 쌍인 것으로 나뉜다.
⑤ 온실가스는 지구 대기를 오염시켜 온실 효과를 일으키는 가스를 통틀어 이르는 말이다.

수능 연계

7 추론하기

㉢과 [보기]의 사례에서 예상할 수 있는 문제점으로 알맞지 않은 것은 무엇인가요? (　　　)

> [보기] 2018년 11월, 중국에서 크리스퍼 유전자 가위를 이용해 세계 최초로 유전자 편집 아기인 루루와 나나가 태어났다. 이 시술을 담당한 허젠쿠이 교수는 에이즈에 걸린 아빠와 정상인 엄마 사이에서 태어날 쌍둥이 아기의 유전자에서 에이즈를 일으키는 유전자를 제거했다고 밝혔다. 허젠쿠이 교수는 아기들이 에이즈에 걸릴 위험이 있어 유전자를 편집했다고 밝혔지만 생명 윤리를 위반했다는 비난을 받고 감옥에 갇혔다.

① 유전자 가위가 인간의 선천적인 특성을 바꾸는 데 악용될 수 있어.
② 한번 유전자 편집이 일어나면 그 결과를 다시 되돌릴 수 있는 방법이 없어.
③ 자신이 원하는 아기가 어떤 모습인지 잘 몰라서 유전자 편집이 어려울 수 있어.
④ 유전자를 원하는 대로 편집하면서 인간의 존엄성을 무시하는 경향이 생겨날 거야.
⑤ 경제적인 여유가 있는 사람들부터 좋은 유전자만 편집하는 일이 일어나 사회적 불평등이 생길 거야.

정답 19쪽

09회 지문 익힘 어휘

1 어휘 의미

뜻에 알맞은 낱말을 낱말 카드로 만들어 쓰세요.

표	정	율	동	집	효	작	편	적	교

(1) 목표로 삼는 물건 → ☐☐

(2) 기계 등이 움직여 일하다. → ☐☐하다

(3) 여러 자료를 모아서 다듬거나 엮는 것. → ☐☐

(4) 들인 노력이나 힘에 비해 얻는 결과가 큰 것. → ☐☐적

(5) 솜씨나 기술이 빈틈이 없이 자세하고 뛰어나다. → ☐☐하다

2 어휘 활용

빈칸에 들어갈 알맞은 낱말을 찾아 선으로 이으세요.

(1) 컴퓨터가 고장났는지 ☐하지 않았다. • • ㉮ 정교

(2) 시험이 얼마 남지 않아 시간을 ☐(으)로 쓰기로 했다. • • ㉯ 편집

(3) 성당의 창문을 보면 장인의 ☐한 솜씨를 느낄 수 있다. • • ㉰ 작동

(4) 형과 나는 여름 방학 때 찍은 사진을 ☐해 동영상을 만들었다. • • ㉱ 효율적

3 어휘 확장

밑줄 친 관용 표현의 쓰임이 알맞지 <u>않은</u> 것은 무엇인가요? (   )

① 농부들이 <u>머리를 맞대</u> 새로운 농법을 만들었다.
② 동생은 <u>머리를 맞대며</u> 자신의 실수를 부끄러워했다.
③ 우리 반 친구들은 수연이를 돕기 위해 <u>머리를 맞댔다</u>.
④ 정부와 기업은 <u>머리를 맞대고</u> 브라질 진출 전략을 논의했다.
⑤ 세계가 <u>머리를 맞대고</u> 기후 위기를 막기 위해 노력해야 한다.

10회

예술·체육 | 미술 글 수준: ★★★★ 어휘 수준: ★★★★ 글자 수: 1113

공부한 날 [ ] 월 [ ] 일

15분 안에 푸세요.

▲ 피카소, 「게르니카」

(가) 피카소는 20세기 최고의 화가로 꼽히는 인물이다. 스페인에서 태어났지만 프랑스에서 작품 활동을 한 그는 대표적인 입체파* 화가로 널리 알려져 있다. 순수한 아름다움을 추구하는 작품 활동을 한 예술가들과 달리, 피카소는 현실을 고발하는* 그림을 많이 그려 작품을 통해 사회적 문제를 알렸다. 대표적인 작품으로는 스페인 전쟁 중에 벌어진 게르니카 학살* 사건을 다룬 「게르니카」가 있다.

(나) 1936년 스페인에서는 총선거를 통해 인민 내각*이 세워지자, 프랑코 장군이 이끄는 군부*가 반란*을 일으켜 치열한* 내전*이 일어났다. 주변 국가들도 이권*을 둘러싸고 스페인 내전에 ㉠손을 뻗치면서* 전쟁은 걷잡을 수 없이 번졌다. 1937년 4월 26일에 독일군은 프랑코 장군 측의 요청을 받고 스페인 북부 지방의 작은 마을 게르니카를 무차별하게* 폭격하였다. 이 소식을 들은 피카소가 게르니카에서 벌어진 참혹한* 폭력을 고발하기 위해 대작* 「게르니카」를 제작하였다.

(다) 피카소의 작품 「게르니카」는 게르니카 폭격 당시의 끔찍하고 슬픈 모습을 실감 나게 묘사하였다. 장날에 모여 있던 주민들은 위험을 피할 아무런 준비도 없는 상태로 폭격을 당하였다. 더구나 젊은 남성들은 대부분 전쟁에 나가서 게르니카에서 폭격을 당한 사람들은 주로 여성과 노인, 어린이들이었다. 「게르니카」에는 죽은 아이를 안고 목 놓아 우는 여인, 상처 입은 말과 황소, 램프를 든 여인, 부러진 칼을 쥐고 쓰러진 병사들로 뒤얽힌 모습들이 담겨 있다.

(라) 피카소는 마치 자신이 게르니카 폭격의 피해자인 듯이 그들의 마음으로 그림을 그렸고, 화폭*을 건너 전해진 그의 마음은 게르니카 학살 사건을 더욱 비극적으로 느껴지게 만들었다. 이것은 다른 사람들의 아픔을 자신의 아픔처럼 느끼는 [㉡]의 마음에서 비롯된다.

(마) 피카소의 작품에서는 인간에 대한 사랑이 느껴진다. 이것은 개인부터 시대와 지역을 뛰어넘는 폭넓은 사랑이다. 다른 사람들이 겪는 아픔에 대한 공감*에서 시작된 이 사랑이 작품으로 표현된 것이다. 지금까지 피카소가 세계적인 화가로 널리 인정받는 것은 다른 사람들의 아픔에 대해 공감하는 태도 때문이라고 할 수 있다. 「게르니카」에서도 피카소의 시선은 억울하게 폭력을 당하는 사람들을 향해 있다. 이 작품을 통해 피카소가 말하고 싶어 하는 것은 폭력에 대한 저항*이다.

낱말 풀이

＊**입체파** 대상을 원뿔, 원통, 구 등의 형태로 분해하고 재구성하여, 한 화면에 평면적으로 표현한 화가들의 무리. ＊**고발하는** 감춰진 잘못이나 비리를 드러내어 알리는. ＊**학살** 사람을 매우 모질고 잔인하게 마구 죽임. ＊**내각** 국무 위원들로 구성된 국가의 행정 담당 중심 기관. ＊**군부** 군사에 관한 일을 총괄하는 군의 지도부. ＊**반란** 정부나 지도자에 반대해 공격하거나 싸움을 일으킴. ＊**치열한** 기세나 세력이 불꽃같이 몹시 사납고 세찬. ＊**내전** 한 나라 국민들끼리 편이 갈라져서 싸우는 전쟁. ＊**이권** 이익을 얻을 수 있는 권리. ＊**손을 뻗치면서** 침략이나 간섭 등의 행위가 미치게 하면서. ＊**무차별하게** 차이를 두어 구별하거나 가리지 않고 닥치는 대로 마구. ＊**참혹한** 매우 비참하고 끔찍한. ＊**대작** 뛰어난 작품. ＊**화폭** 그림을 그려 놓은 천이나 종이의 조각. ＊**공감** 다른 사람의 마음이나 생각에 대해 똑같이 느낌. ＊**저항** 어떤 힘이나 조건에 굽히지 않고 거역하거나 견딤.

1 구조 알기

이 글에 대한 설명으로 알맞지 않은 것은 무엇인가요? (　　　)

① 작품의 표현상 특징을 설명하고 있다.
② 작품의 구체적 예를 제시하여 설명하고 있다.
③ 피카소의 작품 성향에 대한 설명으로 이해를 돕고 있다.
④ 작품에 대한 이해를 돕기 위해 알기 쉽게 설명하고 있다.
⑤ 자신의 주장을 설득하기 위해 논리적으로 전개하고 있다.

2 세부 내용

이 글의 내용과 일치하지 않는 것은 무엇인가요? (　　　)

① 피카소는 현실을 고발하는 작품을 많이 그렸다.
② 피카소는 게르니카 폭격의 희생자 중 한 명이다.
③ 피카소는 다른 사람들에 대해 공감의 시선을 가지고 있다.
④ 피카소는 전쟁으로 인한 비참한 모습을 실감 나게 묘사하였다.
⑤ 피카소는 전쟁의 참혹한 폭력을 고발하기 위해 「게르니카」를 그렸다.

3 주제 찾기

글 ㈎~㈒의 중심 내용으로 알맞지 않은 것은 무엇인가요? (　　　)

① 글 ㈎: 피카소 소개 및 작품 경향
② 글 ㈏: 「게르니카」의 시대적 배경과 제작 의도
③ 글 ㈐: 「게르니카」의 표현상 특징
④ 글 ㈑: 피카소 작품의 문제점
⑤ 글 ㈒: 피카소 작품의 이해와 감상

4 어휘 어법

㉠과 바꾸어 쓸 수 있는 말은 무엇인가요? (　　　)

① 끼어들면서
② 빠져나오면서
③ 피해를 입으면서
④ 휴전을 요구하면서
⑤ 도움을 요청하면서

5 추론하기

㉡에 들어갈 알맞은 낱말은 무엇인가요? (　　　　)

① 공감　② 반감　③ 비판
④ 비웃음　⑤ 무관심

6 비판하기

이 글을 읽은 뒤의 반응이 알맞지 <u>않은</u> 친구는 누구인가요? (　　　　)

① 영주: 피카소는 사회 현실에 관심이 많았나 봐.
② 지은: 피카소의 작품에서는 우리 사회의 어두운 면이 느껴져.
③ 성수: 피카소의 작품에서는 다른 사람들에 대한 공감과 사랑이 느껴져.
④ 준호: 피카소는 대상을 사실적으로 그려서 사진을 보는 것처럼 느껴져.
⑤ 미숙: 피카소는 입체파를 대표하는 화가로서 세계적인 인정을 받았나 봐.

수능 연계

7 적용 창의

「게르니카」와 [보기]에 나타난 작품의 공통점으로 알맞지 <u>않은</u> 것은 무엇인가요? (　　　　)

[보기] 1808년 프랑스의 나폴레옹이 이끄는 군대가 스페인을 점령하고, 나폴레옹은 스페인 왕자 대신 자신의 형을 왕의 자리에 앉혔다. 이에 분노한 마드리드의 시민들이 폭동을 일으키자 프랑스군은 시민들을 처형했다. 스페인 화가 고야는 이 사건을 '자유를 향한 열망'과 '이를 막는 비정한 힘'으로 대비시켜 그림으로 그려 냈다.

▲ 고야, 「1808년 5월 3일」

① 실제로 일어난 사건을 소재로 하고 있다.
② 작품을 그린 화가들은 둘 다 스페인 사람이다.
③ 인간이 인간에게 가하는 폭력을 고발하려고 하였다.
④ 스페인에서 벌어진 전쟁과 관련된 사건을 다루고 있다.
⑤ 피해자와 가해자가 대치하고 있는 상황을 잘 묘사하였다.

10회 지문 익힘 어휘

1 어휘 의미

뜻에 알맞은 낱말을 찾아 선으로 이으세요.

(1) 매우 비참하고 끔찍하다.	㉮ 이권
(2) 이익을 얻을 수 있는 권리.	㉯ 저항
(3) 기세나 세력이 불꽃같이 몹시 사납고 세차다.	㉰ 치열하다
(4) 어떤 힘이나 조건에 굽히지 않고 거역하거나 견딤.	㉱ 참혹하다

2 어휘 활용

빈칸에 들어갈 알맞은 낱말을 [보기]에서 찾아 쓰세요.

[보기] 치열 이권 참혹 저항

(1) 강대국들은 서로 ( )을 차지하기 위해 다툰다.

(2) 집 없는 사람들에게 북극 한파는 ( )한 시련이었다.

(3) 올해 바둑 대회는 참가자들이 많아 어느 해보다 경쟁이 ( )했다.

(4) 우리 민족은 일제 강점기에도 끝까지 ( )을 하며 나라를 되찾으려 하였다.

3 어휘 확장

밑줄 친 낱말의 뜻을 [보기]에서 찾아 기호를 쓰세요.

[보기] • 뛰어넘다: ㉮ 어려운 일을 이겨 내다.
㉯ 어떤 범위나 수준을 훨씬 넘어서다.
㉰ 몸을 솟구쳐서 어떤 물건이나 장소를 넘다.
㉱ 거쳐야 할 과정, 순서, 단계를 거치지 않고 지나가다.

(1) 체육 시간에 학생들이 힘차게 뜀틀을 <u>뛰어넘었다</u>. ( )

(2) 자기 능력의 한계를 <u>뛰어넘으려는</u> 노력은 값진 것이다. ( )

(3) 인공 지능 기술은 앞으로 우리의 상상을 <u>뛰어넘어</u> 발전할 것이다. ( )

(4) 피카소의 그림은 시대를 <u>뛰어넘어</u> 오늘날에도 명작으로 여겨지고 있다. ( )

02주 한자로 익히는 어휘

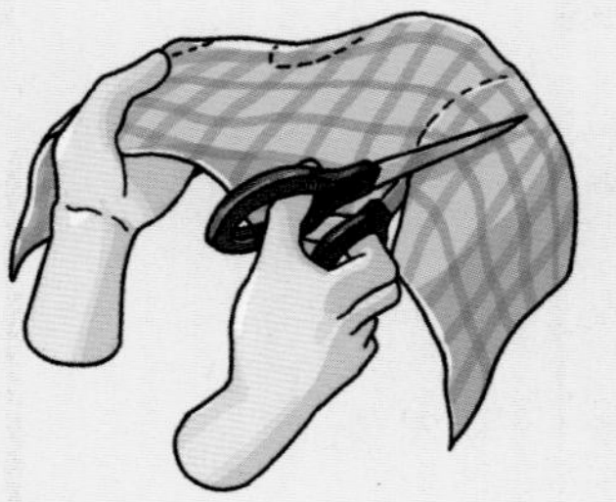

初

처음 초

'초(初)' 자는 옷 의(衤) 자와 칼 도(刀) 자가 합쳐져 '처음' 또는 '시작'이라는 뜻을 나타내는 글자예요. 옷을 만들기 위해서는 맨 처음 옷감을 잘라야 한다는 생각에서 '처음', '시작'이라는 뜻이 생겼어요.

● **다음 획순에 따라 한자를 따라 쓰세요.**

初	丶	㇇	衤	衤	衤	衤刀	初

初	初	初					

최초 最初
(가장 최, 처음 초)

맨 처음.
예 고려는 세계 최초로 금속 활자를 발명했다.
반대말 최종(最終): 맨 나중.

초보 初步
(처음 초, 걸음 보)

어떤 일이나 기술을 처음으로 시작하거나 배우는 단계.
예 외국으로 공부하러 가기 전 내 영어 회화는 초보 수준이었다.

시초 始初
(비로소 시, 처음 초)

맨 처음.
예 싸움의 시초는 선우가 지아의 별명을 부른 일이었다.
비슷한말 당초(當初), 애초, 본시(本始), 본초(本初)

Q 다음 낱말과 바꾸어 쓸 수 없는 낱말은 무엇인가요? (　　　)

시초

① 당초　② 애초　③ 최종　④ 본시　⑤ 본초

정답 ③

3주

11회

인문 | 한국사 글 수준: ★★★ 어휘 수준: ★★★★ 글자 수: 1190

공부한 날 [ ] 월 [ ] 일

14분 안에 푸세요.

1392년, 이성계는 '조선'을 건국했다. 조선의 건국은 고려 건국과 달리 '역성혁명'이라고 ㉮부른다. '역성혁명'이란 왕조의 성씨를 바꾼다는 뜻으로 새 왕조를 세운다는 의미이다. 변방*의 장수였던 이성계는 어떻게 '역성혁명'에 성공하고 새로운 왕조를 열게 되었을까?

고려 후기에는 원나라의 간섭이 심했고 원나라와 결탁한* 권문세족*들의 횡포로 민심이 어지러운 상황이었다. 이에 성리학*으로 무장한 신진 사대부*들이 등장해 여러 가지 개혁 정책을 제안했다. 고려를 위협하던 왜구와 홍건적의 침략을 물리친 이성계, 최영 등 신흥* 무인 세력들도 주목받기 시작했다.

한편 중국에서는 명나라가 원나라를 몰아낸 뒤 고려에 철령 이북 지방을 내놓으라고 요구했다. 명나라의 강압적*인 태도는 고려의 반발*을 불러왔다. 최영 등은 명나라의 기세를 꺾기 위해 요동 지방을 먼저 공격하려는 계획을 세웠다. 이성계는 요동 정벌*을 반대했지만 왕의 명령에 어쩔 수 없이 출정해야만* 했다. 그러나 요동 정벌이 실패할 수밖에 없다고 판단한 이성계는 압록강에 있는 위화도에서 시간을 끌다가 ㉠왕의 명령을 거역하고* 다시 개경으로 돌아왔다.

㉡'위화도 회군*'을 강행한 이성계는 왕을 폐위하고* 최영을 처형하는 등 막강한 권력을 잡았다. 성리학으로 무장한 신진 사대부들과 여러 전투에서 활약했던 무인들이 이성계의 권력을 뒷받침해 주었다. 이성계와 손잡은 개혁파들은 권문세족들을 제거하고, 토지 재분배를 위한 새로운 법도 만들었다. 당시 신진 사대부들은 ㉢개혁을 통해 고려를 이끌자는 이색, 정몽주 등의 온건파와 고려를 무너뜨리고 새 왕조를 건설하자는 정도전, 조준 등의 급진파로 나뉘어 있었다. 이성계는 급진파와 손을 잡고 새 왕조를 세우기로 뜻을 모았다. 이성계의 아들 이방원이 온건파의 수장*이었던 정몽주를 죽이고 나서 475년을 이어 온 고려 왕조가 멸망하고 ㉣조선 왕조가 탄생했다. 하지만 ㉤온건파였던 신진 사대부들은 이성계의 '역성혁명'에 동조하지* 않았고, 죽임을 당하거나 은둔하는* 등 다양한 방식으로 저항했다.

고려는 치열한 전쟁 끝에 후삼국을 통일하고 세운 국가였지만 조선은 지배층의 교체로 탄생한 국가였다. 조선 건국을 찬성했던 사대부들은 관리가 되어 나라의 기틀을 잡았고, 반대했던 사대부들은 지방으로 내려가 제자들을 길러 냈다. 조선 왕실은 왕자들의 권력 다툼, 급진파였던 정도전의 처형 등으로 혼란을 겪었고, 정당성을 인정받기까지 시간이 걸려야만 했다.

낱말 풀이

*변방 나라의 경계가 되는 변두리의 땅. *결탁한 주로 나쁜 일을 꾸미려고 서로 짜고 도움을 주고받는. *권문세족 벼슬이 높고 권력이 있는 집안. *성리학 우주의 이치와 물질의 바탕을 기본으로 하는 학설. *신진 사대부 고려 말에 등장한 정치 세력. *신흥 새로 일어남. *강압적 힘이나 권력을 이용해 강제로 억누르는 것. *반발 어떤 상태나 행동에 대하여 반대함. *정벌 다른 나라나 적을 무력을 이용해 침. *출정해야만 싸우러 나가야만. *거역하고 윗사람의 뜻이나 명령 등을 따르지 않고 거스르고. *회군 군사를 돌이켜 돌아가거나 돌아옴. *폐위하고 왕이나 왕비를 그 자리에서 몰아내고. *수장 위에서 중심이 되어 집단이나 단체를 이끄는 사람. *동조하지 다른 사람의 말이나 생각, 주장 등을 옳게 여겨 따르지. *은둔하는 세상에서 일어나는 일을 피해 숨는.

1 구조 알기

이 글에 대한 설명으로 가장 알맞은 것은 무엇인가요? (　　　　)

① 조선의 건국이 정당하다는 주장을 펼치고 있다.
② 조선의 건국 과정이 지닌 문제점을 비판하고 있다.
③ 조선 건국 과정을 바라보는 상반된 입장을 절충하고 있다.
④ 조선이 건국되기까지의 과정을 시간 순서에 따라 설명하고 있다.
⑤ 조선의 건국과 이에 영향을 끼친 사상을 원인과 결과에 따라 설명하고 있다.

2 세부 내용

이 글의 내용과 일치하지 <u>않는</u> 것은 무엇인가요? (　　　　)

① 고려 말은 권문세족의 부패로 민심이 혼란스러웠다.
② 고려와 마찬가지로 조선은 지배층의 교체로 탄생한 국가이다.
③ 명나라의 무리한 요구가 계기가 되어 요동 정벌이 시작되었다.
④ 고려 말 신진 사대부들은 온건파와 급진파로 나뉘어 대립하였다.
⑤ 정도전, 조준 등은 고려를 무너뜨리고 새 왕조를 건설하자고 주장하였다.

3 구조 알기

이 글의 사건들을 일어난 차례대로 정리하여 기호를 쓰세요.

㉮ 온건파 신진 사대부를 제거하고 이성계가 조선을 건국했다.
㉯ 권력을 잡은 이성계가 개혁파와 손잡고 새로운 법을 만들었다.
㉰ 성리학으로 무장한 신진 사대부들이 등장해 개혁 정책을 내놓았다.
㉱ 원나라 세력과 결탁한 권문세족들이 횡포를 부려 민심이 어지러웠다.
㉲ 이성계는 요동 정벌을 위해 출정하나 왕의 명령을 어기고 위화도에서 회군했다.

(　　　　) → (　　　　) → (　　　　) → (　　　　) → (　　　　)

4 어휘 어법

밑줄 친 낱말이 ㉮와 <u>같은</u> 뜻으로 쓰인 것은 무엇인가요? (　　　　)

① 거짓은 또 다른 거짓을 <u>부른다</u>.
② 경기장에서는 늘 응원가를 <u>부른다</u>.
③ 그 가게에서는 물건 가격을 비싸게 <u>부른다</u>.
④ 동생이 올해 생일에는 친구들을 집에 <u>부른다</u>.
⑤ 친구들이 나를 우리 반 대표 가수라고 <u>부른다</u>.

5 ㉠~㉤에 대한 설명으로 알맞지 않은 것은 무엇인가요? (　　　)

세부 내용

① ㉠: 요동을 정벌해야 한다는 명령
② ㉡: 요동 정벌을 위해 위화도에 머물다 개경으로 돌아온 일
③ ㉢: 권문세족들을 제거하고 토지 재분배를 위한 법을 만든 것
④ ㉣: 고려의 왕씨에서 조선의 이씨 왕조로 바뀌는 '역성혁명'
⑤ ㉤: 이성계의 위화도 회군을 반대한 세력

6 이 글을 참고할 때, [보기]에 나온 시조의 지은이로 알맞은 사람은 누구인가요? (　　　)

추론하기

[보기] 비록 고려 왕조는 망해 가고 있었지만 당시의 신진 사대부 중에는 왕에 대한 변치 않는 충성심을 가진 이들이 있었다. 그들이 지은 시에는 '임'을 사모하는 내용이 자주 등장했는데, 이때의 '임'은 고려의 왕을 가리킨다고 볼 수 있다.

이 몸이 죽고 죽어 일백 번 다시 죽어
백골이 진토되어 넋이라도 있고 없고
임 향한 일편단심이야 사라질 줄 있겠느냐

① 조준　　② 정몽주　　③ 이성계　　④ 이방원　　⑤ 정도전

수능 연계

7 [보기]를 참고할 때, 맹자가 조선 건국에 대해 했을 말로 알맞은 것은 무엇인가요? (　　　)

적용 창의

[보기] 은나라의 주왕이 신하들에 의해 쫓겨나자 누군가 맹자에게 물었다.
"신하가 감히 왕을 죽여도 되는 것입니까?"
"왕의 권력은 하늘의 뜻에 달려 있습니다. 하늘의 뜻은 백성의 마음, 즉 민심에 달려 있지요. 어질고 정의롭지 않아 민심을 잃은 왕은 도적과 다름없고, 하늘의 뜻을 거스른 자입니다. 도적을 죽였다는 소리는 들었어도 하늘의 뜻을 잘 따른 왕을 죽였다는 소리는 들은 적이 없습니다."

① 왕은 도적이 될 수 없으므로 역성혁명은 정당하지 않아.
② 민심을 어긴 왕이라도 죽이지만 않는다면 역성혁명은 정당해.
③ 하늘의 뜻을 판단할 수 없으므로 역성혁명의 정당성도 판단할 수 없어.
④ 도적은 죽일 수 있어도 왕은 죽일 수 없으므로 역성혁명은 정당하지 않지.
⑤ 왕이 민심을 어기는 행동을 보인다면 왕도 바꿀 수 있으므로 역성혁명은 정당해.

11회 지문 익힘 어휘

1 어휘 의미

낱말에 알맞은 뜻을 찾아 선으로 이으세요.

(1) 반발 •	• ㉮ 세상에서 일어나는 일을 피해 숨다.
(2) 결탁하다 •	• ㉯ 어떤 상태나 행동에 대하여 반대함.
(3) 동조하다 •	• ㉰ 주로 나쁜 일을 꾸미려고 서로 짜고 도움을 주고받다.
(4) 은둔하다 •	• ㉱ 다른 사람의 말이나 생각, 주장 등을 옳게 여겨 따르다.

2 어휘 활용

빈칸에 들어갈 알맞은 낱말을 [보기]에서 찾아 쓰세요.

[보기] 결탁 동조 은둔 반발

(1) 쓰레기 소각장 건립을 두고 주민들의 (   )이/가 심했다.

(2) 그녀는 부정한 세력과 (   )하지 않고 자신의 양심을 지켰다.

(3) 그는 왜 명예와 재물을 버리고 산속으로 들어가 (   )하는 길을 택했을까?

(4) 우리는 등교 시간을 늦추자는 학생회장의 의견에 고개를 끄덕이며 (   )했다.

3 어휘 확장

[보기]의 밑줄 친 낱말과 <u>같은</u> 뜻으로 쓰인 것은 무엇인가요? (   )

[보기] '역성혁명'이란 왕조의 성씨를 바꾼다는 뜻으로 새 왕조를 <u>세운다</u>는 의미이다. 변방의 장수였던 이성계는 어떻게 '역성혁명'에 성공하고 새로운 왕조를 열게 되었을까?

① 농부가 들판에 허수아비를 <u>세웠다</u>.
② 학생들을 일렬로 <u>세워</u> 행진하게 했다.
③ 수진이는 언제나 머리를 꼿꼿이 <u>세우고</u> 다녔다.
④ 우리 반은 운동회 때 우승을 하기 위한 계획을 <u>세웠다</u>.
⑤ 오랑캐였던 여진족이 명나라를 몰아내고 청나라를 <u>세웠다</u>.

12회

사회 | 사회 문화 글 수준: ★★★ 어휘 수준: ★★★ 글자 수: 1117

공부한 날 월 일

13분 안에 푸세요.

최근 남극에 내린 눈에서도 미세 플라스틱이 발견됐다는 연구가 나와 충격을 주고 있다. ㉠뉴질랜드 캔터베리 대학교 연구진은 남극의 눈이 녹은 물에서 1리터(L)당 미세 플라스틱을 평균 29개가량 발견했다고 한다. ㉡미세 플라스틱이란 5밀리미터(mm) 이하의 작은 플라스틱 조각을 말하는데, 플라스틱 제품이 분해되는* 과정에서 생긴다. 작고 가벼운 미세 플라스틱은 공기 중에 떠다니며 전 지구를 오염시키고 있는데, 청정 지역*이던 남극의 대기*마저 미세 플라스틱에 오염된 것이다. ㉢미세 플라스틱이 인간에게 어떤 영향을 주기에 전 세계가 미세 플라스틱 뉴스에 주목하는* 것일까?

우리 몸속에 들어온 미세 플라스틱은 대부분 가래나 대변을 통해 몸 밖으로 배출된다*. ㉣하지만 배출되지 못한 미세 플라스틱은 체내*에서 분해되지 않기 때문에 호흡기 질환*이나 알레르기, 세포의 변형*, 생식계* 질환 등 다양한 질병을 일으킨다. ㉮최근 네덜란드 암스테르담 자유대학교 연구팀은 사람의 혈액 속에서 미세 플라스틱을 발견했다. 혈관은 우리 몸 곳곳에 퍼져 있어 혈액 속의 미세 플라스틱은 더 심각한 우려를 낳고 있다.

미세 플라스틱은 공기나 물속에 흩어져 있다가 일상생활을 통해 우리 몸으로 흡수되고 있다. 우리는 공기 중에 떠다니는 미세 플라스틱을 직접 호흡하거나 음식 위에 내려앉은 상태로 섭취한다*. 강이나 바다에 흘러 다니는 미세 플라스틱은 어패류*를 먹을 때 함께 우리 몸으로 흡수되는데, 미역이나 김, 다시마 등의 해조류는 그램(g)당 4.5개, 젓갈은 그램당 6.6개의 미세 플라스틱이 검출됐다*. 생활용품 곳곳에서도 미세 플라스틱이 나온다. ㉤커피숍의 종이컵에는 평균 20여 개, 작은 종이 티백에도 개당 4.6개나 검출됐다. 그 밖에 물휴지, 옷, 화장품, 치약, 잉크 등 다양한 생활용품에서 나오는 미세 플라스틱을 우리는 직간접적으로 흡수하고 있는 중이다.

[㉯] 당장 창문을 열고 실내를 자주 환기하는* 것이 호흡으로 들어오는 미세 플라스틱을 줄이는 방법이다. 해조류나 조개 등은 여러 번 씻어 먹고, 음식 위에 미세 플라스틱이 내려앉지 않도록 뚜껑을 덮는 습관도 필요하다. 또한 플라스틱 물병, 종이컵, 물휴지 등 일회용품이나 플라스틱 제품과 멀어져야만 우리 몸을 미세 플라스틱의 위협에서 보호할 수 있다.

낱말 풀이

*__분해되는__ 여러 부분으로 이루어진 것을 그 낱낱으로 나누는. *__청정 지역__ 오염되지 않아 맑고 깨끗한 지역. *__대기__ 공기. 지구의 표면을 둘러싸고 있는 기체. *__주목하는__ 관심을 가지고 주의 깊게 살피는. *__배출된다__ 안에서 밖으로 밀어 내보낸다. *__체내__ 몸의 내부. *__호흡기 질환__ 폐 등 호흡기에 생기는 병. *__변형__ 모양이나 형태가 달라지거나 달라지게 함. *__생식계__ 생물이 자신과 닮은 자손을 남기는 과정에 관련된 몸속 기관과 구조. *__섭취한다__ 영양소 등을 몸 안에 받아들인다. *__어패류__ 어류와 조개류를 아울러 이르는 말. *__검출됐다__ 주로 해로운 성분이나 요소 등이 검사를 통해 발견됐다. *__환기하는__ 탁한 공기를 맑은 공기로 바꾸는.

1 세부 내용

이 글의 내용과 일치하지 않는 것은 무엇인가요? (　　　)

① 우리 몸에 들어온 미세 플라스틱은 대부분 질병을 일으킨다.
② 어패류뿐 아니라 생활용품에서도 미세 플라스틱이 발생한다.
③ 알레르기나 호흡기 질환의 원인이 미세 플라스틱일 수도 있다.
④ 미세 플라스틱은 혈액에서도 발견되어 위험성이 높아지고 있다.
⑤ 크기가 3밀리리터로 분해된 플라스틱은 미세 플라스틱에 해당한다.

2 세부 내용

이 글에서 답을 찾을 수 없는 질문은 무엇인가요? (　　　)

① 미세 플라스틱의 정확한 기준은 무엇인가?
② 우리 몸에 들어온 미세 플라스틱은 어떻게 되는가?
③ 미세 플라스틱이 많이 나오는 생활용품에는 어떤 것들이 있는가?
④ 미세 플라스틱은 어떤 과정을 통해 우리 몸에 질병을 일으키는가?
⑤ 미세 플라스틱이 우리 몸에 일으키는 질병에는 어떤 것들이 있는가?

3 구조 알기

㉠~㉤에 대한 설명으로 알맞지 않은 것은 무엇인가요? (　　　)

① ㉠: 전문 기관의 연구 발표를 인용해 신뢰를 높이고 있다.
② ㉡: 글의 핵심 개념을 자세하게 설명해서 이해도를 높이고 있다.
③ ㉢: 앞으로 글의 전개 방향에 대해 질문의 형식으로 관심을 끌고 있다.
④ ㉣: 문제 상황의 원인과 결과를 밝혀 이해를 돕고 있다.
⑤ ㉤: 문제 상황에 대한 사례를 나열해 궁금증을 유발하고 있다.

4 추론 하기

㉮의 까닭으로 가장 알맞은 것은 무엇인가요? (　　　)

① 미세 플라스틱이 혈액에서 녹기 때문이다.
② 미세 플라스틱이 위 안에 쌓이기 때문이다.
③ 미세 플라스틱의 흡수율이 더 높아지기 때문이다.
④ 혈관 속의 미세 플라스틱은 분해되지 않기 때문이다.
⑤ 미세 플라스틱이 혈액의 흐름을 타고 몸속을 돌아다니거나 장기에 머물 수 있기 때문이다.

5 추론하기

㉯에 들어갈 내용으로 알맞은 것은 무엇인가요? (　　　)

① 미세 플라스틱을 발생시키지 않는 방법을 알아보자.
② 우리 몸에 흡수되는 미세 플라스틱의 종류를 알아보자.
③ 우리 몸속에 미세 플라스틱이 증가하는 원인은 다음과 같다.
④ 미세 플라스틱이 우리 몸에 일으키는 질병을 치료하는 방법은 다음과 같다.
⑤ 우리 몸으로 흡수되는 미세 플라스틱의 양을 줄이고 싶다면 이렇게 해 보자.

수능 연계

6 추론하기

이 글과 [보기]를 읽고, 미세 플라스틱의 확산에 대해 알맞게 말하지 <u>못한</u> 친구는 누구인가요? (　　　)

[보기]

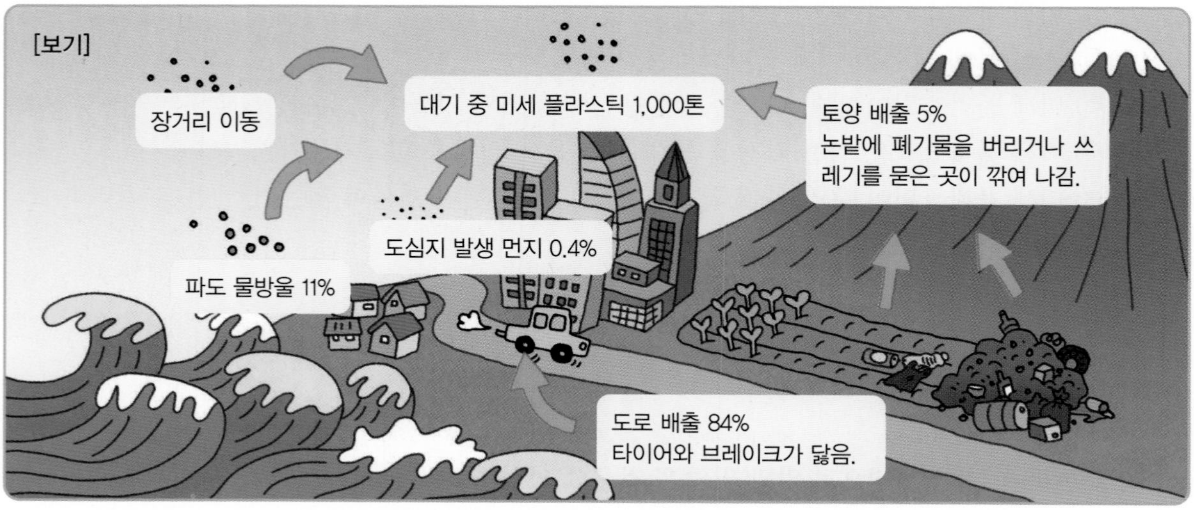

① 아영: 미세 플라스틱은 작고 가벼워 공기 중에 섞여서 장거리를 이동한대.
② 나은: 미세 플라스틱은 바다의 파도에서도 나오므로 해안가 도시에 많을 거야.
③ 하림: 대도시에서 발생한 미세 플라스틱이 대기를 통해 남극까지 이동한 거구나.
④ 기현: 공사 현장이 많고 자동차가 많은 대도시는 공기 중에 미세 플라스틱이 많겠네.
⑤ 다정: 남극에도 토양은 있으니까 토양이나 매립지에서 미세 플라스틱이 발생했을 거야.

7 적용창의

일상생활에서 미세 플라스틱과 멀어지는 방법이 <u>아닌</u> 것은 무엇인가요? (　　　)

① 학교에서 개인 컵을 마련해 두고 이용한다.
② 쉬는 시간마다 교실 창문을 열어 환기한다.
③ 미역이나 다시마는 여러 번 깨끗이 씻어 요리에 사용한다.
④ 컵라면, 편의점 도시락 등 인스턴트식품을 이용하지 않는다.
⑤ 큰 페트병에 담긴 생수를 이용하지 않고 작은 페트병에 담긴 생수를 이용한다.

12회 지문 익힘 어휘

1 어휘 의미

낱말과 뜻이 알맞게 짝 지어지지 <u>않은</u> 것은 무엇인가요? (   )

① 배출되다: 안에서 밖으로 밀어 내보내다.
② 환기하다: 탁한 공기를 맑은 공기로 바꾸다.
③ 변형: 모양이나 형태가 달라지거나 달라지게 함.
④ 분해되다: 둘 이상의 것을 합쳐서 하나를 이루다.
⑤ 검출되다: 주로 해로운 성분이나 요소 등이 검사를 통해 발견되다.

2 어휘 활용

빈칸에 들어갈 알맞은 낱말을 찾아 선으로 이으세요.

(1) 빙수를 검사해 보니 세균이 [　　　]되었다. •	• ㉮ 환기
(2) 어머니는 겨울철에도 수시로 창문을 열어 [　　　]하신다. •	• ㉯ 배출
(3) 새로 판매하는 소파는 침대로 [　　　]이/가 가능해 인기를 끌었다. •	• ㉰ 검출
(4) 오래된 세탁기를 [　　　]해 봤더니 내부에 찌든 때가 붙어 있었다. •	• ㉱ 변형
(5) 정부에서 유해 가스가 많이 [　　　]되는 자동차를 단속하고 나섰다. •	• ㉲ 분해

3 어휘 확장

밑줄 친 낱말과 바꾸어 쓸 수 있는 낱말의 기호를 쓰세요.

(1) 여러분, 잠깐 여기를 <u>주목하세요</u>. ································ (   )
㉮ 조심하세요　　㉯ 중단하세요　　㉰ 눈여겨보세요

(2) 5대 영양소를 골고루 <u>섭취해야</u> 건강해진다. ···························· (   )
㉮ 선택해야　　㉯ 섭외해야　　㉰ 먹어야

(3) 할머니께서는 해가 갈수록 온갖 <u>질환</u>에 시달리며 힘들어 하셨다. ·············· (   )
㉮ 질병　　㉯ 수술　　㉰ 통증

13회

과학 | 생명 과학 글 수준: ★★★ 어휘 수준: ★★★★ 글자 수: 1258

공부한 날 [ ] 월 [ ] 일

14분 안에 푸세요.

(가) 몸속의 '작은 우주'라 불리는 뇌는 무게가 1.4킬로그램(kg), 성인 체중의 2퍼센트(%)밖에 되지 않지만, 몸속 혈액의 15퍼센트, 산소의 20~25퍼센트를 사용하며 많은 일을 한다. 100여 년 전만 해도 뇌의 구조를 직접 확인하기가 어려웠으나 20세기 후반에 와서는 과학 기술의 발달로 뇌에 대한 연구가 활발하게 진행되고 있다.

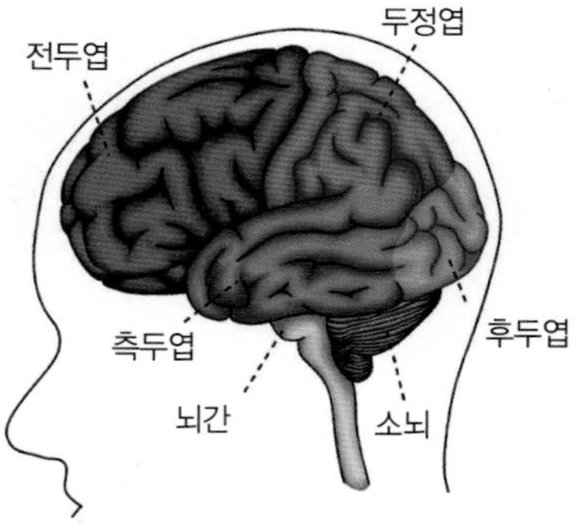

▲ 뇌의 구조

(나) 뇌는 형태와 기능에 따라 크게 대뇌, 소뇌, 뇌간으로 나뉜다. 뇌의 가장 아랫부분인 ㉠뇌간은 생명을 유지하는* 일을 주로 맡는다. 숨을 쉬고, 먹고, 자고, 온도와 습도, 배고픔을 느끼고, 소변이나 대변을 통해 몸의 독소*를 제거하는 일 등이 모두 뇌간에서 이루어진다. 호흡, 맥박, 혈압 등을 담당하기 때문에 뇌간은 출혈* 같은 아주 작은 상처만 나더라도 죽음에 이른다*.

(다) ㉡소뇌는 뇌간의 뒤쪽에 붙어 있으며, 뇌 전체 무게 중에서 10퍼센트를 차지한다. 소뇌는 우리 몸의 균형을 잡는 데 중요한 역할을 한다. 뛰거나 달릴 때는 물론이고 가만히 있으려고 할 때도 작용하므로, 운동뿐 아니라 안정적인 자세를 유지하는 데 없어서는 안 될 중요한 부분이다. 소뇌는 운동을 학습하는 능력도 담당하는데, 쇼트트랙 선수의 소뇌가 일반인보다 크다는 연구 결과도 있다. 소뇌에 이상이 생기면 생각은 정상*인데 몸이 생각대로 움직이지 않는다.

(라) ㉢대뇌는 뇌 무게의 80퍼센트 이상을 차지하고 인간의 고유한 특징을 가장 잘 나타내는 뇌이다. 주름진 대뇌의 바깥 부위* 중 앞쪽을 ㉣전두엽이라고 하는데, 인간이 다른 동물과 달리 추상적*, 창의적*으로 사고할* 수 있게 해 준다. 전두엽은 외부 정보를 처리하고 사물을 기억하며, 행동과 감정을 조절하고 언어까지 담당하고 있다. 그 밖에 대뇌의 바깥 부위에는 촉각*, 미각* 같은 감각과 공간 능력을 맡은 두정엽, 말을 듣고 소리 내는 청각 정보를 처리하는 측두엽, 시각 정보를 처리하는 후두엽, 학습과 기억을 관장하는* 해마 등이 포함된다. 대뇌의 안쪽 부위는 ㉤변연계라 부르는데 공포, 분노, 기쁨, 슬픔 같은 1차적인 본능을 담당한다.

(마) 대뇌의 각 부위는 서로 긴밀하게* 연결되어 있다. 예를 들어 사과에 대해 후두엽, 두정엽에서 인지*를 하면, 해마에서 기억을 떠올리고, 전두엽에서 사과와 관련된 감정과 상상이 덧붙어, 전두엽과 측두엽의 작용으로 사과 노래를 부르게 된다. 뇌는 약 1,280억 개의 신경 세포로 이루어져 있기 때문에 각 부위들이 서로 어떤 영향을 미치는지 아직 밝혀지지 않은 부분이 더 많다. 우리 몸을 연구하는 과학자들의 마지막 과제는 '작은 우주, 뇌'를 알아가는 과정이 될 것이다.

낱말 풀이

*유지하는 어떤 상태나 상황들을 이어 나가는. *독소 생물에서 생기는 강한 독성의 물질. *출혈 피가 혈관 밖으로 나옴. *이른다 어떤 정도나 범위에 미친다. *정상 특별한 변동이나 탈이 없이 제대로인 상태. *부위 전체에 대하여 어떤 특정한 부분이 차지하는 위치. *추상적 구체적이지 않아 막연하고 일반적인 것. *창의적 새로운 생각이나 의견을 가진 것. *사고할 어떤 것에 대해 깊이 있게 생각할. *촉각 물체가 피부에 닿았을 때 일으키는 감각. *미각 맛을 느끼는 감각. *관장하는 일을 맡아서 다루는. *긴밀하게 서로의 관계가 매우 가까워 빈틈이 없게. *인지 어떤 사실을 확실히 그렇다고 여겨서 앎.

1 주제 찾기

이 글의 제목으로 알맞은 것은 무엇인가요? (   )

① 뇌 연구의 복잡함과 필요성
② 뇌 기능과 신체 기능의 관련성
③ 뇌 연구의 발전과 전망에 대하여
④ 인간의 작은 우주, 뇌의 구조와 기능
⑤ 뇌의 구조와 기능을 둘러싼 다양한 견해

2 세부 내용

이 글의 내용과 일치하는 것은 무엇인가요? (   )

① 뇌의 무게는 대뇌, 소뇌, 뇌간 순서로 무겁다.
② 인간이 말을 하거나 듣는 능력은 측두엽에서만 담당한다.
③ 20세기 후반에는 과학 기술의 발달로 뇌의 기능과 구조가 대부분 밝혀졌다.
④ 인간을 다른 동물과 달리 인간답게 만드는 기능은 주로 소뇌에서 담당한다.
⑤ 쇼트트랙 선수가 일반인보다 소뇌가 큰 까닭은 반복 훈련을 많이 했기 때문이다.

3 구조 알기

글 (가)~(마)에 사용된 설명 방법으로 알맞지 않은 것은 무엇인가요? (   )

① 글 (가): 구체적 수치와 비유를 활용해 뇌에 대해 소개하였다.
② 글 (나): 뇌를 형태와 기능에 따라 구분하고 뇌간의 기능을 나열하였다.
③ 글 (다): 사례를 통해 소뇌의 기능을 설명하였다.
④ 글 (라): 대뇌의 기능을 원인과 결과에 따라 설명하였다.
⑤ 글 (마): 뇌의 작동 과정을 구체적 사례로 제시하며 마무리하였다.

4 세부 내용

㉠~㉤에 대한 설명으로 알맞지 않은 것은 무엇인가요? (   )

① ㉠: 호흡, 맥박, 혈압 등 인간의 생명과 직접적으로 연관되어 있다.
② ㉡: 몸의 균형과 운동에 관여하며 뇌간의 앞쪽에 있다.
③ ㉢: 뇌의 80퍼센트를 차지하며 바깥 부위는 주름져 있다.
④ ㉣: 대뇌의 앞쪽에 있으며 추상적, 창의적인 사고를 할 수 있게 한다.
⑤ ㉤: 대뇌의 안쪽에 있으며 공포, 슬픔, 기쁨 같은 1차적인 본능을 담당한다.

5 구조 알기

다음 내용이 들어가기에 가장 알맞은 곳은 어디인가요? (　　　)

> 대뇌와 소뇌의 기능은 멈췄지만 뇌간의 기능이 살아 있는 경우, 우리는 '식물인간'이라고 부른다.

① 글 ㈎의 뒤　② 글 ㈏의 뒤　③ 글 ㈐의 뒤
④ 글 ㈑의 뒤　⑤ 글 ㈒의 뒤

수능 연계

6 추론 하기

이 글의 독자가 [보기]의 기사를 읽고 보인 반응으로 알맞지 <u>않은</u> 것은 무엇인가요? (　　　)

> [보기] 2016년 3월, 구글 딥마인드의 인공 지능 '알파고'는 당시 바둑으로는 세계 최고수였던 이세돌 9단과의 시합에서 승리하면서 인공 지능 시대의 개막을 알렸다. 그러나 이날 대결은 인공 지능의 한계를 그대로 보여 주기도 했다. 알파고는 인간 뇌의 사고방식을 모방해 바둑판에서 벌어지는 수많은 경우의 수를 계산했다. 그러나 알파고는 무려 3,000여 대의 기업용 서버를 연결해야 작동했다. 1,202개의 중앙 처리 장치, 176개의 그래픽 처리 장치, 103만 개의 메모리 반도체, 100여 명의 과학자 등 엄청난 물적, 인적 자원이 동원됐고, 시간당 170킬로와트(kW)의 막대한 전력을 사용했다.

① 알파고는 인간의 뇌 중 소뇌의 기능을 중심으로 연구했을 것이다.
② 투자된 자원과 에너지를 고려하면 인간의 뇌가 인공 지능보다 효율적이다.
③ 엄청난 자원을 동원한 알파고와 달리 이세돌은 가벼운 뇌로만 승부에 임했다.
④ 인공 지능은 인간 뇌의 사고방식을 모방하므로 뇌에 대한 연구가 필수적이다.
⑤ 알파고의 승리는 인간의 뇌보다 뛰어난 인공 지능이 나올 가능성을 보여 준다.

7 적용 창의

다음 상황을 보고 알맞게 말한 친구는 누구인가요? (　　　)

> 교통사고를 당한 환자가 가족을 잃어도 슬픔을 느끼지 못한다.

① 선율: 호흡을 담당하는 뇌간에 문제가 생겼을 거야.
② 혜나: 뇌간에 문제가 생겨 몸의 독소를 제거하지 못해 그럴 거야.
③ 건우: 청각 정보를 처리하는 대뇌의 측두엽에 문제가 생겼을 거야.
④ 윤서: 1차적인 본능을 담당하는 대뇌의 변연계에 문제가 생겼을 거야.
⑤ 지아: 우리 몸의 균형을 잡는 데 중요한 역할을 하는 소뇌에 문제가 생겼을 거야.

13회 지문 익힘 어휘

1

어휘 의미

낱말에 알맞은 뜻을 찾아 선으로 이으세요.

(1) 추상적 •	• ㉮ 일을 맡아서 다루다.
(2) 관장하다 •	• ㉯ 어떤 상태나 상황들을 이어 나가다.
(3) 긴밀하다 •	• ㉰ 구체적이지 않아 막연하고 일반적인 것.
(4) 유지하다 •	• ㉱ 서로의 관계가 매우 가까워 빈틈이 없다.

2

어휘 활용

빈칸에 들어갈 알맞은 낱말을 [보기]에서 찾아 쓰세요.

[보기] 관장 유지 긴밀 추상적

(1) 사랑을 말로 표현하기에는 너무 (   )이다.

(2) 두 나라는 경제 분야에서 (   )하게 협조하기로 했다.

(3) 그는 꾸준한 운동으로 균형 잡힌 몸을 (   )하고 있다.

(4) 선생님은 오랫동안 학교의 모든 행사를 (   )하고 계신다.

3

어휘 확장

밑줄 친 낱말의 뜻을 [보기]에서 찾아 기호를 쓰세요.

[보기] • 이르다: ㉮ 어떤 범위에 걸치다.
㉯ 어떤 장소에 도착하다.
㉰ 어떤 때나 시기가 되다.
㉱ 어떤 상태나 정도에 도달하다.

(1) 나는 학교에 <u>이르러서야</u> 숙제를 안 가져왔음을 깨달았다. (   )

(2) 노인은 의사의 표정을 보고 자신이 죽음에 <u>이른</u> 줄 알게 되었다. (   )

(3) 전문가들은 물가를 잡지 못하면 심각한 위기에 <u>이르게</u> 될 것이라고 경고했다. (   )

(4) 우리 학교는 교실에서 운동장에 <u>이르기까지</u> 어디서든 무선 인터넷을 이용할 수 있다. (   )

14회

기술 | 첨단 기술 글 수준: ★★★★ 어휘 수준: ★★★★ 글자 수: 1201

공부한 날 [ ]월 [ ]일

15분 안에 푸세요.

(가) 여기 ㉠유명 가수 A가 있다. 그는 얼마 전 자신이 처음 녹음했던 노래의 원본*을 발견하고 인터넷 블록체인에 저장한다. 블록체인은 디지털 정보*를 위조*나 복사를 할 수 없게 만들어 신뢰를 주는 기술이다. 블록체인에 저장된 가수 A의 노래가 원본이라는 증명서가 바로 엔에프티(NFT)이다. 즉, NFT는 어떤 디지털 콘텐츠가 진품*임을 인증하는* 디지털 증명서라고 할 수 있다.

(나) ㉡열렬한 팬 B가 A의 노래 원본 NFT를 소유하고 싶어 한다. 팬 B는 가수 A가 NFT로 등록할 때 정한 가격을 현실에서 쓰이는 화폐가 아니라 디지털에서만 쓰이는 암호 화폐*로 지불하면 된다. 거래가 성사되면* 블록체인에 노래 원본 NFT의 소유자가 가수 A에서 팬 B로 바뀌었다고 기록된다. NFT는 처음 발행한 사람과 거래 내역*이 투명하게 공개되고, 각 NFT마다 고유한 가치가 있어 교환이 불가능하므로 '대체* 불가능한 토큰*'으로 불린다.

(다) 원래 디지털 콘텐츠*는 시간과 노력을 들여 만들어도 쉽게 복제되어 퍼지기 때문에 수익*을 내기 어려웠다. 하지만 NFT로 보증된* 디지털 콘텐츠는 발행한 사람, ㉢현재 소유자 등이 분명해 수익을 내는 것이 가능해졌다. 다른 사람이 내려받기할 때 비용을 받을 수도 있고, 무료로 공개하더라도 인기 콘텐츠가 되면 높은 값에 되팔 수 있다. 그래서 디지털 예술품, 온라인 스포츠, 게임 아이템 등을 중심으로 NFT의 영향력*이 급격히 높아지고 있다.

(라) ㉣NFT를 소유하고* 싶은 사람이 많을수록 NFT의 가격은 치솟는다. ㉤트위터의 창업자 잭 도시가 작성한 '최초의 트윗'은 NFT로 한때 약 33억 원에 팔렸고, 예능 프로그램「무한도전」에서 '무야~호~'를 외치던 8초짜리 영상은 NFT 시장에서 950만 원에 팔리기도 했다. 유명 상품 운동화의 디자인 원본, 공연의 일부 장면 등 예술계, 패션계, 광고계 등에서 자신들의 작품을 NFT로 만드는 작업을 속속 진행하는 중이다.

(마) 집에 걸어 둘 수 없는 그림, 직접 신을 수 없는 신발 등 디지털 세상에만 존재하는 NFT를 비싼 값에 사는 것은 그것을 소유함으로써 만족감을 얻거나 나중에 더 비싸게 팔 수 있다고 믿기 때문이다. ㉮하지만 다른 사람의 작품을 자기 것처럼 등록하는 가짜 NFT는 없을지, NFT가 넘치게 공급되면 가격이 떨어지지 않을지 등 NFT에 대해 우려하는 시선*도 있다. 그럼에도 불구하고 여전히 NFT는 새로운 활용 가치들을 만들어 내며 디지털 세상의 미래로 기대를 받고 있다.

낱말 풀이

*원본 여러 차례 복사되거나 베낀 것 중 맨 처음 만들어진 책, 글, 노래 등. *디지털 정보 0과 1의 셀 수 있는 수의 형태로 표시된 정보. *위조 어떤 물건을 속일 목적으로 진짜인 것처럼 꾸며서 만듦. *진품 진짜인 물품. *인증하는 어떤 문서나 행위가 정당한 방법과 절차로 이루어졌음을 국가나 사회 기관이 밝히는. *암호 화폐 실물 없이 인터넷 환경에서만 사용하는 디지털 화폐 중 블록체인을 기반으로 만든 화폐. *성사되면 일이 이루어지면. *내역 어떤 일에 따른 수량이나 액수의 자세한 내용. *대체 다른 것으로 대신함. *토큰 특정 블록체인에서 동작하는 응용 서비스에서만 사용하는 암호 화폐. *디지털 콘텐츠 음악, 이미지, 영상 등을 디지털 방식으로 제작, 처리, 유통하는 자료 또는 정보. *수익 일이나 사업 등에서 얻은 이익. *보증된 어떤 사람이나 사물이 틀림이 없음이 증명된. *영향력 어떤 것의 효과나 작용이 다른 것에 미치는 힘. *소유하고 자기의 것으로 가지고. *시선 사람들의 주의나 관심.

1 주제 찾기

글 ㈎~㈒의 중심 내용으로 알맞지 않은 것은 무엇인가요? (　　　)

① 글 ㈎: 사례를 통한 NFT의 개념 제시
② 글 ㈏: NFT가 거래되는 과정과 NFT의 특징
③ 글 ㈐: NFT가 수익을 내는 과정과 까닭
④ 글 ㈑: NFT의 인기가 높아진 까닭과 인기 높은 NFT의 사례
⑤ 글 ㈒: NFT의 부정적인 전망과 실패 사례

2 세부 내용

'엔에프티(NFT)'에 대한 설명으로 알맞지 않은 것은 무엇인가요? (　　　)

① NFT에 가짜가 있을 가능성도 있다.
② NFT는 수익을 높이기 위해 무료로 공개하지 않는다.
③ NFT 거래는 실제 화폐가 아니라 디지털에서 쓰이는 암호 화폐로 이루어진다.
④ NFT가 대중의 신뢰를 얻을 수 있는 까닭은 블록체인 기술을 활용했기 때문이다.
⑤ NFT는 특히 예술계, 패션계, 광고계 등에서 관심을 가지고 작업을 진행하고 있다.

3 세부 내용

㉠~㉤에 대한 설명으로 알맞지 않은 것은 무엇인가요? (　　　)

① ㉠: 자신의 노래 원본을 NFT로 등록한 발행인이다.
② ㉡: 가수 A의 노래 원본 NFT의 가치를 높이 평가하고 있다.
③ ㉢: 자신이 소유한 NFT로 수익을 낼 수도 있다.
④ ㉣: NFT를 신뢰하며 미래에 대해 밝은 전망을 갖고 있다.
⑤ ㉤: 자신이 작성한 '최초의 트윗' NFT의 현재 소유자이다.

4 구조 알기

글 ㈑에 사용된 설명 방법으로 알맞은 것은 무엇인가요? (　　　)

① 대상의 본질이나 개념을 설명하고 있다.
② 묻고 답하는 방법으로 대상을 설명하고 있다.
③ 대상을 일정한 기준으로 나누어 설명하고 있다.
④ 대상에 대해 구체적인 예를 들어 설명하고 있다.
⑤ 일이 일어난 원인과 그 결과를 따져서 설명하고 있다.

5 추론하기

㉮에 보충할 수 있는 내용으로 알맞지 않은 것은 무엇인가요? (　　　　)

① 실물 없이 사고파는 것을 믿을 수 있을지
② NFT에 쓰이는 암호 화폐는 믿을 만한 것인지
③ NFT를 이용하려 예술가들이 늘어나는 것이 아닐지
④ 디지털의 특성상 NFT 원본이 사라지거나 해킹을 당하지 않을지
⑤ 누구나 온라인상에서 열람할 수 있는데 거액을 주고 거래할 필요가 있을지

6 어휘 어법

[보기]의 밑줄 친 말과 같은 뜻으로 쓰이지 않은 것은 무엇인가요? (　　　　)

> [보기] '예술계, 패션계, 광고계'의 '-계'는 일부 명사 뒤에 붙어 '분야' 또는 '영역'의 뜻을 더하는 말이다.

① 한류 열풍으로 관광 업계가 바빠지고 있다.
② 어린 소녀가 신기록을 세우자 스포츠계가 흥분하였다.
③ 정확하고 정직한 보도를 위한 언론계의 노력이 필요하다.
④ 그는 의료계에서 누구나 인정하는 최고의 외과 의사이다.
⑤ 정원사는 식물에게 알맞은 온도를 유지하기 위해 온도계를 자주 점검한다.

수능 연계

7 적용 창의

이 글과 [보기]를 읽고 보인 반응으로 알맞지 않은 것은 무엇인가요? (　　　　)

> [보기] 미국 프로 농구 리그(NBA)는 '엔비에이(NBA) 톱 샷'이라는 NFT 판매 숍을 운영하고 있다. 프로 농구 경기 영상 중 멋진 장면을 편집해 NFT로 만든 뒤 판매하는데, 이를 산 사람은 해당 영상에 대한 소유권을 가진다. 그러나 NFT로 영상을 판매한 이후에도 이 영상은 여전히 인터넷에 무료로 공개되어 있다.

① '엔비에이(NBA) 톱 샷'은 미국 프로 농구 리그의 경기 영상 NFT의 발행자로군.
② '엔비에이(NBA) 톱 샷'에서 만든 경기 영상은 디지털에서 볼 수 있는 디지털 영상이겠군.
③ 미국 프로 농구 리그의 경기 영상 중 인기가 높은 영상일수록 NFT 값이 높겠군.
④ 미국 프로 농구 리그의 경기 영상 NFT의 소유자들은 암호 화폐로 거래를 했겠군.
⑤ 미국 프로 농구 리그의 경기 영상 NFT을 보려면 NFT의 소유자들에게 값을 치러야 하겠군.

정답 29쪽

14회 지문 익힘 어휘

1

어휘 의미

뜻에 알맞은 낱말을 찾아 ○표 하세요.

(1) '다른 것으로 대신함.'을 (대체 / 대비)라고 한다.

(2) '일이 이루어지다.'를 (성장하다 / 성사되다)라고 한다.

(3) '이익을 거두어들이는 것.'을 (수익 / 수집)이라고 한다.

(4) '사람들의 주의나 관심.'을 (시야 / 시선)이라고 한다.

(5) '어떤 문서나 행위가 정당한 방법과 절차로 이루어졌다는 것을 국가나 사회 기관이 밝히다.'를 (인증하다 / 인정하다)라고 한다.

2

어휘 활용

빈칸에 들어갈 알맞은 낱말을 찾아 선으로 이으세요.

(1) 이것은 국가가 제품의 품질을 [ ] 하는 제도이다. •

(2) 그는 경기에 [ ] 선수로 들어갔지만 큰 활약을 했다. •

(3) 정호는 주변 사람들의 [ ] 때문에 예의 바르게 행동하였다. •

(4) 관광객이 늘어 주민들의 [ ]은/는 높아졌지만 환경 문제가 생겼다. •

(5) 오랜 협상 끝에 [ ]된 남북 정상 회담이므로 국내외의 관심이 쏠렸다. •

• ㉮ 수익

• ㉯ 대체

• ㉰ 시선

• ㉱ 인증

• ㉲ 성사

3

어휘 확장

[보기]의 밑줄 친 낱말과 같은 뜻으로 쓰인 것은 무엇인가요? (   )

[보기] 현실에서 <u>쓰이는</u> 화폐가 아니라 디지털에서만 쓰이는 암호 화폐로 거래한다.

① 모자가 작아서 머리에 잘 <u>쓰이지</u> 않는다.
② 자꾸 옆 친구가 장난을 쳐서 신경이 <u>쓰이는</u> 중이다.
③ 그는 작품이 잘 안 <u>쓰이면</u> 무작정 여행을 떠나곤 한다.
④ 봉투에 <u>쓰인</u> 글씨를 보니 동생이 보낸 편지임이 분명하다.
⑤ 어려운 이웃을 돕기 위해 <u>쓰이는</u> 기금은 바자회에서 얻은 수익금이다.

15회

예술·체육 | 음악 글 수준: ★★★ 어휘 수준: ★★★ 글자 수: 1185

공부한 날 [ ] 월 [ ] 일

13분 안에 푸세요.

㉠민요란 옛날부터 민중*들의 입에서 입으로 불러 전해 내려오던 노래를 통틀어 이르는 말이다. ㉡농사를 짓거나 살림을 하며 힘들 때 함께 부르며 힘을 내기도 하고, 한 해의 수확*을 감사하는 마을 제사를 지낼 때 함께 부르며 흥을 돋우기도 했다. ㉮또 신세*가 고달플* 때나 떠난 임이 그리울 때에도 민요를 부르며 마음을 달랬다. 민요는 민중들의 생활 속에서 만들어진 노래라서 누구나 자연스럽게 익힐 수 있었다. 특정한* 작사가나 작곡자가 없어서 고정된* 형식은 없지만 대체로 후렴이 붙고, 같은 가락*에 가사를 바꾸어 부르는 형식이 많다.

지역마다 특징적인 사투리가 있듯이 민요도 지역에 따라 음악적 특징이 다르다. ㉢우리 민요는 지역에 따라 크게 서울 및 경기도 지방의 경기 민요, 전라도 지방의 남도 민요, 황해도와 평안도 지방의 서도 민요, 함경도, 강원도, 경상도 지방의 동부 민요, 제주도 지방의 제주 민요, 이렇게 다섯으로 나뉜다.

경기 민요는 대체로 맑고 깨끗하며 경쾌하고 분명한 것이 특징이다. 대표적인 민요로는 「산타령」, 「방아 타령」, 「한강수 타령」, 「경복궁 타령」 등이 있다.

전라도의 민요는 '남도 민요'라고도 부르는데, 말하듯이 소리를 굵게 꺾어 내는 점이 독특하여 다른 지방의 민요와 쉽게 구별된다. ㉣이런 특징은 전라도 지역의 판소리* 발달에도 영향을 주었으며, 대표적인 민요로는 「농부가」, 「새타령」, 「진도 아리랑」 등이 있다.

서도 민요는 다른 지방의 민요에 비해서 미묘하게* 떨리는 음이 많아 흐느끼는 듯하고, 높이 질러 냈다가 밑으로 슬슬 내려오는 진행이 많다. ㉯그래서 주로 장구 하나만으로 반주를 하는 경우가 많으며 대표적인 민요로는 「수심가」, 「몽금포 타령」, 「배따라기」 등이 있다.

동부 민요에는 「한오백년」, 「정선 아리랑」처럼 처량한* 강원도 노래, 빠르고 애절한* 함경도 노래, 「밀양 아리랑」, 「쾌지나 칭칭 나네」처럼 빠르고 힘찬 장단*으로 활기찬 느낌을 주는 경상도 민요까지 포함된다.

제주 민요는 특이한 제주도 방언을 많이 사용하고 있으며, 고정된 가락 없이 좀 구슬픈 편이다. 대표적인 민요로는 「사대소리」, 「노 젓는 소리」, 「시집살이 노래」, 「오돌또기」 등이 있다.

민요는 일하는 사람의 보람찬 마음을 나타내기도 하고, 삶의 고달픔과 어려움을 하소연하기도* 한다. ㉤혼자 또는 여럿이 함께 부르며 서로의 정서들을 공유하고* 위로하며, 우리 민족의 삶에서 가장 가까운 자리에 있던 노래이다.

낱말 풀이

*민중 국가나 사회의 다수를 이루는 일반 대중. *수확 익은 농작물을 거두어들임. *신세 주로 불행한 일과 관련된 자신의 처지와 형편. *고달플 처지나 형편이 힘들고 고단할. *특정한 특별히 가리켜 분명하게 정해진. *고정된 한번 정한 내용이 변경되지 않는. *가락 소리의 높낮이가 길이나 리듬과 서로 어울려 이루어지는 음의 흐름. *판소리 이야기를 노래로 부르는 한국 전통 음악. *미묘하게 뚜렷하지 않고 콕 집어낼 수 없을 정도로 이상하고 신기하게. *처량한 마음이 구슬퍼질 정도로 쓸쓸한. *애절한 몹시 애처롭고 슬픈. *장단 곡의 빠르고 느림을 나타내는 박자. *하소연하기도 억울하고 딱한 사정 등을 다른 사람에게 간절히 말하기도. *공유하고 두 사람 이상이 공동으로 소유하고.

1 이 글에서 설명하는 것은 무엇인가요? (　　　)

주제 찾기

① 민요의 특징과 내용별 구분
② 민요의 특징과 지역별 구분
③ 민요의 특징과 시대별 흐름
④ 민요의 특징과 현대적 계승
⑤ 민요의 특징과 다른 노래와의 비교

2 이 글을 읽고 답할 수 없는 질문은 무엇인가요? (　　　)

세부 내용

① 민요는 주로 어떤 사람들이 불렀는가?
② 민요에는 어떤 내용들이 담겨 있는가?
③ 민요는 어떤 형식적 특징을 갖고 있는가?
④ 각 지역의 대표 민요로는 무엇이 있는가?
⑤ 민요의 대표적인 창작자로는 누가 있는가?

3 다음은 어느 지방 민요의 특징인가요? (　　　)

세부 내용

- 흐느끼는 듯한 느낌이다.
- 주로 장구 하나만으로 반주를 한다.
- 높이 질렀다가 밑으로 서서히 내려오는 가락이 많다.

① 경기 민요　② 서도 민요　③ 제주 민요
④ 동부 민요　⑤ 전라도 민요

4 이 글을 읽고 나서 더 알아볼 내용으로 알맞지 않은 것은 무엇인가요? (　　　)

추론하기

① 판소리 중 민요의 영향을 받은 작품을 찾아본다.
② 북한 지역에서 전해진 대표적인 민요 작품을 알아본다.
③ 지역별 민요의 악보를 찾아보고 음악적 차이를 살펴본다.
④ 제주 민요 외에 방언이 쓰인 민요에는 어떤 것들이 있는지 찾아본다.
⑤ 각 시대를 대표하는 민요를 알아보고, 시대의 특징이 어떻게 담겼는지 찾아본다.

5 구조 알기

㉠~㉤에 대한 설명으로 알맞지 않은 것은 무엇인가요? (　　　)

① ㉠: 민요란 무엇인지 뜻을 풀이해 주고 있다.

② ㉡: 민요를 언제 불렀는지 구체적인 상황을 예로 들어 설명하고 있다.

③ ㉢: 민요를 지역별이라는 기준에 따라 다섯 가지로 구분하고 있다.

④ ㉣: 전라도 민요의 대표적인 사례를 나열해 설명하고 있다.

⑤ ㉤: 민요를 부르는 방법의 공통점과 차이점을 들어 설명하고 있다.

6 어휘 어법

㉮, ㉯와 바꿔 쓰기에 알맞은 낱말끼리 묶은 것은 무엇인가요? (　　　)

	㉮	㉯		㉮	㉯
①	그러나	또	②	그런데	그러나
④	그래서	그런데	③	그리고	하지만
⑤	그리고	그러므로			

수능 연계

7 추론 하기

이 글을 참고하여 [보기]의 민요를 이해한 내용으로 알맞지 않은 것은 무엇인가요? (　　　)

[보기]

거문도 뱃노래

메기는 소리(독창)
받는 소리(제창)
어 기 – 여차 어 서 – 가 자 어 야 디 – 야
앞 산 은 점점 가 까 워 지 고
가 자 – 가 자 어 서 가 자 어 야 디 – 야
뒷 산 은 점 점 멀 어 가 네

① 뱃사람들이 신세 한탄을 하는 내용의 노래구나.

② 뱃사람들이 배에서 일을 하며 부르는 노래구나.

③ 거문도가 전라도의 섬이므로 전라도 민요에 속하겠구나.

④ 메기는 소리는 같은 가락에 가사만 바꿔서 부르고 있구나.

⑤ 메기는 소리는 혼자 부르는 독창이고, 받는 소리는 함께 부르는 후렴이구나.

정답 31쪽

15회 지문 익힘 어휘

1

어휘 의미

낱말에 알맞은 뜻을 찾아 선으로 이으세요.

(1) 신세 ●	● ㉮ 몹시 애처롭고 슬프다.
(2) 애절하다 ●	● ㉯ 주로 불행한 일과 관련된 자신의 처지와 형편.
(3) 미묘하다 ●	● ㉰ 두 사람 이상이 한 물건을 공동으로 소유하다.
(4) 공유하다 ●	● ㉱ 뚜렷하지 않고 콕 집어낼 수 없을 정도로 이상하고 신기하다.

2

어휘 활용

빈칸에 들어갈 알맞은 낱말을 [보기]에서 찾아 쓰세요.

[보기] 공유 신세 애절 미묘

(1) 홀로 거리를 떠도는 처량한 ( )이/가 되었다.

(2) 그들은 서로 친하면서도 ( )한 경쟁 관계에 있다.

(3) 정보를 ( )하는 것은 정보화 시대에 꼭 필요한 일이다.

(4) 잃어버린 자식을 찾는다는 할머니의 ( )한 사연이 방송에 나왔다.

3

어휘 확장

밑줄 친 낱말과 바꾸어 쓸 수 있는 낱말의 기호를 쓰세요.

(1) 그는 고달픈 농사일로 지치고 말았다. ························ ( )

㉮ 고단한 ㉯ 가여운 ㉰ 쓸쓸한

(2) 심청이는 처량하게 울면서 심봉사 곁을 떠났다. ························ ( )

㉮ 힘겹게 ㉯ 구슬프게 ㉰ 초라하게

(3) 백성들이 억울함을 하소연하는 소리에 암행어사가 길을 멈췄다. ················ ( )

㉮ 주장하는 ㉯ 바로잡으려는 ㉰ 사정사정하는

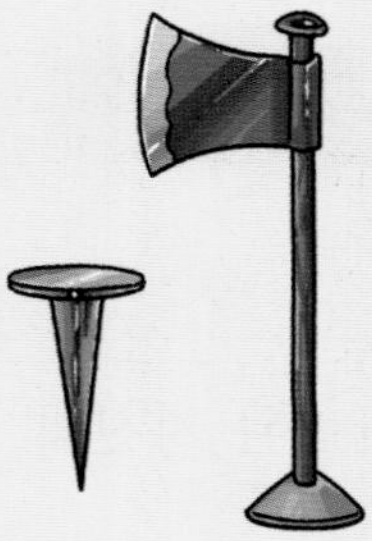

成

이룰 성

'성(成)' 자는 '이루다', '갖추어지다', '완성되다' 라는 뜻을 나타내는 글자예요. 창 모(戊) 자와 못 정(丁) 자가 합쳐져 큰 도끼로 적을 평정한다는 뜻에서 '이루다'라는 뜻을 갖게 되었어요.

● 다음 획순에 따라 한자를 따라 쓰세요.

成 丿 厂 F 万 成 成 成

成 成 成

성공 成功
(이룰 성, 공 공)

원하거나 목적하는 것을 이룸.
예 우리나라의 콘텐츠들은 해외에서 큰 성공을 거두었다.
반대말 실패(失敗): 원하거나 목적한 것을 이루지 못함.

성과 成果
(이룰 성, 실과 과)

어떤 일을 이루어 낸 결과.
예 컬링은 올림픽에서 예상 밖의 성과를 이루어 냈다.

구성 構成
(얽을 구, 이룰 성)

여러 필요한 사람이나 몇 가지의 부분을 모아서 하나로 만드는 일.
예 우리 몸의 구성 성분은 물과 단백질, 지방, 칼슘 등이다.
비슷한말 짜임새

Q 밑줄 친 글자의 뜻으로 알맞은 것은 무엇인가요? (   )

<u>성</u>공 <u>성</u>과 구<u>성</u>

① 나오다 ② 이루다 ③ 키우다 ④ 다니다 ⑤ 전하다

정답 ②

4주

16회

인문 | 심리 글 수준: ★★ 어휘 수준: ★★★ 글자 수: 1129

공부한 날 [ ]월 [ ]일

13분 안에 푸세요.

㈎ 1963년, 미국의 심리학자 로버트 로젠탈이 한 초등학교를 대상으로 실험을 했다. 학년 초에 학생들의 지능 검사를 실시한* 뒤, 지능과 상관없이 20퍼센트(%) 정도의 학생을 뽑아 교사들에게 지능이 우수한 학생이라고 알려 준 것이다. 1년 뒤, 학생들을 대상으로 다시 검사를 했더니 ㉠20퍼센트의 명단*에 들었던 학생들의 지능과 학교 점수가 크게 높아졌다. 이런 놀라운 결과가 나온 까닭은 로젠탈의 말을 믿은 ㉡교사들이 20퍼센트의 학생들에게 최선을 다해 교육했고, 학생들도 교사의 믿음에 힘을 얻어 최선을 다해 공부했기 때문이다. 이것이 바로 무언가를 간절히 기대하면 그 기대가 현실로 이루어진다는 '피그말리온 효과'이다.

㈏ '피그말리온 효과'란 그리스 신화에서 나온 말이다. 키프로스의 조각가 피그말리온은 자신이 조각한 여신상을 사람처럼 사랑하게 되어 날마다 그 조각상에 사랑을 고백하며 정성을 다했다. 이에 감동한 여신 ㉢아프로디테가 조각상에 생명을 불어넣어 주고, 피그말리온은 인간이 된 조각상과 행복하게 살았다는 이야기이다.

㈐ 피그말리온 효과는 ㉣칭찬의 힘을 보여 준다. 사람과 사람의 감정은 긴밀하게* 연결되어 자신이 신뢰하는 사람으로부터 믿음이나 기대를 받으면 스스로에 대한 자신감이 높아진다. [㉮] "잘하고 있어.", "잘될 거야." 같은 칭찬과 긍정적인 메시지*를 자주 받을수록 숨어 있던 능력까지 최대한 끌어내 놀라운 성취*를 얻게 되는 것이다.

㈑ 반대로 다른 사람에게 무시당하고 폭언*을 계속 듣던 사람은 더 나쁜 쪽으로 변한다는 '스티그마 효과'도 있다. 실제로 한 미국 교도소 재소자*의 90퍼센트가 자라면서 부모에게 "너 같은 놈은 교도소에 갈 거야." 등의 폭언을 들었다는 조사 결과도 있다. ㉤중요한 사람으로부터 계속 무시와 비난*을 받으면 자신은 쓸모없는 존재라는 생각이 들어 자존감*이 낮아지고, 결국 사회에서 불안정한* 삶을 살게 된다.

㈒ [㉯] 어떤 상황이든 칭찬과 좋은 말만 해야 하는 것일까? 상황에 상관없이 칭찬을 너무 자주 하면 칭찬받는 사람은 타인*의 평가를 지나치게 의식하게*된다. "잘했다.", "똑똑하구나."와 같은 결과에 대한 칭찬 또한 성공하지 못했을 경우 부담감을 느끼게 만든다. ㉰상황에 맞게 구체적이며 진심을 담아서 하되, 결과보다 노력과 과정을 칭찬한다면 상대방의 마음을 움직여 '피그말리온 효과'를 가져올 것이다.

낱말 풀이

＊**실시한** 어떤 일이나 법, 제도 등을 실제로 행한. ＊**명단** 어떤 일에 관련된 사람들의 이름을 적은 표나 문서. ＊**긴밀하게** 서로 틈이 없을 정도로 매우 가깝게. ＊**메시지** 어떤 사실을 알리거나 주장하거나 경고하기 위해 특별히 보내는 말. ＊**성취** 목적한 바를 이루어 냄. ＊**폭언** 난폭하게 하는 말. ＊**재소자** 감옥에 갇혀 있는 사람. ＊**비난** 다른 사람의 잘못이나 결점에 대하여 나쁘게 말함. ＊**자존감** 스스로 품위를 지키고 자기를 존중하는 마음. ＊**불안정한** 일정한 상태를 유지하지 못하고 마구 변하거나 흔들리는. ＊**타인** 다른 사람. ＊**의식하게** 마음에 두거나 신경 쓰게.

1 세부 내용

이 글의 내용과 일치하지 않는 것은 무엇인가요? ( )

① 피그말리온 효과와 반대되는 현상은 스티그마 효과이다.
② 칭찬을 자주 받을수록 자신감이 높아지는 것은 피그말리온 효과이다.
③ 상황에 상관없이 칭찬을 자주 할수록 칭찬을 받는 사람에게 긍정적인 효과를 준다.
④ 로젠탈의 실험에 따르면, 교사들의 칭찬이 학생들의 점수를 올리는 데 큰 역할을 한다.
⑤ 피그말리온 효과는 그리스 신화에 나오는 조각가 피그말리온의 이야기에서 나온 말이다.

2 주제 찾기

글 ㈎~㈒의 중심 내용으로 알맞지 않은 것은 무엇인가요? ( )

① 글 ㈎: '피그말리온 효과'의 개념과 관련 실험
② 글 ㈏: '피그말리온 효과'의 유래
③ 글 ㈐: 칭찬의 긍정적인 효과
④ 글 ㈑: '피그말리온 효과'와 '스티그마 효과'의 공통점
⑤ 글 ㈒: 칭찬의 부정적인 효과와 바람직한 칭찬 방법

3 구조 알기

글 ㈎에서 사용한 설명 방법을 [보기]에서 모두 찾은 것은 무엇인가요? ( )

[보기]
ㄱ. 대상의 본질이나 뜻을 설명하고 있다.
ㄴ. 묻고 답하는 방법으로 대상을 설명하고 있다.
ㄷ. 대상을 일정한 기준으로 나누어 설명하고 있다.
ㄹ. 대상에 대해 구체적인 예를 들어 설명하고 있다.
ㅁ. 일이 일어난 원인과 그 결과를 따져서 설명하고 있다.

① ㄱ, ㄴ ② ㄱ, ㄴ, ㄷ ③ ㄱ, ㄹ, ㅁ
④ ㄱ, ㄴ, ㄹ, ㅁ ⑤ ㄱ, ㄷ, ㄹ, ㅁ

4 세부 내용

㉠~㉤에 대한 설명으로 알맞지 않은 것은 무엇인가요? ( )

① ㉠: 다른 학생들에 비해 실제 지능이 뛰어난 학생들이다.
② ㉡: 로젠탈이 알려 준 20퍼센트 학생들이 실제 뛰어난 지능을 가졌다고 믿었다.
③ ㉢: 조각상에 대한 피그말리온의 진심에 감동을 받았다.
④ ㉣: 칭찬을 많이 받으면 자존감이 높아지고, 숨어 있는 능력까지 끌어올리게 됨을 뜻한다.
⑤ ㉤: 부모나 교사처럼 자신의 삶에 직접적으로 영향을 끼치는 사람들이다.

5 추론하기

㉮와 ㉯에 들어갈 이어 주는 말로 알맞은 것은 무엇인가요? (　　　　)

	㉮	㉯
①	한편	그래서
②	한편	그런데
③	그래서	그러면
④	그래서	그리고
⑤	더구나	그래서

6 적용창의

㉰를 참고할 때, [보기]의 엄마가 할 말로 가장 알맞은 것은 무엇인가요? (　　　　)

> [보기] 아이: 엄마, 나 이번 수학 시험에서 95점 받았어요! 반에서 1등이에요.
> 엄마: (　　　　　　　　　　　　　　　　　　　　　　)

① 반에서 1등이라니 최고!
② 잘했어! 역시 내 아들 똑똑하구나.
③ 잘하기는 했는데 늘 한 문제는 틀리는구나.
④ 아깝구나. 조금만 더 노력했으면 100점을 받았을 텐데.
⑤ 열심히 예습과 복습을 하더니 좋은 결과를 받았네. 대견하구나.

수능 연계

7 추론하기

이 글과 [보기]를 읽고 알맞게 이해하지 <u>못한</u> 것은 무엇인가요? (　　　　)

> [보기] 1. 2002년 한일 월드컵 당시 한국 축구 대표팀 히딩크 감독은 선수들에게 기대와 관심, 칭찬을 아끼지 않았다. 그해 가장 약한 팀이라는 평가를 받았던 한국팀은 월드컵 4강 진출을 이루었다.
> 2. 미국의 흑인들은 백인에 비해 좋은 직장을 얻을 기회가 더 적고, 경찰들에게 더 많은 검문과 체포를 당한다. 흑인들은 게으르고 폭력적일 것이라는 미국 백인들의 편견 때문이다.

① [보기 1]은 칭찬이 주는 긍정적 효과의 예로 '피그말리온 효과'에 해당하는군.
② [보기 1]에서 선수들은 히딩크 감독의 칭찬에 자신감이 높아지고 실력이 향상되었겠군.
③ [보기 2]처럼 부정적인 편견이 계속되면 '스티그마 효과'가 일어날 거야.
④ [보기 2]에서 흑인에 대한 편견은 실제 미국 흑인들의 빈곤과 범죄로 이어지겠군.
⑤ [보기 2]에서 흑인의 삶이 나아지려면 미국 백인에게 '피그말리온 효과'를 써야 해.

16회 지문 익힘 어휘

정답 33쪽

1

어휘 의미

뜻에 알맞은 낱말을 낱말 카드로 만들어 쓰세요.

안	실	의	불	감	존	비	식	시	자	난	정

(1) 마음에 두거나 신경쓰다. → □□하다

(2) 어떤 일이나 법, 제도 등을 실제로 행하다. → □□하다

(3) 스스로 품위를 지키고 자기를 존중하는 마음. → □□□

(4) 다른 사람의 잘못이나 결점에 대하여 나쁘게 말함. → □□

(5) 일정한 상태를 유지하지 못하고 마구 변하거나 흔들리는 상태이다. → □□□하다

2

어휘 활용

빈칸에 들어갈 알맞은 낱말을 [보기]에서 찾아 쓰세요.

[보기] 의식 비난 실시 자존감 불안정

(1) 학교에서는 매달 화재 시 대피 훈련을 ( )하고 있다.

(2) 옷차림이 너무 튀는 것 같아 자꾸 남의 눈을 ( )하게 된다.

(3) 현아는 ( )한 음정을 바로잡기 위해 매일 노래 연습을 한다.

(4) 선수의 어처구니없는 실수로 경기에 지자 관중의 ( )이 쏟아졌다.

(5) ( )이 잘 형성된 사람은 자신을 소중히 여기며, 다른 사람과 긍정적인 관계를 유지한다.

3

어휘 확장

[보기]의 밑줄 친 낱말과 같은 뜻으로 쓰인 것은 무엇인가요? ( )

[보기] 중요한 사람으로부터 계속 무시와 비난을 받으면 자신은 쓸모없는 존재라는 생각이 들어 자존감이 낮아지고, 결국 사회에서 불안정한 삶을 살게 된다.

① 설악산에 단풍이 들었다.
② 이 방에는 볕이 잘 들었다.
③ 나는 기차에서 잠깐 풋잠이 들었다.
④ 그는 바위를 머리 위로 번쩍 들었다.
⑤ 이 일을 시작했을 때 우리는 불길한 예감이 들었다.

17회

사회 | 매체 글 수준: ★★★ 어휘 수준: ★★★ 글자 수: 1282

공부한 날 월 일

13분 안에 푸세요.

(가) 텔레비전 인기 드라마에서 남녀 주인공이 심각하게 다투다가 갑자기 치킨을 먹으며 화해를 한다. 오락 프로그램에서 신나게 게임을 하던 출연진들이 갑자기 동일한* 상표의 홍삼액을 마신다. 치킨이나 홍삼액은 프로그램에 꼭 필요한 소품*이 아니라 간접 광고 상품이다. '간접 광고(PPL)'란 광고 시간이 아닌 드라마, 쇼 같은 방송 프로그램에 마치 광고가 아닌 것처럼 상품을 등장시켜 홍보하는 마케팅* 기법의 하나이다. 우리나라에서는 2010년부터 간접 광고를 허용했는데, 지금은 간접 광고 없이 제작하는 텔레비전 프로그램을 찾아보기 힘들 정도가 되었다.

(나) 간접 광고가 폭발적으로 늘어난 것은 방송국과 기업의 이해관계*가 맞아 떨어졌기 때문이다. 인기 프로그램일수록 ㉠간접 광고의 효과가 눈에 띄게 높아 기업들도 간접 광고를 선호하고* 있다.

(다) 그런데 방송 프로그램 제작진*에서 치솟는 제작비를 보충하기 위해 ㉡간접 광고를 무리하게 내보내면서 시청자의 눈살을 찌푸리게 하는 경우가 늘고 있다. 프로그램의 전개와 전혀 관련이 없는 간접 광고가 시청자들의 몰입*을 방해하기 때문이다. 또한 간접 광고는 광고 시간에 제품을 홍보하는 직접 광고와 달리 시청자가 선택할 수 없을 뿐만 아니라 광고라고 깨닫지 못하고 무의식적*으로 받아들이는 경우도 많아 소비자의 구매 활동을 조작할* 수 있다는 비난을 받게 된다. ㉮결국 무리한 간접 광고는 프로그램의 질을 떨어뜨리는 것은 물론 간접 광고 상품의 홍보 효과까지 떨어지게 만들었다.

(라) 간접 광고에 대한 소비자의 부정적 인식이 확산되자* 기업들은 ㉢새로운 마케팅 전략*을 짜기 시작했다. 브랜드*를 직접적으로 드러내는 동시에 작품 안에 자연스럽게 스며들도록 하는 '브랜디드 콘텐츠*'를 소비자들에게 선보인* 것이다. 최근 유명 라면 회사에서 자사 제품의 대표 캐릭터인 불닭을 주인공으로 애니메이션을 만들어 누리 소통망에 공개했는데, ㉣웬만한 애니메이션보다 재미있다는 평가와 함께 큰 인기를 끌었다. 이렇게 '브랜디드 콘텐츠'는 광고라는 것을 감추지 않고 내세우지만 시청자의 적극적인 호응을 받는 중이다.

(마) '브랜디드 콘텐츠'는 드라마, 쇼, 다큐멘터리, 애니메이션 등 다양한 형식을 통해 하나의 완성도 높은 이야기를 재미있게 전달한다. 또한 '브랜디드 콘텐츠'는 시청자이자 소비자를 속이지 않고, 텔레비전은 물론 회사의 누리집과, 누리 소통망 등 새로운 경로*를 통해 제품을 홍보한다. 광고라는 것을 감추려 하는 '간접 광고'보다 '브랜디드 콘텐츠'가 인기를 끄는 ㉤까닭이 여기에 있다.

낱말 풀이

***동일한** 비교해 본 결과 별다른 차이점이 없이 똑같은. ***소품** 무대 장치나 분장 등에 쓰는 작은 도구. ***마케팅** 상품을 소비자에게 알리고 많이 판매하기 위하여 생산자가 펼치는 전반적인 활동. ***이해관계** 서로 이익과 손해가 걸려 있는 관계. ***선호하고** 여럿 중에서 특별히 좋아하고. ***제작진** 연기자를 제외한, 방송의 프로그램을 만드는 데 관계하는 모든 사람. ***몰입** 다른 일에 관심을 가지지 않고 한 가지 일에만 집중하여 깊이 빠짐. ***무의식적** 자기의 행동이나 상태를 자기 스스로 깨닫지 못하는 가운데 일어나는 것. ***조작할** 어떤 일을 사실인 것처럼 꾸며서 만들. ***확산되자** 흩어져 널리 퍼지게 되자. ***전략** 정치, 경제 등의 사회적 활동을 하는 데 필요한 방법과 계획. ***브랜드** 어떤 상품을 다른 것과 구별하기 위하여 사용하는 이름이나 기호 등. ***콘텐츠** 유선이나 무선 통신망을 통해 제공되는 디지털 정보. ***선보인** 처음으로 내놓아 보여 준. ***경로** 일이 이루어지는 방법이나 과정.

1 구조 알기

이 글에 대한 설명으로 알맞은 것은 무엇인가요? (   )

① 다양한 사례를 열거해 개념에 대한 이해를 높이고 있다.
② 대상에 대한 상반된 견해를 제시한 후 절충하고 있다.
③ 대상에 대한 전문가의 의견을 인용해 신뢰도를 높였다.
④ 대상의 변천 과정을 시간의 흐름에 따라 설명하고 있다.
⑤ 대상에 대한 자신의 주장을 근거와 함께 설득력 있게 제시했다.

2 세부 내용

이 글에서 알 수 <u>없는</u> 내용은 무엇인가요? (   )

① 간접 광고가 이용되는 까닭
② 브랜디드 콘텐츠의 장점과 단점
③ 간접 광고와 브랜디드 콘텐츠의 개념
④ 간접 광고와 브랜디드 콘텐츠의 비교
⑤ 간접 광고에 대한 부정적 인식이 생기는 까닭

3 추론 하기

이 글을 바탕으로 짐작한 내용으로 알맞은 것은 무엇인가요? (   )

① 간접 광고를 많이 했기 때문에 프로그램 제작비가 올라간 것이다.
② 2015년에 최고로 인기를 끌었던 드라마에는 간접 광고 상품이 없었다.
③ 브랜디드 콘텐츠는 텔레비전이나 라디오 광고 시간에는 방영되지 않는다.
④ '브랜디드 콘텐츠'의 완성도가 높지 않고 재미가 없다면 광고 효과가 낮을 것이다.
⑤ 방송 프로그램 전개와 상관없이 간접 광고 제품을 자주 언급할수록 그 제품은 소비자에게 잘 팔린다.

4 추론 하기

글 (가)~(마) 중 [보기]의 그래프를 자료로 사용하기에 알맞은 것은 무엇인가요? (   )

[보기]

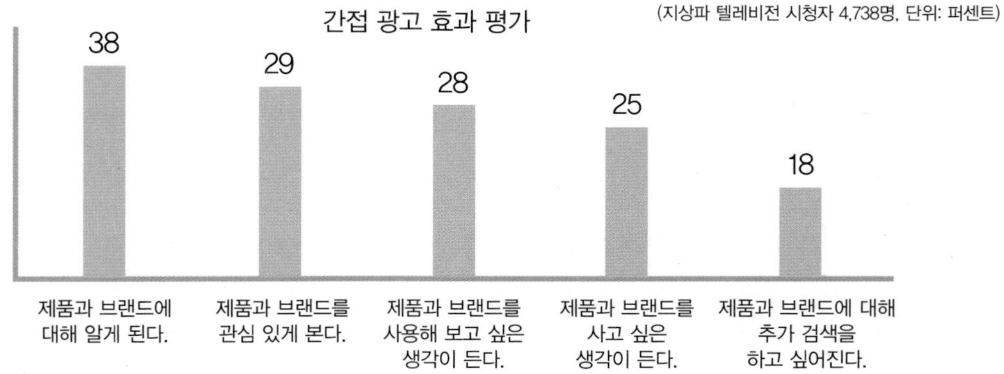

① 글 (가)   ② 글 (나)   ③ 글 (다)   ④ 글 (라)   ⑤ 글 (마)

5 세부 내용

㉠~㉤에 대한 설명으로 알맞지 않은 것은 무엇인가요? (　　　　)

① ㉠: 간접 광고 이후, 상품 판매량이 눈에 띄게 늘어나는 것을 뜻한다.
② ㉡: 간접 광고 상품을 프로그램의 내용과 관련 없이 자주 내보내는 것을 뜻한다.
③ ㉢: 새로운 홍보 방법인 '브랜디드 콘텐츠' 제작을 뜻한다.
④ ㉣: 소비자들이 자발적으로 광고를 찾아보게 되어 제품의 홍보 효과가 뛰어남을 뜻한다.
⑤ ㉤: 브랜디드 콘텐츠가 유명 연예인을 이용해 상품을 홍보하기 때문이다.

6 어휘 어법

㉮의 내용을 표현하기에 알맞은 한자 성어는 무엇인가요? (　　　　)

① 다다익선(多多益善): 많으면 많을수록 더욱 좋음.
② 과유불급(過猶不及): 무엇이든 지나친 것은 좋지 않음.
③ 유명무실(有名無實): 이름만 보기에 번듯하고 실속은 없음.
④ 설상가상(雪上加霜): 곤란하거나 불행한 일이 잇따라 일어남.
⑤ 유유상종(類類相從): 비슷한 특성을 가진 사람들끼리 서로 어울려 사귐.

수능 연계

7 적용 창의

이 글의 독자가 [보기]에 대해 보인 반응으로 알맞지 않은 것은 무엇인가요? (　　　　)

[보기]
1. 최근 산악 구조대의 활약을 다룬 드라마 – 깊은 산속에서 부상자를 구조하던 산악 구조 대원들이 갑자기 유명 샌드위치를 나누어 먹는 장면이 자주 나왔다.
2. 인기 누리 소통망 드라마 – '○○ 편의점'이라는 실제 편의점 상호를 드라마 제목으로 내걸고, 편의점에서 판매하는 제품을 소재로 다양한 에피소드를 보여 주고 있다.

① [보기 1]은 프로그램 속에서 상품을 홍보한 간접 광고에 해당하는군.
② [보기 1]은 상품이 프로그램 내용과 동떨어져 홍보 효과가 떨어지겠군.
③ [보기 2]는 기업의 제품을 직접적으로 노출하지 않는 브랜디드 콘텐츠로군.
④ [보기 2]는 기업의 제품을 완성도 높은 다양한 에피소드에 담아 인기를 끌었겠군.
⑤ [보기 2]의 소비자는 드라마가 광고임을 분명히 알면서도 스스로 선택해서 보겠군.

정답 35쪽

17회 지문 익힘 어휘

1
어휘 의미

낱말과 뜻이 알맞게 짝 지어지지 않은 것은 무엇인가요? (   )

① 선호하다: 허락하여 받아들이다.
② 확산되다: 흩어져 널리 퍼지게 되다.
③ 이해관계: 서로 이익과 손해가 걸려 있는 관계.
④ 동일하다: 비교해 본 결과 별다른 차이점이 없이 똑같다.
⑤ 전략: 정치, 경제 등의 사회적 활동을 하는 데 필요한 방법과 계획.

2
어휘 활용

빈칸에 들어갈 알맞은 낱말을 찾아 선으로 이으세요.

(1) 이순신 장군은 뛰어난 [   ](으)로 왜구를 격파했다. •　　　• ㉮ 동일

(2) 상품 가격이 [   ]하다면 가까운 가게에서 사는 것이 좋다. •　　　• ㉯ 선호

(3) 어린이들은 두꺼운 책보다 가벼운 책을 [   ]하는 경향이 있다. •　　　• ㉰ 확산

(4) 요즘은 개인의 자유와 다양성을 존중하는 분위기가 점점 [   ]되고 있다. •　　　• ㉱ 전략

(5) 우리는 어려운 때일수록 개인적 [   ]보다는 공동의 이익을 먼저 생각해야 한다. •　　　• ㉲ 이해관계

3
어휘 확장

밑줄 친 낱말과 바꾸어 쓸 수 있는 낱말의 기호를 쓰세요.

(1) 고궁에서는 어린이들의 무료 입장을 <u>허용했다.</u> ………………………… (   )
㉮ 눈감았다　　㉯ 허가했다　　㉰ 인지했다

(2) 이번 달에 관객들에게 새 작품을 <u>선보일</u> 계획이다. …………………… (   )
㉮ 세울　　㉯ 출연시킬　　㉰ 내놓을

(3) 인공위성과 미사일을 쏘아 올리는 기술은 거의 <u>동일하다.</u> …………… (   )
㉮ 같다　　㉯ 맞는다　　㉰ 일정하다

18회

과학 | 생명 과학 글 수준: ★★★ 어휘 수준: ★★★★ 글자 수: 1291

공ברה 날 [ ] 월 [ ] 일

14분 안에 푸세요.

(가) 한 종류의 생물이 완전히 없어지는 것을 '멸종'이라고 한다. 지구에는 총 다섯 번의 대멸종 사건이 있었는데, 가장 마지막에 벌어진 사건이 공룡의 대멸종이었다. 과학자들은 지금이 지구의 여섯 번째 대멸종의 시작일 것이라고 의심한다. 20세기 후반부터 21세기 초반인 현재까지 전 세계 생물들의 30퍼센트(%)가 줄어들었기 때문이다. 지구 생물들이 멸종 위기에 빠진 까닭과 그 생물들을 위기에서 구할 방법은 없을지 알아보자.

(나) 멸종 위기 생물들이 급격히 늘어난 까닭은 우선 돈벌이를 위한 남획*과 채취*를 일삼기 때문이다. 비싼 장식품으로 팔리는 코끼리의 상아나 고급 가죽으로 잘 팔리는 호랑이 가죽은 밀렵꾼*의 표적이 됐다. 전래 동화에 나올 만큼 흔했던 백두산 호랑이도 일제 강점기에 무리한 사냥으로 일찌감치 멸종되고 말았다. 또한 사자, 코뿔소, 표범, 고래, 상어 등도 인간의 돈벌이를 위해 희생되고 있다.

(다) 자연을 파괴하는 개발도 생물의 생존을 위협한다. 산양은 국제적으로 멸종 위기 보호종인데 주 서식지*인 설악산의 개발로 개체* 수가 급격히 줄어들었다. 우리나라 텃새*인 황새는 둥지를 틀 만한 나무가 줄어들고 농약의 위험 때문에 멸종 위기종으로 보호받고 있다. 맹꽁이나 삵, 수달 등도 도시나 공장 개발로 습지*가 사라지며 멸종 위기에 ㉠놓였다.

(라) 지구 온난화*도 생물들의 생존을 위협하는 큰 원인이다. 북극의 얼음이 녹아 북극곰이 살 곳을 잃고, 바닷물의 온도가 상승해 산호초들이 죽어 가고 있다. 지구 기온의 변화는 식물부터 동물에 이르기까지 생태계* 전반을 흔들고 있는 중이다.

(마) 멸종 위기 생물을 지켜야 하는 이유는 무엇일까? 생태계의 구성원 중 하나가 사라졌을 때 나타나는 연쇄* 효과 때문이다. 하나의 종*이 사라지면 그 종을 먹고 자라는 다른 종들까지 치명적*인 영향을 받는다. 습지가 사라져 개구리가 멸종되면 개구리를 먹고 사는 물고기나 새들이 줄고, 개구리의 먹이였던 모기 같은 곤충은 급격히 늘어난다. 또한 꽃가루를 옮기는 새가 사라지면 식물은 열매를 맺지 못한다. 즉, 생태계를 구성하는 생물 중 한 종이라도 사라지면 그 피해는 지구 생태계와 인간에게까지 미치는 것이다.

(바) ㉡생물의 다양성을 유지하기 위해서는 어떤 노력이 필요할까? 우리나라 환경부는 멸종 위기 야생 생물 200여 종을 1급과 2급으로 나누어 법으로 보호, 관리하고 있다. 그중 황새, 반달가슴곰, 여우, 산양, 따오기 등은 복원해* 야생*에 적응시키고 있다. 밀렵꾼을 단속하고, 야생 동물의 교통사고를 막을 수 있도록 [㉢]. 무엇보다 전 세계적으로 개발의 속도를 늦추고, 지구 온난화에 대한 대책을 마련해야만 여섯 번째 대멸종이 멈추고 생물의 다양성이 지켜질 것이다.

낱말 풀이

남획* 짐승이나 물고기 등을 마구 잡음. ***채취 자연에서 나는 것을 베거나 캐거나 하여 얻음. ***밀렵꾼** 허가를 받지 않고 몰래 사냥하는 사람. ***서식지** 생물이 일정한 곳에 자리를 잡고 사는 곳. ***개체** 하나의 독립된 생물체. ***텃새** 철을 따라 자리를 옮기지 않고 거의 한 지방에서만 사는 새. ***습지** 습기가 많은 축축한 땅. ***지구 온난화** 지구의 기온이 높아지는 현상. ***생태계** 일정한 지역이나 환경에서 여러 생물들이 서로 적응하고 관계를 맺으며 어우러진 자연의 세계. ***연쇄** 사물이나 현상이 사슬처럼 이어짐. ***종** 생물 분류의 기본 단위. 독립된 생물체의 무리. ***치명적** 생명이 위험할 수 있는 것. ***복원해** 원래의 상태나 모습으로 돌아가게 해. ***야생** 사람의 손이 가지 않고 산이나 들에서 저절로 나서 자람.

1 구조 알기

이 글의 중심 내용을 다음과 같이 정리했을 때, 알맞지 않은 것은 무엇인가요? (   )

[처음] 멸종의 개념과 앞으로 전개될 내용 소개 ······························①
[중간] 1. 멸종 위기 생물이 늘어난 까닭 ······························②
(1) 무차별적인 남획과 채취 ······························③
(2) 자연을 파괴하는 개발
(3) 지구 온난화
2. 멸종 위기 생물의 구체적 분류 ······························④
[끝] 생물의 다양성을 유지하기 위해 필요한 노력 ······························⑤

2 세부 내용

이 글의 내용을 알맞게 이해하지 못한 친구는 누구인가요? (   )

① 세정: 도시 개발이 맹꽁이나 삵의 서식지를 파괴하는 일이로군.
② 민규: 환경부의 노력으로 황새나 반달가슴곰 등을 야생에서 볼 수 있겠군.
③ 연우: 일제 강점기의 무리한 도시 개발이 백두산 호랑이를 멸종시킨 것이군.
④ 동철: 지구의 기온 상승이 북극곰이나 산호초를 멸종 위기에 처하게 하는군.
⑤ 지우: 코끼리, 코뿔소가 멸종 위기에 처한 것은 결국 돈벌이를 위한 인간의 욕심 때문이군.

3 구조 알기

글 (가)~(마) 중 다음 내용이 들어가기에 알맞은 곳은 어디인가요? (   )

1958년, 쓰촨성의 한 농촌을 방문한 마오쩌둥은 우연히 벼 낟알을 쪼아 먹는 참새를 발견하였다. 마오쩌둥은 마침 참새 때문에 농사짓기가 힘들다고 하소연한 농민의 글을 보았던 터라 그해 4월에 대대적인 '참새 소탕 작전'을 벌였다.

문제는 바로 다음 해에 발생했다. 참새가 사라지자 해충이 어마어마하게 늘어난 것이다. 해충의 증가는 곧 대흉작으로 이어져 3년 동안 약 4,000만 명이 굶어 죽었다. 인간의 개입으로 자연의 조화와 균형이 무너지면 어떤 일이 벌어지는지 분명하게 보여 주는 또 다른 사례이다.

① 글 (가)의 뒤 ② 글 (나)의 뒤 ③ 글 (다)의 뒤 ④ 글 (라)의 뒤 ⑤ 글 (마)의 뒤

4 어휘 어법

밑줄 친 낱말이 ㉠과 같은 뜻으로 쓰인 것은 무엇인가요? (   )

① 한강에 다리가 놓였다.
② 원고지와 연필이 책상 위에 놓였다.
③ 그는 방이 깨끗해진 것을 보고 마음이 놓였다.
④ 숲에는 군데군데 올가미가 걸려 있고 덫이 놓였다.
⑤ 날씨가 안 좋아 여행을 갈 수 있을지 불확실한 상황에 놓였다.

5 ⓒ에 대한 답으로 알맞지 않은 것은 무엇인가요? (   )

세부 내용

① 모든 동물에 대한 사냥을 전부 금지해야 한다.
② 개발 속도를 늦추고, 지구 온난화를 막아야 한다.
③ 멸종 위기 야생 동물을 복원해 개체 수를 늘려야 한다.
④ 국가에서 멸종 위기 생물을 법으로 보호, 관리해야 한다.
⑤ 습지가 더 이상 파괴되지 않도록 보호 활동을 해야 한다.

6 ⓒ에 들어갈 내용으로 알맞은 것은 무엇인가요? (   )

추론하기

① 고속 도로 대신 기찻길을 놓았다.
② 고속 도로에 자동차 통행을 금지했다.
③ 야생 동물을 동물원에 모아 보호했다.
④ 고속 도로에 신호등과 횡단보도를 설치했다.
⑤ 고속 도로에 야생 동물의 이동을 위한 통로를 마련했다.

수능 연계

7 이 글을 참고해 [보기]의 그래프를 이해한 내용으로 알맞지 않은 것은 무엇인가요? (   )

추론하기

[보기]

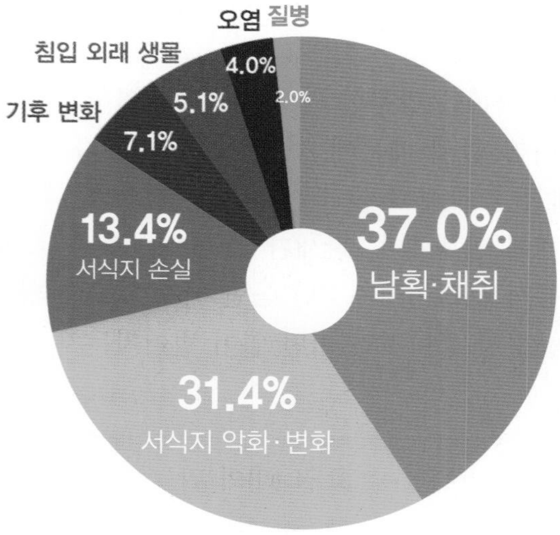

생물 감소 원인 〈출처: 환경부〉

① 생물이 멸종되는 가장 큰 원인은 밀렵으로 인한 남획과 채취로군.
② 질병도 멸종의 원인인데 자연적인 질병인지, 외부 환경에 의한 질병인지 궁금해.
③ 서식지 악화·변화는 무분별한 개발 때문에, 서식지 손실은 주로 자연재해 때문이겠군.
④ 기후 변화와 오염은 모두 환경 문제이므로 우리가 환경 보호에 더 신경을 써야 할 것 같아.
⑤ 아르헨티나에서 들여온 뉴트리아가 습지 생태계를 파괴한다더니 침입 외래 생물이 생물 멸종의 원인이 될 수도 있구나.

18회 지문 익힘 어휘

1 어휘 의미

낱말에 알맞은 뜻을 찾아 선으로 이으세요.

(1) 남획	㉮ 생명이 위험할 수 있는 것.
(2) 야생	㉯ 짐승이나 물고기 등을 마구 잡음.
(3) 치명적	㉰ 원래의 상태나 모습으로 돌아가게 하다.
(4) 복원하다	㉱ 사람의 손이 가지 않고 산이나 들에서 저절로 나서 자람.

2 어휘 활용

빈칸에 들어갈 알맞은 낱말을 [보기]에서 찾아 쓰세요.

[보기] 야생 남획 복원 치명적

(1) 손상된 문화재를 (　　　　　　)하여 전시할 예정이다.

(2) (　　　　　　) 동물을 사냥하던 사냥꾼이 경찰에 붙잡혔다.

(3) 기름 유출 사고가 나서 해변가가 (　　　　　　)으로 오염되었다.

(4) 고래는 지나친 (　　　　　　)으로 멸종될 우려가 있어 환경 단체가 보호하고 있다.

3 어휘 확장

밑줄 친 낱말의 뜻을 [보기]에서 찾아 기호를 쓰세요.

[보기] • 맺다: ㉮ 열매나 꽃 등이 생겨나다. ㉯ 사람 사이에 관계를 만들다.
㉰ 이야기나 하던 일을 마무리하다. ㉱ 물방울이나 땀방울 등이 매달리다.

(1) 병충해가 심해 사과나무가 열매를 <u>맺지</u> 못했다. (　　　　)

(2) 6개월 동안의 세계 여행이 드디어 끝을 <u>맺었다</u>. (　　　　)

(3) 유비와 관우, 장비는 도원에서 의형제를 <u>맺었다</u>. (　　　　)

(4) 이야기가 너무 슬퍼 누나의 눈에 결국 눈물이 <u>맺고</u> 말았다. (　　　　)

19회

기술 | 기술 이론 글 수준: ★★★ 어휘 수준: ★★ 글자 수: 1110

공부한 날 월 일

13분 안에 푸세요.

(가) 스마트폰에는 보안을 위해 잠금 기능이 설정되어* 있다. ㉠이것을 해제하려면* 숫자, 패턴* 등 비밀번호를 입력해야 한다. 숫자, 패턴 등은 손을 이용해야 하고, 보안을 위해 자주 바꿔야 한다. 지문으로 잠금을 푸는 기능도 널리 쓰이지만 역시 손 접촉이 필요하고 오류*가 잦다는* 단점이 있다.

(나) ㉡그래서 최근에는 스마트폰 카메라에 얼굴을 인식시켜* 잠금을 해제하는 방법이 인기를 끌고 있다. 얼굴 인식은 별다른 조작* 없이 스마트폰을 쳐다보기만 하면 그 즉시 잠금 상태가 풀리기 때문이다. 비슷하게 닮은 사람도 많고, 같은 사람이라도 화장이나 머리 모양에 따라 다른 사람으로 보일 때도 많다. [㉮]

(다) 스마트폰 얼굴 인식 기술에는 인공 지능* 기술이 사용되었다. 사람의 뇌 구조를 닮은 인공 지능에 수없이 많은 자료를 학습시켜 화장을 하거나 머리 모양이 바뀌더라도 같은 사람으로 인식할 수 있게 한 것이다. 2006년에 인공 지능은 이미 사람의 눈을 뛰어넘어 일란성 쌍둥이*까지 구분해 낼 정도로 발전했다.

(라) ㉯얼굴 인식 기술은 크게 '얼굴 찾기'와 '얼굴 특징 찾기'라는 두 가지 과정을 거친다. '얼굴 찾기'는 영상이나 이미지에서 어떤 영역*이 얼굴에 해당하는지를 찾는 것이다. 사람의 얼굴 위치를 찾았다면, 다음에는 누구의 얼굴인지 구별해* 내는 '얼굴 특징 찾기'에 들어간다. 우리가 사람의 얼굴을 눈, 코, 입, 볼, 턱 등의 위치와 모양을 통해 구분하듯이, 인공 지능은 사람의 얼굴에 60~100여 개의 기준점을 찍어 점들 사이의 거리, 위치, 크기 등을 분석해 얼굴을 구별해 낸다. 이렇게 분석한 얼굴 데이터를 ㉢이미 저장되어 있던 얼굴의 데이터*와 비교하면 얼굴 인식이 완료되는 것이다. ㉣이 모든 과정을 거치는 데 1초도 걸리지 않는다.

(마) ㉰얼굴 인식 기능은 편리하고, 정확도가 높아 스마트폰뿐만 아니라 ㉤일상에서 다양하게 이용되고 있다. 보안이 중요한 은행, 대기업 등에서 신분증 대신 얼굴 인식 기능을 사용하고, 공항에서 여권 대신 얼굴 인식을 활용하는* 시스템을 이용한다. 얼굴 인식 분야에서 선두를 차지하고 있는 중국에서는 얼굴 인식만으로 결제가 완료되고 슈퍼 카메라로 범죄를 색출하기도* 한다. 우리나라에서도 시시티브이(CCTV)를 분석해 범죄자나 미아*를 찾는 데 얼굴 인식 기능이 활발히 쓰이고 있다.

낱말 풀이

* **설정되어** 새로 만들어져 정해져. * **해제하려면** 설치했거나 갖추어 차린 것 등을 풀어 없애려면. * **패턴** 일정한 틀이나 형태 또는 유형. * **오류** 컴퓨터의 잘못된 처리로 생기는 오차. * **잦다는** 자주 있다는. * **인식시켜** 무엇을 분명히 알고 이해하게 하여. * **조작** 기계나 장치 같은 것을 일정한 방식에 따라 다루어 움직이게 함. * **인공 지능** 판단, 학습 등 인간의 지능이 가지는 기능을 갖춘 컴퓨터 시스템. * **일란성 쌍둥이** 성별이 같고 생김새나 지능, 성격이 매우 비슷한 쌍둥이. * **영역** 힘이나 권리가 미치는 테두리. * **구별해** 성질이나 종류에 따라 갈라놓아. * **데이터** 컴퓨터 프로그램을 운용할 수 있는 형태로 기호화하거나 숫자화한 자료. * **활용하는** 어떤 대상이 가지고 있는 쓰임이나 능력을 충분히 잘 이용하는. * **색출하기도** 숨어 있는 사람이나 숨긴 물건 등을 샅샅이 뒤져서 찾아내기도. * **미아** 집이나 길을 잃은 아이.

1 세부 내용

이 글의 내용과 일치하지 않는 것은 무엇인가요? (　　　)

① 얼굴 인식 기능은 스마트폰뿐만 아니라 일상에 널리 쓰이고 있다.
② 지문으로 잠금을 해제하는 기능은 보안을 위해 자주 바꿔야 한다.
③ 얼굴 인식 기능은 손으로 스마트폰을 조작하는 과정이 필요 없다.
④ 얼굴 인식 기능은 '얼굴 찾기'에서 '얼굴 특징 찾기' 단계로 진행한다.
⑤ 얼굴 인식 기능에는 사람의 눈을 뛰어넘는 인공 지능 기술이 이용된다.

2 주제 찾기

글 ㈎~㈒의 중심 내용으로 알맞지 않은 것은 무엇인가요? (　　　)

① 글 ㈎: 스마트폰 잠금 해제 방법 소개와 기존 방법들의 단점
② 글 ㈏: 잠금 해제 방법으로 얼굴 인식 기능이 인기를 끌고 있는 까닭
③ 글 ㈐: 인공 지능을 이용한 얼굴 인식 기술의 발전
④ 글 ㈑: 얼굴 인식 기술에 쓰이는 두 가지 방법의 공통점과 차이점
⑤ 글 ㈒: 일상생활에서 활용되는 얼굴 인식 기능

3 세부 내용

㉠~㉤에 대한 설명으로 알맞지 않은 것은 무엇인가요? (　　　)

① ㉠: 스마트폰에 설정된 잠금 기능
② ㉡: 숫자, 패턴, 지문으로 잠금 기능을 푸는 방법들이 불편해서
③ ㉢: '얼굴 특징 찾기'를 통해 분석한 사진
④ ㉣: 얼굴 찾기, 얼굴 특징 찾기, 저장된 데이터와 비교하기
⑤ ㉤: 신분증이나 여권 대신하기, 결제하기, 범죄자나 미아 찾기 등

4 추론하기

[조건]에 맞게 ㉮에 들어갈 문장을 쓴 것은 무엇인가요? (　　　)

[조건] ㄱ. 하나의 문장으로 쓴다.
ㄴ. 앞 문장과 자연스럽게 연결되도록 이어 주는 말을 사용한다.
ㄷ. 묻는 문장을 써서 문제 제기를 한다.

① 그런데 스마트폰의 얼굴 인식 기능은 왜 인기를 끄는 것일까?
② 그러므로 스마트폰은 특정 사람의 얼굴을 변함없이 알아보는 것이 아닐까?
③ 그런데 스마트폰은 어떻게 특정 사람의 얼굴을 변함없이 알아보는 것일까?
④ 그리고 스마트폰은 어떻게 특정 사람의 얼굴을 변함없이 알아보는 것일까?
⑤ 그런데 스마트폰은 특정 사람의 얼굴을 변함없이 알아본다. 그 이유를 알아보자.

5

구조 알기

다음은 ㉯의 과정을 정리한 것입니다. [보기]에서 과정에 맞는 그림을 골라 그 기호를 쓰세요.

[보기]

ㄱ. 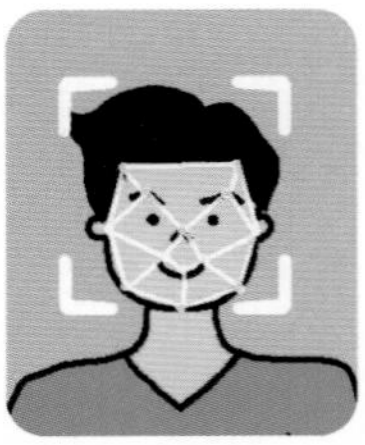

ㄴ. 

ㄷ. 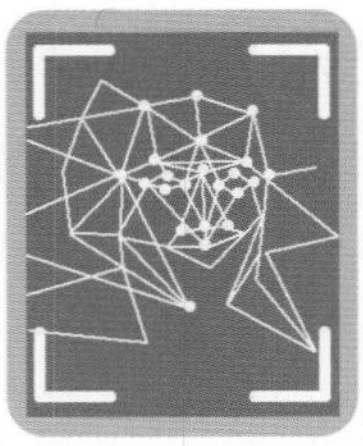

ㄹ. 

이미지에서 어떤 영역이 얼굴에 해당하는지 찾는다. ( )	→	얼굴에 60~100여 개의 기준점을 찍는다. ( )	→	점들 사이의 거리, 위치, 크기 등을 분석한다. ( )	→	저장된 데이터와 비교 후 일치하는 얼굴을 찾아낸다. ( )

6

추론하기

㉰를 통해 알 수 있는 내용으로 알맞지 않은 것은 무엇인가요? (   )

① 얼굴 인식 기능은 지문을 입력하는 기능보다 오류가 적어 정확도가 높다.
② 숫자를 입력하는 기능과 달리 얼굴 인식 기능은 쳐다보기만 해도 돼서 편리하다.
③ 지문을 입력하는 기능과 달리 얼굴 인식 기능은 손을 접촉할 필요가 없어서 편리하다.
④ 패턴을 입력하는 기능과 달리 얼굴 인식 기능은 한 번 입력하면 바꾸지 않아도 돼서 편리하다.
⑤ 지문을 입력하는 기능과 달리 얼굴 인식 기능은 한 번 입력하면 바꾸지 않아도 돼서 편리하다.

수능 연계

7

세부 내용

이 글의 독자가 [보기]에 대해 보인 반응으로 알맞지 않은 것은 무엇인가요? (   )

[보기] 지난해에만 인천 공항 자동 출입국 심사 시스템 이용 건수가 2,300만 건에 달한 만큼, 정부는 이미 국민의 지문과 얼굴 데이터를 충분히 확보한 것으로 보인다. 정보 기술 업계 관계자는 "얼굴 데이터는 매우 민감한 데이터인 만큼 중앙 정부에서 전체를 관리하기에는 위험성이 크다."며 "최악의 상황에는 개인 정보 보호를 위해 사용되던 얼굴 정보가 오히려 개인의 사생활을 위협하게 될 수도 있다."고 말했다.

① 얼굴 인식 기능이 이미 공항에서 사용되고 있다.
② 얼굴 인식 기능을 이용하면 편리함만 있는 게 아니라 문제도 생길 수 있다.
③ 정부에서는 스마트폰 얼굴 인식 기능을 통해 국민의 얼굴 정보를 많이 모을 수 있다.
④ 정부나 기업에서 모든 국민의 얼굴 정보를 갖고 있다면 문제 상황이 벌어질 수도 있다.
⑤ 자동 출입국 심사 이용 건수가 많은 것을 보니 얼굴 인식 기능이 편리하다고 생각하는 사람이 많다.

19회 지문 익힘 어휘

1

어휘 의미

낱말에 알맞은 뜻을 찾아 선으로 이으세요.

(1) 조작 ●	● ㉮ 새로 만들어져 정해지다.
(2) 설정되다 ●	● ㉯ 무엇을 분명히 알고 이해하게 하다.
(3) 해제하다 ●	● ㉰ 설치했거나 갖추어 차린 것 등을 풀어 없애다.
(4) 활용하다 ●	● ㉱ 어떤 대상이 가지고 있는 쓰임이나 능력을 충분히 잘 이용하다.
(5) 인식시키다 ●	● ㉲ 기계나 장치 같은 것을 일정한 방식에 따라 다루어 움직이게 함.

2

어휘 활용

빈칸에 들어갈 알맞은 낱말을 [보기]에서 찾아 쓰세요.

[보기] 설정 인식 조작 활용 해제

(1) 고장난 잠금 장치를 (　　　　)해야 문을 열 수 있다.

(2) 비어 있는 교실을 과학 실험실로 (　　　　)하면 좋겠다.

(3) 어머니는 아들에게 노력의 중요성을 (　　　　)시켜 주셨다.

(4) 어제 본 영화는 시대적 배경이 조선 시대로 (　　　　)되었다.

(5) 카메라 (　　　　) 방법을 제대로 배운 뒤에 사진을 찍어야 한다.

3

어휘 확장

밑줄 친 낱말과 바꾸어 쓸 수 있는 낱말의 기호를 쓰세요.

(1) 이 프로그램 설치를 <u>완료하려면</u> 시간이 좀 걸린다. ··································(　　　)

㉮ 끝마치려면　㉯ 완벽하려면　㉰ 해제하려면

(2) 기후 변화가 <u>잦아</u> 예상하지 못한 일들이 일어난다. ··································(　　　)

㉮ 가라앉아　㉯ 빈번하여　㉰ 줄어들어

(3) 반도체 분야가 사업 <u>영역</u>을 확장하면서 빠르게 성장하고 있다. ·····················(　　　)

㉮ 한계　㉯ 지역　㉰ 분야

20회

예술·체육 | 미술 글 수준: ★★★★ 어휘 수준: ★★★ 글자 수: 1178

공부한 날 [ ] 월 [ ] 일

14분 안에 푸세요.

(가) 미술 감상이라 하면 가장 먼저 미술관에 가서 입장료를 내고, 전시된 작품을 우아하게 감상하는 장면이 떠오른다. 하지만 이런 특별한 절차*를 거치지 않고도 우리는 일상*에서 자주 미술을 접하고 있다. 서울 광화문 광장에 자리 잡은 커다란 이순신 동상, 대형 빌딩, 공원 곳곳에 있는 조각상들, 마을에 그려진 벽화 등도 모두 미술 작품들이다. 이렇게 대중*에게 공개된 장소에 설치, 전시되어 누구나 감상하고 접할 수 있는 예술 작품을 '공공 미술'이라고 한다.

(나) 공공 미술은 정치 권력을 선전하는* 역할로 시작했다. 영웅이나 국가 원수*의 동상, 전쟁의 승리를 기념하는 비석 등은 옛날부터 흔하게 볼 수 있는 공공 미술이다. 미국에서는 경제가 불황*일 때 벽화, 포스터, 조각 등을 내세워 실업*을 극복하자는 캠페인*을 펼쳤는데, 이 역시 국가 정책*을 홍보하는 공공 미술이다.

(다) 1950년대를 지나면서 유럽과 미국에서는 공공 미술이 정치 선전에서 벗어나 다양해지기 시작했다. 일정 규모 이상의 건물을 건설할 때, 건축비의 일부를 미술품 설치 비용으로 지출하도록* 법을 마련한 것이다. 미술품에 대한 제작비 지원*이 이루어지자 장소, 목적에 어울리는 다양한 미술 작품이 만들어졌고, 대중들은 미술관에 가지 않아도 건물이나 공공장소*를 오갈 때마다 유명 미술가의 작품을 쉽게 볼 수 있게 되었다. 우리나라에서도 1995년부터 공공 미술에 대한 지원을 법으로 규정해* 실시하고 있다.

(라) 공공 미술은 도시를 재탄생시키는 데도 큰 역할을 하고 있다. 포항 바다에 있는 조각 '상생*의 손'은 지역 상징물이 되어 관광객을 불러 모았고, 일본 도쿄의 롯폰기 거리에는 거대한 거미와 장미 등 8개의 조형물*이 세워져 롯폰기를 문화적 명소*로 만들었다. 최근에는 주민이 직접 참여하는 공공 미술로 발전하고 있는데, 미국 필라델피아에서는 지역 주민과 학생, 재소자*들이 함께 모여 '치유*의 벽'이라는 마을 벽화를 그렸다. 서울 청계천의 벽에는 북한을 비롯한 전국의 어린이들이 그린 그림을 도자기 타일로 만들어 '소망의 벽'이라는 벽화를 꾸며 놓았다.

(마) 하지만 공공 미술이 성공적인 사례만 있는 것은 아니다. 2017년 서울시에서 서울역 앞에 3만여 켤레의 신발로 만들어진 '슈즈트리'라는 전시물을 선보였는데, 전시물이 혐오감*을 준다는 비판을 받고 철거해야* 했다. 서울 이화동의 벽화 마을은 관광객들이 너무 몰려 주민들이 벽화를 지워 버리기도 했다. 공공 미술은 [㉮]

낱말 풀이

* **절차** 일을 해 나갈 때 거쳐야 하는 순서나 방법. * **일상** 날마다 반복되는 평범한 생활. * **대중** 사회를 이루고 있는 대부분의 사람. * **선전하는** 어떤 주장을 사람들에게 말하여 널리 알리는. * **원수** 한 나라에서 최고의 권력을 지니면서 나라를 다스리는 사람. * **불황** 사회의 경제 활동이 활발하지 않아, 물가와 임금이 내리고 생산이 줄어들며 실업이 늘어나는 상태. * **실업** 일할 생각과 능력이 있는 사람이 일자리를 잃거나 일할 기회를 얻지 못하는 상태. * **캠페인** 어떤 사회적, 정치적 목적을 이루기 위하여 대중을 상대로 조직적이고 지속적으로 행하는 운동. * **정책** 정치적인 목적을 실현하거나 사회적인 문제를 해결하기 위한 방법. * **지출하도록** 일정한 목적을 위하여 돈을 쓰도록. * **지원** 물질이나 행동으로 도움. * **공공장소** 도서관, 공원, 우체국 등 여러 사람이 함께 이용하는 곳. * **규정해** 규칙으로 정해. * **상생** 둘 이상이 여럿이 서로 힘을 모으며 다 같이 잘 살아감. * **조형물** 여러 가지 재료를 이용하여 구체적인 형태나 형상으로 만든 물체. * **명소** 아름다운 경치나 유적, 특산물 등으로 유명한 장소. * **재소자** 죄를 지어서 교도소에 갇혀 있는 사람. * **치유** 치료하여 병을 낫게 함. * **혐오감** 몹시 싫어하고 미워하는 감정. * **철거해야** 건물이나 시설을 무너뜨려 없애거나 걷어치워야.

1 세부 내용

이 글의 내용과 일치하지 않는 것은 무엇인가요? (   )

① 국가 정책을 홍보하기 위한 포스터나 벽화도 공공 미술이다.
② 서울 광화문 광장에 있는 이순신 장군의 동상은 공공 미술이다.
③ 도심 대형 건물 앞에 놓인 미술품들은 대중들이 오가며 쉽게 접할 수 있는 공공 미술이다.
④ 대형 건물을 지을 때 건축비의 일부를 미술품 제작에 써야 한다는 법은 유럽과 미국에서부터 만들어졌다.
⑤ 포항의 '상생의 손', 일본 롯폰기 거리의 거대한 거미와 장미 등의 조형물은 주민이 직접 참여한 공공 미술이다.

2 구조 알기

이 글에서 사용한 설명 방법으로 알맞지 않은 것은 무엇인가요? (   )

① 글 (가): 일상에서 만날 수 있는 공공 미술의 예를 들고, 개념을 정의하고 있다.
② 글 (나): 공공 미술의 출발에 대해 두 사례를 대조하며 설명하고 있다.
③ 글 (다): 공공 미술을 위한 법 규정과 그에 따른 효과를 인과로 설명하고 있다.
④ 글 (라): 대표적 사례를 들어 도시를 재탄생시킨 공공 미술을 설명하고 있다.
⑤ 글 (마): 구체적인 예를 들어 공공 미술의 실패 사례를 설명하고 있다.

3 세부 내용

이 글을 읽고 답할 수 없는 질문은 무엇인가요? (   )

① 공공 미술의 성공과 실패 사례로는 무엇이 있나요?
② 각 나라의 공공 미술을 대표하는 작가는 누구인가요?
③ 주민들이 직접 참여하는 공공 미술에는 무엇이 있나요?
④ 우리나라에서 공공 미술을 위한 법은 언제 만들어졌나요?
⑤ 국가 정책을 홍보하기 위한 공공 미술에는 무엇이 있나요?

4 구조 알기

[보기]의 내용이 들어가기에 알맞은 곳은 어디인가요? (   )

[보기] 대형 건물 앞에 의무적으로 설치된 미술품으로 유명한 것은 서울의 한 빌딩 앞에 세워진 거대한 '해머링 맨'이다. 느린 동작으로 끊임없이 망치를 내리치는 '해머링 맨'은 뉴욕 등 전 세계의 7개 도시에 설치된 작품이라고 한다.

① 글 (가)의 뒤
② 글 (나)의 뒤
③ 글 (다)의 뒤
④ 글 (라)의 뒤
⑤ 글 (마)의 뒤

5 ㉮에 들어갈 문장으로 가장 알맞은 것은 무엇인가요? (　　　　)

추론하기

① 모두를 위한 작품인 만큼 공공 기관의 의견을 반영해 만들어야 한다.
② 모두를 위한 작품인 만큼 대중들에게 가장 인기 있는 작가의 작품만 써야 한다.
③ 모두를 위한 작품인 만큼 예술가의 의견보다 대중의 의견을 반영해 만들어야 한다.
④ 모두를 위한 작품인 만큼 사람들의 생활을 편리하게 돕는 등 직접적인 효과가 있어야 한다.
⑤ 모두를 위한 작품인 만큼 사람들의 생활에 불편을 주거나 공감을 얻지 못하면 실패한다는 사실을 알 수 있다.

6 이 글을 읽고 더 알아볼 내용으로 알맞지 <u>않은</u> 것은 무엇인가요? (　　　　)

추론하기

① 우리나라의 공공 미술은 어떻게 변해 왔는지 조사해야겠어.
② 공공 미술의 발전 방향에 대해 어떤 논의들이 있는지 찾아봐야겠어.
③ 공공 미술의 긍정적인 사례와 부정적인 사례를 찾아 비교해 봐야겠어.
④ 내가 살고 있는 지역에는 어떤 공공 미술 작품이 있는지 알아봐야겠어.
⑤ 공공 미술을 지원하는 법 조항이 어떤 내용인지 도서관에서 찾아봐야겠어.

수능 연계

7 이 글의 독자가 [보기]에 대해 보인 반응으로 알맞지 <u>않은</u> 것은 무엇인가요? (　　　　)

적용창의

[보기] 1981년, 미국의 뉴욕 맨해튼 연방 청사 광장 앞에 「기울어진 호」라는 공공 미술 작품이 세워졌다. 거대한 강철판이 3.6미터(m) 높이로 36미터나 늘어져 있어 사람들이 이 작품 때문에 70미터의 거리를 돌아가야 했다. 이를 불편하게 느낀 사람들이 철거를 위한 캠페인을 벌였고, 논란 끝에 이 작품은 철거됐다.

▲「기울어진 호」

① [보기]는 공공 미술이 대중의 실생활에 피해를 준 사례구나.
② 공공 미술 작품은 전시될 장소와 목적 등 고려해야 할 점이 많겠어.
③「기울어진 호」를 제작한 조각가는 작품 철거에 쉽게 찬성했을 거야.
④ 대형 건물에 의무적으로 미술품을 설치하도록 만든 법에 따른 공공 미술품이었구나.
⑤ 시민들에게 피해를 주기 때문에 철거해야 한다는 의견과 표현의 자유를 존중해야 한다는 의견이 충돌했겠구나.

20회 지문 익힘 어휘

1
어휘 의미

뜻에 알맞은 낱말을 낱말 카드로 만들어 쓰세요.

정 대 절 출 명 중 지 차 규 소

(1) 규칙으로 정하다. → ☐☐하다

(2) 사회를 이루고 있는 대다수의 사람. → ☐☐

(3) 일을 해 나갈 때 거쳐야 하는 순서나 방법. → ☐☐

(4) 돈이나 물건을 일정한 목적을 위하여 치르다. → ☐☐하다

(5) 아름다운 경치나 유적, 특산물 등으로 유명한 장소.→ ☐☐

2
어휘 활용

빈칸에 들어갈 알맞은 낱말을 [보기]에서 찾아 쓰세요.

[보기] 명소 절차 지출 규정 대중

(1) 용돈의 대부분을 책을 사는 데에 (　　　　　　)했다.

(2) 헌법에서는 모든 사람에게 집회의 자유를 (　　　　　　)하고 있다.

(3) 다른 나라에 가기 위해 비행기에 타려면 (　　　　　　)이/가 까다롭다.

(4) (　　　　　　)의 인기를 얻기 위해 유명 연예인을 영화의 주인공으로 출연시켰다.

(5) 드라마 촬영지로 자주 쓰이면서 이곳은 관광객의 발길이 잦은 (　　　　　　)이/가 되었다.

3
어휘 확장

밑줄 친 낱말과 바꾸어 쓸 수 있는 낱말의 기호를 쓰세요.

(1) 평범한 <u>일상</u> 속에 행복이 담겨 있다. ······ (　　　)

㉮ 생활　㉯ 일정　㉰ 상상

(2) 계속되는 <u>불황</u>으로 서민들의 삶이 힘들어지고 있다. ······ (　　　)

㉮ 불편　㉯ 호황　㉰ 불경기

(3) 약장수는 사람들에게 모든 병에 낫는 약이라고 <u>선전하고</u> 있다. ······ (　　　)

㉮ 알리고　㉯ 가르치고　㉰ 유세하고

傳

전할 전

'전(傳)' 자는 사람 인(人) 자와 오로지 전(專) 자를 합해 '전하다', '전해 내려오다'라는 뜻을 나타내요. 이 글자는 옛날에 소식을 전하던 마차나 말을 뜻하다가 '전하다'라는 뜻을 갖게 되었어요.

● 다음 획순에 따라 한자를 따라 쓰세요.

傳 丿 亻 … 傳 傳

傳 傳 傳

전통 傳統
(전할 전, 거느릴 통)

어떤 집단이나 공동체에서 지난 시대부터 전해 내려오면서 고유하게 만들어진 사상, 관습, 행동 등의 양식.
예 김치는 우리나라의 전통 음식이다.

전달 傳達
(전할 전, 통달할 달)

지시, 명령, 물품 등을 다른 사람이나 기관에 전하여 이르게 함.
예 생일 잔치에 가지 못해서 친구에게 선물 전달을 부탁했다.

구전 口傳
(입 구, 전할 전)

말로 전하여 내려옴.
예 우리 민요 중에는 조선 시대부터 구전되어 온 것들도 있다.
비슷한말 구비(口碑)

Q 빈칸에 공통으로 들어갈 한자는 무엇인가요? (　　　)

□통　　□달　　구□

① 田　② 全　③ 前　④ 傳　⑤ 展

정답 ④

5주

21회

인문 | 언어　글 수준: ★★★　어휘 수준: ★★★★　글자 수: 1134

공부한 날 　월 　일

14분 안에 푸세요.

과거 ‘독서’의 의미는 종이로 된 책을 읽는 행위로 한정되었다*. 하지만 최근 정보 통신 기술의 발달로 종이책을 대신하는 다양한 형태의 독서 방식이 등장했다. 특히 전자책은 기존 종이책을 그대로 디지털 단말기*에 저장하는 형태로, 구매하거나 휴대하기에 편리해 사용자가 증가하고 있다. 또한 최근에는 오디오북이나 챗북처럼 책 내용 전체를 그대로 전달하지 않고 요약한 내용을 음성 혹은 채팅 형태로 제공하는 독서 방식이 주목받고 있다.

전자책을 제작하려는 노력은 과거부터 활발히 이루어졌다. 하지만 문자를 디지털 형태로 저장하는 기술이 발전했음에도 책과 같이 휴대할 수 있는 기기가 없어 일상적으로* 쓰이지 못했다. 전자책은 1990년대에 들어서 책처럼 가지고 다닐 수 있는 전자책 기기가 개발되면서 본격적으로 사용되기 시작했다. 이후 스마트폰과 태블릿 피시(PC)의 성능*이 발전하면서 전자책 전용* 기기가 없어도 전자책을 이용할 수 있게 되었다.

최근 도서 시장에서는 책을 대신 읽어 주는 ㉠‘오디오북’이 등장했다. 엄밀히* 따지면 오디오북은 전자책에 포함되지는 않지만, 새로운 형태의 독서법으로서 그 사용자가 빠르게 증가하고 있다. 오디오북은 종이책에 비해 상당히 저렴할* 뿐만 아니라 다른 일을 하면서 들을 수 있다는 장점이 있다. 또한 음성을 변환하는* 기술을 활용하여 유명인의 목소리로 책을 들을 수 있다는 것도 오디오북이 인기를 얻은 이유이다.

새로운 독서의 흐름을 반영한* 또 다른 독서법으로 ㉡‘챗북’을 들 수 있다. 책의 내용을 누리 소통망 대화 형식으로 전달하는 챗북은 긴 글이 익숙하지 않은 젊은 층의 ㉢눈길을 끌고 있다. 챗북은 채팅 형식의 글로 어려운 책 내용을 쉽고 재미있게 풀어 준다는 장점이 있다. 반면 책의 내용을 요약적*으로 제시하여 깊이 있는 사고를 할 수 없다는 점이 단점으로 지적된다.

앞서 언급된* 독서법들은 저렴한 가격과 높은 접근성*으로 기존 독서의 정의를 바꾸고, 종이책과 공존하며* 독서를 계속할 수 있는 환경을 효과적으로 조성하고* 있다. 하지만 이러한 독서 방식에도 주의할 점이 있다. 책을 읽는다는 것은 단지 내용을 아는 데에서 그치는 것이 아니라 사고력*을 기르고 가치관*을 형성하는 데에 의미가 있다. 따라서 새로운 기술을 이용한 이 독서법들은 내용 전달에 그치는 것이 아니라 깊이 있는 내용을 전해야 한다는 과제를 안고 있다.

낱말 풀이

* **한정되었다** 수량이나 범위 등이 제한되어 정해졌다. * **단말기** 컴퓨터의 중앙 처리 장치와 연결되어 자료를 입력하거나 출력하는 기기. * **일상적으로** 날마다 볼 수 있는 것으로. * **성능** 기계 등이 지닌 성질이나 기능. * **전용** 특정한 목적으로만 사용함. * **엄밀히** 빈틈이나 잘못이 전혀 없을 만큼 엄격하고 세밀하게. * **저렴할** 값이 쌀. * **변환하는** 원래와 다르게 하여 바꾸는. * **반영한** 다른 사람의 의견이나 사실, 상황 등으로부터 영향을 받아 어떤 현상을 드러낸. * **요약적** 말이나 글 등의 요점을 간추린 것. * **언급된** 어떤 일이나 문제에 대해 말해진. * **접근성** 특정 제품이나 서비스, 기기 등에 접근할 수 있는 가능성. * **공존하며** 두 가지 이상의 사물이나 현상이 함께 존재하며. * **조성하고** 분위기나 흐름 등을 만들고. * **사고력** 어떤 것에 대하여 깊이 생각하는 힘. * **가치관** 사람이 어떤 것의 가치에 대하여 가지는 태도나 판단의 기준.

1 주제 찾기

이 글에서 설명하는 것은 무엇인가요? (　　　)

① 전자책의 미래
② 오디오북의 한계점
③ 전자책의 기술 원리
④ 새로운 독서법의 종류
⑤ 종이책과 전자책의 장점과 단점

2 세부 내용

이 글의 내용과 일치하지 않는 것은 무엇인가요? (　　　)

① 챗북은 젊은 층을 상대로 인기를 얻고 있다.
② 오디오북은 전자책의 한 종류라고 할 수 있다.
③ 책을 읽으면 사고력을 기르고 가치관을 형성할 수 있다.
④ 전자책은 종이책에 비해 휴대하거나 저장하기 간편하다.
⑤ 음성 변환 기술을 사용하면 유명인의 목소리로 책을 들을 수 있다.

3 세부 내용

㉠과 ㉡에 대한 설명으로 옳지 않은 것은 무엇인가요? (　　　)

① ㉠은 가격이 종이책에 비해 상대적으로 저렴하다는 장점이 있다.
② ㉠은 다른 일을 하면서 동시에 독서를 할 수 있다는 특징이 있다.
③ ㉡은 긴 글을 읽지 않아도 독서를 할 수 있다는 특징이 있다.
④ ㉡의 채팅 형식은 책 내용의 이해를 방해할 수 있다.
⑤ ㉠과 ㉡은 모두 새로운 독서법으로 주목받고 있다.

4 어휘 어법

㉢의 뜻으로 알맞은 것은 무엇인가요? (　　　)

① 꿰뚫어서 통하다.
② 남의 관심을 쏠리게 하다.
③ 여러 사람이 같은 의견을 말하다.
④ 어떤 곳이나 때를 거쳐서 지나가다.
⑤ 마주치기를 원하지 않아서 얼굴을 돌려 피하다.

5 추론하기

이 글을 읽고 더 알아볼 내용으로 알맞지 <u>않은</u> 것은 무엇인가요? (　　　　)

① 이 글 외에 더 새로운 독서 방식이 있는지 알아봐야겠어.
② 오디오북의 비용이 저렴한 까닭은 무엇인지 조사해야겠어.
③ 종이책의 문자가 전자책에 어떤 형태로 저장되는지 알아봐야겠어.
④ 내가 좋아하는 연예인이 읽어 주는 오디오북이 있는지 알아봐야겠어.
⑤ 챗북은 두꺼운 책 내용을 어떤 방식으로 요약하는지 조사해 봐야겠어.

수능 연계

6 적용 창의

이 글의 독자가 [보기]에 대해 보인 반응으로 알맞은 것은 무엇인가요? (　　　　)

> [보기] '북튜브'는 책을 주제로 한 정보를 다루는 누리 소통망을 가리키는 말로, 새로운 독서 방식으로 인기를 끌고 있다. 북튜브는 영상과 함께 책 내용을 요약하거나 인상 깊은 구절을 낭독해 줄 뿐만 아니라 작가 인터뷰, 독서 평론가의 한 줄 평과 같이 책과 관련된 다양한 정보를 전달한다. 최근 누리 소통망의 영향력이 커지면서 개인뿐만 아니라 기업이 직접 나서서 북튜브를 운영하며 독서 문화를 확대하는 데 기여하고 있다.

① 북튜브가 오디오북이나 챗북을 완전히 대체할 수 있겠군.
② 북튜브도 오디오북이나 챗북처럼 새로운 형태의 독서법이군.
③ 북튜브는 오디오북이나 챗북과 달리 접근성이 높지 않다는 한계가 있군.
④ 유튜브를 통해 독서를 하는 북튜브는 한정된 의미의 '독서'에 해당하겠군.
⑤ 북튜브도 유선이나 무선 인터넷을 이용하니까 전자책이라고 할 수 있겠군.

7 구조 알기

다음은 이 글의 중심 내용을 정리한 것입니다. 빈칸에 들어갈 알맞은 낱말을 쓰세요.

새로운 독서 방식의 등장	전자책의 사용자가 늘어나고 오디오북과 챗북 같은 독서 방식이 주목받고 있다.
새로운 독서 방식의 개념과 특징	• 전자책은 전자책 기기의 개발과 함께 본격적으로 사용되었다. • (1) (　　　　　　)은/는 가격이 저렴하다는 장점뿐만 아니라 다른 일을 하면서도 독서를 할 수 있다는 장점이 있다. • (2) (　　　　　　)은/는 채팅 형식의 글로 어려운 책 내용을 쉽고 재미있게 풀어 준다는 장점이 있다.
새로운 독서 방식의 의의와 과제	새로운 독서법들은 저렴한 가격과 높은 접근성으로 기존 독서의 정의를 바꾸고 있지만 깊이 있는 (3) (　　　　　　)을/를 전해야 한다는 과제를 안고 있다.

정답 43쪽

21회 지문 익힘 어휘

1

어휘 의미

뜻에 알맞은 낱말을 낱말 카드로 만들어 쓰세요.

성	저	정	능	환	조	렴	한	성	변

(1) 값이 싸다. → ☐☐하다

(2) 기계 등이 지닌 성질이나 기능. → ☐☐

(3) 분위기나 흐름 등을 만들다. → ☐☐하다

(4) 원래와 다르게 하여 바꾸다. → ☐☐하다

(5) 수량이나 범위 등을 제한하여 정해지다. → ☐☐되다

2

어휘 활용

빈칸에 들어갈 알맞은 낱말을 [보기]에서 찾아 쓰세요.

[보기] 한정 성능 변환 저렴 조성

(1) 붉은 전등이 따뜻한 분위기를 (   )한다.

(2) 이 기계는 책의 내용을 음성으로 (   )해 준다.

(3) 그녀는 할인권을 사용해 물건을 (   )하게 구입했다.

(4) 환경 오염은 더 이상 일부 지역에 (   )된 문제가 아니다.

(5) 이 자동차는 오래되었음에도 여전히 훌륭한 (   )을 자랑한다.

3

어휘 확장

밑줄 친 낱말과 바꾸어 쓸 수 있는 낱말의 기호를 쓰세요.

(1) 요즘에는 전자책이 일상적으로 많이 사용된다. ··········· (   )

㉮ 상시적으로 ㉯ 구체적으로 ㉰ 적극적으로

(2) 챗북은 독서를 계속할 수 있는 환경을 조성한다. ··········· (   )

㉮ 만든다 ㉯ 방해한다 ㉰ 변경한다

(3) 앞서 언급된 독서법들은 새로운 독서 방식을 제시하고 있다. ··········· (   )

㉮ 내놓고 ㉯ 강조하고 ㉰ 비판하고

22회

사회 | 사회 문화 글 수준: ★★★★ 어휘 수준: ★★★★ 글자 수: 1269

공부한 날 월 일

15분 안에 푸세요.

(가) 설날이 되면 우리나라에서는 떡국을 먹지만 중국에서는 만두를, 일본에서는 다양한 재료를 이용한 오세치 요리를 먹는다. 이는 각국의 명절 음식 문화가 서로 다르기 때문이다. '문화'는 한 사회의 구성원들의 공통적인 생활 방식을 뜻한다. 이런 문화를 바라보는 태도는 크게 자문화 중심주의, 문화 사대주의, 문화 상대주의로 나눌 수 있다.

(나) '자문화 중심주의'란 자기 문화의 우월성*에 빠져 다른 문화를 부정적으로 평가하는 태도이다. 자문화 중심주의는 자기 문화에 대한 자부심*을 바탕으로 사회 통합에 기여한다는* 긍정적인 측면이 있다. 하지만 자문화 중심주의를 고수하면* 문화적 우월주의에 빠져 사회 집단 간의 갈등과 국제적인 고립*을 초래하는* 문제점을 가지고 있다. 자문화 중심주의의 대표적인 예로 중국의 '중화사상'을 ㉠들 수 있다. 중화사상이란 중국 문화가 곧 세계의 중심이며 다른 어떤 문화보다 우수하다고 믿어 다른 문화를 오랑캐로 보는 사상이다.

(다) '문화 사대주의'란 주체성*이 없이 세력이 강한 나라의 문화를 받들어 섬기는 태도이다. 문화 사대주의는 자문화 중심주의와 반대되는 개념으로, 선진 문물*을 빠르게 수용하는* 데에 유리하다. 하지만 자기 문화를 부정적으로 평가하여 문화의 고유성*과 주체성을 상실할* 위험이 있다. 최근 외국어를 남용하는 실태는 문화 사대주의를 잘 보여 준다. 우리 고유의 문자인 한글이 있음에도 외국어를 지나치게 사용하는 태도는 우리 문화를 낮추어 보고 다른 문화를 무조건적으로 우수하다고 여기는 문화 사대주의의 대표적인 사례이다. 자문화 중심주의와 문화 사대주의를 합쳐서 문화 절대주의라고 하는데, '문화 절대주의'란 다른 문화를 평가하고 우열*을 가리려는 태도를 의미한다.

(라) '문화 상대주의'란 문화 사대주의와는 상반되는* 개념으로, 세계 문화의 다양성을 인정하고 각 문화는 문화의 독특한 환경과 역사적·사회적 상황에서 이해해야 한다는 견해이다. 즉, 사회의 환경과 맥락*을 고려하여 문화를 판단하는 것으로, 어떤 문화라도 나름대로 존재 이유가 있다고 설명하는 것이다.

(마) ㉡문화 상대주의는 문화를 이해하는 데에 있어 우리가 가져야 할 바람직한 태도이다. 교통과 통신의 발달로 다양한 문화를 쉽게 접할 수 있지만, 국가와 인종 등의 요인에 의해 문화적 차이가 발생하고 있다. 따라서 각 사회가 가진 사회적 맥락에서 문화를 이해하는 문화 상대주의의 태도는 문화적 차이에 의한 갈등을 방지하는* 역할을 할 수 있다. 뿐만 아니라 문화 상대주의는 서로 다른 문화 간의 우열을 가리는 행위를 경계하고* 서로 다른 문화의 공존을 가능하게 할 수 있어 현대 사회에 필수적이다.

낱말 풀이

*우월성 다른 것보다 뛰어난 성질. *자부심 스스로 자신의 가치나 능력을 믿고 떳떳이 여기는 마음. *기여한다는 잘 되도록 도움을 준다는. *고수하면 가진 물건이나 힘, 의견 등을 굳게 지키면. *고립 다른 곳이나 사람과 교류하지 못하고 혼자 따로 떨어짐. *초래하는 일의 결과로서 어떤 현상을 생겨나게 하는. *주체성 어떤 일을 하는 데 스스로의 의지에 따라 처리하는 성질. *선진 문물 발전 단계나 정도가 다른 것보다 앞선 문물. *수용하는 어떤 것을 받아들이는. *고유성 어떤 사물이나 사람, 문화 등이 가지고 있는 특유한 성질. *상실할 아주 잃거나 사라지게 할. *우열 나음과 못함. *상반되는 서로 반대되거나 어긋나게 되는. *맥락 서로 이어져 있는 관계나 연관된 흐름. *방지하는 어떤 좋지 않은 일이나 현상이 일어나지 않도록 막는. *경계하고 옳지 않은 일 또는 잘못된 행동이나 생각을 하지 않도록 주의하고.

1 주제 찾기

이 글의 제목으로 알맞은 것은 무엇인가요? (　　　)

① 문화 상대주의의 역사
② 문화를 이해하는 태도
③ 전 세계의 다양한 문화
④ 문화 갈등의 다양한 사례
⑤ 문화 갈등을 해결하는 방법

2 세부 내용

이 글의 내용과 일치하지 <u>않는</u> 것은 무엇인가요? (　　　)

① 문화를 이해하는 태도에는 여러 가지가 있다.
② 문화 절대주의에는 자문화 중심주의가 포함된다.
③ 문화 사대주의는 우리 문화를 지키는 데에 유리하다.
④ 문화적 갈등을 막기 위해서 문화 상대주의가 필요하다.
⑤ 자문화 중심주의로 인해 국가 간에 갈등을 일으킬 수 있다.

3 주제 찾기

글 (가)~(마)의 중심 내용으로 알맞지 <u>않은</u> 것은 무엇인가요? (　　　)

① 글 (가): 문화를 이해하는 태도와 그 종류
② 글 (나): 자문화 중심주의와 그 예시
③ 글 (다): 문화 사대주의와 그 예시
④ 글 (라): 문화 상대주의의 개념
⑤ 글 (마): 국가와 인종에 따른 문화적 차이

4 구조 알기

[보기]의 내용이 들어가기에 알맞은 곳은 어디인가요? (　　　)

> [보기] '조장'은 시신을 조류에게 맡겨 처리하는 티베트 지역의 전통적인 장례 풍습이다. 시신을 새의 먹이로 주는 조장이 야만적으로 보일 수도 있으나, 티베트 지역은 땅이 거칠고 나무가 없어 시신을 땅에 묻거나 불에 태우는 것이 어렵다. 따라서 조장이라는 풍습은 문화 상대주의의 관점에서 이해할 수 있는 그들만의 고유한 문화이다.

① 글 (가)의 뒤　② 글 (나)의 뒤　③ 글 (다)의 뒤
④ 글 (라)의 뒤　⑤ 글 (마)의 뒤

5 어휘 어법

밑줄친 말이 ㉠과 같은 뜻으로 쓰인 것은 무엇인가요? (　　　　)

① 이 방은 다른 방에 비해 볕이 잘 든다.
② 경찰은 목격자의 증언을 증거로 들었다.
③ 나는 무거운 짐을 들어서 허리가 아프다.
④ 백화점에 갔지만 마음에 드는 옷이 없었다.
⑤ 그는 중학교에 입학하자마자 동아리에 들었다.

6 세부 내용

㉡의 이유로 알맞은 것은 무엇인가요? (　　　　)

① 다른 문화와 우수성을 비교할 때 유용해서
② 여러 문화가 조화롭게 공존하는 것을 가능하게 해서
③ 다른 문화를 무조건적으로 우월하다고 할 수 있어서
④ 다른 문화를 배척하고 고유의 문화를 지킬 수 있어서
⑤ 다른 문화를 우리 문화의 입장에서 이해할 수 있어서

수능 연계

7 적용 창의

글쓴이가 [보기]에 대해 보일 반응으로 알맞지 않은 것은 무엇인가요? (　　　　)

[보기] '극단적 문화 상대주의'란 문화 상대주의에 대한 잘못된 이해를 바탕으로 다른 나라의 문화에 대해서는 어떤 경우에도 판단하지 말아야 한다는 태도를 의미한다. 극단적 문화 상대주의의 예로 이슬람 문화권의 '명예 살인'을 들 수 있다. 파키스탄에서는 12살의 나이로 60살 남성에게 팔려 간 소녀가 매질을 견디다 못해 도망치자, 소녀의 오빠가 가족의 명예를 더럽혔다며 여동생을 죽이는 일이 있었다.

① 극단적 문화 상대주의는 인간의 보편적 가치를 무시하고 있어.
② 극단적 문화 상대주의는 우열을 매기는 행위만큼 경계해야 할 부분이야.
③ 모든 문화는 고유한 맥락에서 이해되어야 하고 그 자체로 존중받아야 해.
④ 아프리카 부족의 식인 풍습도 극단적 문화 상대주의의 예라고 볼 수 있겠군.
⑤ 인간의 존엄성을 무시하는 명예 살인은 문화 상대주의 관점에서 이해해서는 안 돼.

22회 지문 익힘 어휘

1

어휘 의미

뜻에 알맞은 낱말을 [보기]에서 찾아 쓰세요.

[보기] 고립 우열 상실하다 기여하다

(1) ( ): 나음과 못함.

(2) ( ): 잘 되도록 도움을 주다.

(3) ( ): 아주 잃거나 사라지게 하다.

(4) ( ): 다른 곳이나 사람과 교류하지 못하고 혼자 따로 떨어짐.

2

어휘 활용

빈칸에 들어갈 알맞은 낱말을 찾아 선으로 이으세요.

(1) 두 선수의 실력은 [ ]을/를 가리기 어려웠다. •

(2) 아저씨는 독감에 걸린 후 후각을 [ ]하였다. •

(3) 그는 세계 평화에 [ ]한 공으로 노벨상을 받았다. •

(4) 다리가 비에 잠겨 그 섬은 육지와 [ ] 상태가 되었다. •

• ㉮ 기여

• ㉯ 상실

• ㉰ 우열

• ㉱ 고립

3

어휘 확장

밑줄 친 낱말과 바꾸어 쓸 수 있는 낱말의 기호를 쓰세요.

(1) 그의 행동은 예의를 중시하는 그의 말과 <u>상반된</u> 것이었다. ………………………………( )

㉮ 어색한 ㉯ 보완된 ㉰ 반대된

(2) 자신의 이익만 챙기려는 이기심을 <u>경계해야</u> 한다. ………………………………………( )

㉮ 삼가야 ㉯ 꾸짖어야 ㉰ 포기해야

(3) 경제 성장이 가져다 준 풍요로움은 각종 환경 오염을 <u>초래하였다</u>. …………………( )

㉮ 피하였다 ㉯ 불러왔다 ㉰ 심화시켰다

23회

과학 | 지구 과학 글 수준: ★★★★ 어휘 수준: ★★★★ 글자 수: 1196

공부한 날 (   )월 (   )일

15분 안에 푸세요.

(가) 지구의 내부 구조는 과학자들에게 큰 관심사이다. 하지만 높은 압력과 온도를 가진 지구 내부를 직접 관찰할 수는 없다. 오늘날 알려진 지구 내부에 대한 지식은 지진파에 대한 연구를 바탕으로 얻어진 것이다. 지진파란 지진에 의해 발생하는 진동*의 움직임으로, 크게 P파와 S파로 나뉜다. 빛과 같은 파동*인 지진파는 통과하는 물질 상태에 따라 휘거나 꺾인다. 따라서 지구 내부를 통과하는 지진파의 움직임을 분석하면 지구 내부에 있는 물질의 종류와 상태를 짐작해* 볼 수 있다.

(나) 이러한 방식을 바탕으로 현재까지 알려진 지구의 내부 구조는 크게 ㉠4개의 층으로 구분된다. 먼저 지각은 지구의 가장 바깥쪽을 구성하는 부분으로, 지구 전체 부피의 1퍼센트(%) 정도만을 차지하는 얇은 껍데기에 해당한다. 지각은 다시 해양 지각과 대륙 지각으로 구분된다. 지각은 다양한 암석층으로 구성되는데, 해양 지각보다 대륙 지각의 암석층이 더 두껍다.

(다) 지각과 핵 사이에는 고체로 된 층인 맨틀이 존재한다. 맨틀은 지구 부피의 80퍼센트로 지구의 대부분을 차지하고 있다. 맨틀을 구성하는 광물*은 고체지만 굳어 있지 않고 젤리 형태로 유동성*이 있다는 점이 가장 큰 특징이다. 맨틀은 깊이에 따라 구성 성분에 차이가 있으며, 상대적*인 온도 차이에 따라 층을 구분한 구성 성분이 위아래 위치를 천천히 옮기게 된다.

(라) 지구의 중심부에 있는 핵은 철, 니켈과 같은 무거운 금속 원소*로 구성되어 있으며, 크게 외핵과 내핵으로 ㉡나누어 볼 수 있다. 먼저 바깥에 있는 외핵은 맨틀 아래부터 5,100킬로미터(㎞)에 해당하는 깊이에 있으며, 지진파 분석을 통해 액체 상태로 추정하고* 있다. 가장 깊은 곳에 있는 내핵은 외핵 아래부터 6,400킬로미터까지 해당하는 부분으로, 외핵과 달리 고체로 이루어져 있으며 지구 내부 구조 중 온도와 압력*이 가장 높다.

(마) 원시* 지구의 구조는 지금과는 차이가 있었다. 수많은 소행성*이 충돌하고 부서지면서 형성된 지구는 초기에는 마그마가 녹은 상태였을 것으로 추정된다. 이후 상대적으로 밀도*가 높은 성분이 핵을 만들었고, 상대적으로 가벼운 성분은 맨틀을 만들었다. 또한 소행성 충돌이 감소하고* 온도가 내려간 표면은 지각을 이루었다. 복합적인 변화 과정을 겪으며 만들어진 지구는 끊임없이 변하고 있다. 특히 액체로 이루어진 외핵은 서서히 고체로 굳고 있는 중이다. 따라서 변화할 미래 지구의 모습을 알기 위해서는 현재 지구의 내부 구조를 정확히 아는 것이 중요하다.

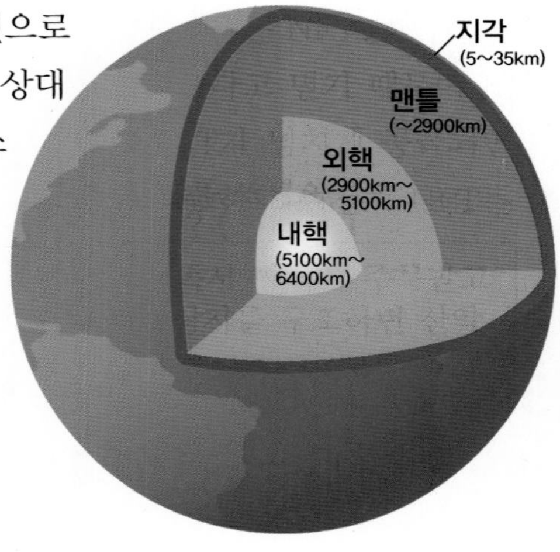

낱말 풀이

*진동 흔들려 움직임. *파동 공간이나 물질의 한 부분에서 생긴 진동이 시간의 흐름에 따라 주위로 멀리 퍼져 나가는 현상. *짐작해 어림잡아 생각해. *광물 금, 은, 철 등과 같은 금속을 포함하는 자연에서 생기는 무기 물질. *유동성 액체처럼 흘러 움직이는 성질. *상대적 서로 맞서거나 비교되는 관계에 있는 것. *원소 화학에서, 모든 물질을 구성하는 기본적 요소. *추정하고 미루어 생각하여 판단하며 정하고. *압력 누르는 힘. *원시 처음 시작된 상태에서 그대로 있어 발달하지 않은 상태. *소행성 화성과 목성의 궤도 사이에서 태양의 둘레를 도는 작은 행성. *밀도 물질의 부피당 질량. *감소하고 양이나 수가 줄어들고.

1 주제 찾기

이 글의 주제로 알맞은 것은 무엇인가요? (   )

① 지진으로 인한 지각 변동
② 맨틀의 특징과 구성 성분
③ 지구의 내부 구조와 그 특징
④ 내핵과 외핵의 구성 성분 차이
⑤ 지구의 내부 구조를 분석하는 방법

2 구조 알기

이 글의 설명 방법으로 알맞은 것은 무엇인가요? (   )

① 서로 다른 두 대상을 비교, 대조하고 있다.
② 전문가의 말을 가져와 대상을 설명하고 있다.
③ 대상의 변화 과정을 시간순으로 설명하고 있다.
④ 대상의 장단점을 나누어서 각각 설명하고 있다.
⑤ 대상을 기준에 따라 나누어 하나씩 설명하고 있다.

3 세부 내용

이 글의 내용과 일치하지 <u>않는</u> 것은 무엇인가요? (   )

① 지구 내부를 통과하는 지진파는 P파와 S파가 있다.
② 현재 알려진 지구 내부는 크게 4개의 층으로 구분된다.
③ 원시 지구의 내부 구조와 성분은 현재 지구와 차이가 있었다.
④ 지진파의 분석을 통해 지구 내부에 대한 정보를 얻을 수 있다.
⑤ 지구 내핵은 외핵과 달리 액체 상태로 이루어져 있는 것이 특징이다.

4 세부 내용

㉠에 대한 설명으로 알맞지 <u>않은</u> 것은 무엇인가요? (   )

① 내핵은 금속 원소 성분으로 구성된 층이다.
② 외핵은 4개의 층에서 가장 온도와 압력이 높다.
③ 맨틀은 4개의 층에서 가장 큰 부피를 차지한다.
④ 4개의 층은 지각, 맨틀, 외핵, 내핵을 의미한다.
⑤ 지각층은 지구의 가장 바깥쪽에 있는 얇은 층이다.

5 어휘 어법

밑줄 친 낱말 중 ㉡과 동일한 의미로 사용된 것은 무엇인가요? (　　　)

① 20을 4로 나누면 5가 된다.
② 어머니는 사과를 세 조각으로 나누셨다.
③ 초면인 두 사람이 서로 인사를 나누었다.
④ 같은 반 학생들을 안경 착용 여부로 나누었다.
⑤ 그들은 피를 나눈 형제가 아님에도 사이가 돈독하다.

수능 연계

6 추론하기

이 글의 독자가 [보기]를 읽고 보인 반응으로 알맞지 않은 것은 무엇인가요? (　　　)

> [보기] 다이아몬드 속에 불순물이 섞이면 보석의 가치는 떨어진다. 하지만 이 불순물들은 지구 내부에 대한 정보를 전해 준다. 다이아몬드는 보통 땅속 수백 킬로미터 아래에 있는 맨틀에서 만들어지는데, 이곳은 압력도 높고 온도가 엄청나게 높다. 이런 환경에서 탄소 원자들이 특정한 배열을 이루면 다이아몬드가 되어 화산이 분출할 때 지표면으로 튀어나온다.
>
> 최근 고체 얼음이 든 다이아몬드가 발견돼 화제가 되었다. 고체 얼음이 기계 장치가 아닌 자연 상태에서 발견된 것은 이번이 처음이다. 다이아몬드에 갇힌 얼음은 특수 얼음으로 지하에서는 액체였다가 지표면 쪽으로 올라오면서 얼음이 되었을 것이라고 추정된다.

① 얼음이 든 다이아몬드를 보니 맨틀 속에 물 성분이 있을 수 있겠네.
② 물이 지표면으로 나오면서 얼음이 된 것을 보니 지구의 내부에 온도 차이가 있어.
③ 고체인 광물로 이루어진 맨틀이 굳지 않은 것은 온도가 엄청나게 높기 때문이구나.
④ 지구의 내부를 탐색하는 방법에는 지진파뿐 아니라 다이아몬드의 불순물도 있구나.
⑤ 가장 단단한 물질인 다이아몬드가 만들어지니 지구 내부에서 맨틀의 온도가 가장 높을 거야.

7 구조 알기

이 글의 중심 내용을 정리한 것으로 알맞지 않은 것은 무엇인가요? (　　　)

지구 내부 구조 분석 방식	① 지진파의 움직임을 통해 지구 내부 구조를 짐작할 수 있다.
지구 내부의 구성 요소	② 가장 바깥에 있는 지각은 해양 지각과 대륙 지각으로 구분된다. ③ 맨틀은 지구 내부 구조에서 가장 큰 부피를 차지한다. ④ 핵은 외핵과 내핵으로 구분되며 지구의 가장 내부에 위치한다.
변화하는 지구 내부 구조	⑤ 원시 지구도 이미 현재 지구와 같이 층이 나뉜 내부 구조를 가졌다.

23회 지문 익힘 어휘

1

어휘 의미

뜻에 알맞은 낱말을 찾아 선으로 이으세요.

(1) 양이나 수가 줄어들다.	㉮ 유동성
(2) 액체처럼 흘러 움직이는 성질.	㉯ 상대적
(3) 미루어 생각되어 판단하고 정하다.	㉰ 감소하다
(4) 서로 맞서거나 비교되는 관계에 있는 것.	㉱ 추정하다

2

어휘 활용

빈칸에 들어갈 알맞은 낱말을 [보기]에서 찾아 쓰세요.

[보기] 상대적 감소 추정 유동성

(1) 비가 많이 내려 배추 생산량이 크게 (　　　　　　　)했다.

(2) 고체인 얼음을 녹이면 (　　　　　　　)이/가 있는 물이 된다.

(3) 이 그림은 조선 시대 후기의 작품으로 (　　　　　　　)하고 있다.

(4) 아름다움을 판단하는 기준은 개인의 취향에 따라 (　　　　　　　)인 것이다.

3

어휘 확장

밑줄 친 낱말과 바꾸어 쓸 수 있는 낱말의 기호를 쓰세요.

(1) 소행성 충돌이 <u>감소하고</u> 온도가 내려간 표면은 지각을 이루었다. ……………………(　　　)

㉮ 줄고　㉯ 빈번하고　㉰ 사라지고

(2) 현재까지 알려진 지구의 내부 구조는 크게 4개의 층으로 <u>구분된다</u>. …………………(　　　)

㉮ 해체된다　㉯ 합쳐진다　㉰ 나뉜다

(3) 지진파의 움직임으로 지구 내부 물질의 종류와 상태를 <u>짐작해</u> 볼 수 있다. …………(　　　)

㉮ 분석해　㉯ 가늠해　㉰ 결정해

24회

기술 | 기술 이론 글 수준: ★★★★ 어휘 수준: ★★★★ 글자 수: 1293

공부한 날 　　월 　　일

15분 안에 푸세요.

(가) ㉠우주 태양광 발전*이란 지구의 정지 궤도*나 달과 같은 우주 공간에 발전소 역할을 하는 인공위성*을 보내 햇빛으로 전기를 생산한 후, 그 전기를 다시 지상으로 전송하는* 발전 방식을 의미한다. 소설에 등장하던 상상 속의 기술이었지만 지금은 전 세계 과학자들의 연구로 점점 현실이 되고 있다.

(나) 우주 개발의 선두* 주자인 미국은 이미 태양광 에너지를 지구로 전송할 수 있는 제품을 개발했으며, 아직 원거리 전송 기술이 증명되지 않은 이 장치를 우주에 발사하여 기능을 시험해 볼 예정이다. 일본은 상업용 우주 태양광 발전 위성을 우주로 쏜다는 계획을 발표했다. 영국은 우주 태양광 전지를 장착한* 장치를 3D 프린터로 생산하는 기술을 개발하고 있으며, 중국은 막대한 예산을 투입해* 상업용 우주 태양광 발전소를 발사하려고 계획하고 있다. 우리나라 역시 우주 태양광 발전소 개발 경쟁에 뛰어들었으며 탄소 배출을 줄이겠다는 계획이다.

(다) 우주 태양광 발전의 핵심은 인공위성에서 얻은 에너지를 지구로 송전하는* 기술이다. 현재 개발하고 있는 송전 방식은 크게 2가지로 나누는데, 대표적인 것이 마이크로파 송전 방식이다. 마이크로파 송전 방식은 우주 공간에 쏘아 올린 인공위성에 태양광 전지판을 달아 우주에서 전기를 생산한다. 이렇게 생산된 전기는 전파의 일종인 마이크로파로 변환해 무선으로 지상에 내려보낸다. 이를 지상에 설치된 안테나가 받아 다시 전기로 바꾼다. 이때 마이크로파는 전파를 쏘는 과정에서 대기권*의 방해를 받지 않아 전력을 효율적*으로 전송할 수 있다는 장점이 있다.

(라) 우주에서 태양광을 이용하면 지상의 태양광 발전과 달리 낮과 밤의 제한 없이 발전할 수 있어 더 많은 에너지를 생산할 수 있다. 또한 대기, 구름 등 태양광을 차단하는 요소의 영향을 받지 않아 발전 효율이 훨씬 높다. 이러한 이유로 우주 태양광 발전은 지상 태양광 발전보다 효율이 약 10~20배 높다고 한다. 지상과 달리 태양 전지 패널을 설치할 넓은 부지*가 필요하지 않다는 사실도 우주 태양광 발전이 가진 장점이다. 또한 우주 태양광 발전은 이산화 탄소를 배출하는 화력 발전이나 원자력 발전과 달리 이산화 탄소 배출량을 획기적*으로 줄일 수 있는 친환경 에너지이다.

(마) 우주 태양광 발전이 가진 단점은 우주 위성을 발사할 때 비용이 많이 든다는 점이다. 또한 우주 궤도에 진입한 위성은 우주 쓰레기에 노출되는 위험성도 가지고 있다. 무엇보다 우주 태양광 발전 기술은 실제로 사용하기에는 아직 미흡한* 점이 많다. 하지만 자원이 고갈될* 걱정이 없는 친환경 에너지인 만큼 우주 태양광 발전이 일상적으로 쓰이게 된다면 새로운 혁신*을 가져올 것으로 예상된다.

낱말 풀이

*발전 전기를 일으킴. *궤도 행성, 혜성, 인공위성 등이 중력의 영향을 받아 다른 천체의 둘레를 돌면서 그리는 곡선의 길. *인공위성 지구와 같은 행성 둘레를 돌면서 관찰할 수 있도록 로켓을 이용하여 쏘아 올린 물체. *전송하는 글이나 사진 등을 전류나 전파를 이용하여 먼 곳에 보내는. *선두 대열이나 행렬, 활동 따위에서 맨 앞. *장착한 옷, 기구, 장비 등에 장치를 달거나 붙인. *투입해 사람이나 물건, 돈 등을 필요한 곳에 넣어. *송전하는 생산된 전력을 다른 곳으로 보내는. *대기권 대기가 지구를 둘러싸고 있는 범위. *효율적 들인 노력에 비하여 얻는 결과가 큰 것. *부지 집을 짓거나 길을 만들기 위해 마련한 땅. *획기적 전혀 새로운 시기를 열어 놓을 만큼 이전의 것과 뚜렷이 구분되는 것. *미흡한 만족스럽지 못한. *고갈될 자원이나 물질 등이 다 써서 없어질. *혁신 오래된 풍속, 조직, 방법 등을 완전히 바꾸어서 새롭게 함.

1 세부 내용

이 글의 내용과 일치하지 않는 것은 무엇인가요? (　　　)

① 우주 태양광 발전은 현실 속의 기술이 되고 있다.
② 우주 태양광 송전 방법에는 크게 두 가지 방식이 있다.
③ 우주 태양광 발전은 자원이 고갈되지 않는 친환경 에너지이다.
④ 우주 태양광 발전은 지상 태양광 발전에 비해 효율이 떨어진다.
⑤ 전 세계에 있는 여러 국가가 우주 태양광 발전을 개발하고 있다.

2 추론 하기

이 글에 추가할 우주 태양광 발전의 장점으로 알맞은 것은 무엇인가요? (　　　)

① 개발 비용 부담이 적다.
② 사람이 직접 관리하기 쉽다.
③ 폐기된 쓰레기를 재활용한다.
④ 기후 변화로 인한 영향이 적다.
⑤ 지구에 있는 자원을 효율적으로 이용한다.

3 세부 내용

국가별 우주 태양광 발전 개발에 대한 설명으로 알맞지 않은 것은 무엇인가요? (　　　)

① 미국: 이미 태양광 에너지를 전송할 수 있는 제품을 개발했다.
② 중국: 우주 태양광 발전을 보완할 새로운 기술을 개발하고 있다.
③ 한국: 우주 태양광 발전 개발을 시작하여 탄소 배출을 줄이려 한다.
④ 영국: 우주 태양광 전지를 장착한 장치를 제작하는 기술을 개발하고 있다.
⑤ 일본: 상업용 우주 태양광 발전 위성을 우주로 쏜다는 계획을 가지고 있다.

4 구조 알기

[보기]의 내용이 들어가기에 알맞은 곳은 어디인가요? (　　　)

> [보기] 또 다른 송전 방식으로 레이저 송전 방식이 있다. 레이저 송전 방식은 파장 폭이 큰 태양광을 흡수하는 '크롬'과 이 태양광을 효율적으로 변환하는 '네오짐'을 사용한다. 네오짐에 의해 변환된 태양광을 세라믹 재료에 고밀도로 주입하면 레이저가 발생하는데, 레이저 송전 방식은 이렇게 만들어진 레이저를 지상으로 보내는 방식이다.

① 글 (가)의 뒤　② 글 (나)의 뒤　③ 글 (다)의 뒤
④ 글 (라)의 뒤　⑤ 글 (마)의 뒤

5 세부 내용

㉠의 장점으로 알맞은 것은 무엇인가요? (   )

① 발전 과정에서 이산화 탄소를 배출한다.
② 지표면에 아무 시설물도 설치할 필요가 없다.
③ 낮과 밤에 모두 에너지를 생산하는 것이 가능하다.
④ 궤도에 한 번 진입하면 장애물 없이 안전하게 사용 가능하다.
⑤ 다른 에너지에 비해 제작과 발사 비용이 상대적으로 저렴하다.

수능 연계

6 비판하기

이 글의 독자가 [보기]에 대해 보인 반응으로 알맞은 것은 무엇인가요? (   )

> [보기] 마이크로파는 직진하려는 성질이 강한 극초단파여서 전기를 안정적으로 전송하는 데에 적합하다는 평가를 받고 있다. 전자레인지에도 사용하는 마이크로파는 인체에 해롭지 않다고 알려져 있지만, 오랜 기간 지속적으로 노출되었을 경우에는 아직 밝혀진 결과가 없다. 또 마이크로파가 지구의 대기나 생태계, 사람에게 어떤 영향을 미칠지에 대해서는 충분한 연구가 이루어지지 않았다.

① 우주에서 보내는 마이크로파가 대기에 미칠 영향은 고려하지 않아도 되겠군.
② 현재까지 인체에 해가 없다고 밝혀졌으니 마이크로파 전송 방식은 문제가 없겠군.
③ 원거리 전송 실험을 진행할 때 마이크로파의 위험성은 시험해 보지 않아도 되겠군.
④ 우주 태양광 발전의 효율이 매우 높기 때문에 위험성을 무시하고 개발해야 하겠군.
⑤ 마이크로파 전송 방식을 개발할 때 마이크로파가 미칠 영향을 신중하게 고려해야겠군.

7 구조 알기

다음은 이 글의 중심 내용을 정리한 것입니다. 빈칸에 들어갈 알맞은 낱말을 쓰세요.

우주 태양광 발전의 개념	• 우주 태양광 발전이란 발전소 역할을 하는 (1) ( )에서 햇빛을 이용해 전기를 생산하고, 이 전기를 지상으로 보내는 발전 방식이다. • 소설에 등장하던 이 기술이 과학자들의 연구로 현실화되고 있다.
개발 현황과 송전 방식	• 미국, 일본, 영국, 중국, 우리나라 등이 우주 태양광 발전 개발을 이미 시작했으며, 일상적으로 사용하기 위해 노력하고 있다. • 우주 태양광 발전의 송전 방식은 크게 두 가지로 나뉘는데, 그중 대표적인 것이 (2) ( ) 송전 방식이다.
우주 태양광 발전의 장점과 단점	• 우주 태양광 발전은 발전 시간에 제약이 없고, 대기의 영향을 받지 않으며, 발전소를 설치할 (3) ( )이/가 필요하지 않다는 장점이 있다. • 우주 태양광 발전은 위성 발사 비용이 크며, (4) ( )에 노출된다는 단점이 있어 보완이 필요하다.

24회 지문 익힘 어휘

1 어휘 의미

낱말과 그 뜻이 알맞게 짝 지어지지 않은 것은 무엇인가요? (　　　)

① 발전: 전기를 일으킴.
② 선두: 대열이나 행렬, 활동 따위에서 맨 앞.
③ 송전하다: 생산된 전력을 다른 곳으로 보내다.
④ 고갈되다: 떨어진 자원이나 물질 등을 새로 보충하다.
⑤ 혁신: 오래된 풍속, 관습, 조직, 방법 등을 완전히 바꾸어서 새롭게 함.

2 어휘 활용

빈칸에 들어갈 알맞은 낱말을 [보기]에서 찾아 쓰세요.

[보기]	혁신	선두	송전	고갈	발전

(1) 정약용은 농업을 중심으로 조선의 (　　　　　　)을/를 꿈꾸었다.
(2) 태풍으로 끊긴 전선을 수리해야 마을로 (　　　　　　)할 수 있다.
(3) 물의 힘을 이용하는 수력 (　　　　　　)은/는 강수량이 많은 곳이 유리하다.
(4) 그 마을은 오랜 가뭄으로 인해 식수가 모두 (　　　　　　)되어 어려움을 겪고 있다.
(5) 마라톤 대회에서 우리나라 선수가 (　　　　　　)(으)로 나서자 관중은 환호성을 올렸다.

3 어휘 확장

밑줄 친 낱말과 바꾸어 쓸 수 있는 낱말을 찾아 선으로 이으세요.

(1) 우주 태양광 발전은 더 많은 에너지를 <u>생산할</u> 수 있다. •　　• ㉮ 바꾸다
(2) 우주 태양광 발전 기술은 실제로 사용하기에는 아직 <u>미흡한</u> 점이 많다. •　　• ㉯ 만들다
(3) 마이크로파 송전 방식은 전기를 전파의 일종인 마이크로파 형태로 <u>변환한다</u>. •　　• ㉰ 뜻하다
(4) 우주 태양광 발전은 위성에서 생산한 전기를 다시 지상으로 전송하는 발전 방식을 <u>의미한다</u>. •　　• ㉱ 부족하다

25회

예술·체육 | 음악 글 수준: ★★★ 어휘 수준: ★★★ 글자 수: 1149

공부한 날 월 일

13분 안에 푸세요.

(가) 초창기 영화에서부터 영화 음악은 중요한 역할을 했다. 1895년, 뤼미에르 형제가 최초의 무성 영화*인 「열차의 도착」을 극장에서 처음 공개했을 때 옆에서 피아노를 연주하게 하였다. 이후 유성 영화*가 등장하면서 영화 음악은 영화 장면의 이해를 돕는 중요한 수단*으로 널리 사용되었다. 처음에는 기존의 클래식 음악과 대중음악을 빌려왔으나, 점차 영화만을 위한 음악이 활발하게 제작되었다.

(나) 영화 음악의 기능은 크게 두 가지로 나누어 볼 수 있는데, 우선 영화 음악은 영상과 함께 영화의 분위기를 형성한다. 나아가 영화 음악은 다음 영상에 이어질 장면을 ㉠암시하는* 기능까지 수행한다.* 평범한 장면에서도 음악의 분위기가 바뀌면 관객들은 사건에 변화가 있을 것이라고 예상할 수 있다. 이렇듯 영화 음악을 효과적으로 사용하면 영상의 한계*를 뛰어넘어 다양한 감각을 통해 느낄 수 있는 생생한 영화를 만들 수 있다.

(다) 심리학자* 샌드라 마셜과 애너벨 코언은 실험을 통해 영화 음악이 우리 뇌에 미치는 영향을 증명했다. 이들은 피실험자*를 세 집단으로 분류한 후, 두 개의 삼각형과 하나의 원이 움직이는 짧은 동영상을 보게 했다. 세 도형은 서로 다른 속도로 사각형 주위에서 움직였다. 이때 한 집단은 음악 없이 그냥 영상만 보았고, 다른 집단은 '약한' 음악, 또 다른 집단은 '강한' 음악을 함께 들었다. 음악 없이 혹은 약한 음악을 들으며 영상을 보았을 때, 사람들은 더 느리게 움직이는 삼각형에 적극적으로 반응했다. 하지만 강한 음악을 들은 집단은 음악 속도에 맞게 빠르게 움직이는 삼각형에 적극적으로 반응했다. ㉡이 실험은 사람들이 영상을 시청할 때 음악에 맞추어 특정 대상에 집중한다는 사실을 보여 준다.

(라) 음악을 효과적으로 사용하여 성공을 거둔 작품으로 영화 「괴물」을 꼽을* 수 있다. 특히 음악 감독이 영화의 배경 음악으로 작곡한 ㉢「한강 찬가」는 아코디언*, 트럼펫* 등의 다양한 악기를 사용한 집시풍*의 노래로 영화 속의 여러 장면에 나오는데, 상황에 따라 다양하게 편곡해* 사용되었다. 중독성 있는 멜로디를 가진 이 음악은 긴박하면서도* 우스꽝스러운 장면과 호응하며 영화를 본 관객들에게 강한 인상을 주었다. 영화의 흥행*과 함께 인기를 얻은 이 음악은 영화가 개봉된 지 꽤 오래 지난 현재까지도 여러 방송에서 사용되며 한국 영화 음악의 걸작*으로 평가받는다.

낱말 풀이

*무성 영화 소리가 없이 영상만 나오는 영화. *유성 영화 영상과 함께 소리가 나오는 영화. *수단 어떤 목적을 이루기 위해 쓰는 방법이나 도구. *암시하는 직접 드러나지 않게 가만히 알리는. *수행한다 일을 생각하거나 계획한 대로 해낸다. *한계 어떤 것이 실제로 일어나거나 영향을 미칠 수 있는 범위나 경계. *심리학자 인간이나 동물의 의식과 행동을 연구하는 사람. *피실험자 실험의 대상이 되는 사람. *꼽을 골라서 지목할. *아코디언 손으로 주름상자를 접었다 폈다 하면서 건반을 눌러 연주하는 악기. *트럼펫 폭이 좁은 원통 모양의 관으로 되어 있어 높고 날카로운 소리를 내는 금관 악기. *집시풍 유랑 민족인 집시와 같은 분위기가 느껴지는 방식. *편곡해 만들어 놓은 곡을 다른 형식으로 바꾸거나 다른 악기를 써서 연주 효과를 다르게 해. *긴박하면서도 마음을 놓을 수 없을 만큼 매우 다급하면서도. *흥행 공연이 상업적으로 큰 수익을 거둠. *걸작 매우 뛰어난 예술 작품.

1 세부 내용

이 글의 내용과 일치하지 않는 것은 무엇인가요? (　　　)

① 뤼미에르 형제의 영화에도 음악이 사용되었다.
② 초창기 영화 음악은 기존의 대중음악을 빌려왔다.
③ 「한강 찬가」는 영화 「괴물」에서 여러 차례 등장한다.
④ 영화 음악은 다음에 나올 내용을 미리 알려 주는 기능도 한다.
⑤ 관람자는 음악의 속도에 상관없이 특정 대상에 주목하여 영상을 관람한다.

2 구조 알기

이 글에 대한 설명으로 알맞지 않은 것은 무엇인가요? (　　　)

① 영화 음악의 발전 과정을 순서대로 설명했다.
② 실제 영화를 예시로 들어 영화 음악을 설명했다.
③ 실험 결과를 통해 영화 음악의 영향을 설명했다.
④ 영화 음악의 기능을 두 가지로 나누어 설명했다.
⑤ 제작 과정을 구체적으로 서술하여 영화 음악의 한계를 설명했다.

3 주제 찾기

글 ㈎~㈑의 중심 내용으로 알맞은 것을 [보기]에서 모두 고른 것은 무엇인가요? (　　　)

㉮ 글 ㈎: 영화 음악의 역사	㉯ 글 ㈏: 영화 음악의 기능
㉰ 글 ㈐: 영화 제작 기술의 발전	㉱ 글 ㈑: 영화 음악의 예시

① ㉮, ㉯　② ㉮, ㉰　③ ㉮, ㉯, ㉱
④ ㉮, ㉰, ㉱　⑤ ㉮, ㉯, ㉰, ㉱

4 어휘 어법

㉠의 뜻으로 알맞은 것은 무엇인가요? (　　　)

① 무엇을 하려고 꾀하다.
② 무엇을 하겠다는 생각을 하다.
③ 직접 드러내지 않게 가만히 알리다.
④ 추상적인 개념이나 사물을 구체적인 사물로 나타내다.
⑤ 앞으로 할 일의 절차, 방법, 규모 등을 미리 헤아려 작정하다.

5 추론하기

ⓒ과 같은 경험을 한 사람으로 알맞은 것은 무엇인가요? (   )

① 음악의 속도와 반대로 움직이는 인물이 인상 깊었어.
② 음악과 상관없이 주인공에만 집중해서 영화를 보았어.
③ 영화의 음악 소리가 영상에 집중하는 데에 방해가 되었어.
④ 빠른 음악이 도망가는 주인공에 집중하는 데에 도움을 주었어.
⑤ 영화에 나온 음악이 좋아서 영상과 상관없이 음악을 감상했어.

6 세부내용

ⓒ에 대한 설명으로 알맞지 <u>않은</u> 것은 무엇인가요? (   )

① 영화 「괴물」에 사용된 음악이다.
② 현재도 다양한 방송에서 사용되고 있다.
③ 다양한 악기를 사용한 집시풍의 노래이다.
④ 영화 속 상황이 달라져도 동일한 편곡이 사용되어 일관성을 주었다.
⑤ 중독성 있는 멜로디로 영화 속 장면과 잘 어울려 많은 인기를 얻었다.

수능 연계

7 추론하기

이 글의 독자가 [보기]에 대해 보인 반응으로 알맞은 것은 무엇인가요? (   )

> [보기] 마셜과 코언이 실험에서 사용한 영상은 1944년 심리학자 프리츠 하이더와 마리아네 지멜이 제작한 무성 영화 필름이다. 이 영상은 단지 두 개의 삼각형과 한 개의 원이 불규칙하게 움직이는 짧은 동영상이지만, 이 영상을 본 관객들은 세 도형이 마치 인간처럼 성격을 지닌 것으로 보았고, 큰 도형이 작은 도형을 쫓는다는 이야기를 만들어 냈다.

① 도형이 나오는 영상을 본 관객들은 이야기를 떠올리지 못했어.
② 마셜과 코언이 실험에서 사용한 영상은 실험을 위해 새로 제작했어.
③ 음악의 속도가 달라져도 관객들은 영상을 볼 때 동일한 도형에 집중했을 거야.
④ 이 영상을 음악과 함께 본 관객들은 자신들이 만든 이야기에 더 몰입했을 거야.
⑤ 영상에 음악을 틀어도 관객들은 음악이 없었을 때와 다른 점을 느끼지 못할 거야.

25회 지문 익힘 어휘

1

어휘 의미

밑줄 친 낱말의 올바른 뜻을 골라 기호를 쓰세요.

(1) 이 음악은 영화의 <u>흥행</u>과 함께 인기를 얻었다. ································( )
㉮ 공연이 상업적으로 큰 수익을 거둠.
㉯ 어떤 것에 마음이 끌려 주의를 기울임.

(2) 이 음악은 한국 영화 음악의 <u>걸작</u>으로 평가를 받는다. ································( )
㉮ 매우 뛰어난 예술 작품.
㉯ 솜씨가 보잘것없는 작품.

(3) 영화 음악은 다음 영상에 이어질 장면을 암시하는 기능까지 <u>수행한다</u>. ···············( )
㉮ 몸과 마음을 바르게 갈고 닦다.
㉯ 일을 생각하거나 계획한 대로 해내다.

(4) 영화 음악은 영화 장면의 이해를 돕는 중요한 <u>수단</u>으로 널리 사용되었다. ············( )
㉮ 실현하려고 하는 일이나 나아가는 방향.
㉯ 어떤 목적을 이루기 위해 쓰는 방법이나 도구.

2

어휘 활용

빈칸에 들어갈 알맞은 낱말을 [보기]에서 찾아 쓰세요.

[보기] 수행 흥행 수단 걸작

(1) 동생은 맡은 일을 성실히 ( )했다.

(2) 이 작품은 고대 그리스를 대표하는 ( )으로 평가를 받는다.

(3) 그 사업가는 일을 성공시키기 위해 ( )과 방법을 가리지 않았다.

(4) 그의 영화는 예술성으로는 흠잡을 데가 없지만 ( )에는 번번이 실패했다.

3

어휘 확장

두 낱말의 관계가 [보기]와 <u>다른</u> 것은 무엇인가요? ( )

[보기] 최초 – 최후

① 걸작 – 졸작 ② 적극적 – 소극적 ③ 상대적 – 절대적
④ 긴박하다 – 다급하다 ⑤ 감소하다 – 증가하다

說

말씀 설

'설(說)' 자는 '말씀', '이야기하다'라는 뜻을 가진 글자예요. 말씀 언(言) 자와 기쁠 태(兌) 자가 합쳐져 누군가에게 웃으며 말하는 모습을 표현했어요. 그래서 '설(說)' 자는 '말하다', '이야기하다'라는 뜻으로 주로 쓰여요.

● 다음 획순에 따라 한자를 따라 쓰세요.

說	說	說

연설 演說
(펼 연, 말씀 설)

여러 사람 앞에서 자기의 생각이나 주장을 발표함.
예 링컨은 사람들 앞에서 노예 제도에 관한 연설을 했다.

설명 說明
(말씀 설, 밝을 명)

어떤 것을 남에게 알기 쉽게 풀어 말함.
예 선생님께서는 민주주의에 대해 자세히 설명해 주셨다.
비슷한말 해설(解說)

가설 假說
(거짓 가, 말씀 설)

연구에서 어떤 내용을 설명하려고 예상한 것으로 아직 증명되지 않은 가정.
예 과학 실험을 하기 전에 먼저 가설을 세워야 한다.
비슷한말 가정(假定)

Q 다음 중 밑줄 친 글자의 뜻이 나머지와 다른 것은 무엇인가요? (　　　)

① 연<u>설</u>　② <u>설</u>명　③ 가<u>설</u>　④ 해<u>설</u>　⑤ <u>설</u>치

❻학년 | 비문학_사진 출처

48쪽 「게르니카」 연합뉴스

50쪽 「1803년 5월 3일」 위키백과

62쪽 뇌 구조 셔터스톡

94쪽 「기울어진 호」 위키백과

수능 국어
실전 30분 모의고사

비문학

6학년 | 2회분 수록

NE 능률

6학년

제1회 모의고사
비문학

이름	

※ 모의고사 유의 사항

○ 문제지의 해당란에 이름을 쓰십시오.

○ 모의고사의 문항 수는 총 20문제이며, 시간은 총 30분입니다.

○ 표지를 넘기면 우측 상단에 있는 QR 코드를 스마트폰으로 찍으십시오.

○ 타이머 영상이 재생되면 스마트폰을 옆에 두고 남은 시간을 확인하면서 문제를 풀면 됩니다.

NE 능률

제1회 모의고사
비문학

6학년

30분 안에 푸세요.

[1~4] 다음 글을 읽고 물음에 답하시오.

(가) 민주주의 사회에서는 모든 사람이 동등한 입장에서 대화와 토론을 통해 갈등과 문제를 해결한다. 하지만 많은 사람의 의견을 하나로 모으기가 쉽지 않기 때문에 '다수결의 원칙'에 따른다. 그런데 다수를 위해 소수가 희생하는 것이 항상 옳은 일일까?

(나) 이 질문에 답하기 위해 위급한 상황에서 누구를 살릴 것인가를 묻는 '전차 실험'이 있다. 달리는 전차 앞에 5명이 묶여 있다. 브레이크가 고장 난 전차를 세울 수는 없고, 방향만 바꿀 수 있다. 하지만 방향을 바꾸면 다른 쪽에도 1명이 묶여 있다. 이때, 기관사가 할 수 있는 것은 두 가지이다. 첫 번째는 아무것도 하지 않는 것이다. 그러면 5명은 죽게 되고 다른 쪽에 묶인 1명은 살게 된다. 두 번째는 방향을 바꾸는 것이다. 그러면 1명은 죽게 되지만, 5명을 살릴 수 있다는 것이 실험의 내용이다.

(다) 벨기에 겐트 대학의 심리학 연구팀은 학생들을 대상으로 이 '전차 실험'을 가정한 생각 실험을 했다. 그 결과, 66%의 학생들이 전차의 방향을 바꾸어 다른 쪽에 있던 1명을 죽게 했다. 학생들은 그 1명을 죽이는 것이 비도덕적이라는 생각보다 그렇게 함으로써 5명을 살릴 수 있다는 결과에 더 마음이 쏠린 것이다. 다수결의 원칙에 비추어 보면 학생들의 선택은 타당했다. 이것은 공익을 위해서는 소수의 희생이 정당하다고 보는 공리주의적 관점과 맞닿아 있다.

(라) 공리주의는 공공의 이익을 가치 판단의 기준으로 하는 사상으로, '최대 다수의 최대 행복' 실현을 윤리적 행위의 목적으로 보았다. 즉, 사회 구성원 전체의 행복을 극대화하는 것이 도덕적인 행동이라는 것이다. 하지만 이러한 생각은 공익을 위해 비도덕적인 상황을 허용하는 데에 문제가 있다. 고대 로마에서는 재미로 기독교도들과 함께 사자를 콜로세움에 던져 놓았다. 많은 로마인이 이 장면을 보고 즐거워하고 말할 수 없는 행복감마저 느꼈다. 하지만 사자와 함께 갇힌 소수의 기독교도들은 극심한 고통을 겪었다. 이런 경우에는 소수의 고통보다 다수의 행복이 크다고 해서 다수가 옳다고 말할 수 없을 것이다.

(마) 또, 다수의 의견이 매번 옳거나 합리적인 것도 아니다. 만약 다수가 원하더라도 정의롭지 못한 일을 소수에게 ㉠<u>따르라고</u> 강요하는 것은 다수의 횡포에 지나지 않는다. 우리는 현실에서도 이런 상황을 종종 목격한다. 우리나라의 경제 발전을 위해 노동자들의 희생이 당연하다는 논리나 인구가 적은 곳에 기피 시설을 짓는 것 등이다. 이런 상황에서 소수가 내는 진실한 목소리조차 이기주의로 받아들여지고 있다. 진정한 민주주의 사회라면 소수의 의견까지 존중하고 배려하려는 노력이 필요하다.

1. 이 글의 제목으로 알맞은 것은 무엇인가요? (　　　)

① 민주주의
② 대화와 토론의 방법
③ 다수결의 원칙의 필요성
④ 전차 실험의 결과의 도덕성
⑤ 다수를 위한 소수의 희생의 정당성

2. 이 글의 내용과 일치하는 것은 무엇인가요? (　　　)

① 다수의 의견은 매번 옳거나 합리적이다.
② 민주주의 사회에서는 소수의 의견이 필요하지 않다.
③ 민주주의 사회에서는 갈등과 문제를 해결하지 않아도 된다.
④ 공리주의는 공공의 이익을 가치 판단의 기준으로 하는 사상이다.
⑤ 공리주의적 관점은 공익을 위해서 다수의 희생이 정당하다고 본다.

3. 밑줄 친 말 중 ㉠과 같은 의미로 사용된 것은 무엇인가요? (　　　)

① 언니는 친구를 따라 학원에 갔다.
② 장군은 왕의 명령을 따르기로 했다.
③ 우리 집 강아지는 아버지를 잘 따른다.
④ 새끼 오리가 어미 오리 뒤를 따라간다.
⑤ 나는 낚시를 하기 위해 강을 따라 내려갔다.

4. 이 글을 읽고 이야기를 나누었습니다. 바르게 말하지 않은 친구는 누구인가요? (　　　)

지희: 민주주의 사회에서는 다수결의 원칙에 따라야 해.
이준: 나는 다수를 위해 소수를 희생하는 일이 항상 옳은 일인 건지 고민이 돼.
주연: 전차 실험처럼 1명을 살릴지, 5명을 살릴지 골라야 한다면 나는 5명을 선택할 것 같아.
태희: 그게 바로 공리주의적 관점이라고 할 수 있어.
민기: 맞아. 그러니까 다수가 원한다면 소수도 무조건 따라야 해.

① 지희
② 이준
③ 주연
④ 태희
⑤ 민기

[5~8] 다음 글을 읽고 물음에 답하시오.

(가) 최근 남극에 내린 눈에서 미세 플라스틱이 발견됐다는 연구가 충격을 주고 있다. 뉴질랜드 캔터베리 대학교 연구진은 남극의 눈이 녹은 물에서 1리터(L)당 미세 플라스틱을 평균 29개가량 발견했다고 한다. 미세 플라스틱이란 5밀리미터(mm) 이하의 작은 플라스틱 조각을 말하는데, 플라스틱 제품이 분해되는 과정에서 생긴다. 작고 가벼운 미세 플라스틱은 공기 중에 떠다니며 전 지구를 돌아다니며 오염시키고 있는데, 청정 지역이던 남극의 대기마저 미세 플라스틱에 오염된 것이다. [㉠] 전 세계가 미세 플라스틱 뉴스에 주목하는 것일까?

(나) 우리 몸속에 들어온 미세 플라스틱은 대부분 가래나 대변을 통해 몸 밖으로 배출된다. 하지만 배출되지 않은 미세 플라스틱은 체내에서 분해되지 않기 때문에 호흡기 질환, 알레르기, 세포의 변형, 생식계 질환 등 다양한 질병을 일으킨다. 최근 네덜란드 암스테르담 자유대학교 연구팀은 사람의 혈액 속에서 미세 플라스틱을 발견했는데, 이는 더 심각한 우려를 낳고 있다.

(다) 미세 플라스틱은 공기와 물속에 흩어져 있다가 일상생활을 통해 우리 몸으로 흡수되고 있다. 우리는 공기 중에 떠다니는 미세 플라스틱을 직접 호흡하거나 음식 위에 가라앉은 상태로 섭취한다. 강, 바다에 흘러 다니는 미세 플라스틱은 어패류를 통해 우리 몸으로 흡수되는데, 해조류에 g당 4.5개, 젓갈 g당 6.6개의 미세 플라스틱이 검출됐다. 생활용품 곳곳에서도 미세 플라스틱이 나온다. 커피숍의 종이컵에는 평균 20여 개, 작은 종이 티백에도 개당 4.6개나 검출되었다. 그밖에 물휴지, 옷, 화장품, 치약, 잉크 등 다양한 생활용품에서 나오는 미세 플라스틱을 우리는 직간접적으로 흡수하는 중이다.

(라) 우리 몸속에 흡수되는 미세 플라스틱을 줄이려면 어떻게 해야 할까? 당장 창문을 열고 자주 환기하는 것이 호흡으로 들어오는 미세 플라스틱을 줄이는 방법이다. 해조류, 조개 등은 여러 번 씻어 먹고, 음식 위에 미세 플라스틱이 쌓이지 않게 뚜껑을 덮는 습관도 필요하다. 또한 플라스틱 물병, 종이컵, 물휴지 등 일회용품이나 플라스틱 제품과 멀어져야만 우리 몸을 미세 플라스틱의 위험에서 보호할 수 있을 것이다.

5. ㉠에 들어갈 내용으로 알맞은 것은 무엇인가요? ( )

① 남극이 얼마나 청정 지역이길
② 미세 플라스틱이 어떻게 만들어지길래
③ 플라스틱이 지구를 얼마나 오염시키기 때문에
④ 우리가 미세 플라스틱을 얼마나 흡수하기 때문에
⑤ 미세 플라스틱이 인간에게 어떤 영향을 주기 때문에

6. '미세 플라스틱'에 대한 설명으로 알맞지 않은 것은 무엇인가요? (   )

① 제품이 분해되는 과정에서 생긴다.
② 5mm 이하의 작은 플라스틱 조각이다.
③ 체내에서 분해되므로 질병에 대해 걱정하지 않아도 된다.
④ 공기와 물속에 흩어져 있다가 일상생활에서 몸에 흡수된다.
⑤ 우리 몸속에 들어오면 대부분 가래나 대변을 통해 배출된다.

7. <보기>의 내용이 들어가기에 알맞은 곳은 어디인가요? (   )

<보 기>

미세 플라스틱은 사람의 몸속 중에서도 위, 대장 등 소화기관에서 주로 검출되었다. 이처럼 미세 플라스틱이 혈액에서 검출되었다는 점은 심각한 일이다. 혈액을 통해 몸속을 자유롭게 이동할 수 있어 특정 장기에 쌓일 수 있다는 문제가 발생할 수 있기 때문이다.

① (가)의 앞
② (가)의 뒤
③ (나)의 뒤
④ (다)의 뒤
⑤ (라)의 뒤

8. <보기>를 읽고 이 글의 독자가 보인 반응으로 알맞지 않은 것은 무엇인가요? (   )

<보 기>

▲미세 플라스틱

최근 연구에 따르면 미세 플라스틱이 암세포의 성장 및 전이를 빠르게 만들 뿐만 아니라 면역을 약하게 하고 항암제 효과가 잘 듣지 않도록 만든다고 한다. 또한, 위 세포에 다양한 유전적 변이를 일으켜 암을 악화시킬 뿐만 아니라 암을 만들 수도 있다는 것이 밝혀졌다. 그러므로 미세 플라스틱이 인간의 몸에 미치는 문제와 해결 방법에 대해 우리 모두 심각하게 고민해 봐야 할 것이다.

① 암에 걸린 환자는 미세 플라스틱을 조심해야 돼.
② 미세 플라스틱이 많아지는 건 정말 위험한 일이야.
③ 암에 걸린 환자는 플라스틱 제품을 사용해도 될 거야.
④ 일상생활에서 자주 창문을 열고 환기를 시켜야 하겠군.
⑤ 우리 몸을 미세 플라스틱으로부터 보호할 수 있는 방법을 찾아야 해.

[9~12] 다음 글을 읽고 물음에 답하시오.

(가) 한 종류의 생물이 완전히 없어지는 것을 '멸종'이라고 한다. 지구에는 총 5번의 대멸종 사건이 있었는데, 가장 마지막이 공룡의 대멸종이었다. 과학자들은 지금이 지구의 6번째 대멸종 시작이라고 의심한다. 20세기 후반부터 21세기 초반인 현재까지 전 세계 생물들의 30퍼센트(%)가 줄어들었기 때문이다. 지구 생물들이 멸종 위기에 빠진 까닭과 그 생물들을 위기에서 구할 방법은 없을지 알아보자.

(나) 멸종 위기 생물들이 급격히 늘어난 까닭은 우선 돈벌이를 위한 남획, 채취 때문이다. 코끼리의 상아는 비싼 장신구여서, 호랑이 가죽은 고급 가죽으로 잘 팔려 사냥꾼의 표적이 됐다. 전래 동화에 나올 만큼 흔했던 백두산 호랑이도 일제 강점기에 무리한 사냥으로 멸종되고 말았다. 또한 사자, 코뿔소, 표범, 고래, 상어 등도 인간의 돈벌이를 위해 희생되고 있다.

(다) 자연을 파괴하는 개발도 생물의 생존을 위협한다. 산양은 국제적으로 멸종 위기 보호종인데 주 서식지인 설악산의 개발로 개체 수가 급격히 줄어들었다. 우리나라 텃새인 황새는 번식할 수 있는 나무가 줄어들고 농약의 위험 때문에, 맹꽁이·삵·수달 등은 도시나 공장 개발로 습지가 사라지며 멸종 위기에 놓였다.

(라) 지구 온난화도 생물들의 생존을 위협하는 큰 원인이다. 북극의 얼음이 녹아 북극곰이 살 곳을 잃고, 바닷물의 온도가 상승해 산호초들이 죽어가고 있다. 지구 기온의 변화는 식물부터 동물에 이르기까지 생태계 ㉠전반을 흔드는 중이다.

(마) ㉡멸종 위기 생물을 지켜야 하는 이유는 무엇일까? 생태계의 구성원 중 하나가 사라졌을 때 나타나는 연쇄 효과 때문이다. 하나의 종이 사라지면 그 종을 먹고 자라는 다른 종들까지 치명적인 영향을 받는다. 습지가 사라져 개구리가 멸종되면 개구리를 먹고 사는 물고기나 새들이 줄고, 새가 사라지면 식물이 열매를 맺지 못한다. 또한 모기 같은 곤충은 급격히 늘어난다. 즉, 생물의 다양성이 파괴되면 그 피해가 지구 생태계와 인간에게까지 미치는 것이다.

(바) 생물의 다양성을 유지하기 위해서는 어떤 노력이 필요할까? 우리나라 환경부는 멸종 위기 야생 생물 200여 종을 1급과 2급으로 나누어 법으로 보호, 관리하고 있다. 그중 황새, 반달가슴곰, 여우, 산양, 따오기 등은 복원해 야생에 적응시키고 있다. 밀렵꾼을 단속하고, 야생 동물이 차에 치여 죽지 않도록 고속도로에 야생 동물의 이동을 돕기 위한 통로를 마련했다. 무엇보다 전 세계적으로 개발의 속도를 늦추고, 지구 온난화에 대한 대책을 마련해야만 6번째 대멸종이 멈추고 생물의 다양성이 지켜질 것이다.

9. 이 글의 내용과 일치하지 않는 것은 무엇인가요? (　　　)

① 공룡은 지구의 5번째 대멸종 사건 때 사라졌다.
② 지구 온난화로 인해 생물들의 생존이 위협받고 있다.
③ 맹꽁이, 삵 등은 습지가 사라지며 멸종 위기에 놓였다.
④ 바닷물의 온도가 상승해서 산호초들이 잘 자라고 있다.
⑤ 사자, 코뿔소 등은 인간의 돈벌이를 위해 희생되고 있다.

10. ㉠과 바꾸어 쓸 수 있는 낱말은 무엇인가요?
(　　　)

① 전체를
② 절반을
③ 부분을
④ 소수를
⑤ 하나를

11. ㉡에 대한 답으로 알맞은 것은 무엇인가요?
(　　　)

① 식량이 부족해질 수 있다.
② 자연환경이 오염될 수 있다.
③ 멸종 위기 생물은 값이 비싸기 때문이다.
④ 지구에 모기 같은 곤충이 급격하게 늘어나기 때문이다.
⑤ 하나의 종이 사라지면 그로 인해 지구 생태계가 무너질 수 있다.

12. (바)와 <보기>에서 이해한 내용으로 알맞지 <u>않은</u> 것은 무엇인가요? (　　　)

〈보 기〉

지구는 인간들로 인해 고통받고 있다. 동식물의 남획과 자연 파괴뿐만 아니라 환경을 오염시키는 행동이 문제가 되고 있다. 이산화탄소, 메탄 등 온실가스 배출은 지구 온난화를 빠르게 진행시키고 있으며, 이는 기온 상승과 강수량의 변화, 기상 이변 같은 문제가 발생한다. 우리는 스프레이나 에어컨 사용을 줄여야 하며, 나무 심기 운동 등을 통해 지구 온난화를 막아야 한다.

▲자연 파괴로 인한 문제

① 에어컨을 적정 온도로 맞춰서 사용해야 한다.
② 멸종 위기 동물을 복원해 동물원에서 키워야 한다.
③ 지구 온난화를 막을 방법에 대해 생각해 봐야 한다.
④ 환경을 오염시키는 행동을 줄이도록 노력해야 한다.
⑤ 동물과 식물 멸종을 막기 위해 법으로 보호해야 한다.

[13~16] 다음 글을 읽고 물음에 답하시오.

(가) 자율주행차란 사람이 운전하지 않아도 스스로 운행하는 자동차를 말한다. 예전에는 미래를 배경으로 한 영화에서나 볼 수 있었던 자율주행차가 첨단 기술의 발전을 통해 점차 현실이 되고 있다. 현재 자율주행차는 미래의 핵심 자동차 기술로 뜨거운 ㉠화두로 떠오르고 있다.

(나) 자율주행차가 움직이는 원리는 인지, 판단, 제어의 세 단계로 구성된다. 첫 번째 인지 단계는 자율주행차가 도로의 상황을 스스로 인지하는 단계이다. 이를 위해서는 여러 가지 감지 장치가 필요한데, 자율주행차의 감지 장치는 사람의 눈과 같은 역할을 한다. 자율주행차는 감지 장치를 통해 움직이는 자동차, 도로를 건너는 사람, 건물이나 장애물 등 주변 환경을 인식한다. 감지 장치로 인식하고 수집된 도로의 정보는 자율주행차가 스스로 판단하기 위해 매우 중요한 요소이다. 수집된 정보가 정확하지 않다면 자율주행차가 잘못된 판단을 내려 위험한 상황이 일어날 수 있기 때문이다.

(다) 두 번째 판단 단계는 감지 장치로부터 받아들인 정보를 바탕으로 자동차가 스스로 안전하게 운전할 수 있도록 판단하는 단계이다. 이 역할을 수행하는 것은 인공 지능인데, 인공 지능은 인간처럼 학습하고 생각할 수 있는 컴퓨터 시스템을 말한다. 자율주행차에서 인공 지능은 사람의 뇌가 상황 판단을 하는 것과 같은 역할을 한다.

(라) 세 번째는 제어 단계로, 인공 지능이 판단한 내용을 바탕으로 자동차의 속도나 방향 등을 조정하여 움직임을 제어하는 단계이다. 제어는 뇌가 판단한 내용을 직접 움직이는 팔과 다리에 빗댈 수 있다. 자율주행차는 이렇게 인지, 판단, 제어의 세 단계를 수없이 반복하며 스스로 운행할 수 있게 된다.

(마) 자율주행차를 일상생활에서 사용하게 된다면 많은 장점을 기대할 수 있다. 사람이 직접 운전하지 않아도 되기 때문에 편리할 뿐 아니라 사람의 판단 실수로 일어나는 사고의 위험도 줄어들 것이다. 또한 노인이나 장애인 등 운전을 하는 데 어려움이 있는 사람들이 안전하고 쉽게 이동할 수 있게 된다. 자율주행차는 도로의 교통 상황에 대한 정보를 바탕으로 움직이기 때문에 교통 체증 또한 줄어들 것이다. 하지만 아직 해결되지 못한 문제도 있다. 자율주행차는 인공 지능이 스스로 정보를 수집하기 때문에 개인의 사생활이 침해될 수 있다. 또한 인공 지능이 해킹 당한다면 해킹한 사람이 마음대로 자동차를 움직일 수 있게 되어 사고의 위험이 커진다. 자율주행차 운행 중 사고가 발생한다면 누구에게 책임이 있는지도 문제가 된다. 운전자, 자동차 회사, 컴퓨터를 개발한 회사 등 누구에게 책임을 물어야 할 것인지 판단할 수 있는 법률과 제도가 뒷받침되어야 할 것이다.

13. 이 글의 중심 내용으로 알맞지 않은 것은 무엇인가요? (　　　)

① (가): 자율주행차의 개념 제시
② (나): 자율주행차의 원리 소개 및 인지 단계 설명
③ (다): 판단 단계 설명
④ (라): 제어 단계 설명
⑤ (마): 자율주행차의 장점 설명

14. 이 글에서 답을 찾을 수 <u>없는</u> 질문은 무엇인가요? (　　　)

① 인공 지능의 의미는 무엇인가?
② 자율주행차가 움직이는 원리는 무엇인가?
③ 자율주행차에서 인공 지능은 어떤 역할을 하는가?
④ 자율주행차를 만드는 데 들어가는 비용은 얼마인가?
⑤ 자율주행차를 사용할 때 아직 해결되지 않는 문제는 무엇인가?

15. ㉠의 뜻으로 알맞은 것은 무엇인가요? (　　　)

① 이야기의 첫머리
② 서로 다투는 중심이 되는 점
③ 어린이를 위하여 지은 이야기
④ 일반에게 잘 알려지지 아니한 새로운 소식
⑤ 관심을 두어 중요하게 생각하거나 이야기할 만한 것

16. 이 글을 참고하여 〈보기〉를 읽은 후의 반응으로 알맞지 <u>않은</u> 것은 무엇인가요? (　　　)

〈보 기〉

▲자율주행차 탑승 모습

운전자가 자동차를 조작하지 않아도 저절로 움직이는 자동차가 있을까? 그건 바로 자율주행차이다. 자율자동차만 있으면 편안하게 자면서 목적지에 도착할 수 있다. 또한, 졸음운전과 같은 자동차 사고를 줄일 수 있다. 하지만 자율주행차를 상용화하기 전에 안정성 문제뿐만 아니라 윤리적 측면에서 발생하는 문제에 대해서도 고민해 봐야 한다.

① 가만히 있어도 목적지까지 편안하게 데려다 주겠구나.
② 사람이 직접 운전하지 않아도 된다는 점이 정말 좋아.
③ 졸음운전과 같은 자동차 사고가 줄어들지는 않을 거야.
④ 자율주행차가 상용화되기 전에 법률과 제도를 정비해야 해.
⑤ 인공 지능에 대한 안전성의 문제에 대해서도 고민해 봐야 해.

[17~20] 다음 글을 읽고 물음에 답하시오.

(가) 미술 감상을 하려면 어떻게 해야 할까? 미술관에 가서 입장료를 내고, 전시된 작품을 우아하게 감상하는 장면이 떠오른다. 하지만 이런 특별한 ⓐ절차를 거치지 않고도 우리는 일상에서 자주 미술을 접하고 있다. 서울 광화문 광장에 자리 잡은 커다란 이순신 동상, 대형 빌딩과 공원 곳곳에 있는 조각상들, 마을에 그려진 벽화 등도 모두 미술 작품들이다. 이렇게 ⓑ대중에게 공개된 장소에 설치, 전시되어 누구나 감상하고 접할 수 있는 예술 작품을 공공 미술이라고 한다.

(나) 공공 미술은 정치권력을 선전하는 역할로 시작했다. 영웅이나 국가 원수의 동상, 전쟁 승리 기념비 등은 옛날부터 흔하게 볼 수 있는 공공 미술이다. 미국에서는 경제가 불황일 때 벽화, 포스터, 조각 등을 내세워 실업을 ⓒ극복하자는 캠페인을 펼쳤는데, 이 역시 국가 정책을 홍보하는 공공 미술이다.

(다) 1950~60년대 유럽과 미국에서 공공 미술이 정치 선전에서 벗어나 다양해지기 시작했다. 일정 규모 이상의 건물을 건설할 때, 건축비의 일부를 미술품 설치 비용으로 지출하도록 법을 마련한 것이다. 미술품에 대한 제작비 지원이 이루어지자 장소, 목적에 어울리는 다양한 미술 작품이 만들어졌고, 대중들은 유명 미술가의 작품을 건물이나 공공장소를 오갈 때마다 쉽게 볼 수 있게 되었다. 우리나라에서도 1995년부터 공공 미술에 대한 지원을 법으로 규정해 실시하고 있다.

(라) 공공 미술은 도시를 재탄생시키는 데도 큰 역할을 하고 있다. 포항 바다에 있는 조각 '상생의 손'은 지역 상징물이 되어 관광객을 모았고, 일본 도쿄의 롯본기 거리에는 거대한 거미와 장미 등 8개의 조형물이 세워져 롯본기를 문화적 명소로 만들었다. 최근에는 주민이 직접 참여하는 공공 미술로 발전하고 있는데, 뉴욕 지하철에서는 낙서를 ⓓ금지하는 대신 신청하는 사람들이 그림을 그릴 수 있도록 벽, 지하철 등 공간을 ⓔ내줬고, 서울 청계천 벽에는 전국의 어린이들이 그린 그림을 타일로 만들어 꾸며 놓았다.

(마) 하지만 공공 미술이 성공적인 사례만 있는 것은 아니다. 2017년 서울시에서 서울역 앞에 '슈즈트리'라는 전시물을 선보였는데, 3만여 켤레의 신발로 만들어진 전시물이 혐오감을 준다는 비판을 받고 철거해야 했다. 서울 종로구 이화동의 벽화 마을은 관광객들이 너무 몰려 주민들이 벽화를 지워버렸다고 한다. 공공 미술은 모두를 위한 작품인 만큼 사람들의 생활에 불편을 주거나 공감을 얻지 못하면 실패한다는 사실을 알 수 있다.

17. <보기>는 이 글의 제목입니다. 빈칸에 들어갈 낱말로 알맞은 것은 무엇인가요? (   )

<보 기>

길거리에서 만나는 [   ]

① 벽화
② 전시물
③ 공공 미술
④ 미술 작품
⑤ 벽화 마을

18. 이 글의 내용과 일치하는 것은 무엇인가요? (   )

① 공공 미술은 성공적인 사례만 있다.
② 우리는 일상에서 미술을 접하기 어렵다.
③ 우리나라에서는 공공 미술을 지원하지 않는다.
④ 공공 미술은 대중에게 공개되지 않은 장소에 있다.
⑤ 최근에는 주민이 직접 참여하는 공공 미술이 발전하고 있다.

19. ⓐ~ⓔ와 바꾸어 쓸 수 있는 낱말로 알맞지 않은 것은 무엇인가요? (   )

① ⓐ: 순서를
② ⓑ: 사람들에게
③ ⓒ: 이겨 내자는
④ ⓓ: 유지하는
⑤ ⓔ: 마련해 줬고

20. <보기>의 내용이 들어가기에 알맞은 곳은 어디인가요? (   )

<보 기>

우리나라의 각 지방자치단체에서는 공공 미술 프로젝트에 시민이 참여하는 프로그램을 운영하기도 했다. 해당 지역 작가나 주민들이 참여해 시민들이 사용하는 공간을 꾸몄을 뿐만 아니라 서로 이야기를 나누며 소통하기도 하였다.

① (가)의 뒤
② (나)의 뒤
③ (다)의 뒤
④ (라)의 뒤
⑤ (마)의 뒤

끝

6학년

제2회 모의고사

비문학

이름	

※ 모의고사 유의 사항

○ 문제지의 해당란에 이름을 쓰십시오.

○ 모의고사의 문항 수는 총 20문제이며, 시간은 총 30분입니다.

○ 표지를 넘기면 우측 상단에 있는 QR 코드를 스마트폰으로 찍으십시오.

○ 타이머 영상이 재생되면 스마트폰을 옆에 두고 남은 시간을 확인하면서 문제를 풀면 됩니다.

NE 능률

제 2회 모의고사
비문학

6학년

30분 안에 푸세요.

[1~4] 다음 글을 읽고 물음에 답하시오.

과거 '독서'의 의미는 종이로 된 책을 읽는 행위로 한정되었다. 하지만 최근 아이티(IT) 기술의 발달로 종이책을 대신하는 다양한 독서 방식이 등장했다. 특히 전자책은 기존 종이책을 그대로 디지털 단말기에 저장하는 형태로, 구매하거나 휴대하기에 편리해 그 사용자가 증가하고 있다. 또한 최근에는 오디오북이나 챗북처럼 책 내용 전체를 그대로 전달하지 않고 요약한 내용을 음성 혹은 채팅 형태로 제공하는 독서 방식이 주목받고 있다.

전자책을 제작하려는 노력은 과거부터 활발히 이루어졌다. 하지만 문자를 디지털 형태로 저장하는 기술이 발전했음에도 책과 같이 휴대할 수 있는 기기가 없어 일상적으로 쓰이지 못했다. 1990년대에 들어서서 책처럼 가지고 다닐 수 있는 전자책 기기가 개발되자 전자책이 본격적으로 사용되기 시작했다. 이후 핸드폰과 태블릿 피시(PC)의 성능이 발전하면서 별도의 기기가 없어도 전자책을 이용할 수 있게 되었다.

최근 도서 시장에서는 책을 대신 읽어 주는 '오디오북'이 등장했다. 엄밀히 따지면 오디오북은 전자책에 포함되지는 않지만, 새로운 형태의 독서법으로서 그 사용자가 빠르게 증가하고 있다. 오디오북은 종이책에 비해 상당히 저렴할 뿐만 아니라 다른 일을 하면서 들을 수 있다는 장점이 있다. 또한 음성을 변환하는 기술을 활용하여 유명인의 목소리로 책을 들을 수 있다는 것도 오디오북이 인기를 얻은 이유다.

유행을 반영한 또 다른 독서법으로 '챗북'을 들 수 있다. 책의 내용을 메신저 대화 형식으로 전달하는 챗북은 긴 글이 익숙하지 않은 젊은 층의 눈길을 끌고 있다. 챗북은 채팅 형식의 글로 어려운 책 내용을 쉽고 재미있게 풀어 준다는 장점이 있다. 반면 책의 내용을 요약해 제시하여 깊이 있는 사고를 할 수 없다는 점이 단점으로 지적된다.

앞서 언급된 독서법들은 저렴한 가격과 높은 접근성으로 기존 독서의 정의를 바꾸고, 종이책과 공존하며 독서를 계속할 수 있는 환경을 효과적으로 조성하고 있다. 하지만 이러한 독서 방식에도 주의할 점이 있다. 책을 읽는다는 것은 단지 내용을 아는 데에서 그치는 것이 아니라 사고력을 기르고 가치관을 형성하는 것에 의미가 있다. 따라서 새로운 기술을 이용한 독서법은 내용 전달에 그치는 것이 아니라 [㉮]는 과제를 안고 있다.

1. 이 글의 제목으로 알맞은 것은 무엇인가요?
(　　　)

① 챗북의 발달 과정
② 전자책을 제작하는 방법
③ 오디오북의 장점과 단점
④ 듣고 보는 신개념 독서법
⑤ 종이책이 꾸준히 사랑받는 이유

2. 이 글의 내용과 일치하는 것은 무엇인가요?
(　　　)

① 챗북은 젊은 층에 인기가 없다.
② 챗북은 책의 내용을 그대로 제시한다.
③ 전자책은 구매하거나 휴대하기 불편하다.
④ 오디오북은 종이책에 비해 가격이 비싸다.
⑤ 오디오북은 다른 일을 하면서 들을 수 있다.

3. ㉮에 들어갈 내용으로 알맞은 것은 무엇인가요?
(　　　)

① 구매하기 편해야 한다
② 재미있게 만들어야 한다
③ 깊이 있는 내용을 전해야 한다
④ 책의 내용을 요약해 제시해야 한다
⑤ 빨리 읽을 수 있도록 만들어야 한다

4. 이 글에서 답을 찾을 수 없는 질문은 무엇인가요? (　　　)

① 챗북의 개념은 무엇인가요?
② 전자책은 언제부터 개발되었나요?
③ 오디오북의 장점에는 무엇이 있나요?
④ 음성 변환 기술의 원리는 무엇인가요?
⑤ 독서하는 것의 진정한 의미는 무엇인가요?

[5~8] 다음 글을 읽고 물음에 답하시오.

젓가락으로 음식을 먹는 젓가락 문화권은 전 세계 인구의 30퍼센트를 차지한다. 그만큼 많은 사람이 젓가락을 사용하여 음식을 먹는 식습관을 가지고 있다. 주로 찰기가 많은 쌀을 주식으로 하는 동아시아 지역에서 젓가락을 사용한다. 차진 쌀로 지은 밥은 젓가락으로 쉽게 떠먹을 수 있기 때문이다. 하지만 젓가락 문화를 자세히 들여다보면 나라마다 고유한 음식 문화와 특성에 따라 차이점이 있는 것을 알 수 있다. 한국, 중국, 일본의 젓가락 문화를 비교해 보고 그 특징을 알아보자.

한·중·일 가운데 가장 오래된 젓가락 문화를 가지고 있는 중국의 젓가락은 '콰이즈'라고 ㉠불린다. 주로 대나무 젓가락을 사용하며 최근에는 플라스틱으로 만든 젓가락도 널리 쓰인다. 중국의 젓가락은 삼국의 젓가락 중 가장 굵고 길다. 커다랗고 둥근 식탁에 둘러앉아 음식을 놓고 여럿이 함께 먹는 문화로 인해 자연스럽게 젓가락의 길이가 길어졌다. 중국의 젓가락은 끝이 두껍고 뭉툭한 형태를 보이는데, 기름지고 덩어리진 음식을 집기에 적합하다.

일본의 젓가락은 '하시'라고 불리는데, 대부분 나무를 사용하여 만들며 삼국의 젓가락 중 가장 짧은 것이 특징이다. 일본 가정에서는 주로 독자적인 상에서 개인 그릇에 음식을 담아 먹는다. 또한 고개를 숙이고 식사하는 것을 결례로 여겨 밥그릇을 들고 먹는데, 이러한 문화 때문에 긴 젓가락을 사용할 필요가 없게 되었다. 섬나라인 일본은 해산물이나 생선을 발라 먹기에 적합하도록 젓가락의 위, 아래 굵기 차이가 크고 끝이 뾰족하며 날렵한 형태를 보인다.

우리나라는 여럿이 함께 먹는 식습관을 지녔지만, 상이 크지 않아 젓가락의 길이가 중국과 일본의 중간 정도이다. 우리나라의 젓가락은 주로 금속으로 만드는데, 금속을 최대한 절약할 수 있는 형태로 발전하여 납작한 편이다. 금속으로 만든 젓가락은 김치와 같은 절임 음식에 강하고, 음식을 집을 때 힘이 정확히 전달된다는 장점이 있다. 우리나라는 중국이나 일본과 달리 항상 숟가락과 젓가락을 함께 쓰는 문화를 지녔다. 우리나라에서는 식탁에서 밥그릇을 들고 먹는 것을 예의 없는 행동으로 여긴다. 그렇기 때문에 젓가락으로 음식을 나르다가 흘리는 것을 방지하기 위해 숟가락을 적극적으로 사용한다. 주로 밥과 국은 숟가락으로, 반찬은 젓가락으로 먹는다. 우리나라와는 다르게 중국은 국을 먹을 때만 숟가락을 사용하고, 일본은 국을 먹을 때도 숟가락을 사용하지 않고 그릇을 들어 직접 마신다.

5. 한국, 중국, 일본의 젓가락 문화가 다른 이유는 무엇인가요? (　　　)

① 나라의 위치가 다르기 때문에
② 국민들의 성향이 다르기 때문에
③ 오랫동안 젓가락을 사용했기 때문에
④ 젓가락을 만드는 방법이 다양하기 때문에
⑤ 나라마다 음식 문화의 특성이 다르기 때문에

6. 우리나라의 젓가락 문화에 대한 설명으로 알맞지 않은 것은 무엇인가요? (　　　)

① 젓가락을 주로 나무로 만든다.
② 젓가락 모양이 납작한 편이다.
③ 숟가락과 젓가락을 같이 사용한다.
④ 여럿이 함께 먹는 식습관을 지녔다.
⑤ 젓가락의 길이가 중국과 일본의 중간이다.

7. 어느 나라의 식생활 문화에 대한 설명인지 <보기>에서 찾아 기호를 쓰세요.

〈보　기〉

㉮ 한국　　㉯ 중국　　㉰ 일본

▲밥그릇을 들고 식사하는 모습

개인 상에서 개인 그릇에 음식을 담아 먹는다. 고개를 숙이고 음식을 먹는 것을 예의에 어긋난 행동으로 생각하기 때문에 밥그릇을 들고 먹는다. 국에도 건더기가 거의 없어서 주로 그릇을 들고 마신다.

(　　　　　)

8. 밑줄 친 말 중 ㉠과 같은 의미로 사용된 것은 무엇인가요? (　　　)

① 쌀을 물에 불렸다.
② 부모님에게 불리어 갔다.
③ 시상식에서 내 이름이 불렸다.
④ 많은 사람이 부르는 노래이다.
⑤ 나는 가족들에게 공주라고 불렸다.

[9~12] 다음 글을 읽고 물음에 답하시오.

사람들은 오래전부터 하늘과 별들의 움직임을 자세히 관찰했다. 날마다 태양이 동쪽에서 떠서 하늘을 가로질러 서쪽으로 지는 것을 보았고, 밤마다 달과 별이 뜨고 지는 것을 보았다. 이렇게 관측된 사실로 인해 고대 그리스인들은 지구가 우주의 중심에 정지해 있고, 별과 태양 등의 천체가 돌고 있는 바깥쪽에는 별들이 박혀 있는 천장이 있다고 생각했다. 이런 생각을 바탕으로 천동설의 체계를 완성한 사람은 프톨레마이오스이다. 천동설은 정지해 있는 지구를 중심으로 모든 천체들이 원 운동을 하고 있다는 학설이다. 프톨레마이오스의 천동설은 정밀한 관측 자료를 바탕으로 복잡해졌지만, 미래 행성의 위치를 꽤 정확하게 예측할 수 있었다. 그리고 그는 이런 내용을 정리하여『알마게스트』라는 책을 썼는데, 이는 1400년 동안 천문학의 가장 영향력 있는 교과서가 되었다.

오랜 시간 천동설은 진리처럼 생각되었다. 하지만 16세기에 들어서면서 폴란드의 천문학자 코페르니쿠스가 지구를 포함한 모든 행성들이 태양을 중심으로 원운동을 하고 있다는 지동설을 생각해 낸다. 코페르니쿠스는 우주의 중심은 태양이며, 별들이 뜨고 지는 것은 지구가 자신의 축을 중심으로 자전하고 있기 때문이라고 생각했다. 하지만 이러한 주장은 당시 사람들이 받아들이기에는 너무 생소했다. 사람들은 만약 지구가 태양 주위를 빠르게 돌고 있다면 사람이 땅에 서 있지 못하고 튕겨 나가야 할 것이고, 위를 향해 던진 물체는 제자리가 아닌 뒤쪽에 떨어져야 한다고 생각했다.

이렇게 잊히는 듯했던 지동설은 이후에 갈릴레이와 케플러에 의해 새롭게 힘을 얻게 된다. 17세기 초 갈릴레이는 망원경을 만들어 천체를 관측하며 목성 주위를 돌고 있는 4개의 위성을 최초로 발견하였는데, 이는 모든 천체가 지구 주위를 돌고 있다는 천동설을 부정하는 매우 중요한 근거가 된다. 갈릴레이는 이러한 사실을 바탕으로 지동설을 지지하고 널리 알렸다. 하지만 이러한 주장은 교회와의 대립을 가져왔고, 결국 갈릴레이는 종교 재판을 받아 자신의 집에서 나오지 못하는 벌을 받게 된다. 코페르니쿠스의 지동설을 완벽하게 완성한 사람은 독일의 천문학자 케플러이다. 케플러는 천체 관측 자료를 ㉠바탕으로 행성이 태양을 중심으로 원운동을 하는 것이 아닌 타원 운동을 하고 있다는 이론을 생각해 낸다. 이것은 천체가 일정한 속도로 원운동을 해야 한다고 굳게 믿고 있던 오래된 관습을 뒤집는 사건이었다. 이후 사람들은 더 나은 망원경을 이용하여 천체의 운동을 관찰하며 점차 지동설을 받아들이기 시작했다.

9. 이 글의 내용과 일치하지 않는 것은 무엇인가요? (　　)

① 코페르니쿠스가 지동설을 생각했다.
② 태양은 동쪽에서 떠서 서쪽으로 진다.
③ 케플러는 천동설을 완벽하게 완성하였다.
④ 프톨레마이오스는 천동설의 체계를 완성했다.
⑤ 갈릴레이는 천동설을 부정하는 매우 중요한 근거를 발견했다.

10. 지동설에 대하여 중요한 내용을 정리하였습니다. ㉮와 ㉯에 들어갈 낱말을 바르게 연결한 것은 무엇인가요? (　　)

〈보 기〉

지동설은 [　㉮　]을/를 포함한 모든 행성이 [　㉯　]을/를 중심으로 원운동을 하고 있다는 학설이다.

	㉮	㉯
①	목성	지구
②	지구	태양
③	지구	목성
④	태양	목성
⑤	태양	지구

11. ㉠의 뜻으로 알맞은 것은 무엇인가요? (　　)

① 타고난 성질이나 재질
② 물체의 뼈대나 틀을 이루는 부분
③ 사물이나 현상의 근본을 이루는 것
④ 그림, 글씨, 무늬 등을 놓는 물체의 바닥
⑤ 어떤 일을 한 차례 끝내는 동안을 세는 단위

12. 이 글을 바탕으로 〈보기〉를 설명한 것으로 알맞지 않은 것은 무엇인가요? (　　)

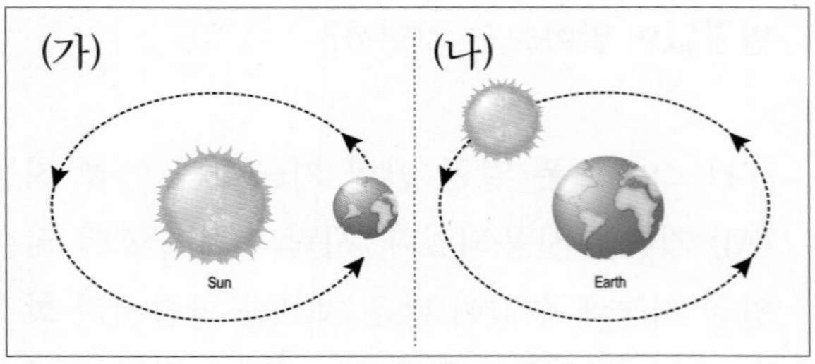

① (가)는 지동설을 나타낸다.
② (나)는 천동설을 나타낸다.
③ (가)는 (나)보다 먼저 만들어진 학설이다.
④ (나)는 지구를 중심으로 모든 행성이 도는 것을 말한다.
⑤ 사람들이 망원경으로 천체의 운동을 관찰하며 (가)를 받아들이기 시작했다.

[13~16] 다음 글을 읽고 물음에 답하시오.

(가) 스마트폰에는 보안을 위해 잠금 기능이 설정되어 있다. 이것을 해제하려면 숫자, 패턴 등 비밀번호를 입력해야 한다. 숫자, 패턴 등은 손을 이용해야 하고, 보안을 위해 자주 바꿔야 한다. 지문으로 잠금을 푸는 기능도 널리 쓰이지만 역시 손 접촉이 필요하고 오류가 잦다는 단점이 있다.

(나) 그래서 최근 얼굴을 인식시켜 잠금을 해제하는 방법이 인기를 끌고 있다. 얼굴 인식은 별다른 조작 없이 스마트폰을 쳐다보기만 하면 그 즉시 잠금 상태가 풀리기 때문이다. 비슷하게 닮은 사람도 많고, 같은 사람이라도 화장이나 머리 모양에 따라 다른 사람으로 보일 때도 많다. 그런데 스마트폰은 어떻게 특정 사람의 얼굴을 변함없이 알아보는 것일까?

(다) 스마트폰 얼굴 인식 기술에는 인공 지능(AI) 기술이 사용되었다. 사람의 뇌 구조를 닮은 인공 지능에 수없이 많은 자료를 학습시켜 화장을 하거나 머리 모양이 바뀌더라도 같은 사람으로 인식할 수 있게 한 것이다. 2006년에 이미 인공 지능은 사람의 눈을 뛰어넘어 일란성 쌍둥이까지 구분해 낼 정도로 발전했다.

(라) 얼굴 인식 기술은 크게 '얼굴 찾기', '얼굴 특징 찾기'라는 2가지 과정을 거친다. '얼굴 찾기'는 영상이나 이미지에서 어떤 영역이 얼굴에 해당하는지 찾는 것이다. 사람의 얼굴 위치를 찾았다면, 다음에는 누구의 얼굴인지 구별해 내는 '얼굴 특징 찾기'에 들어간다. 우리가 사람의 얼굴을 눈, 코, 입, 볼, 턱 등의 위치와 모양을 통해 구분하듯이, 인공 지능은 사람의 얼굴에 60~100여 개의 기준점을 찍어 점들 사이의 거리, 위치, 크기 등을 분석해 얼굴을 구별해 낸다. 이렇게 분석한 얼굴 데이터를 이미 저장되어 있던 얼굴의 데이터와 비교하면 얼굴 인식이 완료되는 것이다. 이 모든 과정을 거치는 데 1초도 걸리지 않는다.

(마) 얼굴 인식 기능은 편리하고, 정확도가 높아 스마트폰뿐 아니라 일상에서 다양하게 이용되고 있다. 보안이 중요한 은행, 대기업 등에서 신분증 대신 얼굴 인식 기능을 사용하고, 인천 공항에서 여권 대신 얼굴 인식을 활용하는 시스템이 있으며, 중국에서는 얼굴 인식만으로 결제를 완료하는 시스템을 이용 중이다. 시시티브이(CCTV)를 분석해 범죄자나 미아를 찾는 데에도 얼굴 인식 기능은 활발히 쓰일 전망이다.

13. <보기>는 이 글의 제목입니다. 빈칸에 들어갈 낱말로 알맞은 것은 무엇인가요? (   )

<보 기>

[   ] 기술의 원리

① 스마트폰
② 얼굴 인식
③ 잠금 기능
④ 인공 지능
⑤ 지문 인식

14. 이 글의 내용과 일치하는 것은 무엇인가요? (　　　)

① 얼굴 인식 기술은 크게 2가지 과정을 거친다.
② 얼굴 인식 기능은 스마트폰에서만 이용되고 있다.
③ 얼굴 찾기는 누구의 얼굴인지 구별해 내는 것이다.
④ 스마트폰 얼굴 인식 기술에 인공 지능 기술을 도입할 예정이다.
⑤ 얼굴 특징 찾기는 영상이나 이미지에서 어떤 영역이 얼굴에 해당하는지 찾는 것이다.

15. (마)의 설명 방식으로 알맞은 것은 무엇인가요? (　　　)

① 두 대상의 차이점을 대조하여 설명한다.
② 시간 순서에 따른 대상의 변화를 설명한다.
③ 대상과 관련된 다양한 예시를 들어 설명한다.
④ 두 대상의 공통점을 기준으로 비교하여 설명한다.
⑤ 신뢰성 있는 자료를 바탕으로 객관적 정보를 전달한다.

16. <보기>를 읽고 이 글의 독자가 보인 반응으로 알맞지 않은 것은 무엇인가요? (　　　)

<보 기>

얼굴 인식 기술이 발달함에 따라 사회의 다양한 분야에서 응용되고 있다. 얼굴 인식 기술은 다른 첨단 기술과 함께 발전하고 있다. 예를 들어 얼굴 인식 기술에 유전자 분석 기술을 조합하여 실종된 아이의 미래 얼굴을 예측하는 기술도 연구 중이다. 앞으로는 어른이 된 아이의 모습을 통해 실종된 아이를 좀 더 체계적으로 찾을 수 있을 것이다.

▲얼굴 인식 활용 모습

① 다른 첨단 기술과 조합할 수도 있구나.
② 실종 아동을 찾는 데 쓰이는 건 정말 좋은 일이야.
③ 얼굴 인식 기능이 일상에서 다양하게 이용되고 있구나.
④ 사회의 어떤 분야에 사용되고 있는지 더 찾아봐야겠어.
⑤ 얼굴 인식 기능으로 시시티브이를 분석하는 건 불가능할 거야.

[17~20] 다음 글을 읽고 물음에 답하시오.

(가) 초창기 영화에서부터 영화 음악은 중요한 역할을 했다. 1895년 뤼미에르 형제가 최초의 무성 영화인 「열차의 도착」을 극장에서 처음 공개했을 때 옆에서 피아노를 연주하게 하였다. 이후 유성 영화가 등장하면서 영화 음악은 영화 장면의 이해를 돕는 중요한 수단으로 널리 사용되었다. 처음에는 기존의 클래식 음악과 대중음악을 빌려왔으나, 점차 영화만을 위한 음악이 활발하게 제작되었다.

(나) 영화 음악의 기능은 크게 두 가지로 나누어 볼 수 있는데, 우선 영화 음악은 영상과 함께 영화의 분위기를 형성한다. 나아가 영화 음악은 다음 영상에 이어질 장면을 ㉠<u>암시</u>하는 기능까지 수행한다. 평범한 장면에서도 음악의 분위기가 바뀌면 관객들은 사건에 변화가 있을 것을 예상할 수 있다. 이렇듯 영화 음악을 효과적으로 사용하면 영상의 한계를 뛰어넘어 다양한 감각을 통해 느낄 수 있는 풍부한 영화를 제작할 수 있다.

(다) 심리학자 샌드라 마샬과 애너벨 코언은 실험을 통해 영화 음악이 우리 뇌에 미치는 영향을 증명했다. 이들은 피실험자를 세 집단으로 분류한 후, 두 개의 삼각형과 하나의 원이 움직이는 짧은 동영상을 보게 했다. 세 도형은 서로 다른 속도로 사각형 주위에서 움직였다. 이때 한 집단은 음악 없이 그냥 영상만 보았고, 다른 집단은 '약한' 음악, 또 다른 집단은 '강한' 음악을 함께 들었다. 음악 없이 혹은 약한 음악을 들으며 영상을 보았을 때, 사람들은 더 느리게 움직이는 삼각형에 적극적으로 반응했다. 하지만 강한 음악을 들은 집단은 음악 속도에 맞게 빠르게 움직이는 삼각형에 적극적으로 반응했다. 이는 사람들이 영상을 시청할 때 음악에 맞추어 특정 대상에 집중한다는 것을 보여 준다.

(라) 음악을 효과적으로 사용하여 성공을 거둔 작품으로 영화 「괴물」을 꼽을 수 있다. 특히 음악 감독 이병우가 영화의 배경 음악으로 작곡한 '한강 찬가'는 아코디언, 트럼펫 등의 다양한 악기를 사용한 집시풍의 노래로 영화 속 다양한 장면에서 사용되었으며, 상황에 따라 다양하게 편곡해 사용되었다. 중독성 있는 멜로디를 가진 이 음악은 긴박하면서도 우스꽝스러운 장면과 호응하며 영화를 본 관객들에게 강한 인상을 주었다. 영화의 흥행과 함께 인기를 얻은 이 음악은 영화가 개봉한 지 꽤 오래 지난 현재까지도 여러 방송에서 사용되며 한국 영화 음악의 걸작으로 평가받는다.

17. 이 글의 제목으로 알맞은 것은 무엇인가요 (　　　)

① 영화 음악의 힘
② 초창기 영화 음악
③ 영화 음악의 종류
④ 우리 나라 영화 음악 발전 과정
⑤ 클래식 음악과 대중 음악의 특징

18. 이 글에서 답을 찾을 수 없는 질문은 무엇인가요? (　　　)

① 최초의 무성 영화 제목은?
② '한양 찬가'에 사용된 악기는?
③ 영화 음악의 두 가지 기능은?
④ 영화 「괴물」이 흥행한 이유는?
⑤ 영화 음악이 우리 뇌에 미치는 영향은?

19. ㉠의 뜻으로 알맞은 것은 무엇인가요? (　　　)

① 대답하다.
② 미리 생각하다.
③ 넌지시 알리다.
④ 바르지 못하다.
⑤ 매우 훌륭하다.

20. 이 글을 읽고 영화 음악에 관해 이야기를 나누었습니다. 바르게 말하지 않은 친구는 누구인가요? (　　　)

지영: 영화에 들어가는 음악은 중요해.
태민: 맞아. 영화 음악은 영상과 함께 영화의 분위기를 만들어 줘.
슬빈: 영화 음악은 풍부한 영화를 제작할 수 있게 돕는 것 같아.
태오: 영상을 볼 때 음악을 들으면 대상에 집중하기 힘들다고 했어.
주희: 아니야. 심리학자 샌드라 마샬과 애너벨 코인이 진행한 실험을 찾아 봐.

① 지영
② 태민
③ 슬빈
④ 태오
⑤ 주희

끝

모의고사 정답 및 해설

제1회 모의고사 비문학 정답 및 해설

1. ⑤ 2. ④ 3. ② 4. ⑤ 5. ⑤ 6. ③ 7. ③ 8. ③ 9. ④ 10. ① 11. ⑤ 12. ② 13. ⑤
14. ④ 15. ⑤ 16. ③ 17. ③ 18. ⑤ 19. ④ 20. ④

1. 이 글은 다수를 위해 소수가 희생하는 것이 정당한지에 관한 내용을 담고 있습니다. 그러므로 '다수를 위한 소수의 희생의 정당성(⑤)'이 제목으로 알맞다고 볼 수 있습니다.

2. 이 글의 내용과 일치하는 것은 ④라고 볼 수 있습니다.
① 다수의 의견이 매번 옳거나 합리적인 것은 아닙니다. ② 민주주의 사회에서는 소수의 의견까지 존중하고 배려하려는 노력이 필요합니다. ③ 민주주의 사회에서는 모든 사람이 동등한 입장에서 대화와 토론을 통해 갈등과 문제를 해결합니다. ⑤ 공리주의적 관점은 공익을 위해서 소수의 희생이 정당하다고 봅니다.

3. '㉠ 따르라고'는 '명령, 의견 등을 그대로 실행하다'라는 의미로 쓰였습니다. 그러므로 ㉠과 같은 의미로 사용된 것은 ②라고 볼 수 있습니다.
① 남이 하는 대로 같이하다, ③ 다른 사람이나 동물의 뒤에서 그가 가는 대로 같이 가다, ④ 좋거나 존경하여 가까이 좇다, ⑤ 일정한 선 등을 그대로 밟아 움직이다의 뜻으로 쓰였습니다.

4. (마)에서 다수가 원하더라도 정의롭지 못한 일을 소수에게 따르라고 강요하는 것은 다수의 횡포에 지나지 않는다고 설명하고 있습니다. 그러므로 이 글을 읽고 바르게 말하지 않은 친구는 민기(⑤)입니다.

5. 이 글은 미세 플라스틱이 인간에게 미치는 영향에 대해서 설명하고 있습니다. 미세 플라스틱이 우리 몸속에 어떻게 들어오고, 어떤 영향을 끼치는지에 관한 내용을 담고 있습니다. 그러므로 ㉠에 들어갈 내용으로 가장 알맞은 것은 ⑤라고 볼 수 있습니다.

6. ③ 미세 플라스틱은 체내에서 분해되지 않기 때문에 호흡기 질환, 알레르기, 세포의 변형, 생식계 질환 등 다양한 질병을 일으킵니다.

7. <보기>는 사람의 혈액에서 검출된 미세 플라스틱에 관해 설명한 내용입니다. (나) 네덜란드 암스테르담 자유대학교 연구팀이 사람의 혈액 속에서 미세 플라스틱을 발견한 것에 관해 간단하게 설명한 문단 뒤(③)에 들어가는 것이 알맞습니다.

8. <보기>에 미세 플라스틱은 암세포의 성장 및 전이를 빠르게 만들 뿐만 아니라 면역을 약하게 하고 항암제 효과가 잘 들지 않도록 만든다는 내용이 나와 있습니다. 그러므로 암에 걸린 환자는 플라스틱 제품을 사용해도 될 거야(③)라는 독자의 반응은 알맞지 않습니다.

9. ④ 지구 온난화로 바닷물의 온도가 상승해 산호초들이 죽어가고 있습니다.

10. ㉠은 '어떤 일이나 부문에 대하여 그것에 관계되는 전체'라는 뜻입니다. 이와 같은 뜻으로 쓰인 말은 ①입니다.

11. 생태계의 구성원 중 하나가 사라졌을 때 나타나는 연쇄 효과가 발생되며, 지구 생태계와 인간에게까지 영향이 올 수 있습니다. 그러므로 ㉡에 대해 하나의 종이 사라지면 그로 인해 지구 생태계가 무너질 수 있다(⑤)고 답할 수 있습니다.

12. (바)의 내용을 보면 우리나라는 멸종 위기 야생 생물을 법으로 보호 및 관리하고 있으며, 복원한 멸종 위기 동물을 야생에 적응시키고 있다고 하였습니다. 그러므로 ②는 알맞은 내용이 아닙니다.

13. (마)의 중심 내용은 자율주행차의 장점과 단점이라고 볼 수 있습니다. 그러므로 ⑤는 알맞지 않습니다.

14. 이 글에는 자율주행차를 만드는 데 들어가는 비용에 관련한 내용이 나오지 않습니다. 그러므로 이 글에서 답을 찾을 수 없는 질문은 ④입니다.

15. ㉠은 '관심을 두어 중요하게 생각하거나 이야기할 만한 것'으로 쓰였습니다. 그러므로 ⑤가 뜻으로 알맞습니다.

16. (마)에서 자율주행차의 장점 중 하나로 사람이 직접 운전하지 않아도 되기 때문에 편리할 뿐 아니라 사람의 실수로 일어나는 사고의 위험도 줄어들 것이라고 하였습니다. 또한, <보기>에서는 졸음운전과 같은 자동차 사고를 줄일 수 있다고 하였습니다. 그러므로 ③은 알맞은 내용이 아닙니다.

17. 이 글은 공공 미술에 대해 설명하고 있습니다. 공공 미술의 발전 과정과 성공적 사례 등에 관한 내용을 담고 있습니다. 그러므로 이 글의 제목은 '길거리에서 만나는 공공 미술(③)'입니다.

18. 이 글의 내용과 일치하는 것은 ⑤라고 볼 수 있습니다.

① 공공 미술은 성공적인 사례만 있는 것이 아닙니다. ② 우리는 일상에서 자주 미술을 접하고 있습니다. ③ 우리나라에서는 1995년부터 공공 미술에 대한 지원을 법으로 규정해 실시하고 있습니다. ④ 공공 미술은 대중에게 공개된 장소에 설치, 전시되어 누구나 감상하고 접할 수 있습니다.

19. ⓓ는 '법이나 규칙, 명령 등으로 어떤 행위를 하지 못하도록 하다'라는 뜻으로 사용된 낱말입니다. 그러므로 ④와 바꿔 쓰기에 적절하지 않습니다.

20. <보기>는 시민이 참여하는 공공 미술 프로젝트에 대해 설명한 내용입니다. (라) 최근 공공 미술의 역할과 주민이 직접 참여하는 공공 미술에 관해 설명한 문단 뒤(④)에 들어가는 것이 알맞습니다.

제2회 모의고사 비문학 정답 및 해설

1. ④ **2.** ⑤ **3.** ③ **4.** ④ **5.** ⑤ **6.** ① **7.** ㉰ **8.** ⑤ **9.** ③ **10.** ② **11.** ③ **12.** ③ **13.** ②
14. ① **15.** ③ **16.** ⑤ **17.** ① **18.** ④ **19.** ③ **20.** ④

1. 이 글은 다양한 독서 방식에 대한 내용은 담고 있습니다. 그러므로 '듣고 보는 신개념 독서법(④)'이 제목으로 알맞다고 볼 수 있습니다.

2. 이 글의 내용과 일치하는 것은 ⑤라고 볼 수 있습니다.
① 챗북은 젊은 층의 눈길을 끌고 있습니다. ② 챗북은 책의 내용을 메신저 대화 형식으로 전달합니다. ③ 전자책은 기존 종이책을 그대로 디지털 단말기에 저장하는 형태로, 구매하거나 휴대하기에 편리해 그 사용자가 증가하고 있습니다. ④ 오디오북은 종이책에 비해 상당히 저렴합니다.

3. 이 글은 새로운 기술을 이용한 독서법인 전자책, 오디오북, 챗북에 대해서 설명하고 있습니다. 또한, 책을 읽는 것으로 끝나는 게 아니라 사고력을 기르고 가치관을 형성하는 데 의미가 있다는 것에 대한 내용을 담고 있습니다. 그러므로 ㉠에 들어갈 내용으로 가장 알맞은 것은 ③이라고 볼 수 있습니다.

4. 이 글에서는 음성 변환 기술의 원리에 관련된 내용이 나오지 않습니다. 그러므로 이 글에서 답을 찾을 수 없는 질문은 ④입니다.

5. 한국, 중국, 일본의 젓가락 문화가 다른 이유는 나라마다 고유한 음식 문화와 특성에 따라 차이점이 있기 때문입니다. 그러므로 ⑤가 알맞은 이유입니다.

6. ① 우리나라의 젓가락은 주로 금속으로 만듭니다.
우리나라의 젓가락을 금속으로 만드는 이유는 금속으로 만든 젓가락은 김치와 같은 절임 음식에 강하고, 음식을 집을 때 힘이 정확히 전달되기 때문입니다.

7. 일본 가정에서는 주로 독자적인 상에서 개인 그릇에 음식을 담아 먹습니다. 또한, 고개를 숙이고 식사하는 것을 결례로 여겨 밥그릇을 들고 먹습니다. 그러므로 <보기>에 해당하는 나라는 ㉰가 알맞습니다.

8. '㉠ 불린다'는 '무엇이라고 가리켜 말해지거나 이름이 붙여지다'라는 의미로 쓰였습니다. 그러므로 ㉠과 같은 의미로 사용된 것은 ⑤라고 볼 수 있습니다.

① 물에 젖게 해서 부피를 커지게 하다, ② 말이나 행동 등에 주의가 끌리거나 가게되다, ③ 이름이나 명단이 소리 내어 읽히며 대상이 확인되다, ④ 곡조에 맞추어 노래의 가사가 소리 내지다의 뜻으로 쓰였습니다.

9. ③ 케플러는 코페르니쿠스의 지동설을 완벽하게 완성하였습니다.

10. 16세기가 들어서면서 폴란드의 천문학자 코페르니쿠스가 지구를 포함한 모든 행성들이 태양을 중심으로 원운동을 하고 있다는 지동설을 생각해 냈습니다. 그러므로 ②가 알맞습니다.

11. ㉠은 '사물이나 현상의 근본을 이루는 것'으로 쓰였습니다. 그러므로 ③이 뜻으로 알맞습니다.

12. (가)는 지동설, (나)는 천동설을 설명하는 그림입니다. 지동성을 천동설보다 나중에 만들어진 학설입니다. 그러므로 ③의 설명은 알맞지 않습니다.

13. 이 글은 얼굴 인식 기술에 대해 설명하고 있습니다. 얼굴 인식 기술의 원리와 사용되는 곳 등에 관한 내용을 담고 있습니다. 그러므로 이 글의 제목은 '얼굴 인식 기술의 원리(②)'입니다.

14. 이 글의 내용과 일치하는 것은 ①이라고 볼 수 있습니다.

② 얼굴 인식 기능은 편리하고 정확도가 높아 스마트폰뿐 아니라 일상에서 다양하게 이용되고 있습니다. ③ 얼굴 찾기는 영상이나 이미지에서 어떤 영역이 얼굴에 해당하는지를 찾는 것입니다. ④ 스마트폰 얼굴 일신 기술에는 인공 지능(AI) 기술이 사용되었습니다. ⑤ 얼굴 특징 찾기는 누구의 얼굴인지 구별해 내는 것입니다.

15. (마)에서는 얼굴 인식 기능이 사용된 곳에 관련하여 다양한 예시를 들어 설명하고 있습니다. 은행, 대기업 등에서는 신분증 대신 얼굴 인식 기능을 사용하고 있으며, 인천 공항에서는 여권 대신 얼굴 인식 기능을 활용하고 있다는 것 등을 알 수 있습니다. 그러므로 (마)의 설명 방식으로 알맞은 것은 ③입니다.

16. (마)에서 얼굴 인식 기능을 활용하여 시시티브이를 분석해 범죄자나 미아를 찾는 데에도 쓸 전망이라고 하였습니다. 또한, <보기>에서는 얼굴 인식 기술과 유전자 분석 기술을 조합하여 실종된 아이를 찾는 것에 대해 말하고 있습니다. 그러므로 ⑤는 알맞지 않습니다.

17. 이 글은 영화 음악이 어떤 영향을 주는지에 대한 내용은 담고 있습니다. 그러므로 '영화 음악의 힘(①)'이 제목으로 알맞다고 볼 수 있습니다.

18. 이 글에는 영화 「괴물」이 흥행한 이유에 관련된 내용이 나오지 않습니다. 영화 「괴물」의 배경 음악인 '한양 찬가'가 인기를 얻은 것에 대한 내용만 나와 있습니다. 그러므로 이 글에서 답을 찾을 수 없는 질문은 ④입니다.

19. ㉠은 '넌지시 알리다'로 쓰였습니다. 그러므로 ③이 뜻으로 알맞습니다.

20. (다)에서 사람들은 영상을 시청할 때 음악에 맞추어 특정 대상에 집중한다고 설명하고 있습니다. 이는 영상을 볼 때 음악을 들으면 집중이 잘 된다는 것을 의미합니다. 그러므로 영화 음악에 대해 바르게 말하지 않은 친구는 태오(④)입니다.

| 초등부터 시작하는 수능 국어 전략서 |

빠른 정답
빈틈없는 해설

6학년 | 비문학 독해

NE 능률

| 초등부터 시작하는 수능 국어 전략서 |

빠른 정답
빈틈없는 해설

6학년 | 비문학 독해

NE 능률

1 주제 찾기

이 글에 나타난 글쓴이의 주장으로 알맞은 것은 무엇인가요? (⑤)

① 여러 세대에 걸쳐 외국어의 사용 경험을 늘려야 한다.
② 국적 불문의 신조어들을 정확한 의미로 다듬어야 한다.
③ 누구나 쉽게 배울 수 있는 과학적인 글자를 만들어야 한다.
④ 여러 기업에서 소통의 단절을 해결하기 위해 노력해야 한다.
⑤ 외국어의 무분별한 사용을 줄이고 우리말을 아끼고 사랑해야 한다.

글쓴이의 주장은 글 (마)에 나타나 있습니다. 글쓴이는 외국어의 무분별한 사용을 줄이고 우리말을 아끼고 사랑해야 한다고 하였습니다.

2 구조 알기

이 글의 짜임을 나타낸 그림으로 가장 알맞은 것은 무엇인가요? (④)

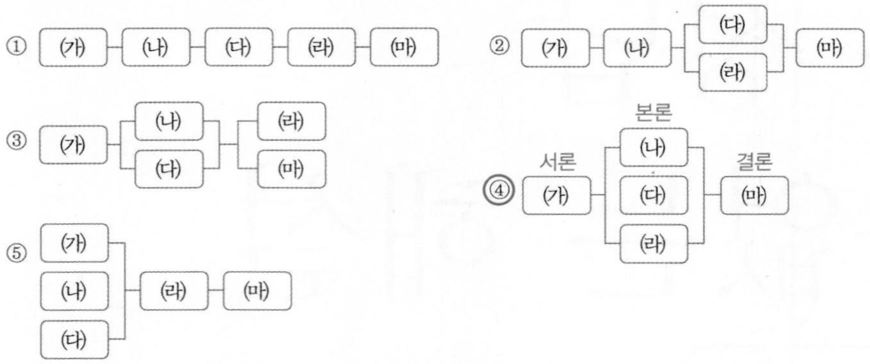

이 글은 논설문으로, 서론, 본론, 결론의 짜임을 가지고 있습니다. 글 (가)는 서론, 글 (나), (다), (라)는 본론, 글 (마)는 결론에 해당합니다.

3 세부 내용

무분별한 외국어의 사용이 일으키는 문제 사례

㉠의 예로 제시되지 않은 것은 무엇인가요? (③)

① 국민 간의 소통이 어려워진다. → 글 (다)의 내용
② 아름다운 우리말을 훼손하고 사라지게 한다. → 글 (라)의 내용
③ 외국어를 사용하면 고급스럽거나 전문적으로 보인다.
④ 필수적인 정보에서 소외되는 사람들이 생겨나게 된다.
⑤ 사람들이 다양한 정보를 이해하는 데 어려움을 겪게 된다.
(④, ⑤ → 글 (나)의 내용)

외국어를 사용하면 고급스럽거나 전문적으로 보인다는 것은 사람들의 편견입니다. 이는 외국어가 무분별하게 사용되는 까닭에 해당하며, 무분별한 외국어 사용이 일으키는 문제는 아닙니다.

4 세부 내용

무분별한 외국어의 사용이 세대나 집단 간의 소통을 단절시키는 까닭

㉡의 까닭을 [보기]에서 찾아 기호를 쓰세요.

[보기]
㉮ 외국어의 뜻을 쉽게 알 수 있기 때문이다.
㉯ 우리말보다 외국어를 편하게 사용하는 사람들이 늘어나기 때문이다.
㉰ 세대나 집단에 따라 외국어의 사용 경험이나 이해도가 다르기 때문이다.

(㉰)

글쓴이는 세대나 집단 등에 따라 외국어의 사용 경험이나 이해도가 다르기 때문에 외국어를 무분별하게 사용하면 소통을 단절시킨다고 하였습니다.

독해 정답			
	1. ⑤	2. ④	3. ③
	4. ㉰	5. ③	6. ⑤
	7. ①, ②		

어휘 정답	
	1. (1) ㉱ (2) ㉲ (3) ㉯ (4) ㉮ (5) ㉰
	2. ㉱
	3. (1) ㉮ (2) ㉰ (3) ㉯

국적 불문의 신조어

5 추론하기

ⓒ에 해당하는 낱말은 무엇인가요? (③)

① 캠핑→ '야영'이라는 뜻의 외국어 ② 버스 → 외래어 ③ 멘붕

④ 햄버거 → 외래어 ⑤ 스커트 → '치마'라는 뜻의 외국어

③'멘붕'은 '정신'이라는 뜻의 '멘탈(mental)'과 우리말 '붕괴'를 합쳐 줄임말로 표현한 신조어입니다.

수능 연계

6 추론하기

이 글과 [보기]를 읽고, '언어 사대주의'의 관점에서 외국어 남용의 원인을 파악한 친구는 누구인가요? (⑤)

언어 사대주의의 뜻

> [보기] '언어 사대주의'란 외국어가 우리말보다 우월하다고 생각해 외국어를 생각이나 원칙 없이 따르고 사용하는 태도를 말한다.「이러한 태도는 우리말을 수준이 낮은 언어로 생각해 하찮게 여기게 되는 문제점을 발생시킨다. 사회 전반에 자리 잡은 언어 사대주의는 결국에 우리말의 심각한 파괴와 훼손을 일으킬 것이다.」 「 」: 언어 사대주의의 문제점

① 현오: 외국어가 우리말보다 쉬워서 자주 사용하게 돼.

② 강우: 외국어의 발음이 재미있어서 외국어를 남용하게 돼. → 일반적인 의미의 외국어 남용이라고 볼 수 없음.

③ 윤하: 외국어를 사용하면 내용을 좀 더 짧고 간단하게 표현할 수 있어. → 외국어 남용이지만 언어 사대주의와는 관련 없음

④ 시현: 외국어를 대체할 다른 말이 없어서 외국어를 그대로 사용하게 돼. → 외국어가 만들어지는 까닭

⑤ 주연: 외국어를 사용하면 좀 더 세련돼 보인다고 생각해 외국어를 남용하는 것 같아.

'언어 사대주의'는 외국어가 우리말보다 우월하다고 생각해서 원칙 없이 무분별하게 외국어를 사용하는 태도입니다. 외국어를 사용하면 좀 더 세련돼 보인다는 생각이 '언어 사대주의'에 해당합니다.

7 비판하기

글쓴이의 주장과 근거를 알맞게 평가하지 못한 것을 두 가지 고르세요. (① , ②)

① 근거를 제시할 때 재미있는 표현을 사용하지 않아서 글의 내용이 지루하다. → 근거가 주장을 잘 뒷받침하는지를 살펴야 함.

② 외국어 사용으로 얻는 장점도 같이 근거로 제시해야 주장을 강조할 수 있다. → 주장을 뒷받침하는 내용이 아님.

③ 외국어가 무분별하게 남용되는 상황에서 글쓴이의 주장은 중요하고 가치가 있다.

④ 글 ㈏의 근거에는 공공 기관에서 사용한 외국어 남용 사례를 조사한 자료를 실으면 더욱 신뢰성을 높일 수 있다. → 구체적인 자료 제시는 신뢰성을 높임.

⑤ 글 ㈐의 근거는 주장과 관련이 있는 내용이므로 주장을 잘 뒷받침하고 있다.
→ 노인들과 청년들의 사례는 무분별한 외국어 사용이 국민 간의 소통을 어렵게 한다는 주장을 잘 뒷받침함.

①은 근거가 재미있는 표현으로 쓰여졌는지를 평가하고 있는데 이는 주장과 근거에 대한 알맞은 평가가 아닙니다. 근거는 주장을 잘 뒷받침하고 있는지 주장과의 관련성을 따져 평가하는 것이 중요합니다. ②에서 말한 '외국어 사용의 장점'은 이 글의 주장인 '무분별한 외국어 사용을 줄이자'와 대립하는 내용이므로 주장을 뒷받침하는 근거로 알맞지 않습니다.

한·중·일의 젓가락 문화 [14~17쪽]

1 주제 찾기

이 글에서 설명하고 있는 것은 무엇인가요? (⑤)

① 젓가락의 역사
② 한국, 중국, 일본 음식 문화의 발전 → 음식 문화의 차이가 중심 내용은 아님.
③ 한국, 중국, 일본에서 젓가락을 제작하는 과정 → 젓가락의 재료와 모양을 설명하고 있지만 제작 과정은 나타나지 않음.
④ 일본에서 해산물을 이용한 음식이 발전한 까닭
⑤ 한국, 중국, 일본의 젓가락 문화의 차이점과 그 특징

이 글은 한국, 중국, 일본의 젓가락 문화를 비교하고 그 특징을 설명하고 있습니다.

2 구조 알기

글을 구성하고 써 나가는 방법

이 글의 서술 방식에 대해 알맞게 말한 친구는 누구인가요? (⑤)

① 서윤: 이 글은 시간 순서에 따라 일어난 일을 썼어. → '순서' 짜임
② 하영: 이 글은 서론, 본론, 결론으로 이루어져 있어. → '논설문'의 짜임
③ 윤호: 이 글은 장소의 변화에 따라 일어난 일을 썼어. → '순서' 짜임
④ 지수: 이 글에는 문제 상황과 해결 방법이 나타나 있어. → '문제와 해결' 짜임
⑤ 진우: 이 글은 설명하는 대상을 비교하고 차이점을 중심으로 설명했어. → '비교와 대조'의 짜임

이 글에서 설명하고 있는 것은 한국과 중국, 일본의 젓가락 문화입니다. 각 나라가 사용하는 젓가락의 모양과 식사 습관 등을 비교하여 공통점과 차이점을 들어 설명하고 있으므로, ⑤의 진우가 한 말이 알맞습니다.

3 세부 내용

이 글의 내용과 일치하지 않는 것은 무엇인가요? (④)

① 일본의 젓가락은 '하시'라고 불린다. → 3문단의 내용
② 우리나라의 젓가락은 주로 금속으로 만든다. → 4문단의 내용
③ 일본의 젓가락은 끝이 뾰족하고 날렵한 형태이다. → 3문단의 내용
④ 일본에서는 밥그릇을 들고 먹는 것을 결례로 여긴다.
⑤ 중국의 젓가락은 기름지고 덩어리진 음식을 집기에 적합하다. → 2문단의 내용

밥그릇을 들고 먹는 것을 예의 없는 행동으로 여기는 것은 우리나라의 식사 문화입니다. 일본에서는 고개를 숙이고 식사하는 것을 결례로 여겨 밥그릇을 들고 먹습니다.

4 세부 내용

중국 젓가락의 길이가 길어진 까닭은 무엇인가요? (⑤)

① 밥그릇을 들고 먹기 때문에 → 일본의 식사 문화
② 절임 음식을 많이 먹기 때문에 → 우리나라의 음식 문화
③ 대나무로 젓가락을 만들기 때문에 → 젓가락의 길이와 상관 없는 내용
④ 젓가락의 길이가 길수록 고급스럽다고 여기는 인식 때문에 → 글에 나타나지 않은 내용
⑤ 크고 둥근 식탁의 가운데에 음식을 놓고 여럿이 함께 먹는 문화 때문에

글쓴이는 커다랗고 둥근 식탁에 둘러앉아 가운데에 음식을 놓고 여럿이 함께 먹는 문화 때문에 중국의 젓가락이 자연스럽게 길이가 길어졌다고 하였습니다.

독해 정답			
	1. ⑤	2. ⑤	3. ④
	4. ⑤	5. ②	6. ③
	7. ⑤		

어휘 정답
1. ⑤
2. (1) ㉯ (2) ㉰ (3) ㉮ (4) ㉲ (5) ㉱
3. (1) ㉮ (2) ㉮ (3) ㉯

'결례'와 뜻이 비슷한 낱말

5 어휘 어법

㉠과 바꾸어 쓸 수 있는 낱말은 무엇인가요? (②)

① 양해 → 남의 사정을 잘 헤아려 너그러이 받아들임.
②실례
③ 습관 → 오랫동안 되풀이하는 동안에 저절로 익혀진 행동 방식.
④ 버릇 → 오랫동안 자꾸 반복하여 몸에 익숙해진 성질이나 행동.
⑤ 예의범절 → 일상생활에서 갖추어야 할 예의와 절차.

㉠'결례'는 '예의에 어긋나는 일.'을 뜻하는 낱말입니다. 이와 비슷한 뜻의 낱말은 '말이나 행동이 예의에 벗어남.'을 뜻하는 '실례'입니다.

6 추론 하기

㉡에 들어갈 내용으로 가장 알맞은 것은 무엇인가요? (③)

① 항상 젓가락만 사용하는 문화
② 항상 고개를 들고 식사하는 문화
③항상 숟가락과 젓가락을 함께 쓰는 문화
④ 항상 식탁에서 밥그릇을 들고 먹는 문화
⑤ 항상 개인 그릇에 음식을 담아 먹는 문화

㉡의 뒤에는 우리나라의 식사 문화와 함께 숟가락과 젓가락을 함께 이용해 음식을 먹는 내용이 나타나 있습니다. 따라서 ㉡에는 이와 관련 있는 ③의 내용이 들어가는 것이 알맞습니다.

수능 연계

젓가락 사용 예절

7 적용 창의

이 글과 [보기]의 내용을 바탕으로 젓가락을 가장 알맞게 사용한 친구는 누구인가요? (⑤)

[보기] 젓가락을 사용할 때 지켜야 할 예절은 다음과 같다.
- 젓가락으로 음식을 찔러서 먹지 않는다.
- 젓가락을 사용할 때 소리가 나지 않게 한다.
- 젓가락으로 접시에 담긴 음식을 뒤적이지 않는다.
- 젓가락으로 그릇이나 접시를 밀거나 끌지 않는다.
- 젓가락을 밥그릇이나 음식 그릇에 꽂아 세워 놓지 않는다.

① 젓가락으로 밥상을 두드린 예지 → [보기]에서 젓가락 사용 시 소리가 나지 않아야 한다고 했음.
② 젓가락을 밥그릇에 꽂아 둔 가은 → [보기]에서 젓가락을 꽂아 세워 놓지 않아야 한다고 했음.
③ 젓가락으로 반찬을 들추어 채소를 골라낸 지호 → [보기]에서 음식을 뒤적이지 않아야 한다고 했음.
④ 젓가락으로 반찬 그릇을 자신의 앞으로 당긴 경훈 → [보기]에서 젓가락으로 그릇을 끌지 않아야 한다고 했음.
⑤젓가락으로 반찬을 먹고, 숟가락으로 밥을 떠먹은 연아

우리나라에서 젓가락을 사용해 식사하는 방법은 4문단에 잘 나타나 있습니다. 우리나라에서는 밥과 국은 숟가락으로, 반찬은 젓가락으로 먹습니다. 이와 같은 식사 예절을 잘 지킨 사람은 연아입니다.

1 세부 내용

'천동설'에 대해 알맞게 말한 것은 무엇인가요? (⑤)

① 우주의 중심은 태양(지구)이라고 생각하는 이론이야.
② 지구가 태양의 주위를 빠르게 돌고 있다고 생각한 이론이야. → 지동설에 대한 내용
③ 태양이 정지해 있고 그 주위를 행성들이 돌고 있다는 학설이야. → 지동설에 대한 내용
④ 모든 행성들이 정지해 있고, 태양이 원운동을 하고 있다는 학설이야. → 천동설은 모든 행성이 지구를 중심으로 돌고 있다고 생각하는 학설임.
⑤ 정지해 있는 지구를 중심으로 모든 천체들이 원운동을 하고 있다는 학설이야.

천동설에 대한 내용은 글 ㈎에 잘 나타나 있습니다. 천동설은 정지해 있는 지구를 중심으로 모든 천체들이 원운동을 하고 있다는 학설입니다.

2 세부 내용

'지동설'에 대한 설명으로 알맞지 않은 것은 무엇인가요? (②)

① 우주의 중심은 태양이라고 생각했다. → 글 ㈏의 내용
② 16세기 사람들이 쉽게 받아들일 수 있는 이론이었다.
④ 지동설을 지지하고 알린 갈릴레이는 종교 재판을 받았다. → 글 ㈐의 내용
③ 모든 행성들이 태양을 중심으로 원운동을 하고 있다는 학설이다. → 글 ㈐의 내용
⑤ 별들이 뜨고 지는 것은 지구가 자전하고 있기 때문이라고 생각했다. → 글 ㈏의 내용

지동설에 대한 내용은 글 ㈏~㈐에 잘 나타나 있습니다. 지동설은 16세기에 살았던 당시 사람들이 받아들이기에는 너무 생소했던 학설이었습니다.

3 구조 알기

[보기]의 사건을 천문학이 발전해 온 차례에 맞게 기호를 쓰세요.

[보기]
㉮ 폴란드의 천문학자 코페르니쿠스가 지동설을 생각해 냈다. 2 → 글 ㈏의 내용
㉯ 갈릴레이와 케플러가 지동설을 지지하고 이론을 완성하였다. 3 → 글 ㈐의 내용
㉰ 프톨레마이오스가 천동설의 체계를 완성하여 『알마게스트』라는 책을 썼다. 1 → 글 ㈎의 내용

(㉰) → (㉮) → (㉯)

고대 그리스 사람인 프톨레마이오스가 천동설의 체계를 완성하여 『알마게스트』라는 책을 쓴 뒤에, 16세기에 코페르니쿠스가 지동설을 생각해 냈고, 17세기에 갈릴레이와 케플러가 지동설을 지지하고 이론을 완성하였습니다.

4 추론 하기

지동설의 관점에서 태양이 동쪽에서 떠서 서쪽으로 지는 까닭은 무엇인가요? (②)

① 지구가 정지해 있기 때문에
② 지구가 자전하고 있기 때문에
③ 태양이 자전하고 있기 때문에
④ 태양이 원운동을 하고 있기 때문에
⑤ 태양이 지구 주위를 돌고 있기 때문에

별이 뜨고 지는 까닭은 글 ㈏의 앞부분 '코페르니쿠스는 우주의~때문이라고 생각했다.'에 나타나 있습니다. 태양도 별 중의 하나이므로, 지구의 자전 때문에 동쪽에서 떠서 서쪽으로 지는 것입니다. 나머지는 천동설의 관점에서 생각한 까닭입니다.

독해 정답	
	1. ⑤ 2. ② 3. ㈐, ㈎, ㈏ 4. ② 5. ⑤ 6. ① 7. (1) 지구 (2) 태양 (3) 타원

어휘 정답	
	1. (1) 축 (2) 천체 (3) 예측하다 (4) 생소하다 (5) 관측하다 2. ④ 3. (1) ㉮ (2) ㉯ (3) ㉯ (4) ㉮

수능 연계

— 코페르니쿠스가 주장한 지동설의 오류

— 케플러가 코페르니쿠스의 지동설을 완성함.

5 추론하기

이 글과 [보기]의 내용을 참고할 때, ㉠과 같이 말할 수 있는 까닭은 무엇인가요? (⑤)

> [보기] 코페르니쿠스의 지동설은 현대적인 관점에서 볼 때 오류가 있었는데, 그것은 고대 그리스인들의 주장을 그대로 받아들여 모든 행성이 원운동을 할 것이라고 생각한 것이다. 천체가 원운동을 해야 한다는 것은 고대부터 모든 사람들이 받아들이던 기본 원리였기 때문에 코페르니쿠스도 이것을 벗어나는 생각을 하기는 어려웠을 것으로 보인다.

① 케플러가 천체 관측 자료를 연구했기 때문이다. → 천체 관측 자료의 연구는 케플러가 타원 운동을 발표하게 된 원인임.
② 케플러가 당시의 여러 학자들과 교류했기 때문이다.
③ 케플러가 고대 그리스인들의 주장을 지지하는 책을 냈기 때문이다. → 글에 나타나지 않은 내용임.
④ 케플러가 갈릴레이의 망원경보다 성능이 향상된 망원경을 만들었기 때문이다. → 사실과 다른 내용임.
⑤ 케플러가 행성이 태양을 중심으로 타원 운동을 하고 있다는 것을 밝혔기 때문이다.

[보기]는 코페르니쿠스가 주장한 지동설의 오류에 대해 설명한 글입니다. ㉠의 까닭은 글 ㈐의 마지막 부분에서 확인할 수 있습니다. 케플러는 천체 관측 자료를 바탕으로 행성이 태양을 중심으로 타원 운동을 하고 있다는 이론을 발표해 코페르니쿠스 때부터 믿어 왔던 생각을 뒤집었습니다.

— '뒤집다'와 뜻이 비슷한 말

6 어휘 어법

㉡과 바꾸어 쓸 수 있는 말은 무엇인가요? (①)

① 관습을 깨는 사건이었다.
② 관습을 지키는 사건이었다.
③ 관습을 만드는 사건이었다.
④ 관습을 지속하는 사건이었다.
⑤ 관습을 유지하는 사건이었다.

㉡에서 '뒤집다'는 '기존의 체제, 제도, 학설 등을 뒤엎다.'라는 뜻으로 사용되었습니다. 따라서 ㉡과 뜻이 비슷한 낱말은 '오랫동안 유지되어 온 생각이나 규칙에서 벗어나다.'라는 뜻의 '깨다'를 사용한 ①입니다.

7 구조 알기

다음은 글 ㈎~㈐의 중심 내용을 정리한 것입니다. 빈칸에 들어갈 알맞은 낱말을 쓰세요.

글 ㈎	프톨레마이오스가 정지해 있는 (1) (지구)을/를 중심으로 모든 천체들이 원운동을 하고 있다는 천동설의 체계를 완성하였다.
글 ㈏	코페르니쿠스가 지구를 포함한 모든 행성들이 (2) (태양)을/를 중심으로 원운동을 하고 있다는 지동설을 생각해 냈다.
글 ㈐	갈릴레이는 목성 주위를 도는 위성을 발견하며 지동설을 지지하였고, 케플러는 행성이 태양을 중심으로 (3) (타원) 운동을 하고 있다는 이론을 생각해 냈다.

프톨레마이오스의 천동설은 정지해 있는 지구를 중심으로 모든 천체들이 원운동을 하고 있다는 학설이고, 코페르니쿠스의 지동설은 태양을 중심으로 모든 행성들이 원운동을 하고 있다는 학설입니다. 이후 갈릴레이는 목성 주위를 도는 위성을 발견해 지동설을 굳혔고, 케플러는 행성이 태양을 중심으로 타원 운동을 하고 있다는 이론을 생각해 내서 지동설을 완성하였습니다.

자율 주행차의 원리 [22~25쪽]

1 주제 찾기

이 글의 제목으로 가장 알맞은 것은 무엇인가요? (⑤)

① 자율 주행차의 종류
② 인공 지능의 문제점
③ 자율 주행차의 역사
④ 미래 생활 모습의 변화
→ 글에 나타나지 않은 내용임.
⑤ 자율 주행차의 원리와 장단점

이 글은 자율 주행차의 원리와 함께 미래에 자율 주행차를 사용하게 되었을 때의 장점과 문제점에 대해 설명하고 있습니다.

2 세부 내용

자율 주행차에 대한 설명으로 알맞지 않은 것은 무엇인가요? (④)

① 사람이 운전하지 않아도 스스로 운행한다. → 1문단의 내용
② 감지 장치를 통해 도로의 상황을 인식한다.
③ 인지, 판단, 제어의 세 단계를 거쳐 움직인다.
→ 2문단의 내용
④ 감지 장치는 사람의 뇌가 상황 판단을 하는 것과 같은 역할을 한다. → 감지 장치를 통해 움직이는 자동차, 도로를 건너는 사람, 건물이나 장애물 등 주변 환경을 인식함.
⑤ 자동차가 스스로 안전하게 운전할 수 있도록 인공 지능이 판단한다.
인공 지능의 역할

자율 주행차의 감지 장치에 대한 설명은 2문단에 나타나 있습니다. 글쓴이는 자율 주행차의 감지 장치가 사람의 눈과 같은 역할을 한다고 했습니다. 사람의 뇌가 상황을 판단하는 것과 같은 역할을 하는 것은 두 번째 판단 단계의 인공 지능입니다.

3 구조 알기

자율 주행차가 움직이는 원리에 맞게 기호를 쓰세요.

㉮ 감지 장치를 통해 도로의 상황을 인지한다. → 인지 단계 1
㉯ 자동차의 속도나 방향 등을 조종하여 움직임을 제어한다. → 제어 단계 3
㉰ 수집된 정보를 바탕으로 인공 지능이 안전하게 운전할 수 있도록 판단한다. → 판단 단계 2

(㉮) → (㉰) → (㉯)

글쓴이는 2문단에서 자율 주행차가 움직이는 원리는 인지, 판단, 제어의 세 단계로 구성된다고 했습니다. 즉 감지 장치를 통해 도로 상황을 인지한 후(㉮) 이를 바탕으로 인공 지능이 안전하게 운전할 수 있게 판단합니다.(㉰) 그리고 자동차의 속도나 방향을 조종해 움직임을 제어합니다.(㉯)

4 세부 내용

자율 주행차의 장점으로 알맞지 않은 것은 무엇인가요? (③)

① 교통 체증이 줄어든다.
② 교통사고의 위험이 줄어든다.
③ 개인의 사생활을 보호할 수 있다. → 개인의 사생활이 침해될 수 있음.
④ 직접 운전하지 않아도 되어 편리하다.
⑤ 노인이나 장애인도 안전하고 쉽게 이동할 수 있다.

5문단에는 자율 주행차의 장점이, 6문단에는 해결해야 할 문제가 나타나 있습니다. 자율 주행차는 ①, ②, ④, ⑤와 같은 좋은 점이 있지만, ③은 자율 주행차가 해결해야 할 문제입니다. 인공 지능이 스스로 정보를 수집하는 과정에서 개인의 사생활이 침해될 수 있습니다.

독해 정답			
	1. ⑤	2. ④	3. ㉮, ㉰, ㉯
	4. ③	5. ⑤	6. ②
	7. ②		

어휘 정답 1. (1) 사실 (2) 오고 가다 (3) 이야기 (4) 조절 (5) 모이다 2. (1) ㉯ (2) ㉮ (3) ㉯ (4) ㉮ (5) ㉯ 3. (1) ㉯ (2) ㉮

'뜨겁다'의 뜻

5 어휘 어법

밑줄 친 낱말이 ㉠과 같은 뜻으로 사용된 것은 무엇인가요? (⑤)

① 그는 뜨거운 차를 마셨다. → '어떤 것의 온도가 높다.'라는 뜻

② 나는 실수를 하고 얼굴이 뜨거웠다. → '창피하거나 부끄러워 얼굴이 달아오르는 느낌이 있다.'라는 뜻

③ 동생이 감기에 걸려서 온몸이 뜨겁다. → '사람의 몸에 열이 많다.'라는 뜻

④ 우리는 뜨거운 햇볕 아래 물놀이를 했다. → '어떤 것의 온도가 높다.'라는 뜻

⑤ 관객은 공연이 끝나고 뜨거운 박수를 보냈다.

㉠은 '감정이나 열정 등이 격렬하고 강하다.'라는 뜻으로 사용되었습니다. ⑤의 '뜨거운'도 이와 같은 뜻으로 사용된 낱말입니다.

설명문을 읽는 방법

6 구조 알기

이와 같은 글을 읽는 방법으로 가장 알맞은 것은 무엇인가요? (②)

① 감각적인 표현을 찾아 느낌을 살려 읽는다. → 시를 읽는 방법

② 뉴스에서 봤던 인공 지능에 대한 내용을 떠올리며 읽는다. → 배경지식

③ 글을 통해 얻을 수 있는 교훈은 무엇인지 찾아보며 읽는다. → 전기문을 읽는 방법

④ 글쓴이의 주장을 뒷받침하는 근거가 타당한지 판단하며 읽는다. → 논설문을 읽는 방법

⑤ 언제, 누가, 어디서, 무엇을, 어떻게 하고 있는지 살피며 읽는다. → 소설 등의 이야기 글을 읽는 방법

이 글은 자율 주행차에 대한 정보를 전달하는 설명문입니다. 이와 같이 정보를 전달하는 글을 읽을 때에는 책이나 신문, 뉴스에서 보았던 배경지식이나 자신의 경험을 활용하면 글의 내용을 이해하는 데 도움이 됩니다.

수능 연계

자율 주행차의 문제점

7 적용 창의

이 글에서 [보기]에 나타난 글쓴이의 주장에 대한 근거로 알맞은 것은 무엇인가요? (②)

> [보기] 첨단 기술의 발전으로 여러 기업에서 자율 주행차 개발에 힘을 쏟고 있다. 하지만 자율 주행차를 일상적으로 사용하기에는 기술적인 부분 이외에도 많은 부분에서 아직 준비가 부족하다. 그중 가장 큰 문제점은 안전성과 윤리적인 문제이다. (자율 주행차의 문제점 ①) 또한 구입하는 데 드는 비용이 비싸기 때문에 많은 사람들이 자율 주행차의 장점을 누리기 힘들다. (자율 주행차의 문제점 ②) 이처럼 아직 해결하지 못한 과제로 인해 자율 주행차의 미래는 불투명하다. → 글쓴이의 주장

① 자율 주행차는 미래의 핵심 자동차 기술이다. → 자율 주행차의 의의

② 자율 주행차의 인공 지능이 해킹당한다면 사고의 위험이 커진다. → 자율 주행차의 단점

③ 자율 주행차는 사람의 판단 실수로 일어나는 사고의 위험을 줄여 준다. → 자율 주행차의 장점

④ 자율 주행차는 인지, 판단, 제어의 세 단계를 수없이 반복하며 운행한다. → 자율 주행차의 원리

⑤ 자율 주행차를 사용하면 운전을 하는 데 어려움을 겪는 사람들이 안전하고 쉽게 이동할 수 있다. → 자율 주행차의 장점

[보기]는 자율 주행차의 부정적 측면에 대해 다룬 글로, 글쓴이의 주장은 '아직 해결되지 못한 과제로 인해 자율 주행차의 미래는 불투명하다.'는 것입니다. 따라서 [보기] 글쓴이의 주장에 대한 근거를 이 글의 내용에서 찾을 때 ②와 같은 자율 주행차의 단점을 제시하는 것이 알맞습니다.

오페라와 뮤지컬 [26~29쪽]

서술 방식

1 구조 알기

이 글의 설명 방법으로 알맞은 것은 무엇인가요? (⑤)

① 설명하려는 대상의 특징을 나열하여 설명했다. → 열거
② 대상의 모습을 그림을 그리듯이 자세히 설명했다. → 묘사
③ 일정한 기준에 따라 같은 것끼리 묶어서 설명했다. → 분류
④ 전체를 여러 부분으로 나누어 각 부분별로 설명했다. → 분석
⑤ 두 가지 대상에서 공통점과 차이점을 찾아 설명했다. → 비교 · 대조

이 글은 오페라와 뮤지컬의 공통점과 차이점에 대하여 설명하고 있습니다.

2 세부 내용

다음 중 오페라에 대하여 잘못 이해한 친구는 누구인가요? (①)

① 지현: 오페라는 뮤지컬의 영향을 받아 탄생했어.
② 이수: 오페라에서 공연하는 사람은 가수라고 불러. → 4문단의 내용
③ 한호: 오페라는 이야기를 음악으로 만든 음악극이야. → 2문단의 내용
④ 태우: 오페라는 여러 가지 요소가 어우러진 종합 예술이야. → 1문단의 내용
⑤ 유빈: 오페라는 오케스트라가 직접 연주하며 공연이 진행돼. → 6문단의 내용

오페라와 뮤지컬의 관계는 1, 2문단에 나타나 있습니다. 뮤지컬은 오페라의 영향을 받아 탄생했고, 그래서 둘은 비슷한 점이 많습니다.

레치타티보

3 세부 내용

㉠에 대한 설명으로 알맞은 것을 찾아 기호를 쓰세요.

㉮ 복잡한 멜로디와 고음으로 이루어진 노래이다.→ 복잡한 멜로디와 고음을 집어넣지 않음.
㉯ 내용을 전달하기 위해 말하듯이 부르는 노래이다.
㉰ 등장인물의 강렬한 감정을 전하기 위해 부르는 노래이다. → 오페라의 '아리아'에 대한 설명

(㉯)

레치타티보에 대한 설명은 3문단에 나타나 있습니다. 오페라에서는 복잡한 멜로디를 집어넣지 않고 말하듯이 부르는 '레치타티보'를 통해 내용을 전달합니다.

4 추론 하기

다음에서 오페라의 이야기 소재로 알맞은 것을 두 가지 찾아 기호를 쓰세요.

㉮ 그리스 신화를 바탕으로 한 이야기
㉯ 역사적인 사건을 소재로 한 이야기
㉰ 파티에서 하룻밤 동안 벌어지는 일을 담은 이야기
㉱ 휴가지에서 처음 만난 친구와의 우정을 그린 이야기
(㉰, ㉱) → 뮤지컬에서 다루는 일상적이고 대중적인 소재

(㉮ , ㉯)

오페라와 뮤지컬의 소재에 대한 내용은 5문단에 나타나 있습니다. 오페라는 주로 문학 작품이나 역사적인 사건, 신화 등을 이야기의 소재로 다룬다고 했습니다.

독해 정답
1. ⑤ 2. ① 3. ㉯
4. ㉮, ㉯ 5. ③ 6. ⑤
7. (1) 음악극 (2) 노래 (3) 배우 (4) 오케스트라

어휘 정답
1. (1) 성량 (2) 대중적 (3) 여운 (4) 반주
2. (1) ㉰ (2) ㉱ (3) ㉯ (4) ㉮
3. ②

5 적용 창의

다음 대화에서 지성이가 어머니를 위해 예매할 공연으로 알맞은 것은 무엇인가요? (③)

지성: 어머니, 이번 생신 때 아버지와 보고 싶은 공연이 있으세요?
어머니: 배우들이 연기를 하며 흥겨운 노래에 맞추어 화려한 춤을 추는 공연을 보고 싶구나.
뮤지컬의 특징

① 「아이다」 → 오페라 작품 ② 「카르멘」 → 오페라 작품 ③ 「그리스」 → 뮤지컬 작품
④ 「나비부인」 → 오페라 작품 ⑤ 「마술피리」 → 오페라 작품

어머니는 배우들이 연기를 하며 흥겨운 노래에 맞추어 화려한 춤을 추는 공연을 보고 싶어 합니다. 4문단의 내용을 살펴보면, 배우가 직접 춤을 추고 노래하는 것은 뮤지컬이므로 ①~⑤ 중 뮤지컬 작품인 「그리스」를 예매하는 것이 알맞습니다.

수능 연계

판소리의 특징

6 추론 하기

이 글과 [보기]를 참고할 때, 오페라와 뮤지컬, 판소리의 공통점으로 알맞은 것은 무엇인가요?
(⑤)

판소리의 정의

[보기] 판소리는 유네스코 세계 무형 유산으로 지정된 우리나라의 대표적인 전통 공연이다. 노래를 부르는 소리꾼 한 명이 북을 치는 고수의 장단에 맞추어 소리(노래), 아니리(말), 발림(몸짓) 등을 섞어 이야기를 전달한다. 판소리에서 관객은 중요한 요소이다. 관객은 공연 중간마다 추임새로 호응하며 공연하는 사람과 소통한다. 이런 특징은 우리의 공연 예술이 지니는 개방적인 성격을 잘 보여 준다.
판소리의 특징 ①
판소리의 특징 ②

① 관객과 소통하며 공연한다. → 판소리에 대한 내용
② 이야기를 대사로 전달한다. → 뮤지컬은 연극처럼 대사를 사용하는 경우가 있음. 판소리도 노래 중간에 말로 읊는 '아니리'가 있음.
③ 크고 웅장한 전용 극장에서 공연한다. → 오페라에 대한 내용
④ 한 사람이 노래와 춤을 추며 공연한다. → 판소리에 대한 내용
⑤ 이야기를 음악으로 전하는 음악극이다. → 오페라, 뮤지컬, 판소리의 공통점

[보기]는 판소리의 특징에 대해 설명하는 글입니다. 이 글의 2문단에서 오페리와 뮤지컬의 공통점은 '이야기를 음악으로 만든 음악극'이라고 했습니다. [보기]의 판소리와도 소리꾼이 노래, 말, 몸짓을 섞어 이야기를 전달하는 것이므로 이들은 모두 이야기를 음악으로 전하는 음악극이라는 공통점을 발견할 수 있습니다.

7 구조 알기

다음은 이 글의 중심 내용을 정리한 것입니다. 빈칸에 들어갈 알맞은 낱말을 쓰세요.

	오페라	뮤지컬
공통점	이야기를 음악으로 만든 (1) (음악극)이며, 여러 가지 요소가 어우러진 종합 예술임.	
차이점	• 대사가 (2) (노래)(으)로만 이루어져 있음. • 공연하는 사람을 가수라고 부르며 무용수를 따로 둠. • 문학 작품, 역사적인 사건, 신화 등을 이야기의 소재로 다룸. • (4) (오케스트라)이/가 직접 연주함.	• 일반적인 대사를 사용함. • 공연하는 사람을 (3) (배우)(이)라고 부르며 직접 춤을 추면서 노래함. • 일상적이고 대중적인 소재를 다룸. • 전자 악기 등을 사용하거나 녹음된 반주를 사용하는 경우도 있음.

이 글은 오페라와 뮤지컬의 공통점과 차이점에 대해 설명하고 있습니다. 둘의 공통점은 이야기를 음악으로 만든 음악극이며, 종합 예술이라는 점입니다. 각 문단에서 오페라와 뮤지컬의 차이점을 찾아 정리해서 씁니다.

1 주제 찾기

글쓴이의 주장으로 알맞은 것은 무엇인가요? (④)

① 다수결의 원칙에 따라 선택해야 한다.
② 도덕적 책임을 지지 않도록 선택해야 한다. → 글에 나타나지 않은 내용
③ 다수의 사람들이 선택한 결과가 옳은 일이다.
④ 다수를 위해 소수의 희생을 강요해서는 안 된다.
⑤ 사회 구성원 전체의 이익이 최대가 되게 해야 한다. → 공리주의 입장

글쓴이의 주장은 글 ㈒에 드러나 있습니다. 글쓴이는 다수를 위한 소수의 희생을 강요해서는 안 되며, 소수의 의견을 존중해야 한다고 했습니다.

2 세부 내용

이 글의 내용과 일치하지 않는 것은 무엇인가요? (⑤)

① 민주주의 사회에서는 다수결의 원칙을 따른다. → 글 ㈎의 내용
② 전차 실험은 위급한 상황에서의 선택을 다루는 생각 실험이다. → 글 ㈏의 내용
③ 다수가 정의롭지 못한 일을 소수에게 강요하는 것은 다수의 횡포이다. → 글 ㈒의 내용
④ 공리주의는 공공의 이익을 위해서라면 소수의 희생도 정당하다고 생각한다. → 글 ㈐의 내용
⑤ 전차 실험의 결과 다수의 학생들이 전차의 방향을 바꾸지 않는 것을 선택했다.

글 ㈐에서 전차 실험 결과 66퍼센트의 학생들이 전차의 방향을 바꾸는 선택을 했다고 했습니다.

3 세부 내용

글쓴이의 주장에 대한 근거를 두 가지 고르세요. (①, ④)

① 다수의 의견이 항상 정의롭거나 올바른 것은 아니다. → 글 ㈒의 내용
② 다수의 의견을 따르는 것이 사회 전체의 이익이 된다.
③ 사회 전체의 공동 이익을 위해서 소수가 희생할 수 있다.
(②, ③) → 글쓴이의 주장과 반대되는 주장의 근거
④ 공익을 위해 비도덕적인 상황까지 허용하는 공리주의는 문제가 있다. → 글 ㈑의 내용
⑤ 다수결의 원칙은 사회 공동의 문제를 해결하기 위한 적절한 방법이다.

글쓴이의 주장에 대한 근거는 글 ㈑와 ㈒에 드러나 있습니다. 글쓴이는 공리주의가 공익을 위해 비도덕적인 상황까지 허용해 문제가 있다는 것과, 다수의 의견이 항상 옳거나 합리적인 것이 아니라는 근거를 들어 주장을 뒷받침하고 있습니다.

4 구조 알기

이 글의 짜임을 나타낸 그림으로 알맞은 것은 무엇인가요? (③)

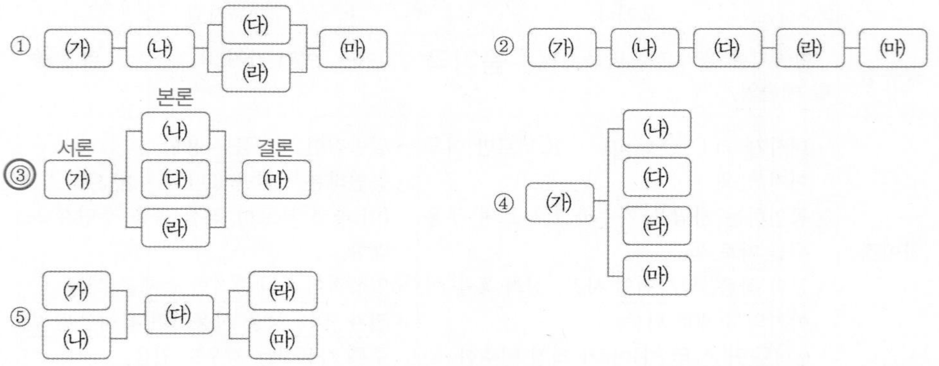

이 글은 다수를 위한 소수의 희생은 정당하지 않으니, 소수의 의견을 존중하고 배려해야 한다는 주장을 담은 글입니다. 글 ㈎는 서론이고, ㈏~㈑는 본론에 해당합니다. 또, ㈒는 이 글의 결론이므로, 이를 그림으로 알맞게 나타낸 것은 ③입니다.

독해 정답

1. ④ 2. ⑤ 3. ①, ④
4. ③ 5. ① 6. ④
7. ②

어휘 정답

1. (1) ㉰ (2) ㉮ (3) ㉯ (4) ㉰
2. (1) 위급 (2) 허용 (3) 실현 (4) 횡포
3. (1) ㉯ (2) ㉰ (3) ㉮

5 어휘 어법

글 ㈏의 상황을 나타내기에 알맞은 한자 성어는 무엇인가요? (①)

① 진퇴양난(進退兩難): 이러지도 저러지도 못하는 어려운 처지.
② 일거양득(一擧兩得): 한 가지 일을 하여 두 가지 이익을 얻음.
③ 칠전팔기(七顚八起): 여러 번 실패해도 포기하지 않고 계속 노력함.
④ 적반하장(賊反荷杖): 잘못한 사람이 아무 잘못도 없는 사람을 나무람.
⑤ 오비이락(烏飛梨落): 아무 관계없는 일이 함께 일어나 억울하게 의심을 받게 됨.

글 (나)는 위급한 상황에서 누구를 살릴지 묻는 전차 실험입니다. 이 실험에서는 어느 한쪽을 선택하기 어려운 상황이므로, ①의 '진퇴양난'이 잘 어울립니다.

수능 연계

공리주의: 공익이 가치 판단의 기준

6 적용 창의

㉠의 관점에서 [보기]의 예를 판단한 것은 무엇인가요? (④)

> [보기] 경제 발전에 큰 공헌을 한 ○○그룹의 재벌 회장과 다섯 명의 교도소 수감자들이 치명적인 전염병에 감염되어 동시에 병원 응급실에 입원했다. ○○그룹 회장은 나이가 많아 더 위험할 수 있고, 교도소에서 집단 감염되어 온 수감자들은 다른 수감자들까지 전염시킬 수 있어서 빠른 치료가 필요하다. 당신이 이들의 치료를 맡은 의사라면, 어느 쪽을 먼저 치료할 것인가? → 선택의 문제 발생

① 재벌 회장은 나이가 많으니 아직 젊은 수감자들 먼저 치료해야지. → 판단의 기준이 '나이'임.
② 시시티브이(CCTV)를 확인해서 병원에 도착한 순서대로 치료하면 되겠네. → 판단의 기준이 '병원 도착 순서'임.
③ 범죄자들을 국민의 세금으로 치료해 주면 안 돼. 재벌 회장을 치료하면 큰 보상도 해 줄 테니, 당연히 먼저 치료해야지. → 판단의 기준이 '금전적 이득'임.
④ 범죄자들은 사회에 피해를 주는 존재니 나중에 치료해도 돼. 우리나라 경제 발전에 많은 기여를 한 재벌 회장부터 살려야지.
⑤ 재벌 회장 한 명보다는 다섯 명의 수감자부터 치료해야지. 회장은 나이가 많아 회복 가능성도 적으니 그 시간에 수감자 다섯 명을 살리는 게 더 효율적이야. → 판단의 기준이 '치료 가능성'임.

㉠의 공리주의는 '공공의 이익'을 가치 판단으로 삼는 사상입니다. 이러한 관점으로 볼 때 ○○그룹 회장은 사회적으로 피해를 준 수감자들보다 경제 발전에 큰 기여를 해서 많은 사람들에게 행복을 실현해 줄 수 있는 사회적 공헌자입니다. 따라서 공리주의적 관점에서는 ④와 같은 판단을 할 수 있습니다.

소수의 의견을 존중하고 배려하려는 노력

7 추론 하기

㉡의 방법으로 알맞지 않은 것은 무엇인가요? (②)

① 다수의 의견을 비판할 수 있는 기회가 주어져야 한다.
② 다수의 의견을 묻지 말고 소수의 의견을 물어 결정해야 한다.
③ 다수와 소수가 서로 양보하고 관용을 베푸는 태도를 가져야 한다.
④ 충분한 설득과 토론으로 소수 의견의 동의를 얻어 내도록 해야 한다.
⑤ 다수결의 원칙은 합의점을 찾기 어려울 때 최후의 수단으로 써야 한다.

㉡은 다수의 의견뿐만 아니라 소수 의견까지도 존중하고 배려하려는 노력을 말하는 것입니다. 소수의 의견을 존중하고 배려한다고 소수의 의견만을 물어서 결정하는 ②의 태도는 거꾸로 다수의 의견을 무시하는 것이 되므로 알맞은 방법이 아닙니다.

개인 정보 보호의 필요성 [36~39쪽]

1 구조 알기

이 글에 대한 설명으로 알맞은 것은 무엇인가요? (⑤)

① 글쓴이의 느낌이나 체험을 자유롭게 서술하고 있다. → '수필'에 대한 설명임.

② 글쓴이의 생각과 느낌을 함축적인 언어로 표현하고 있다. → '시'에 대한 설명임.

③ 글쓴이의 생각을 드러내지 않고 객관적인 정보를 전달하고 있다. → '설명문'에 대한 설명임.

④ 글쓴이의 상상력을 바탕으로 이야기를 허구적으로 꾸며 내고 있다. → '소설'에 대한 설명임.

⑤ 글쓴이의 생각이나 의견을 논리적으로 서술하여 읽는 이를 설득하고 있다.

이 글은 개인 정보 보호의 필요성을 바탕으로 개인 정보가 유출되지 않게 사전에 예방해야 한다는 글쓴이의 의견을 논리적으로 설명한 '논설문'입니다.

2 구조 알기

이 글을 쓴 방법으로 알맞지 않은 것은 무엇인가요? (③)

① 중심 용어의 개념을 설명하고 있다. → 글 ㈎에서 중심 용어인 '개인 정보'의 개념을 설명함.

② 문제의 구체적 사례를 제시하고 있다. → 글 ㈏에서 개인 정보 유출로 인한 피해 사례를 제시함.

③ 문제에 대한 장단점을 대비시키고 있다.

④ 지식이나 정보를 자세하게 설명하고 있다. → 글 ㈐에서 개인 정보 보호법의 내용(지식이나 정보)을 설명하여 전달함.

⑤ 문제에 대한 예방법을 구체적으로 제시하고 있다. → 글 ㈑에서 개인 정보 유출로 인한 피해를 막기 위한 방법을 구체적으로 제시함.

이 글에서는 개인 정보 보호의 필요성과 피해 예방법을 설명하고 있습니다. 개인 정보 유출로 인한 피해라는 문제점(단점)만 설명하고 있지, 장점은 찾아볼 수 없습니다.

3 주제 찾기

글 ㈎~㈑의 중심 내용으로 알맞지 않은 것을 [보기]에서 찾아 기호를 쓰세요.

[보기]
㉮ 글 ㈎: 개인 정보의 개념
㉯ 글 ㈏: 개인 정보 보호의 필요성
㉰ 글 ㈐: 개인 정보 보호법의 ~~문제점~~ 내용
㉱ 글 ㈑: 개인 정보 유출로 인한 피해 예방법

(㉰)

글 ㈐에서는 개인 정보 보호법의 내용을 구체적으로 설명하고 있습니다. 따라서 글 ㈐의 중심 화제는 '개인 정보 보호법의 내용'이 알맞습니다.

4 세부 내용

(㉠: 개인 정보)

㉠에 해당하지 않는 것은 무엇인가요? (④)

① 전화번호 → 글 ㈎에 나타난 기본적인 개인 정보임.

② 주민 등록 번호 → 명의 도용 피해를 입을 수 있는 중요한 개인 정보임.

③ 병원 진료 기록 → 글 ㈎의 내용에서 개인 정보임을 확인할 수 있음.

④ 컴퓨터 사용 능력

⑤ 예금 통장 계좌 번호 → 금융 피해를 입을 수 있는 중요한 개인 정보임.

글 ㈎에 특정 개인을 알아볼 수 있는 '개인 정보'에 해당하는 것들이 나와 있습니다. ④는 비슷한 능력을 가진 사람이 많아 개인을 특정 지을 수 없으므로 개인 정보라고 할 수 없습니다.

독해 정답			
	1. ⑤	2. ③	3. ㉰
	4. ④	5. ⑤	6. ①
	7. ①		

어휘 정답

1. (1) 우려 (2) 도용하다 (3) 악용되다 (4) 명의 (5) 유출되다 2. (1) 유출 (2) 명의 (3) 도용 (4) 우려 (5) 악용 3. (1) ㉰ (2) ㉮ (3) ㉯

개인 정보 유출 피해

5 세부 내용

㉡을 막기 위한 방법으로 알맞지 않은 것은 무엇인가요? (⑤)

① 비밀번호를 주기적으로 바꾼다.
② 공유하는 컴퓨터에 개인 정보 파일을 저장하지 않는다.
③ 출처가 불분명하거나 의심이 가는 자료는 내려받지 않는다.
④ 개인 정보를 제공할 때는 개인 정보 이용 약관을 꼼꼼히 살펴본다.
⑤ 인터넷 누리집에 회원 가입을 할 때는 주민 등록 번호를 정확히 입력한다.

㉡의 개인 정보 유출 피해를 막기 위한 예방법은 글 ㉣에 드러나 있습니다. 인터넷 누리집에 회원 가입을 할 때 주민 등록 번호를 입력하는 것은 개인 정보가 유출될 우려가 있으므로 주민 등록 번호 대신 아이핀을 사용하라고 하였습니다.

수능 연계

보이스 피싱

6 추론 하기

[보기]의 사례를 ㉢으로 판단할 때, 그 근거로 알맞지 않은 것은 무엇인가요? (①)

[보기] 요즘 가족을 사칭하는 보이스 피싱 수법이 유행하고 있다. 주로 자녀를 사칭해서 접근한 뒤, 핸드폰을 잃어버렸다며 갖가지 이유를 대면서 돈을 보내 달라거나 신분증을 촬영해 보내 달라고 한다. 또한 통장 계좌나 신용 카드 번호와 비밀번호 등을 알려 달라고 하는 경우도 있다. 금전이나 개인 정보를 요구하는 경우

① 핸드폰을 잃어버렸다고 하는가 → 이것만으로 보이스 피싱이라고 판단하기에는 근거가 부족함.
② 상대의 계좌로 송금을 요구하는가
③ 통장 계좌 번호와 비밀번호를 요구하는가
④ 신용 카드 번호와 비밀번호를 요구하는가
→ ②~④는 모두 금전과 관계 있으므로 보이스 피싱으로 판단할 수 있음.
⑤ 주민 등록 번호 등 개인 정보를 요구하는가 → 주민 등록 번호 같은 개인 정보를 빼내 명의를 도용하거나 악용할 수 있으므로 보이스 피싱으로 판단할 수 있음.

[보기]는 금전적 이득을 얻기 위한 '보이스 피싱'의 수법을 설명한 글입니다. 돈을 보내 달라고 하거나 돈을 빼내기 위해 통장 계좌 번호나 신용 카드 번호, 비밀 번호를 요구하는 경우 보이스 피싱으로 판단할 수 있습니다.

7 적용 창의

이 글을 읽고 보인 반응으로 알맞지 않은 친구는 누구인가요? (①)

① 아름: 병원 진료를 받으려면 무조건 내 개인 정보를 모두 알려 줘야 돼.
② 나라: 컴퓨터에서 자료를 내려받을 때는 출처가 확실한 것만 이용해야겠어.
③ 보람: 다른 사람에게 우리 집 주소나 전화번호를 함부로 알려 주지 말아야겠어.
④ 민국: 택배 상자를 버릴 때는 상자에 붙어 있는 송장을 꼭 제거하고 버려야겠어.
⑤ 한결: 도서관에서 컴퓨터를 사용하고 나서는 로그아웃하고 이용 기록도 삭제해야지.

②~⑤는 모두 개인 정보 유출로 인한 피해 예방법으로, 글 ㉣의 내용에 알맞은 반응입니다. ①의 경우, 병원 진료를 받기 위해 개인 정보를 제공할 때는 개인 정보를 어디에 사용하는지, 정보 보유 기간은 언제까지인지 등을 살펴보아야 합니다.

1 세부 내용

이 글의 내용과 일치하지 않는 것은 무엇인가요? (③)

① 이글루를 짓는 재료는 눈과 얼음 외에도 다양하다. → 나무나 돌, 짐승의 가죽 등

② 이누이트들은 이글루 바닥에 물을 뿌려서 난방을 한다. → 글 ㈑의 내용

③ 이글루는 시멘트 같은 접착제를 사용해 눈 벽돌을 고정한다.

④ 이글루는 이누이트들의 전통 가옥을 통틀어 이르는 말이었다. → 글 ㈎의 내용

⑤ 온도가 높은 뜨거운 물은 같은 양의 찬물보다 더 빨리 얼게 된다. → 글 ㈑의 내용

글 ㈐에는 이글루의 눈 벽돌을 고정하는 방법이 나타나 있습니다. 이누이트들은 불을 피워 이글루 안쪽을 살짝 녹여 눈 벽돌 사이의 빈틈을 메워 준 뒤, 출입문을 열어 찬 바람으로 얼게 해 눈 벽돌을 고정합니다.

2 구조 알기

이글루 만드는 방법의 차례에 맞게 기호를 쓰세요.

㉮ 바람의 반대 방향에 출입구를 만든다. 3
㉯ 천장에 환기를 위한 작은 구멍을 뚫는다. 4
㉰ 칼로 바닥을 파낸 다음 눈을 벽돌 모양으로 잘라 낸다. 1
㉱ 눈 벽돌을 아래에서부터 엇갈리게 해 반구 모양으로 쌓는다. 2
㉲ 불을 피워 벽 안쪽의 눈을 녹였다가 출입문을 열어 얼게 한다. 5

(㉰) → (㉱) → (㉮) → (㉯) → (㉲)

이글루를 만드는 방법은 글 ㈏에 드러나 있습니다.

3 구조 알기

이 글의 짜임을 나타낸 그림으로 알맞은 것은 무엇인가요? (④)

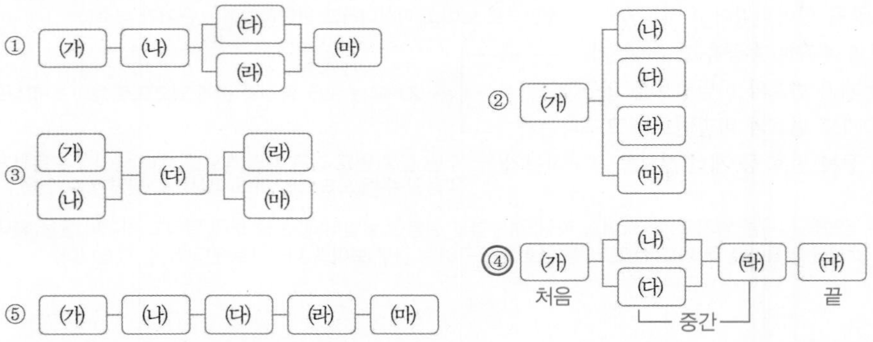

이 글은 처음 부분인 글 ㈎와 중간 부분인 글 ㈏, ㈐, ㈑, 끝 부분인 글 ㈒로 이루어져 있습니다. 가운데 부분에서 글 ㈏, ㈐는 이글루를 만드는 방법에 대한 내용이고, 글 ㈑는 이글루의 난방 방법에 대한 내용이므로, ④와 같은 그림으로 글의 짜임을 표현할 수 있습니다.

4 추론하기

㉠의 까닭을 알맞게 짐작한 것은 무엇인가요? (③)

이글루의 안에서부터 바람의 반대 방향으로 파내어 출입구를 만드는 까닭

① 눈 벽돌이 녹아내리지 않게 하려고

② 이글루 안의 찬 공기가 잘 빠져나가게 하려고 → ㉠의 까닭과 반대되는 내용임.

③ 출입문으로 찬 바람이 들어오는 것을 막으려고

④ 이글루 안의 탁한 공기를 맑은 공기로 바꾸려고 → 천장에 환기를 위해 구멍을 뚫었음.

⑤ 이글루 안에서 불을 피웠을 때 꺼지지 않게 하려고

바람이 부는 반대 방향으로 출입구를 낸 것은 출입문으로 찬 바람이 들어오는 것을 막기 위해서라는 것을 짐작할 수 있습니다.

독해 정답

1. ③ 2. ㉰, ㉱, ㉮, ㉯, ㉲
3. ④ 4. ③ 5. ④
6. ④ 7. ①

어휘 정답

1. (1) ㉲ (2) ㉰ (3) ㉯ (4) ㉱ (5) ㉮
2. (1) 방출 (2) 고정 (3) 터득 (4) 척박 (5) 적응
3. ③

접착제

5 어휘 의미

이글루에서 ㉡의 역할을 하는 것은 무엇인가요? (④)

① 시멘트나 나사못 → 일반적인 집의 접착제
② 이글루 안에 피운 불
③ 눈 사이에 있던 공기
④ 불에 의해 녹아내린 눈
⑤ 이글루 바닥에 뿌린 물 → 난방의 재료

이글루를 만들고 나서 접착제 역할을 하는 것은 불을 피웠을 때 안쪽에서 녹아 내린 눈 벽돌입니다. 이누이트들은 벽 안쪽의 눈이 살짝 녹으면 출입문을 열어 찬 공기에 녹은 눈이 다시 얼어붙게 합니다. 그렇게 눈 벽돌을 고정시켜서 튼튼한 얼음집을 만듭니다.

응고열

6 적용 창의

㉢의 예로 알맞은 것은 무엇인가요? (④)

① 사람은 더울 때 땀을 흘려서 체온을 조절한다. → 액체인 땀이 날아가 기체로 바뀌면서 열을 흡수하는 것이므로 응고열이 아님.
② 더운 여름날 얼음 조각 근처에 있으면 시원하다. → 고체인 얼음이 녹아 액체인 물로 바뀌면서 열을 흡수하는 것이므로 응고열이 아님.
③ 아이스박스에 얼음을 채워 음식을 차갑게 보관한다.
④ 초겨울에 호수가 있는 지역은 다른 지역보다 따뜻하다.
⑤ 음료수에 얼음을 넣으면 얼음이 녹으면서 음료가 시원해진다.

이 글에서 ㉢의 응고열은 바닥에 뿌린 물(액체)이 얼음(고체)가 되면서 방출하는 열로 주변을 따뜻하게 하는 성질이 있습니다. ④는 초겨울에 액체인 호수의 물이 얼어 고체인 얼음이 되면서 열을 방출해 주변이 따뜻해진 사례로 응고열의 예입니다.

수능 연계

오렌지 나무가 한파의 피해를 입지 않은 까닭

7 추론 하기

이 글을 참고할 때 [보기]에서 밑줄 친 부분의 까닭으로 알맞은 것은 무엇인가요? (①)

> [보기] 세계 최대의 오렌지 생산지 중 하나인 미국 플로리다는 따뜻한 기후로 유명한 곳이다. 그런데 이렇게 따뜻한 플로리다에서 기온이 갑자기 내려가는 한파 현상이 발생하여 오렌지 농사를 망친 적이 있다. 플로리다 농부들은 한파로 인한 피해를 막을 방법을 궁리한 끝에 한파가 닥치기 전 오렌지 나무에 물을 뿌리기로 했다. 그러자 농부들이 예상한 대로 오렌지 나무는 한파의 피해를 입지 않았다.

① 한파가 닥치자 물이 얼면서 열을 방출해 오렌지가 피해를 입지 않았다.
② 한파가 닥치자 물이 증발하면서 오렌지가 가진 수분을 빼앗아 피해를 입지 않았다. → 뜨거운 물이 아니므로, 증발했다고 보기 어려움.
③ 한파가 닥치자 물이 얼면서 주변의 열을 흡수해 오렌지가 차가워져 피해를 입지 않았다. → 액체인 물이 고체인 얼음이 될 때는 가지고 있던 열을 방출함.
④ 한파가 닥치자 물이 얼면서 한데 뭉친 오렌지가 나무에 단단히 붙어 피해를 입지 않았다.
⑤ 한파가 닥치자 오렌지 나무의 줄기가 얼면서 오렌지들을 미리 떨어뜨려 피해를 입지 않았다.
→ (④, ⑤) 이 글이나 [보기]와 관련 없는 내용임.

이 글에서 이누이트들은 이글루의 바닥에 물을 뿌려 물이 얼면서 내놓는 응고열로 난방을 했습니다. [보기]의 농부들 역시 한파가 오기 전에 오렌지 나무에 물을 뿌렸고, 한파가 닥쳤을 때 오렌지 나무에 뿌린 물이 얼면서 응고열을 방출했기 때문에 오렌지는 한파의 피해를 입지 않았습니다.

유전자 편집 시대 [44~47쪽]

1 주제 찾기

이 글의 중심 화제로 가장 알맞은 것은 무엇인가요? (④)

① 유전 ② 생명 현상 ③ 유전자 지도
④ 유전자 편집 ⑤ 유전자 변형 식품 → 유전자 편집의 예

이 글은 유전자 편집 기술인 크리스퍼 유전자 가위를 개발하기까지의 과정과 유전자 가위의 원리, 앞으로의 전망과 문제점에 대해 다룬 글입니다. 따라서 이 글의 중심 화제로 알맞은 것은 ④입니다.

2 세부 내용

이 글을 읽고 답할 수 있는 질문은 무엇인가요? (③)

① 유전자 각각의 역할과 기능은 무엇인가? → 유전자 각각의 역할과 기능이 무엇인지는 언급되지 않음.
② 유전자 변형 식품의 안전성은 어떠한가?
③ 크리스퍼 유전자 가위는 어떤 장점이 있는가?
④ 유전자 가위를 최초로 개발한 사람은 누구인가? → 2015년에 유전자 가위가 개발되었다고 했으나 누가 개발했는지는 언급되지 않음.
⑤ 크리스퍼 유전자 가위 이후에는 어떤 기술이 나왔는가?

글 (마)에는 크리스퍼 유전자 가위의 장점이 드러나 있습니다. 글쓴이는 크리스퍼 유전자 가위가 사용이 간편하고 걸리는 시간도 짧으며, 비용도 저렴해 효율적이라고 했습니다.

3 세부 내용

'크리스퍼 유전자 가위'에 대한 설명으로 알맞지 않은 것은 무엇인가요? (②)

① 혈우병이나 에이즈, 암의 유전자를 제거할 수 있다.
② 전문가들이 주로 사용하는 기술이라 비용이 상당하다. → 어지간히 많다.
③ 인간의 유전자를 편집해 맞춤형 아기를 만드는 데 사용될 수 있다.
④ 이전 기술보다 더 정확하게 유전자에서 원하는 부위를 잘라 낼 수 있다.
(①, ③, ④ → 글 (마)에서 확인 가능)
⑤ 유전자를 찾을 수 있는 정보를 담은 부분과 실제 유전자를 자르는 부분으로 이루어져 있다. → 글 (라)에서 확인 가능

글 (마)에서 글쓴이는 크리스퍼 유전자 가위가 비전문가도 사용할 수 있을 정도로 간편하고 비용도 저렴해 효율적이라고 했습니다.

4 구조 알기

크리스퍼 유전자 가위의 개발 배경을 나타내는 부분

다음 내용이 들어가기에 알맞은 곳은 어디인가요? (③)

> 크리스퍼 유전자 가위는 사실 세균이 가지고 있던 바이러스 면역 시스템의 일종이다. 「바이러스가 침투하면 세균은 바이러스의 유전자 일부를 잘라 기억해 둔다. 그리고 나중에 다시 바이러스가 침입하면 자신이 기억했던 바이러스의 유전자 조각과 비교해 같은 유전자 조각을 잘라 바이러스를 물리친다.」 이 과정을 이용해서 개발한 것이 '크리스퍼 유전자 가위'이다.

「 」: 세균의 면역 과정

① 글 (가)의 뒤 ② 글 (나)의 뒤 ③ 글 (다)의 뒤
④ 글 (라)의 뒤 ⑤ 글 (마)의 뒤

주어진 글은 크리스퍼 유전자 가위의 개발 배경에 대한 글입니다. 이 글에서 크리스퍼 유전자 가위가 개발되기 전까지의 과정인 글 (다)의 뒤에 들어가는 것이 알맞습니다.

독해 정답			
	1. ④	2. ③	3. ②
	4. ③	5. ⑤	6. ④
	7. ③		

어휘 정답

1. (1) 표적 (2) 작동 (3) 편집 (4) 효율 (5) 정교
2. (1) ㉰ (2) ㉱ (3) ㉮ (4) ㉯
3. ②

인간의 유전자 지도 발견 후 생명의 비밀을 풀지 못한 까닭

5 추론하기

㉠에서 짐작할 수 있는 내용은 무엇인가요? (⑤)

① 과학 기술이 유전자 지도를 찾아낼 정도로 발전했다. → ㉠의 뒷부분과 반대되는 내용

② 당시에도 유전자의 역할과 기능은 많이 알려져 있었다.

③ 인간의 유전자는 다른 생물들의 유전자와 배열이 달랐다.

④ 인간의 유전자 지도는 생명 현상의 비밀과 관련이 없었다.

→ ②, ③, ④: 글에서 확인할 수 없는 내용

⑤ 당시의 과학 기술은 유전자를 다룰 정도로 발전하지 못했다.

유전자를 비교적 자유롭게 다룰 수 있게 된 것은 2015년 크리스퍼 유전자 가위 개발 이후부터라는 내용에서 당시의 기술이 발전하지 못해 인간의 유전자 지도를 얻고도 생명 현상의 비밀을 풀지 못했다는 사실을 짐작할 수 있습니다.

구분

6 구조 알기

㉡과 같은 설명 방법이 쓰인 것은 무엇인가요? (④)

① 발효 식품의 예로는 김치와 된장, 치즈 등이 있다. → 예시

② 사과와 복숭아는 과일이고, 가지와 호박은 채소이다. → 분류

③ 문어와 낙지는 모두 다리가 여덟 개이며 지능이 높다. → 비교

④ 두족류는 아가미의 수에 따라 아가미가 두 쌍인 것과 한 쌍인 것으로 나뉜다.

⑤ 온실가스는 지구 대기를 오염시켜 온실 효과를 일으키는 가스를 통틀어 이르는 말이다. → 정의

㉡은 크리스퍼 유전자 가위를 하는 일에 따라 두 부분으로 나누어 설명하고 있습니다. 이렇게 대상을 일정한 기준에 따라 나누어 설명하는 방법을 '구분'이라고 합니다. ④에서도 두족류를 아가미의 수에 따라 구분하고 있습니다.

수능 연계

유전자 편집 아기 탄생

7 추론하기

㉢과 [보기]의 사례에서 예상할 수 있는 문제점으로 알맞지 않은 것은 무엇인가요? (③)

> [보기] 2018년 11월, 중국에서 크리스퍼 유전자 가위를 이용해 세계 최초로 유전자 편집 아기인 루루와 나나가 태어났다. 이 시술을 담당한 허젠쿠이 교수는 에이즈에 걸린 아빠와 정상인 엄마 사이에서 태어날 쌍둥이 아기의 유전자에서 에이즈를 일으키는 유전자를 제거했다고 밝혔다. 허젠쿠이 교수는 아기들이 에이즈에 걸릴 위험이 있어 유전자를 편집했다고 밝혔지만 생명 윤리를 위반했다는 비난을 받고 감옥에 갇혔다.

① 유전자 가위가 인간의 선천적인 특성을 바꾸는 데 악용될 수 있어. → 과학 윤리 위반

② 한번 유전자 편집이 일어나면 그 결과를 다시 되돌릴 수 있는 방법이 없어.

③ 자신이 원하는 아기가 어떤 모습인지 잘 몰라서 유전자 편집이 어려울 수 있어.

④ 유전자를 원하는 대로 편집하면서 인간의 존엄성을 무시하는 경향이 생겨날 거야. → 인간의 존엄성 훼손

⑤ 경제적인 여유가 있는 사람들부터 좋은 유전자만 편집하는 일이 일어나 사회적 불평등이 생길 거야. → 사회적 불평등 발생

㉢은 유전자 편집으로 인한 윤리적 문제를 지적한 부분이며, [보기]는 실제 윤리적 문제를 일으킨 예입니다. 이런 상황에서 ①, ②, ④, ⑤와 같은 윤리적 문제가 생길 수 있습니다. 그러나 ③은 윤리적 문제가 있는 맞춤형 아기를 어떻게 만들지 고민하는 예이므로, 유전자 편집으로 발생하는 윤리적 문제로 볼 수 없습니다.

1 구조 알기

이 글에 대한 설명으로 알맞지 않은 것은 무엇인가요? (⑤)

① 작품의 표현상 특징을 설명하고 있다. → 글 ㈐에서 확인할 수 있음.
② 작품의 구체적 예를 제시하여 설명하고 있다. → 글쓴이는 「게르니카」를 예로 들어 피카소의 작품 세계를 밝힘.
③ 피카소의 작품 성향에 대한 설명으로 이해를 돕고 있다. → 글 ㈎에서 피카소가 현실을 고발하는 그림을 많이 그렸다고 한 것은 피카소의 작품 성향에 대한 설명임.
④ 작품에 대한 이해를 돕기 위해 알기 쉽게 설명하고 있다. → 이 글은 피카소의 작품 「게르니카」에 대한 이해를 돕기 위한 글임.
⑤ 자신의 주장을 설득하기 위해 논리적으로 전개하고 있다.

이 글에서 글쓴이는 자신의 주장을 펼치거나 다른 사람들을 설득하려고 하지 않았습니다.

2 세부 내용

이 글의 내용과 일치하지 않는 것은 무엇인가요? (②)

① 피카소는 현실을 고발하는 작품을 많이 그렸다. → 글 ㈎의 내용
② 피카소는 게르니카 폭격의 희생자 중 한 명이다.
③ 피카소는 다른 사람들에 대해 공감의 시선을 가지고 있다. → 글 ㈒의 내용
④ 피카소는 전쟁으로 인한 비참한 모습을 실감 나게 묘사하였다. → 글 ㈐의 내용
⑤ 피카소는 전쟁의 참혹한 폭력을 고발하기 위해 「게르니카」를 그렸다. → 글 ㈏의 내용

글 ㈑에서 피카소는 자신이 게르니카 폭격의 피해자인 듯이 그들의 시선과 감정으로 그림을 그렸다고 했습니다. 따라서 피카소가 게르니카 폭격의 희생자 중 한 명이라는 ②의 설명은 이 글의 내용과 일치하지 않습니다.

3 주제 찾기

글 ㈎~㈒의 중심 내용으로 알맞지 않은 것은 무엇인가요? (④)

① 글 ㈎: 피카소 소개 및 작품 경향 → 화가 피카소에 대한 소개와 그의 작품에 나타난 특징을 설명함.
② 글 ㈏: 「게르니카」의 시대적 배경과 제작 의도 → 「게르니카」를 제작하게 된 역사적 배경과 이유를 밝힘.
③ 글 ㈐: 「게르니카」의 표현상 특징 → 게르니카 폭격의 끔찍하고 슬픈 모습을 실감나게 표현함.
④ 글 ㈑: 피카소 작품의 문제점
⑤ 글 ㈒: 피카소 작품의 이해와 감상 → 글쓴이는 피카소의 작품을 다른 사람들에 대한 공감에서 비롯된 사랑의 표현으로 이해함.

글 ㈑는 피카소가 「게르니카」를 그린 방식과 그 효과에 대해 설명하고 있을 뿐, 피카소 작품에 대한 문제점은 말하지 않았습니다.

4 어휘 어법

'손을 뻗치면서'

㉠과 바꾸어 쓸 수 있는 말은 무엇인가요? (①)

① 끼어들면서
② 빠져나오면서
③ 피해를 입으면서
④ 휴전을 요구하면서
⑤ 도움을 요청하면서

㉠'손을 뻗치다'는 '침략이나 간섭 등의 행위가 미치게 하다'라는 뜻을 가진 관용 표현입니다. 이 글에서 주변 국가들이 스페인 내전에 '손을 뻗친다'는 것은 '스페인 전쟁에 간섭한다'라는 뜻이므로, ①의 '끼어들면서'와 바꾸어 쓰기에 알맞습니다.

독해 정답			
	1. ⑤	2. ②	3. ④
	4. ①	5. ①	6. ④
	7. ⑤		

어휘 정답	
	1. (1) ㉣ (2) ㉮ (3) ㉰ (4) ㉯
	2. (1) 이권 (2) 참혹 (3) 치열 (4) 저항
	3. (1) ㉰ (2) ㉮ (3) ㉯ (4) ㉣

다른 사람의 마음이나 생각에 대해 자신도 그렇다고 똑같이 느낌.

5 추론하기

㉡에 들어갈 알맞은 낱말은 무엇인가요? (①)

① 공감
② 반감 → 반대하거나 반항하는 감정.
③ 비판 → 자세히 따져 옳고 그름을 밝히거나 잘못된 점을 지적함.
④ 비웃음 → 상대를 얕보거나 놀리거나 흉보듯이 웃는 일. 그런 웃음.
⑤ 무관심 → 흥미나 관심이 없음.

다른 사람의 아픔을 자신의 아픔처럼 느끼는 마음이므로 ㉡에는 '공감'이 들어가기에 알맞습니다. '공감'은 '다른 사람의 마음이나 생각에 대해 똑같이 느낌.'이란 뜻입니다.

6 비판하기

이 글을 읽은 뒤의 반응이 알맞지 않은 친구는 누구인가요? (④)

① 영주: 피카소는 사회 현실에 관심이 많았나 봐. → 글 ㈎의 내용에 알맞은 반응임.
② 지은: 피카소의 작품에서는 우리 사회의 어두운 면이 느껴져. → 「게르니카」는 전쟁, 폭력 같은 어두운 사회 현실을 반영함.
③ 성수: 피카소의 작품에서는 다른 사람들에 대한 공감과 사랑이 느껴져. → 글 ㈑, 글 ㈒의 내용에 알맞은 반응임.
④ 준호: 피카소는 대상을 사실적으로 그려서 사진을 보는 것처럼 느껴져.
⑤ 미숙: 피카소는 입체파를 대표하는 화가로서 세계적인 인정을 받았나 봐. → 글 ㈎의 내용에 알맞은 반응임.

글 ㈎에서 피카소는 입체파 화가라고 하였습니다. 입체파는 대상을 있는 그대로 그리지 않고 여러 방향에서 입체적으로 본 상태를 평면적으로 재구성하여 표현합니다. 따라서 피카소가 대상을 사실적으로 그려 사진을 보는 것처럼 느껴진다는 ④의 반응은 알맞지 않습니다.

수능 연계

7 적용 창의

「게르니카」와 [보기]에 나타난 작품의 공통점으로 알맞지 않은 것은 무엇인가요? (⑤)

[보기] 1808년 프랑스의 나폴레옹이 이끄는 군대가 스페인을 점령하고, 나폴레옹은 스페인 왕자 대신 자신의 형을 왕의 자리에 앉혔다. 이에 분노한 마드리드의 시민들이 폭동을 일으키자 프랑스군은 시민들을 처형했다. 스페인 화가 고야는 이 사건을 '자유를 향한 열망'과 '이를 막는 비정한 힘'으로 대비시켜 그림으로 그려 냈다.

그림의 시대적 배경

▲ 고야, 「1808년 5월 3일」

① 실제로 일어난 사건을 소재로 하고 있다. → 「게르니카」는 1936년의 스페인 내전을, 「1803년 5월 3일」은 1808년 프랑스 나폴레옹의 스페인 점령이라는 역사적 사건을 소재로 한 그림임.
② 작품을 그린 화가들은 둘 다 스페인 사람이다. → 피카소와 고야는 모두 스페인 사람임.
③ 인간이 인간에게 가하는 폭력을 고발하려고 하였다.
④ 스페인에서 벌어진 전쟁과 관련된 사건을 다루고 있다.
⑤ 피해자와 가해자가 대치하고 있는 상황을 잘 묘사하였다.

⑤는 [보기]의 작품에만 알맞은 설명입니다. 피카소의 「게르니카」에서 '피해자와 가해자가 대치'하고 있는 모습은 나타나 있지 않습니다.

1 구조 알기

이 글에 대한 설명으로 가장 알맞은 것은 무엇인가요? (④)

① 조선의 건국이 정당하다는 주장을 펼치고 있다.
② 조선의 건국 과정이 지닌 문제점을 비판하고 있다.
→ 글쓴이의 주장이나 비판은 드러나지 않음.
③ 조선 건국 과정을 바라보는 상반된 입장을 절충하고 있다. → 온건파와 급진파의 상반된 입장을 다루지만 두 입장을 절충하지 않음.
④ 조선이 건국되기까지의 과정을 시간 순서에 따라 설명하고 있다.
⑤ 조선의 건국과 이에 영향을 끼친 사상을 원인과 결과에 따라 설명하고 있다.
→ 신진 사대부들이 성리학을 바탕으로 고려 개혁을 추진했지만, 성리학이 조선 건국에 영향을 친 사상이라는 내용은 드러나지 않음.

이 글은 고려 말기의 혼란한 시대 상황, 신진 사대부의 등장, 이성계의 위화도 회군, 급진파의 권력 장악, 조선의 건국 등의 사건을 시간의 순서에 따라 차례대로 전개하고 있습니다.

2 세부 내용

이 글의 내용과 일치하지 않는 것은 무엇인가요? (②)

① 고려 말은 권문세족의 부패로 민심이 혼란스러웠다. → 2문단에 나타남.
② 고려와 ~~마찬가지로~~ 달리 조선은 지배층의 교체로 탄생한 국가이다.
③ 명나라의 무리한 요구가 계기가 되어 요동 정벌이 시작되었다. → 3문단에 나타남.
④ 고려 말 신진 사대부들은 온건파와 급진파로 나뉘어 대립하였다.
⑤ 정도전, 조준 등은 고려를 무너뜨리고 새 왕조를 건설하자고 주장하였다.
→ 4문단에 나타남.

글쓴이는 5문단에서 조선과 달리 고려는 치열한 전쟁 끝에 탄생한 국가라고 하였습니다.

3 구조 알기

이 글의 사건들을 일어난 차례대로 정리하여 기호를 쓰세요.

㉮ 온건파 신진 사대부를 제거하고 이성계가 조선을 건국했다. 5
㉯ 권력을 잡은 이성계가 개혁파와 손잡고 새로운 법을 만들었다. 4
㉰ 성리학으로 무장한 신진 사대부들이 등장해 개혁 정책을 내놓았다. 2
㉱ 원나라 세력과 결탁한 권문세족들이 횡포를 부려 민심이 어지러웠다. 1
㉲ 이성계는 요동 정벌을 위해 출정하나 왕의 명령을 어기고 위화도에서 회군했다. 3

(㉱) → (㉰) → (㉲) → (㉯) → (㉮)

고려 후기에 원나라와 결탁한 권문세족들의 횡포로 민심이 어지러워지자(㉱) 성리학으로 무장한 신진 사대부들이 등장하여 여러 가지 개혁 정책을 내놓았습니다(㉰). 요동 정벌을 위해 출정했다가 위화도에서 회군한 이성계는(㉲) 막강한 권력을 잡고 개혁파와 손잡아 토지 재분배를 위한 새로운 법을 만들었습니다(㉯). 그 뒤로 이성계는 고려 왕조를 유지하려는 온건파 사대부를 제거하고 조선을 건국했습니다(㉮).

4 어휘 어법

밑줄 친 낱말이 ㉮와 같은 뜻으로 쓰인 것은 무엇인가요? (⑤)

① 거짓은 또 다른 거짓을 부른다. → '어떤 행동이나 말이 관련된 결과를 가져오다.'의 뜻
② 경기장에서는 늘 응원가를 부른다. → '곡조에 따라 노래하다.'의 뜻
③ 그 가게에서는 물건 가격을 비싸게 부른다. → '값이나 액수를 말하다.'의 뜻
④ 동생이 올해 생일에는 친구들을 집에 부른다. → '부탁하여 오게 하다.'의 뜻
⑤ 친구들이 나를 우리 반 대표 가수라고 부른다.

㉮는 '무엇이라고 가리켜 말하거나 이름을 붙이다.'라는 뜻으로 쓰인 말입니다. ⑤의 '부른다'도 이와 같은 뜻으로 쓰였습니다.

독해 정답	
	1. ④ / 2. ② / 3. ㉣, ㉢, ㉤, ㉡, ㉠
	4. ⑤ / 5. ⑤ / 6. ②
	7. ⑤

어휘 정답	
	1. (1) ㉡ (2) ㉢ (3) ㉣ (4) ㉠
	2. (1) 반발 (2) 결탁 (3) 은둔 (4) 동조
	3. ⑤

5 세부 내용

㉠~㉤에 대한 설명으로 알맞지 않은 것은 무엇인가요? (⑤)

① ㉠: 요동을 정벌해야 한다는 명령

② ㉡: 요동 정벌을 위해 위화도에 머물다 개경으로 돌아온 일

③ ㉢: 권문세족들을 제거하고 토지 재분배를 위한 법을 만든 것 (과전법)

④ ㉣: 고려의 왕씨에서 조선의 이씨 왕조로 바뀌는 '역성혁명'

⑤ ㉤: 이성계의 위화도 회군을 반대한 세력

신진 사대부는 위화도 회군을 한 이성계를 지지하였으며, 그 뒤에 개혁을 통해 고려를 이끌자는 온건파와 고려를 무너뜨리고 새 왕조를 세우자는 급진파로 나뉘어 대립하기 시작했습니다. 따라서 ㉤의 온건파가 위화도 회군을 반대했다는 설명은 알맞지 않습니다.

6 추론하기

이 글을 참고할 때, [보기]에 나온 시조의 지은이로 알맞은 사람은 누구인가요? (②)

[보기] 비록 고려 왕조는 망해 가고 있었지만 당시의 신진 사대부 중에는 왕에 대한 변치 않는 충성심을 가진 이들이 있었다. (온건파) 그들이 지은 시에는 '임'을 사모하는 내용이 자주 등장했는데, 이때의 '임'은 고려의 왕을 가리킨다고 볼 수 있다.

이 몸이 죽고 죽어 일백 번 다시 죽어
백골이 진토되어 넋이라도 있고 없고 (있든 없든 간에)
임 향한 일편단심이야 사라질 줄 있겠느냐

• 지은이: 정몽주
• 갈래: 시조
• 주제: 고려 왕조에 대한 변함없는 충성

① 조준 → 급진파
② 정몽주
③ 이성계 → 조선을 세움
④ 이방원 → 이성계의 아들
⑤ 정도전 → 급진파

수능 연계

7 적용 창의

(민심을 잃은 왕은 도적일 뿐이라는 맹자의 생각이 나타남.)

[보기]를 참고할 때, 맹자가 조선 건국에 대해 했을 말로 알맞은 것은 무엇인가요? (⑤)

[보기] 은나라의 주왕이 신하들에 의해 쫓겨나자 누군가 맹자에게 물었다.
"신하가 감히 왕을 죽여도 되는 것입니까?"
"왕의 권력은 하늘의 뜻에 달려 있습니다. 하늘의 뜻은 백성의 마음, 즉 민심에 달려 있지요. (민심이 곧 하늘의 뜻임.) 어질고 정의롭지 않아 민심을 잃은 왕은 도적과 다름없고, 하늘의 뜻을 거스른 자입니다. 도적을 죽였다는 소리는 들었어도 하늘의 뜻을 잘 따른 왕을 죽였다는 소리는 들은 적이 없습니다." → 민심을 잃은 왕은 죽여도 된다는 뜻. 맹자는 '역성혁명'에 정당성을 부여함.

① 왕은 도적이 될 수 없으므로 역성혁명은 정당하지 않아. → [보기]에서 맹자는 민심을 어긴 왕은 도적이라고 함.

② 민심을 어긴 왕이라도 죽이지만 않는다면 역성혁명은 정당해. → [보기]에서 민심을 어긴 왕을 죽인 것은 도적을 죽인 것이라고 함.

③ 하늘의 뜻을 판단할 수 없으므로 역성혁명의 정당성도 판단할 수 없어. → [보기]에서 민심이 하늘의 뜻이라고 함.

④ 도적은 죽일 수 있어도 왕은 죽일 수 없으므로 역성혁명은 정당하지 않지. → [보기]에서는 민심을 어긴 왕은 도적이므로 죽일 수 있다고 함.

⑤ 왕이 민심을 어기는 행동을 보인다면 왕도 바꿀 수 있으므로 역성혁명은 정당해.

[보기]에서 맹자는 하늘의 뜻을 거스른 자, 즉 민심을 어긴 왕은 죽여도 된다고 했습니다. 따라서 맹자는 민심을 어긴 왕을 바꾸는 역성혁명은 정당한 일이라고 생각하였음을 알 수 있습니다.

미세 플라스틱의 위협 [58~61쪽]

1 세부 내용

이 글의 내용과 일치하지 않는 것은 무엇인가요? (①)

① 우리 몸에 들어온 미세 플라스틱은 대부분 ~~질병을 일으킨다~~. 가래나 대변을 통해 몸 밖으로 배출됨.
② 어패류뿐 아니라 생활용품에서도 미세 플라스틱이 발생한다. → 3문단 내용
③ 알레르기나 호흡기 질환의 원인이 미세 플라스틱일 수도 있다.
④ 미세 플라스틱은 혈액에서도 발견되어 위험성이 높아지고 있다. → 2문단 내용
⑤ 크기가 3밀리리터로 분해된 플라스틱은 미세 플라스틱에 해당한다. → 1문단 내용

2문단에서 우리 몸에 들어온 미세 플라스틱은 대부분 가래나 대변을 통해 몸 밖으로 배출된다고 하였습니다.

2 세부 내용

이 글에서 답을 찾을 수 없는 질문은 무엇인가요? (④)

① 미세 플라스틱의 정확한 기준은 무엇인가? → 5밀리미터 이하의 작은 플라스틱 조각(1문단)
② 우리 몸에 들어온 미세 플라스틱은 어떻게 되는가? → 대부분 몸 밖으로 배출됨.(2문단)
③ 미세 플라스틱이 많이 나오는 생활용품에는 어떤 것들이 있는가? → 커피숍의 종이컵, 종이 티백, 물휴지 등(3문단)
④ 미세 플라스틱은 어떤 과정을 통해 우리 몸에 질병을 일으키는가?
⑤ 미세 플라스틱이 우리 몸에 일으키는 질병에는 어떤 것들이 있는가? → 호흡기 질환, 알레르기, 세포 변형, 생식계 질환 등(2문단)

2문단에서 미세 플라스틱이 우리 몸에 다양한 질병을 일으킨다고 하였을 뿐, 병을 일으키는 과정에 대해서는 설명하지 않았습니다.

3 구조 알기

㉠~㉤에 대한 설명으로 알맞지 않은 것은 무엇인가요? (⑤)

① ㉠: 전문 기관의 연구 발표를 인용해 신뢰를 높이고 있다. → 뉴질랜드 캔터베리 대학 연구진의 발표 인용
② ㉡: 글의 핵심 개념을 자세하게 설명해서 이해도를 높이고 있다. → 글의 핵심 개념인 미세 플라스틱 설명
③ ㉢: 앞으로 글의 전개 방향에 대해 질문의 형식으로 관심을 끌고 있다. → 의문형으로 관심 유도
④ ㉣: 문제 상황의 원인과 결과를 밝혀 이해를 돕고 있다. → 체내에 들어온 미세 플라스틱이 분해되지 않고, 여러 가지 질병을 일으킴.
⑤ ㉤: 문제 상황에 대한 사례를 나열해 궁금증을 유발하고 있다.

글쓴이는 ㉤생활용품에서 미세 플라스틱이 나오는 사례를 열거하고 있지만 이를 통해 궁금증이 생기게 한다고 보기 어렵습니다.

4 추론하기

혈액 속의 미세 플라스틱이 더 심각한 우려를 낳는 이유

㉮의 까닭으로 가장 알맞은 것은 무엇인가요? (⑤)

① 미세 플라스틱이 혈액에서 녹기 때문이다. → 미세 플라스틱은 체내에서 녹지 않고 쌓임.
② 미세 플라스틱이 위 안에 쌓이기 때문이다.
③ 미세 플라스틱의 흡수율이 더 높아지기 때문이다.
④ 혈관 속의 미세 플라스틱은 분해되지 않기 때문이다. → 혈관뿐만 아니라 체내에 흡수된 미세 플라스틱은 분해되지 않음.
⑤ 미세 플라스틱이 혈액의 흐름을 타고 몸속을 돌아다니거나 장기에 머물 수 있기 때문이다.

혈액은 우리 몸의 곳곳에 퍼진 혈관을 순환하고 있습니다. 따라서 혈액 속에 들어온 미세 플라스틱이 혈액과 함께 온몸을 순환하며 여러 장기에 쌓여 질병을 일으킬 수 있다고 추론하는 것이 알맞습니다.

독해 정답			
	1. ①	2. ④	3. ⑤
	4. ⑤	5. ⑤	6. ⑤
	7. ⑤		

어휘 정답
1. ④
2. (1) ㊁ (2) ㉮ (3) ㊃ (4) ㊄ (5) ㉯
3. (1) ㊁ (2) ㊁ (3) ㉮

5 ㉯에 들어갈 내용으로 알맞은 것은 무엇인가요? (⑤)

추론하기

① 미세 플라스틱을 발생시키지 않는 방법을 알아보자.
② 우리 몸에 흡수되는 미세 플라스틱의 종류를 알아보자.
③ 우리 몸속에 미세 플라스틱이 증가하는 원인은 다음과 같다.
④ 미세 플라스틱이 우리 몸에 일으키는 질병을 치료하는 방법은 다음과 같다.
⑤ 우리 몸으로 흡수되는 미세 플라스틱의 양을 줄이고 싶다면 이렇게 해 보자.

㉯의 뒷부분에는 미세 플라스틱을 줄이는 방법들이 제시되어 있습니다. 이를 통해 ㉯에 들어갈 내용을 짐작할 수 있습니다.

수능 연계

6 이 글과 [보기]를 읽고, 미세 플라스틱의 확산에 대해 알맞게 말하지 못한 친구는 누구인가요? (⑤)

추론하기

[보기]

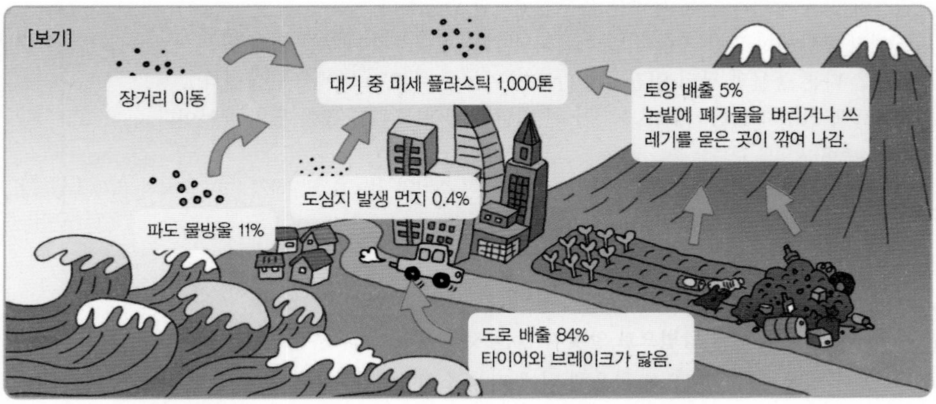

① 아영: 미세 플라스틱은 작고 가벼워 공기 중에 섞여서 장거리를 이동한대. → 이 글의 1문단과 [보기]에서 확인됨.
② 나은: 미세 플라스틱은 바다의 파도에서도 나오므로 해안가 도시에 많을 거야.
③ 하림: 대도시에서 발생한 미세 플라스틱이 대기를 통해 남극까지 이동한 거구나.
→ (②, ③) 이 글의 3문단과 [보기]에서 확인됨.
④ 기현: 공사 현장이 많고 자동차가 많은 대도시는 공기 중에 미세 플라스틱이 많겠네. → [보기]에서 확인됨.
⑤ 다정: 남극에도 토양은 있으니까 토양이나 매립지에서 미세 플라스틱이 발생했을 거야.

[보기]의 그림을 보면 농경지에 버려진 폐기물과 쓰레기 매립지 등이 토양에 미세 플라스틱이 쌓이는 원인이 됨을 알 수 있습니다. 그러나 남극의 토양에는 폐기물이나 쓰레기 매립지 등이 없으므로 남극 토양도 [보기]와 같은 이유로 미세 플라스틱이 발생했을 것이라고 이해하는 것은 적절하지 않습니다.

7 일상생활에서 미세 플라스틱과 멀어지는 방법이 아닌 것은 무엇인가요? (⑤)

적용 창의

① 학교에서 개인 컵을 마련해 두고 이용한다. → 일회용 종이컵에서 나오는 미세 플라스틱을 줄임.
② 쉬는 시간마다 교실 창문을 열어 환기한다. → 호흡으로 들어오는 미세 플라스틱을 줄임.
③ 미역이나 다시마는 여러 번 깨끗이 씻어 요리에 사용한다. → 해조류 섭취로 인한 미세 플라스틱을 줄임.
④ 컵라면, 편의점 도시락 등 인스턴트식품을 이용하지 않는다. → 일회용품으로 인한 미세 플라스틱을 줄임.
⑤ 큰 페트병에 담긴 생수를 이용하지 않고 작은 페트병에 담긴 생수를 이용한다.

페트병은 크기와 상관없이 미세 플라스틱이 많이 나오므로 페트병 사용을 줄여야 합니다.

1 주제 찾기

이 글의 제목으로 알맞은 것은 무엇인가요? (④)

① 뇌 연구의 복잡함과 필요성 → 이 글에서 다루지 않음.
② 뇌 기능과 신체 기능의 관련성 → 글 ㈐에서만 부분적으로 다루고 있어 글 전체의 제목으로 어울리지 않음.
③ 뇌 연구의 발전과 전망에 대하여 → 글 ㈎와 글 ㈒에서 잠깐 언급됨.
④ 인간의 작은 우주, 뇌의 구조와 기능
⑤ 뇌의 구조와 기능을 둘러싼 다양한 견해 → 이 글에서 다루지 않음.

이 글은 뇌의 구조를 대뇌, 소뇌, 뇌간으로 나누고, 각 부분의 기능에 대해 설명하고 있습니다.

2 세부 내용

이 글의 내용과 일치하는 것은 무엇인가요? (⑤)

① 뇌의 무게는 대뇌, 소뇌, 뇌간 순서로 무겁다. → 뇌의 무게: 대뇌(80%), 소뇌(10%), 뇌간(10%)
② 인간이 말을 하거나 듣는 능력은 측두엽에서만 담당한다.
③ 20세기 후반에는 과학 기술의 발달로 뇌의 기능과 구조가 대부분 밝혀졌다. → 글 ㈒: 아직 밝혀지지 않은 부분이 더 많음.
④ 인간을 다른 동물과 달리 인간답게 만드는 기능은 주로 소뇌(대뇌)에서 담당한다.
⑤ 쇼트트랙 선수가 일반인보다 소뇌가 큰 까닭은 반복 훈련을 많이 했기 때문이다.

글 ㈐에 따르면 소뇌는 운동을 하는 학습 능력과 관계가 있다고 했습니다. 쇼트트랙 선수의 소뇌가 일반인보다 크다는 연구 결과가 있으므로 선수들의 꾸준한 반복 훈련이 소뇌의 기능을 활발하게 하여 소뇌의 크기에 영향을 주었음을 알 수 있습니다.

3 구조 알기

글 ㈎~㈒에 사용된 설명 방법으로 알맞지 않은 것은 무엇인가요? (④)

① 글 ㈎: 구체적 수치와 비유를 활용해 뇌에 대해 소개하였다.
② 글 ㈏: 뇌를 형태와 기능에 따라 구분하고 뇌간의 기능을 나열하였다.
③ 글 ㈐: 사례를 통해 소뇌의 기능을 설명하였다. → 소뇌가 발달한 쇼트트랙 선수 사례 제시
④ 글 ㈑: 대뇌의 기능을 원인과 결과에 따라 설명하였다.
⑤ 글 ㈒: 뇌의 작동 과정을 구체적 사례로 제시하며 마무리하였다. → 사과를 인지하는 과정을 예로 들어 대뇌의 작동 과정 제시

글 ㈑에서 대뇌의 기능을 부위별로 구분해 설명했지만 원인과 결과는 제시되지 않았습니다.

4 세부 내용

㉠~㉤에 대한 설명으로 알맞지 않은 것은 무엇인가요? (②)

① ㉠: 호흡, 맥박, 혈압 등 인간의 생명과 직접적으로 연관되어 있다. → 뇌간 (뇌간이 담당하는 기능 / 뇌간은 출혈 같은 작은 상처에도 죽음에 이름.)
② ㉡: 몸의 균형과 운동에 관여하며 뇌간의 앞쪽(뒤쪽)에 있다. → 소뇌
③ ㉢: 뇌의 80퍼센트를 차지하며 바깥 부위는 주름져 있다. → 대뇌
④ ㉣: 대뇌의 앞쪽에 있으며 추상적, 창의적인 사고를 할 수 있게 한다. → 전두엽
⑤ ㉤: 대뇌의 안쪽에 있으며 공포, 슬픔, 기쁨 같은 1차적인 본능을 담당한다. → 변연계

글 ㈐의 첫 번째 문장에서 소뇌는 뇌간의 뒤쪽에 붙어 있다고 하였습니다.

독해 정답			
	1. ④	2. ⑤	3. ④
	4. ②	5. ②	6. ①
	7. ④		

어휘 정답	
	1. (1) ㈐ (2) ㈎ (3) ㈑ (4) ㈏
	2. (1) 추상적 (2) 긴밀 (3) 유지 (4) 관장
	3. (1) ㈏ (2) ㈐ (3) ㈑ (4) ㈎

뇌간의 기능과 관련된 내용

5 구조 알기

다음 내용이 들어가기에 가장 알맞은 곳은 어디인가요? (②)

> 대뇌와 소뇌의 기능은 멈췄지만 뇌간의 기능이 살아 있는 경우, 우리는 '식물인간'이라고 부른다.

① 글 ㈎의 뒤　② 글 ㈏의 뒤　③ 글 ㈐의 뒤
④ 글 ㈑의 뒤　⑤ 글 ㈒의 뒤

주어진 내용은 뇌간의 기능만 살아 있는 경우를 부르는 말로 뇌간과 관련 있는 내용입니다. 따라서 글 ㈏의 끝 문장 '~ 뇌간은 출혈 같은 아주 작은 상처만 나더라도 죽음에 이른다.' 뒤에 연결하면 자연스럽습니다.

수능 연계

인공 지능 알파고의 능력과 한계

6 추론 하기

이 글의 독자가 [보기]의 기사를 읽고 보인 반응으로 알맞지 않은 것은 무엇인가요? (①)

> [보기] 2016년 3월, 구글 딥마인드의 인공 지능 '알파고'는 당시 바둑으로는 세계 최고수였던 이세돌 9단과의 시합에서 승리하면서 인공 지능 시대의 개막을 알렸다. (→ 알파고의 능력) 그러나 이 날 대결은 인공 지능의 한계를 그대로 보여 주기도 했다. 알파고는 인간 뇌의 사고방식을 모방해 바둑판에서 벌어지는 수많은 경우의 수를 계산했다. 『그러나 알파고는 무려 3,000여 대의 기업용 서버를 연결해야 작동했다. 1,202개의 중앙 처리 장치, 176개의 그래픽 처리 장치, 103만 개의 메모리 반도체, 100여 명의 과학자 등 엄청난 물적, 인적 자원이 동원됐고, 시간당 170킬로와트(kW)의 막대한 전력을 사용했다.』 『 』: 알파고의 한계가 드러난 부분

① 알파고는 인간의 뇌 중 ~~소뇌~~(대뇌)의 기능을 중심으로 연구했을 것이다.
② 투자된 자원과 에너지를 고려하면 인간의 뇌가 인공 지능보다 효율적이다. → [보기]의 내용에 알파고의 한계가 드러남.
③ 엄청난 자원을 동원한 알파고와 달리 이세돌은 가벼운 뇌로만 승부에 임했다. → [보기]에서 짐작할 수 있음.
④ 인공 지능은 인간 뇌의 사고방식을 모방하므로 뇌에 대한 연구가 필수적이다. → [보기]의 알파고의 능력에서 추론할 수 있음.
⑤ 알파고의 승리는 인간의 뇌보다 뛰어난 인공 지능이 나올 가능성을 보여 준다. → [보기]에서 알파고는 엄청난 물적, 인적 자원이 동원됨.

소뇌는 주로 운동 기능에 관여합니다. [보기]에서 알파고는 인간 뇌의 사고방식을 모방했다고 하였으므로, 인간의 사고 능력에 관여하는 대뇌의 기능을 중심으로 연구했다고 볼 수 있습니다.

7 적용 창의

다음 상황을 보고 알맞게 말한 친구는 누구인가요? (④)

> 교통사고를 당한 환자가 가족을 잃어도 슬픔을 느끼지 못한다. → 1차적인 본능을 담당하는 기관에 문제가 생김.

① 선율: 호흡을 담당하는 뇌간에 문제가 생겼을 거야.
② 혜나: 뇌간에 문제가 생겨 몸의 독소를 제거하지 못해 그럴 거야.
③ 건우: 청각 정보를 처리하는 대뇌의 측두엽에 문제가 생겼을 거야.
④ 윤서: 1차적인 본능을 담당하는 대뇌의 변연계에 문제가 생겼을 거야.
⑤ 지아: 우리 몸의 균형을 잡는 데 중요한 역할을 하는 소뇌에 문제가 생겼을 거야.

글 ㈑에서 공포, 분노, 기쁨, 슬픔 같은 1차적 본능을 담당하는 것은 대뇌의 '변연계'라고 설명했습니다.

1 주제 찾기

글 ㈎~㈒의 중심 내용으로 알맞지 않은 것은 무엇인가요? (⑤)

① 글 ㈎: 사례를 통한 NFT의 개념 제시→ 가수 A가 자신의 노래 녹음을 NFT로 등록함.
② 글 ㈏: NFT가 거래되는 과정과 NFT의 특징
③ 글 ㈐: NFT가 수익을 내는 과정과 까닭
④ 글 ㈑: NFT의 인기가 높아진 까닭과 인기 높은 NFT의 사례
⑤ 글 ㈒: NFT의 부정적인 전망과 실패 사례

글 ㈒에는 NFT에 대한 부정적인 전망과 함께 긍정적인 전망도 제시되어 있습니다. 또한 실패 사례는 제시되어 있지 않으므로 글 ㈒의 중심 내용으로 알맞지 않습니다.

2 세부 내용

'엔에프티(NFT)'에 대한 설명으로 알맞지 않은 것은 무엇인가요? (②)

① NFT에 가짜가 있을 가능성도 있다. → 글 ㈒의 내용
② NFT는 수익을 높이기 위해 무료로 공개하지 않는다.
③ NFT 거래는 실제 화폐가 아니라 디지털에서 쓰이는 암호 화폐로 이루어진다. → 글 ㈏의 내용
④ NFT가 대중의 신뢰를 얻을 수 있는 까닭은 블록체인 기술을 활용했기 때문이다. → 글 ㈎의 내용
⑤ NFT는 특히 예술계, 패션계, 광고계 등에서 관심을 가지고 작업을 진행하고 있다. → 글 ㈑의 내용

글 ㈐에서 'NFT를 무료로 공개하더라도 인기 콘텐츠가 되면 높은 값에 되팔 수 있다.'고 하였으므로, ②는 알맞은 설명이 아닙니다.

3 세부 내용

㉠~㉤에 대한 설명으로 알맞지 않은 것은 무엇인가요? (⑤)

① ㉠: 자신의 노래 원본을 NFT로 등록한 발행인이다.
② ㉡: 가수 A의 노래 원본 NFT의 가치를 높이 평가하고 있다. → 가수 A의 노래 원본 NFT를 소유하고 싶어 하는 이유
③ ㉢: 자신이 소유한 NFT로 수익을 낼 수도 있다. → 내려받기 비용 수익, 인기 콘텐츠가 되면 높은 값에 되팔 수 있음.
④ ㉣: NFT를 신뢰하며 미래에 대해 밝은 전망을 갖고 있다.
⑤ ㉤: 자신이 작성한 '최초의 트윗' NFT의 현재 소유자이다.

글 ㈑에서 '최초의 트윗' NFT는 약 33억 원에 팔려서 소유자가 바뀌었으므로 ⑤는 알맞지 않은 설명입니다.

4 구조 알기

글 ㈑에 사용된 설명 방법으로 알맞은 것은 무엇인가요? (④)

① 대상의 본질이나 개념을 설명하고 있다.→ 정의
② 묻고 답하는 방법으로 대상을 설명하고 있다. → 문답
③ 대상을 일정한 기준으로 나누어 설명하고 있다. → 구분
④ 대상에 대해 구체적인 예를 들어 설명하고 있다. → 예시
⑤ 일이 일어난 원인과 그 결과를 따져서 설명하고 있다. → 인과

글 ㈑는 '최초의 트윗', 「무한도전」의 8초짜리 영상 NFT의 사례를 중심으로 설명하고 있습니다.

독해 정답			
	1. ⑤	2. ②	3. ⑤
	4. ④	5. ③	6. ⑤
	7. ⑤		

어휘 정답
1. (1) 대체 (2) 성사되다 (3) 수익 (4) 시선 (5) 인증하다
2. (1) ㉱ (2) ㉯ (3) ㉰ (4) ㉮ (5) ㉲ 3. ⑤

NFT를 우려하는 시선

5 추론하기

㉮에 보충할 수 있는 내용으로 알맞지 않은 것은 무엇인가요? (③)

① 실물 없이 사고파는 것을 믿을 수 있을지
② NFT에 쓰이는 암호 화폐는 믿을 만한 것인지
③ NFT를 이용하려 예술가들이 늘어나는 것이 아닐지
④ 디지털의 특성상 NFT 원본이 사라지거나 해킹을 당하지 않을지
⑤ 누구나 온라인상에서 열람할 수 있는데 거액을 주고 거래할 필요가 있을지

㉮는 NFT에 대해 우려하는 시선을 보여 주는 내용이므로 이를 보충하려면 NFT에 대해 부정적인 내용이어야 합니다. ③에서 NFT를 이용하려는 예술가들이 늘어난다면 그것은 NFT를 긍정적으로 생각하기 때문이므로 ㉮를 보충할 수 있는 내용으로는 알맞지 않습니다.

6 어휘 어법

[보기]의 밑줄 친 말과 같은 뜻으로 쓰이지 않은 것은 무엇인가요? (⑤)

> [보기] '예술계, 패션계, 광고계'의 '-계'는 일부 명사 뒤에 붙어 '분야' 또는 '영역'의 뜻을 더하는 말이다.

① 한류 열풍으로 관광 업계가 바빠지고 있다.
② 어린 소녀가 신기록을 세우자 스포츠계가 흥분하였다.
③ 정확하고 정직한 보도를 위한 언론계의 노력이 필요하다.
④ 그는 의료계에서 누구나 인정하는 최고의 외과 의사이다.
⑤ 정원사는 식물에게 알맞은 온도를 유지하기 위해 온도계를 자주 점검한다.

'온도계'의 '-계'는 앞말에 붙어 '그것의 정도를 재는 기구'의 뜻을 더하는 말로, '체온계', '습도계', '지진계' 등에 쓰입니다.

수능 연계

7 적용 창의

이 글과 [보기]를 읽고 보인 반응으로 알맞지 않은 것은 무엇인가요? (⑤)

> [보기] 미국 프로 농구 리그(NBA)는 '엔비에이(NBA) 톱 샷'이라는 NFT 판매 숍을 운영하고 있다. 프로 농구 경기 영상 중 멋진 장면을 편집해 NFT로 만든 뒤 판매하는데, 이를 산 사람은 해당 영상에 대한 소유권을 가진다. 그러나 NFT로 영상을 판매한 이후에도 이 영상은 여전히 인터넷에 무료로 공개되어 있다.

① '엔비에이(NBA) 톱 샷'은 미국 프로 농구 리그의 경기 영상 NFT의 발행자로군.
② '엔비에이(NBA) 톱 샷'에서 만든 경기 영상은 디지털에서 볼 수 있는 디지털 영상이겠군. → NFT는 디지털에서 거래되므로 알맞은 반응임.
③ 미국 프로 농구 리그의 경기 영상 중 인기가 높은 영상일수록 NFT 값이 높겠군. → 글 ㈑에서 NFT를 소유하고 싶은 사람이 많을수록 NFT 가격은 치솟는다고 했음.
④ 미국 프로 농구 리그의 경기 영상 NFT의 소유자들은 암호 화폐로 거래를 했겠군. → 글 ㈏에서 NFT는 암호 화폐로 거래하므로 알맞은 반응임.
⑤ 미국 프로 농구 리그의 경기 영상 NFT을 보려면 NFT의 소유자들에게 값을 치러야 하겠군.

[보기]에서 'NFT로 영상을 판매한 이후에도 이 영상은 여전히 인터넷에 무료로 공개돼 있다.'라고 했으므로 ⑤는 내용을 잘못 이해한 것입니다.

1 주제 찾기

이 글에서 설명하는 것은 무엇인가요? (②)

① 민요의 특징과 내용별 구분
② 민요의 특징과 지역별 구분
③ 민요의 특징과 시대별 흐름
④ 민요의 특징과 현대적 계승
⑤ 민요의 특징과 다른 노래와의 비교

이 글의 1문단은 민요의 정의와 특징, 2~6문단은 민요의 구분과 각 지역별 민요, 7문단은 민요의 의의로 전개되었습니다.

2 세부 내용

이 글을 읽고 답할 수 없는 질문은 무엇인가요? (⑤)

① 민요는 주로 어떤 사람들이 불렀는가? → 1문단: 민요는 민중들의 입에서 입으로 불러 전해 내려오던 노래임.
② 민요에는 어떤 내용들이 담겨 있는가? → 7문단: 일하는 사람의 보람찬 마음, 삶의 고달픔과 어려움 등
③ 민요는 어떤 형식적 특징을 갖고 있는가? → 1문단: 같은 가락에 가사를 바꾸어 부르는 형식, 후렴이 붙는 특징
④ 각 지역의 대표 민요로는 무엇이 있는가? → 2~6문단에 제시됨.
⑤ 민요의 대표적인 창작자로는 누가 있는가?

1문단에서 민요는 특정한 작사가나 작곡가가 없다고 하였습니다.

3 세부 내용

다음은 어느 지방 민요의 특징인가요? (②)

- 흐느끼는 듯한 느낌이다.
- 주로 장구 하나만으로 반주를 한다.
- 높이 질렀다가 밑으로 서서히 내려오는 가락이 많다.

① 경기 민요 맑고 깨끗하며 경쾌하고 분명함.
② 서도 민요
③ 제주 민요 제주 방언을 많이 사용함.
④ 동부 민요 처량함.(강원도), 빠르고 애절함.(함경도), 활기참.(경상도)
⑤ 전라도 민요 말하듯이 소리를 굵게 꺾어 냄.

주어진 내용은 서도 민요의 특징으로, 이 글의 5문단에서 확인할 수 있습니다.

4 추론 하기

이 글을 읽고 나서 더 알아볼 내용으로 알맞지 않은 것은 무엇인가요? (②)

① 판소리 중 민요의 영향을 받은 작품을 찾아본다. → 전라도 민요가 판소리에 영향을 끼쳤다고 언급했으므로 알맞음.
② 북한 지역에서 전해진 대표적인 민요 작품을 알아본다.
③ 지역별 민요의 악보를 찾아보고 음악적 차이를 살펴본다. → 이 글에 악보는 제시되어 있지 않으므로 알맞음.
④ 제주 민요 외에 방언이 쓰인 민요에는 어떤 것들이 있는지 찾아본다. → 제주 민요만 방언이 특징이라고 했으므로 다른 지역의 민요에도 방언이 있는지 살펴볼 수 있음.
⑤ 각 시대를 대표하는 민요를 알아보고, 시대의 특징이 어떻게 담겼는지 찾아본다. → 민요의 시대별 특징은 제시되지 않았으므로 알맞음.

서도 민요와 함경도 민요가 모두 북한 지역의 민요들입니다. 이미 이 글에서 언급하고 있으므로 더 알아볼 내용으로 알맞지 않습니다.

독해 정답			
	1. ②	2. ⑤	3. ②
	4. ②	5. ⑤	6. ⑤
	7. ①		

어휘 정답	
	1. (1) ㉯ (2) ㉮ (3) ㉱ (4) ㉰
	2. (1) 신세 (2) 미묘 (3) 공유 (4) 애절
	3. (1) ㉮ (2) ㉯ (3) ㉰

5 구조 알기

㉠~㉤에 대한 설명으로 알맞지 않은 것은 무엇인가요? (⑤)

① ㉠: 민요란 무엇인지 뜻을 풀이해 주고 있다. → 정의

② ㉡: 민요를 언제 불렀는지 구체적인 상황을 예로 들어 설명하고 있다. → 예시

③ ㉢: 민요를 지역별이라는 기준에 따라 다섯 가지로 구분하고 있다. → 구분

④ ㉣: 전라도 민요의 대표적인 사례를 나열해 설명하고 있다. → 열거, 예시

⑤ ㉤: 민요를 부르는 방법의 공통점과 차이점을 들어 설명하고 있다.

㉤은 민요가 우리 민족의 삶과 가까운 노래였다는 의미를 밝히고 있을 뿐, 민요를 부르는 방법의 공통점이나 차이점을 들어 설명하지 않았습니다.

6 어휘 어법

㉮, ㉯와 바꿔 쓰기에 알맞은 낱말끼리 묶은 것은 무엇인가요? (⑤)

	㉮	㉯		㉮	㉯
①	그러나	또	②	그런데	그러나
④	그래서	그런데	③	그리고	하지만
⑤	그리고	그러므로			

→ 앞의 내용과 뒤의 내용이 반대가 될 때 씀. (그러나, 하지만)

화제를 앞의 내용과 관련시키면서 다른 방향으로 이끌어 나갈 때 씀. (그런데)

㉮의 '또'는 앞 문장의 내용을 뒤 문장에서 더 추가할 때 앞뒤 문장을 이어 주는 말입니다. 이와 비슷한 말로는 '그리고'가 있습니다. ㉯의 '그래서'는 앞 문장의 내용이 '까닭'이고 뒤 문장의 내용이 '결과'일 때 앞뒤 문장을 이어 주는 말입니다. 이와 비슷한 말로는 '그러므로, 따라서'가 있습니다.

수능 연계

7 추론 하기

같은 가락을 두 사람 이상이 동시에 노래하는 것

이 글을 참고하여 [보기]의 민요를 이해한 내용으로 알맞지 않은 것은 무엇인가요? (①)

[보기]

거문도 뱃노래

메기는 소리(독창)
받는 소리(제창)
어 기 – 여차 어 서 – 가 자 어 야 디 – 야
앞 산 은 점점 가 까 워 지 고
가 자 – 가 자 어 서 가 자 어 야 디 – 야
뒷 산 은 점 점 멀 어 가 네

① 뱃사람들이 신세 한탄을 하는 내용의 노래구나.

② 뱃사람들이 배에서 일을 하며 부르는 노래구나. → 일을 할 때 부르는 노동요임.

③ 거문도가 전라도의 섬이므로 전라도 민요에 속하겠구나. → 제목이 전라도의 섬이므로 전라도에서 불린 민요임을 짐작할 수 있음.

④ 메기는 소리는 같은 가락에 가사만 바꿔서 부르고 있구나. → 메기는 소리 부분은 가사가 1절과 2절이 있음.

⑤ 메기는 소리는 혼자 부르는 독창이고, 받는 소리는 함께 부르는 후렴이구나.
→ '독창'은 '혼자서 노래를 부름.', '제창'은 '여러 사람이 같은 가락의 노래를 함께 노래함.'이란 뜻

이 민요는 신세를 한탄하는 노래가 아니라 뱃사람들이 일을 할 때 불렀던 노래로 일을 하며 서로 힘을 북돋아 주기 위한 노동요입니다.

칭찬의 힘, 피그말리온 효과 [76~79쪽]

1 세부 내용

이 글의 내용과 일치하지 않는 것은 무엇인가요? (③)

① 피그말리온 효과와 반대되는 현상은 스티그마 효과이다. → 글 (라)의 내용
② 칭찬을 자주 받을수록 자신감이 높아지는 것은 피그말리온 효과이다. → 글 (다)의 내용
③ 상황에 상관없이 칭찬을 자주 할수록 칭찬을 받는 사람에게 긍정적인 효과를 준다.
④ 로젠탈의 실험에 따르면, 교사들의 칭찬이 학생들의 점수를 올리는 데 큰 역할을 한다. → 글 (가)의 내용
⑤ 피그말리온 효과는 그리스 신화에 나오는 조각가 피그말리온의 이야기에서 나온 말이다. → 글 (나)의 내용

글 (마)에서 상황에 상관없이 칭찬을 너무 자주 하면 칭찬받는 사람은 타인의 평가를 지나치게 의식하게 된다고 했으므로, ③은 이 글의 내용과 일치하지 않습니다.

2 주제 찾기

글 (가)~(마)의 중심 내용으로 알맞지 않은 것은 무엇인가요? (④)

① 글 (가): '피그말리온 효과'의 개념과 관련 실험
② 글 (나): '피그말리온 효과'의 유래
③ 글 (다): 칭찬의 긍정적인 효과
④ 글 (라): '피그말리온 효과'와 '스티그마 효과'의 공통점
⑤ 글 (마): 칭찬의 부정적인 효과와 바람직한 칭찬 방법

글 (라)에서는 '스티그마' 효과에 대해서 알려 주었을 뿐 '피그말리온 효과'와의 공통점을 비교하지 않았습니다.

3 구조 알기

글 (가)에서 사용한 설명 방법을 [보기]에서 모두 찾은 것은 무엇인가요? (③)

[보기]
ㄱ. 대상의 본질이나 뜻을 설명하고 있다. → '피그말리온 효과'의 개념을 설명함.
ㄴ. 묻고 답하는 방법으로 대상을 설명하고 있다.
ㄷ. 대상을 일정한 기준으로 나누어 설명하고 있다. → 구분의 방법은 사용되지 않음.
ㄹ. 대상에 대해 구체적인 예를 들어 설명하고 있다. → 로젠탈의 실험을 예로 들음.
ㅁ. 일이 일어난 원인과 그 결과를 따져서 설명하고 있다.

① ㄱ, ㄴ
② ㄱ, ㄴ, ㄷ
③ ㄱ, ㄹ, ㅁ
④ ㄱ, ㄴ, ㄹ, ㅁ
⑤ ㄱ, ㄷ, ㄹ, ㅁ

글 (가)에는 피그말리온 효과의 뜻을 설명하고 있으며(ㄱ), 로젠탈의 실험을 예로 들고 있습니다(ㄹ). 또한 실험 결과가 나온 원인이 피그말리온 효과 때문이라며 원인과 결과를 따져서 설명하였습니다(ㅁ).

4 세부 내용

㉠~㉤에 대한 설명으로 알맞지 않은 것은 무엇인가요? (①)

① ㉠: 다른 학생들에 비해 실제 지능이 뛰어난 학생들이다.
② ㉡: 로젠탈이 알려 준 20퍼센트 학생들이 실제 뛰어난 지능을 가졌다고 믿었다.
③ ㉢: 조각상에 대한 피그말리온의 진심에 감동을 받았다.
④ ㉣: 칭찬을 많이 받으면 자존감이 높아지고, 숨어 있는 능력까지 끌어올리게 됨을 뜻한다.
⑤ ㉤: 부모나 교사처럼 자신의 삶에 직접적으로 영향을 끼치는 사람들이다.

지능 검사 결과와 상관없이 20퍼센트 정도 학생을 아무렇게나 뽑았다고 했으므로 ①의 설명은 알맞지 않습니다.

독해 정답			
	1. ③	2. ④	3. ③
	4. ①	5. ③	6. ⑤
	7. ⑤		

어휘 정답
1. (1) 의식 (2) 실시 (3) 자존감 (4) 비난 (5) 불안정 2. (1) 실시 (2) 의식 (3) 불안정 (4) 비난 (5) 자존감 3. ⑤

5 추론하기

㉮와 ㉯에 들어갈 이어 주는 말로 알맞은 것은 무엇인가요? (③)

	㉮	㉯
①	한편 → 앞에서 말한 측면과는 다른 측면을 말할 때 씀.	그래서 → 앞의 내용이 뒤의 내용의 원인이나 근거, 조건 등이 될 때 씀.
②	한편	그런데 → 이야기를 앞의 내용과 관련시키면서 다른 방향으로 바꿀 때 씀.
③	그래서	그러면 → 앞의 내용을 받아들이거나 그 내용을 바탕으로 하여 새로운 주장을 할 때 씀.
④	그래서	그리고 → 앞의 내용에 이어 뒤의 내용을 단순히 나열할 때 씀.
⑤	더구나 → 이미 있는 사실에 더할 때 씀.	그래서

㉮ 앞의 내용은 뒤에 오는 내용의 근거가 되므로 '그래서'로 이어 주는 것이 알맞습니다. ㉯ 앞의 내용은 무시와 비난의 부정적 효과를 말하고 있고 ㉯ 뒤에 이어지는 내용은 상황에 상관없이 칭찬만 할 때의 부정적 효과를 말하고 있습니다. 따라서 ㉯에는 앞의 내용을 바탕으로 새로운 주장을 할 때 쓰는 말인 '그러면'이나, 이야기를 앞의 내용과 관련시키면서 다른 방향으로 바꿀 때 쓰는 말인 '그런데'로 이어 주는 것이 알맞습니다.

6 적용창의

㉷를 참고할 때, [보기]의 엄마가 할 말로 가장 알맞은 것은 무엇인가요? (⑤)

> [보기] 아이: 엄마, 나 이번 수학 시험에서 95점 받았어요! 반에서 1등이에요.
> 엄마: ( )

① 반에서 1등이라니 최고! → 결과에 대한 칭찬
② 잘했어! 역시 내 아들 똑똑하구나. → 구체적이지 않고, 결과에 대한 칭찬
③ 잘하기는 했는데 늘 한 문제는 틀리는구나.
④ 아깝구나. 조금만 더 노력했으면 100점을 받았을 텐데. (③, ④ → 과정, 결과에 대한 부정적 반응)
⑤ 열심히 예습과 복습을 하더니 좋은 결과를 받았네. 대견하구나.

⑤는 ㉷에서 설명한 것처럼 과정과 노력에 대한 칭찬이므로 올바른 칭찬입니다.

수능 연계

7 추론하기

이 글과 [보기]를 읽고 알맞게 이해하지 못한 것은 무엇인가요? (⑤)

> [보기] 1. 2002년 한일 월드컵 당시 한국 축구 대표팀 히딩크 감독은 선수들에게 기대와 관심, 칭찬을 아끼지 않았다. 그해 가장 약한 팀이라는 평가를 받았던 한국팀은 월드컵 4강 진출을 이루었다. → 칭찬의 긍정적 효과
> 2. 미국의 흑인들은 백인에 비해 좋은 직장을 얻을 기회가 더 적고, 경찰들에게 더 많은 검문과 체포를 당한다. 흑인들은 게으르고 폭력적일 것이라는 미국 백인들의 편견 때문이다. → 편견의 부정적 효과

① [보기 1]은 칭찬이 주는 긍정적 효과의 예로 '피그말리온 효과'에 해당하는군. → 칭찬의 힘을 보여 주는 예임.
② [보기 1]에서 선수들은 히딩크 감독의 칭찬에 자신감이 높아지고 실력이 향상되었겠군. → 글 ㈐로 미루어 짐작할 수 있음.
③ [보기 2]처럼 부정적인 편견이 계속되면 '스티그마 효과'가 일어날 거야. → 글 ㈑로 미루어 짐작할 수 있음.
④ [보기 2]에서 흑인에 대한 편견은 실제 미국 흑인들의 빈곤과 범죄로 이어지겠군. → [보기2]에서 편견 때문에 흑인이 일할 기회가 줄고 검문과 체포를 당한다는 내용을 통해 짐작할 수 있음.
⑤ [보기 2]에서 흑인의 삶이 나아지려면 미국 백인에게 '피그말리온 효과'를 써야 해.

백인에게 '피그말리온 효과'를 쓰는 것은 흑인의 상황을 개선하는 것과 관계없는 일입니다. 미국 흑인의 더 나은 삶을 위해서는 미국 흑인에게 용기와 칭찬으로 능력을 끌어올리게 만드는 '피그말리온 효과'를 쓰는 것이 효과적입니다.

1 구조 알기

이 글에 대한 설명으로 알맞은 것은 무엇인가요? (①)

① 다양한 사례를 열거해 개념에 대한 이해를 높이고 있다.

② 대상에 대한 상반된 견해를 제시한 후 ~~절충하고 있다.~~ → 절충하고 있지 않음.

③ 대상에 대한 전문가의 의견을 인용해 신뢰도를 높였다. → 전문가의 의견은 나타나지 않음.

④ 대상의 변천 과정을 시간의 흐름에 따라 설명하고 있다. → 이 글에는 시간의 흐름이 나타나지 않음.

⑤ 대상에 대한 자신의 주장을 근거와 함께 설득력 있게 제시했다. → 주장하는 글이 아닌 설명하는 글임.

글 ㈎에는 드라마와 오락 프로그램 속의 간접 광고 사례가, 글 ㈑에는 라면 회사의 브랜디드 콘텐츠 사례가 열거되어 간접 광고에 대한 독자의 이해를 돕고 있습니다.

2 세부 내용

이 글에서 알 수 없는 내용은 무엇인가요? (②)

① 간접 광고가 이용되는 까닭 → 글 ㈏에 제시

② 브랜디드 콘텐츠의 장점과 단점

③ 간접 광고와 브랜디드 콘텐츠의 개념 → 글 ㈎와 글 ㈑에 제시

④ 간접 광고와 브랜디드 콘텐츠의 비교 → 글 ㈒에 제시

⑤ 간접 광고에 대한 부정적 인식이 생기는 까닭 → 글 ㈐에 제시

글 ㈑와 글 ㈒에 브랜디드 콘텐츠의 장점은 제시되어 있지만 단점은 나타나지 않았습니다.

3 추론 하기

이 글을 바탕으로 짐작한 내용으로 알맞은 것은 무엇인가요? (④)

① 간접 광고를 많이 했기 때문에 프로그램 제작비가 올라간 것이다. → 글 ㈏: 제작비 상승으로 간접 광고를 많이 하게 됨.

② 2015년에 최고로 인기를 끌었던 드라마에는 간접 광고 상품이 없었다. → 글 ㈎: 2010년부터 간접 광고 허용

③ 브랜디드 콘텐츠는 텔레비전이나 라디오 광고 시간에는 방영되지 않는다. → 글 ㈑: 텔레비전, 회사 누리집, 누리 소통망을 통해 퍼짐.

④ '브랜디드 콘텐츠'의 완성도가 높지 않고 재미가 없다면 광고 효과가 낮을 것이다.

⑤ 방송 프로그램 전개와 상관없이 간접 광고 제품을 자주 언급할수록 그 제품은 소비자에게 잘 팔린다. → 글 ㈐: 무리한 간접 광고 상품은 홍보 효과가 떨어짐.

글 ㈒에서 브랜디드 콘텐츠가 인기 있는 까닭을 높은 완성도와 재미 등으로 제시하고 있습니다. 따라서 완성도가 낮고 재미가 없다면 인기도 없어 광고 효과 또한 낮을 것이라고 짐작할 수 있습니다.

4 추론 하기

글 ㈎~㈒ 중 [보기]의 그래프를 자료로 사용하기에 알맞은 것은 무엇인가요? (②)

[보기]

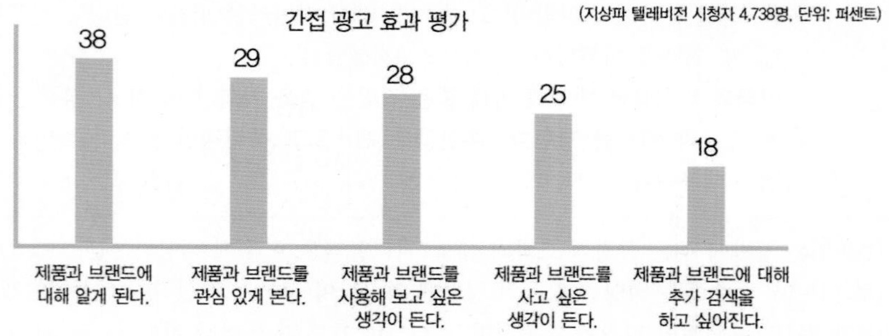

① 글 ㈎ ② 글 ㈏ ③ 글 ㈐ ④ 글 ㈑ ⑤ 글 ㈒

간접 광고에 대해 소비자들이 긍정적인 대답을 하고 있는 그래프이므로, 간접 광고 효과가 높아 기업들이 선호한다는 글 ㈏의 내용을 뒷받침하는 자료로 알맞습니다.

독해 정답			
	1. ①	2. ②	3. ④
	4. ②	5. ⑤	6. ②
	7. ③		

어휘 정답	
	1. ①
	2. (1) ㉣ (2) ㉮ (3) ㉯ (4) ㉰ (5) ㉱
	3. (1) ㉯ (2) ㉰ (3) ㉮

5 세부 내용

㉠~㉤에 대한 설명으로 알맞지 않은 것은 무엇인가요? (⑤)

① ㉠: 간접 광고 이후, 상품 판매량이 눈에 띄게 늘어나는 것을 뜻한다.
② ㉡: 간접 광고 상품을 프로그램의 내용과 관련 없이 자주 내보내는 것을 뜻한다.
③ ㉢: 새로운 홍보 방법인 '브랜디드 콘텐츠' 제작을 뜻한다.
④ ㉣: 소비자들이 자발적으로 광고를 찾아보게 되어 제품의 홍보 효과가 뛰어남을 뜻한다.
⑤ ㉤: 브랜디드 콘텐츠가 유명 연예인을 이용해 상품을 홍보하기 때문이다.

글 ㈒에 따르면, '브랜디드 콘텐츠'가 인기를 끄는 까닭은 유명 연예인을 이용해서가 아니라 하나의 완성도 높은 이야기를 전하고 있기 때문입니다.

무리한 간접 광고는 프로그램의 질과 간접 광고 상품의 홍보 효과도 떨어지게 함.

6 어휘 어법

㉮의 내용을 표현하기에 알맞은 한자 성어는 무엇인가요? (②)

① 다다익선(多多益善): 많으면 많을수록 더욱 좋음.
② 과유불급(過猶不及): 무엇이든 지나친 것은 좋지 않음.
③ 유명무실(有名無實): 이름만 보기에 번듯하고 실속은 없음.
④ 설상가상(雪上加霜): 곤란하거나 불행한 일이 잇따라 일어남.
⑤ 유유상종(類類相從): 비슷한 특성을 가진 사람들끼리 서로 어울려 사귐.

㉮는 지나친 간접 광고가 프로그램의 질을 떨어뜨리고 오히려 홍보 효과까지 떨어지게 만들었다는 내용이므로 '무엇이든 지나친 것은 좋지 않음.'이라는 뜻의 '과유불급'으로 표현하기에 알맞습니다.

수능 연계

7 적용 창의

이 글의 독자가 [보기]에 대해 보인 반응으로 알맞지 않은 것은 무엇인가요? (③)

[보기] 1. 최근 산악 구조대의 활약을 다룬 드라마 – 깊은 산속에서 부상자를 구조하던 산악 구조 대원들이 갑자기 유명 샌드위치를 나누어 먹는 장면이 자주 나왔다. → 간접 광고의 예
2. 인기 누리 소통망 드라마 – 'OO 편의점'이라는 실제 편의점 상호를 드라마 제목으로 내걸고, 편의점에서 판매하는 제품을 소재로 다양한 에피소드를 보여 주고 있다.
브랜디드 콘텐츠의 예

① [보기 1]은 프로그램 속에서 상품을 홍보한 간접 광고에 해당하는군.
② [보기 1]은 상품이 프로그램 내용과 동떨어져 홍보 효과가 떨어지겠군. → 산속 배경과 어울리지 않는 샌드위치 노출로 오히려 홍보 효과가 떨어짐.
③ [보기 2]는 기업의 제품을 직접적으로 노출하지 않는 브랜디드 콘텐츠로군.
④ [보기 2]는 기업의 제품을 완성도 높은 다양한 에피소드에 담아 인기를 끌었겠군. → 글 ㈒: 브랜디드 콘텐츠는 다양한 형식의 완성도 높은 이야기를 전달함.
⑤ [보기 2]의 소비자는 드라마가 광고임을 분명히 알면서도 스스로 선택해서 보겠군.
→ 글 ㈑: 브랜디드 콘텐츠는 광고라는 것을 감추지 않음.

글 ㈑에 따르면, 브랜디드 콘텐츠는 자사 제품을 직접적으로 드러내는 동시에 작품 안에 자연스럽게 스며들도록 홍보하는 전략입니다.

1 구조 알기

이 글의 중심 내용을 다음과 같이 정리했을 때, 알맞지 않은 것은 무엇인가요? (④)

[처음] 멸종의 개념과 앞으로 전개될 내용 소개 ········ ①
→ 글 ㈎
[중간] 1. 멸종 위기 생물이 늘어난 까닭 ········ ②
(1) 무차별적인 남획과 채취 ········ ③
→ 글 ㈏
(2) 자연을 파괴하는 개발 → 글 ㈐
(3) 지구 온난화 → 글 ㈑
2. ~~멸종 위기 생물의 구체적 분류~~ 멸종 위기 생물을 지켜야 하는 까닭 → 글 ㈒ ········ ④
[끝] 생물의 다양성을 유지하기 위해 필요한 노력 ········ ⑤
→ 글 ㈓

중간 부분인 글 ㈒에서는 멸종 위기 생물을 구체적으로 분류한 것이 아니라 멸종 위기 생물을 지켜야 하는 까닭을 제시하고 있습니다.

2 세부 내용

이 글의 내용을 알맞게 이해하지 못한 친구는 누구인가요? (③)

① 세정: 도시 개발이 맹꽁이나 삵의 서식지를 파괴하는 일이로군. → 글 ㈐의 내용
② 민규: 환경부의 노력으로 황새나 반달가슴곰 등을 야생에서 볼 수 있겠군. → 글 ㈓의 내용
③ 연우: 일제 강점기의 무리한 도시 개발이 백두산 호랑이를 멸종시킨 것이군.
④ 동철: 지구의 기온 상승이 북극곰이나 산호초를 멸종 위기에 처하게 하는군. → 글 ㈑의 내용
⑤ 지우: 코끼리, 코뿔소가 멸종 위기에 처한 것은 결국 돈벌이를 위한 인간의 욕심 때문이군. → 글 ㈏의 내용

글 ㈏에서 백두산 호랑이는 일제 강점기 때 사냥으로 멸종되었다고 했습니다.

3 구조 알기

인간의 개입으로 생태계가 무너진 사례

글 ㈎~㈒ 중 다음 내용이 들어가기에 알맞은 곳은 어디인가요? (⑤)

1958년, 쓰촨성의 한 농촌을 방문한 마오쩌둥은 우연히 벼 낟알을 쪼아 먹는 참새를 발견하였다. 마오쩌둥은 마침 참새 때문에 농사짓기가 힘들다고 하소연한 농민의 글을 보았던 터라 그해 4월에 대대적인 '참새 소탕 작전'을 벌였다.

문제는 바로 다음 해에 발생했다. 참새가 사라지자 해충이 어마어마하게 늘어난 것이다. 해충의 증가는 곧 대흉작으로 이어져 3년 동안 약 4,000만 명이 굶어 죽었다. 인간의 개입으로 자연의 조화와 균형(생태계의 균형)이 무너지면 어떤 일이 벌어지는지 분명하게 보여 주는 또 다른 사례이다.

① 글 ㈎의 뒤 ② 글 ㈏의 뒤 ③ 글 ㈐의 뒤 ④ 글 ㈑의 뒤 ⑤ 글 ㈒의 뒤

한 생물의 멸종이 생태계에 어떤 영향을 끼치는지 보여 주는 사례이므로 글 ㈒의 근거로 어울립니다.

4 어휘 어법

놓이다: 곤란하거나 피하고 싶은 상황에 처하다.

밑줄 친 낱말이 ㉠과 같은 뜻으로 쓰인 것은 무엇인가요? (⑤)

① 한강에 다리가 놓였다. → 일정한 곳에 기계나 장치, 구조물 등이 설치되다.
② 원고지와 연필이 책상 위에 놓였다. → 물체가 일정한 곳에 두어지다.
③ 그는 방이 깨끗해진 것을 보고 마음이 놓였다. → 걱정이나 근심, 긴장 등이 사라지거나 풀리다.
④ 숲에는 군데군데 올가미가 걸려 있고 덫이 놓였다. → 짐승이나 물고기가 잡히도록 일정한 곳에 무엇이 장치되다.
⑤ 날씨가 안 좋아 여행을 갈 수 있을지 불확실한 상황에 놓였다.

㉠은 '곤란하거나 피하고 싶은 상황에 처하다.'의 뜻으로 쓰였습니다. 이와 같은 뜻으로 쓰인 것은 ⑤의 '~불확실한 상황에 놓였다(처했다).'입니다.

독해 정답			
	1. ④	2. ③	3. ⑤
	4. ⑤	5. ①	6. ⑤
	7. ③		

어휘 정답

1. (1) ㉯ (2) ㉱ (3) ㉮ (4) ㉰
2. (1) 복원 (2) 야생 (3) 치명적 (4) 남획
3. (1) ㉮ (2) ㉰ (3) ㉯ (4) ㉱

5 세부 내용

생물의 다양성을 유지하기 위한 노력

㉡에 대한 답으로 알맞지 않은 것은 무엇인가요? (①)

①모든 동물에 대한 사냥을 전부 금지해야 한다.
② 개발 속도를 늦추고, 지구 온난화를 막아야 한다.
③ 멸종 위기 야생 동물을 복원해 개체 수를 늘려야 한다.
④ 국가에서 멸종 위기 생물을 법으로 보호, 관리해야 한다.
→ 글 ㈓에서 확인할 수 있음. (②~④)
⑤ 습지가 더 이상 파괴되지 않도록 보호 활동을 해야 한다. → 글 ㈐를 통해 짐작할 수 있음.

멸종 위기 동물은 사냥을 금지해야 하지만, 개체 수가 지나치게 늘어나 오히려 생태계에 피해를 주는 동물은 사냥을 허가해야 합니다. 따라서 모든 동물에 대한 사냥을 엄격히 금지해야 한다는 답은 알맞지 않습니다.

6 추론하기

㉢에 들어갈 내용으로 알맞은 것은 무엇인가요? (⑤)

① 고속 도로 대신 기찻길을 놓았다. → 야생 동물들이 기차에도 치여 죽는 일이 있음.
② 고속 도로에 자동차 통행을 금지했다. → 현실적으로 불가능한 방법임.
③ 야생 동물을 동물원에 모아 보호했다. → 야생 동물들이므로 동물원 보호는 올바른 방법이 아님.
④ 고속 도로에 신호등과 횡단보도를 설치했다. → 신호등과 횡단보도는 야생 동물에게는 소용이 없음.
⑤고속 도로에 야생 동물의 이동을 위한 통로를 마련했다.
생태 통로

야생 동물의 교통사고를 막으려면 야생 동물들이 이동할 수 있도록 고속 도로 위로 산과 연결하여 다리를 놓거나 도로 아래로 굴을 파서 통로를 만드는 것이 올바른 방법입니다.

수능 연계

7 추론하기

이 글을 참고해 [보기]의 그래프를 이해한 내용으로 알맞지 않은 것은 무엇인가요? (③)

[보기]

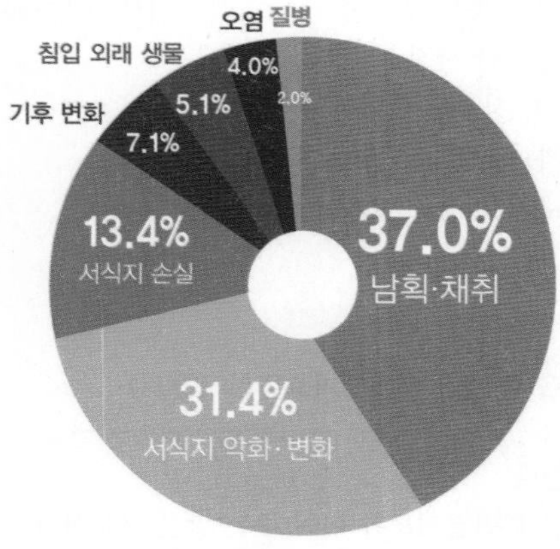

생물 감소 원인 〈출처: 환경부〉

① 생물이 멸종되는 가장 큰 원인은 밀렵으로 인한 남획과 채취로군. → [보기]에서 비중이 제일 높음.
② 질병도 멸종의 원인인데 자연적인 질병인지, 외부 환경에 의한 질병인지 궁금해. → [보기]에 어떤 원인에 의한 질병인지 밝히지 않았으므로 적절한 이해임.
③서식지 악화·변화는 무분별한 개발 때문에, 서식지 손실은 주로 자연재해 때문이겠군.
④ 기후 변화와 오염은 모두 환경 문제이므로 우리가 환경 보호에 더 신경을 써야 할 것 같아. → 그래프를 보고 이해한 내용이므로 알맞음.
⑤ 아르헨티나에서 들여온 뉴트리아가 습지 생태계를 파괴한다더니 침입 외래 생물이 생물 멸종의 원인이 될 수도 있구나. → [보기]에서 생물종 감소 원인의 5.1%는 침입 외래 생물임을 알 수 있음.

[보기]는 생물 감소 원인을 나타낸 그래프로, 남획과 채취, 서식지 악화와 변화, 서식지 손실을 가장 큰 원인으로 들고 있습니다. 글 ㈐에서도 무분별한 도시와 공장 개발 등이 동물의 서식지인 자연을 파괴하여 생물 감소의 원인이 된다고 하였습니다. 그러나 서식지 손실 원인이 주로 자연재해라고 이해할 근거는 이 글과 [보기]의 그래프 어디에도 나타나 있지 않습니다. 따라서 ③은 이 글과 [보기]의 그래프를 보고 이해한 내용으로 알맞지 않습니다.

얼굴 인식 기술의 원리 [88~91쪽]

1 세부 내용

이 글의 내용과 일치하지 않는 것은 무엇인가요? (②)

① 얼굴 인식 기능은 스마트폰뿐만 아니라 일상에 널리 쓰이고 있다. → 글 (마)의 내용
② 지문으로 잠금을 해제하는 기능은 보안을 위해 자주 바꿔야 한다.
③ 얼굴 인식 기능은 손으로 스마트폰을 조작하는 과정이 필요 없다. → 글 (나)의 내용
④ 얼굴 인식 기능은 '얼굴 찾기'에서 '얼굴 특징 찾기' 단계로 진행한다. → 글 (라)의 내용
⑤ 얼굴 인식 기능에는 사람의 눈을 뛰어넘는 인공 지능 기술이 이용된다. → 글 (다)의 내용

글 (가)에서 자주 바꿔 줘야 하는 잠금 해제 기능은 숫자, 패턴 등이라고 했습니다. 지문은 한 번 입력하면 계속 사용할 수 있습니다.

2 주제 찾기

글 (가)~(마)의 중심 내용으로 알맞지 않은 것은 무엇인가요? (④)

① 글 (가): 스마트폰 잠금 해제 방법 소개와 기존 방법들의 단점
② 글 (나): 잠금 해제 방법으로 얼굴 인식 기능이 인기를 끌고 있는 까닭
③ 글 (다): 인공 지능을 이용한 얼굴 인식 기술의 발전
④ 글 (라): 얼굴 인식 기술에 쓰이는 두 가지 방법의 공통점과 차이점 → 얼굴 인식 기술의 과정과 단계별 분석 방법
⑤ 글 (마): 일상생활에서 활용되는 얼굴 인식 기능

글 (라)는 얼굴 인식 기술이 '얼굴 찾기→얼굴 특징 찾기'의 과정으로 진행된다고 하면서 단계별 분석 방법에 대해 설명하였습니다. '얼굴 찾기'와 '얼굴 특징 찾기'의 공통점과 차이점은 다루지 않았습니다.

3 세부 내용

㉠~㉤에 대한 설명으로 알맞지 않은 것은 무엇인가요? (③)

① ㉠: 스마트폰에 설정된 잠금 기능 → '이것'은 앞 문장의 내용을 가리키므로 맞는 설명임.
② ㉡: 숫자, 패턴, 지문으로 잠금 기능을 푸는 방법들이 불편해서 → '그래서'는 원인에 해당하므로 맞는 설명임.
③ ㉢: '얼굴 특징 찾기'를 통해 분석한 사진
④ ㉣: 얼굴 찾기, 얼굴 특징 찾기, 저장된 데이터와 비교하기
⑤ ㉤: 신분증이나 여권 대신하기, 결제하기, 범죄자나 미아 찾기 등

㉢'이미 저장되어 있던 얼굴의 데이터'는 스마트폰의 잠금 기능을 설정할 때 저장한 첫 번째 사진을 뜻합니다.

4 추론하기

[조건]에 맞게 ㉮에 들어갈 문장을 쓴 것은 무엇인가요? (③)

> [조건] ㄱ. 하나의 문장으로 쓴다.
> ㄴ. 앞 문장과 자연스럽게 연결되도록 이어 주는 말을 사용한다.
> ㄷ. 묻는 문장을 써서 문제 제기를 한다.

① 그런데 스마트폰의 얼굴 인식 기능은 왜 인기를 끄는 것일까? → 뒤에 이어지는 내용과 자연스럽게 연결되지 않음.
② 그러므로 스마트폰은 특정 사람의 얼굴을 변함없이 알아보는 것이 아닐까? → 이어 주는 말인 '그러므로'가 앞 문장과 자연스럽게 이어지지 않음.
③ 그런데 스마트폰은 어떻게 특정 사람의 얼굴을 변함없이 알아보는 것일까?
④ 그리고 스마트폰은 어떻게 특정 사람의 얼굴을 변함없이 알아보는 것일까? → 이어 주는 말인 '그리고'가 앞 문장과 자연스럽게 이어지지 않음.
⑤ 그런데 스마트폰은 특정 사람의 얼굴을 변함없이 알아본다. 그 이유를 알아보자. → 두 개의 문장으로 쓰고, 권유하는 문장으로 문제 제기를 함.

㉮의 앞부분은 화장이나 머리 모양 등이 다르면 같은 얼굴로 알아보기 어렵다는 내용이고, ㉮의 뒷부분은 화장이나 머리 모양이 달라도 인공 지능이 같은 얼굴로 인식할 수 있다는 내용으로, 상반되는 내용입니다. ③은 하나의 문장으로 썼으며, 앞의 내용과 상반되는 내용을 이끌 때 쓰는 말인 '그런데'를 사용하였습니다. 또 '~것일까?'라는 의문형을 사용하였으므로 [조건]에 맞게 쓴 문장입니다.

독해 정답			
	1. ②	2. ④	3. ③
	4. ③	5. ㄴ, ㄱ, ㄷ, ㄹ	
	6. ⑤	7. ③	

어휘 정답	
	1. (1) ㉤ (2) ㉮ (3) ㉰ (4) ㉱ (5) ㉯
	2. (1) 해제 (2) 활용 (3) 인식 (4) 설정 (5) 조작
	3. (1) ㉮ (2) ㉯ (3) ㉰

얼굴 인식 기술

5 구조 알기

다음은 ㉯의 과정을 정리한 것입니다. [보기]에서 과정에 맞는 그림을 골라 그 기호를 쓰세요.

[보기] ㄱ. ㄴ. ㄷ. ㄹ.

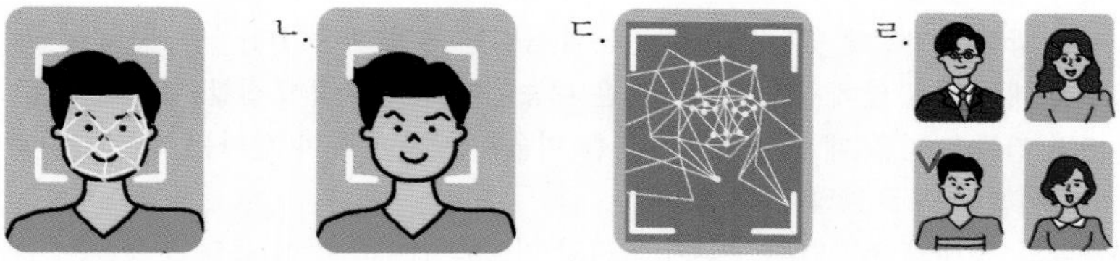

이미지에서 어떤 영역이 얼굴에 해당하는지 찾는다.	→	얼굴에 60~100여 개의 기준점을 찍는다.	→	점들 사이의 거리, 위치, 크기 등을 분석한다.	→	저장된 데이터와 비교 후 일치하는 얼굴을 찾아낸다.
(ㄴ)		(ㄱ)		(ㄷ)		(ㄹ)

㉯의 과정은 글 ㈑에 나타나 있습니다. 얼굴을 인식하는 기술은 먼저 '얼굴 찾기'의 과정으로 이미지에서 얼굴의 영역을 찾습니다(ㄴ). 그런 다음 얼굴에 60~100여 개의 기준점을 찍고(ㄱ), 점들 사이의 거리, 위치, 크기 등을 분석한 후 (ㄷ), 저장된 데이터와 비교 후 일치하는 얼굴을 찾아냅니다(ㄹ).

얼굴 인식 기능은 편리하고 정확도가 높음.

6 추론 하기

㉰를 통해 알 수 있는 내용으로 알맞지 않은 것은 무엇인가요? (⑤)

① 얼굴 인식 기능은 지문을 입력하는 기능보다 오류가 적어 정확도가 높다. → 글 ㈎의 내용
② 숫자를 입력하는 기능과 달리 얼굴 인식 기능은 쳐다보기만 해도 돼서 편리하다. → 글 ㈎와 ㈏의 내용
③ 지문을 입력하는 기능과 달리 얼굴 인식 기능은 손을 접촉할 필요가 없어서 편리하다.
④ 패턴을 입력하는 기능과 달리 얼굴 인식 기능은 한 번 입력하면 바꾸지 않아도 돼서 편리하다. → 글 ㈎의 내용
⑤ 지문을 입력하는 기능과 달리 얼굴 인식 기능은 한 번 입력하면 바꾸지 않아도 돼서 편리하다.

지문은 사람마다 다르고 변하지 않으므로 지문 인식 기능도 얼굴 인식 기능과 마찬가지로 한 번 입력한 뒤 바꾸지 않아도 됩니다. 따라서 ⑤는 알맞은 내용이 아닙니다.

수능 연계

수집된 얼굴 정보가 개인의 사생활을 위협할 수 있다는 우려

7 세부 내용

이 글의 독자가 [보기]에 대해 보인 반응으로 알맞지 않은 것은 무엇인가요? (③)

[보기] 지난해에만 인천 공항 자동 출입국 심사 시스템 이용 건수가 2,300만 건에 달한 만큼, 정부는 이미 국민의 지문과 얼굴 데이터를 충분히 확보한 것으로 보인다. 정보 기술 업계 관계자는 "얼굴 데이터는 매우 민감한 데이터인 만큼 중앙 정부에서 전체를 관리하기에는 위험성이 크다."며 "최악의 상황에는 개인 정보 보호를 위해 사용되던 얼굴 정보가 오히려 개인의 사생활을 위협하게 될 수도 있다."고 말했다.

① 얼굴 인식 기능이 이미 공항에서 사용되고 있다. → 글 ㈒와 [보기]에서 확인할 수 있음.
② 얼굴 인식 기능을 이용하면 편리함만 있는 게 아니라 문제도 생길 수 있다.
③ 정부에서는 스마트폰 얼굴 인식 기능을 통해 국민의 얼굴 정보를 많이 모을 수 있다.
④ 정부나 기업에서 모든 국민의 얼굴 정보를 갖고 있다면 문제 상황이 벌어질 수도 있다. → [보기]에서 개인 정보 유출 악용 등의 문제를 파악할 수 있음.
⑤ 자동 출입국 심사 이용 건수가 많은 것을 보니 얼굴 인식 기능이 편리하다고 생각하는 사람이 많다. → [보기]의 자동 출입국 심사 시스템의 이용 건수가 많은 데서 드러남.

스마트폰에 입력된 얼굴 정보는 개인 소유입니다. [보기]에 나온 것처럼 정부는 공항의 자동 출입국 심사나 전자 주민등록증 등을 통해 국민의 얼굴 정보를 수집하고 있습니다.

길거리에서 만나는 공공 미술 [92~95쪽]

1 세부 내용

이 글의 내용과 일치하지 않는 것은 무엇인가요? (⑤)

① 국가 정책을 홍보하기 위한 포스터나 벽화도 공공 미술이다. → 글 (나)의 내용

② 서울 광화문 광장에 있는 이순신 장군의 동상은 공공 미술이다. → 글 (가)의 내용

③ 도심 대형 건물 앞에 놓인 미술품들은 대중들이 오가며 쉽게 접할 수 있는 공공 미술이다. → 글 (가)의 내용

④ 대형 건물을 지을 때 건축비의 일부를 미술품 제작에 써야 한다는 법은 유럽과 미국에서부터 만들어졌다. → 글 (다)의 내용

⑤ 포항의 '상생의 손', 일본 롯폰기 거리의 거대한 거미와 장미 등의 조형물은 주민이 직접 참여한 공공 미술이다. → 도시를 재탄생시키는 역할

글 (라)에서 포항의 '상생의 손', 일본 롯폰기 거리의 거대한 거미와 장미 등의 조형물이 주민이 직접 참여한 공공 미술이라고 하지 않았습니다. 주민이 직접 참여하는 공공 미술은 최근의 일로 미국 필라델피아의 벽화, 서울 청계천의 '소망의 벽' 등이 있다고 하였습니다.

2 구조 알기

이 글에서 사용한 설명 방법으로 알맞지 않은 것은 무엇인가요? (②)

① 글 (가): 일상에서 만날 수 있는 공공 미술의 예를 들고, 개념을 정의하고 있다.

② 글 (나): 공공 미술의 출발에 대해 두 사례를 대조하며 설명하고 있다.

③ 글 (다): 공공 미술을 위한 법 규정과 그에 따른 효과를 인과로 설명하고 있다.

④ 글 (라): 대표적 사례를 들어 도시를 재탄생시킨 공공 미술을 설명하고 있다.

⑤ 글 (마): 구체적인 예를 들어 공공 미술의 실패 사례를 설명하고 있다.

글 (나)는 공공 미술의 시작이 정치 권력의 선전 역할이었다고 하면서 미국의 실업 극복 캠페인을 구체적인 사례로 들어서 설명했습니다. 두 사례를 대조하여 설명하고 있지 않으므로 ②는 알맞지 않습니다.

3 세부 내용

이 글을 읽고 답할 수 없는 질문은 무엇인가요? (②)

① 공공 미술의 성공과 실패 사례로는 무엇이 있나요? → 성공 사례로 포항 '상생의 손' 등을, 실패 사례로 서울역 앞의 '슈즈트리'를 들고 있음.

② 각 나라의 공공 미술을 대표하는 작가는 누구인가요?

③ 주민들이 직접 참여하는 공공 미술에는 무엇이 있나요? → 미국 필라델피아의 벽화, 서울 청계천의 '소망의 벽'

④ 우리나라에서 공공 미술을 위한 법은 언제 만들어졌나요? → 1995년부터 공공 미술에 대한 지원을 법으로 규정함.

⑤ 국가 정책을 홍보하기 위한 공공 미술에는 무엇이 있나요? → 벽화, 포스터, 조각을 내세워 실업 극복 캠페인을 벌인 미국

공공 미술 작품 사례는 제시되어 있지만 작가 이름은 제시되어 있지 않습니다.

4 구조 알기

대형 건물을 건설할 때 법에 따라 설치한 미술품의 사례

[보기]의 내용이 들어가기에 알맞은 곳은 어디인가요? (③)

공공 미술 의무 지원을 규정한 법과 관련됨.

> [보기] 대형 건물 앞에 의무적으로 설치된 미술품으로 유명한 것은 서울의 한 빌딩 앞에 세워진 거대한 '해머링 맨'이다. 느린 동작으로 끊임없이 망치를 내리치는 '해머링 맨'은 뉴욕 등 전 세계의 7개 도시에 설치된 작품이라고 한다.

① 글 (가)의 뒤 ② 글 (나)의 뒤 ③ 글 (다)의 뒤

④ 글 (라)의 뒤 ⑤ 글 (마)의 뒤

글 (다)에 일정 규모 이상의 건물을 건설할 때, 건축비의 일부를 미술품 설치 비용으로 지출하도록 법을 마련했다는 내용이 있으므로, 그 뒤에 이어지는 구체적 사례로 들어가기에 알맞습니다.

독해 정답			
	1. ⑤	2. ②	3. ②
	4. ③	5. ⑤	6. ③
	7. ③		

어휘 정답

1. (1) 규정 (2) 대중 (3) 절차 (4) 지출 (5) 명소
2. (1) 지출 (2) 규정 (3) 절차 (4) 대중 (5) 명소
3. (1) ㉮ (2) ㉰ (3) ㉮

5 추론하기

㉮에 들어갈 문장으로 가장 알맞은 것은 무엇인가요? (⑤)

① 모두를 위한 작품인 만큼 공공 기관의 의견을 반영해 만들어야 한다.
② 모두를 위한 작품인 만큼 대중들에게 가장 인기 있는 작가의 작품만 써야 한다.
③ 모두를 위한 작품인 만큼 예술가의 의견보다 대중의 의견을 반영해 만들어야 한다. → '슈즈트리'에만 해당하는 내용임.
④ 모두를 위한 작품인 만큼 사람들의 생활을 편리하게 돕는 등 직접적인 효과가 있어야 한다.
⑤ 모두를 위한 작품인 만큼 사람들의 생활에 불편을 주거나(이화동의 벽화 마을) 공감을 얻지 못하면(슈즈트리) 실패한다는 사실을 알 수 있다.

㉮의 앞에는 사람들의 공감을 얻지 못해 철거한 서울역 앞 '슈즈트리'와 주민의 생활에 불편을 주어 지워 버린 서울 이화동 벽화를 공공 미술의 실패 사례로 들고 있습니다. 따라서 ㉮에는 ⑤의 내용이 들어가는 것이 가장 알맞습니다.

6 추론하기

이 글을 읽고 더 알아볼 내용으로 알맞지 않은 것은 무엇인가요? (③)

① 우리나라의 공공 미술은 어떻게 변해 왔는지 조사해야겠어. → 글 ㈐와 관련 있는 내용
② 공공 미술의 발전 방향에 대해 어떤 논의들이 있는지 찾아봐야겠어. → 글 ㈑, ㈒와 관련 있는 내용
③ 공공 미술의 긍정적인 사례와 부정적인 사례를 찾아 비교해 봐야겠어.
④ 내가 살고 있는 지역에는 어떤 공공 미술 작품이 있는지 알아봐야겠어. → 글 ㈑와 관련 있는 내용
⑤ 공공 미술을 지원하는 법 조항이 어떤 내용인지 도서관에서 찾아봐야겠어. → 글 ㈐와 관련 있는 내용

공공 미술의 긍정적인 사례는 글 ㈑에, 부정적인 사례는 글 ㈒에서 이미 제시했기 때문에 더 알아볼 내용으로 알맞지 않습니다.

수능 연계

7 적용 창의

이 글의 독자가 [보기](공공 미술이 사람들의 실생활에 불편을 준 사례)에 대해 보인 반응으로 알맞지 않은 것은 무엇인가요? (③)

[보기] 1981년, 미국의 뉴욕 맨해튼 연방 청사 광장 앞에 「기울어진 호」라는 공공 미술 작품이 세워졌다. 거대한 강철판이 3.6미터(m) 높이로 36미터나 늘어져 있어 사람들이 이 작품 때문에 70미터의 거리를 돌아가야 했다. 이를 불편하게 느낀 사람들이 철거를 위한 캠페인을 벌였고, 논란 끝에 이 작품은 철거됐다.

▲「기울어진 호」

① [보기]는 공공 미술이 대중의 실생활에 피해를 준 사례구나. → [보기]에서 시민들이 보행에 불편을 겪었음.
② 공공 미술 작품은 전시될 장소와 목적 등 고려해야 할 점이 많겠어. → 예술성 외에 주민과의 소통과 공공성도 고려해야 함.
③ 「기울어진 호」를 제작한 조각가는 작품 철거에 쉽게 찬성했을 거야.
④ 대형 건물에 의무적으로 미술품을 설치하도록 만든 법에 따른 공공 미술품이었구나. → 뉴욕 맨해튼 연방 청사 앞에 설치된 작품이었음.
⑤ 시민들에게 피해를 주기 때문에 철거해야 한다는 의견과 표현의 자유를 존중해야 한다는 의견이 충돌했겠구나. → [보기]의 '논란 끝에 작품이 철거됐다.'라는 내용에서 알 수 있음.

[보기]에서 「기울어진 호」는 논란 끝에 작품이 철거되었다고 했으므로, 예술가가 철거에 쉽게 찬성했을 거라는 반응은 알맞지 않습니다. 실제로 작가인 리처드 세라는 「기울어진 호」가 대중을 억압하는 권력의 힘을 경험하기를 원해서 만든 작품이므로 권력을 상징하는 연방 청사 광장에 있어야 한다며 법원에 소송을 제기하였습니다.

듣고 보는 신개념 독서법 [98~101쪽]

1 주제 찾기

이 글에서 설명하는 것은 무엇인가요? (④)

① 전자책의 미래
② 오디오북의 한계점
③ 전자책의 기술 원리
④ 새로운 독서법의 종류
⑤ 종이책과 전자책의 장점과 단점 → 구매나 휴대가 편리하다는 전자책의 장점만 언급됨.

이 글은 종이책을 대신하는 전자책, 오디오 북, 챗북 등의 다양한 형태의 독서 방식에 대해 설명하고 있습니다.

2 세부 내용

이 글의 내용과 일치하지 않는 것은 무엇인가요? (②)

① 챗북은 젊은 층을 상대로 인기를 얻고 있다. → 4문단의 내용
② 오디오북은 전자책의 한 종류라고 할 수 있다.
③ 책을 읽으면 사고력을 기르고 가치관을 형성할 수 있다. → 5문단의 내용
④ 전자책은 종이책에 비해 휴대하거나 저장하기 간편하다. → 1문단의 내용
⑤ 음성 변환 기술을 사용하면 유명인의 목소리로 책을 들을 수 있다. → 3문단의 내용

글쓴이는 1문단에서 전자책은 기존 종이책을 그대로 디지털 단말기에 저장하는 형태라고 설명했으며, 3문단에서 책을 대신 읽어 주는 오디오북은 엄밀히 따지면 전자책에 포함되지 않는다고 설명했습니다.

3 세부 내용

'오디오북'과 '챗북'

㉠과 ㉡에 대한 설명으로 옳지 않은 것은 무엇인가요? (④)

① ㉠은 가격이 종이책에 비해 상대적으로 저렴하다는 장점이 있다. → 3문단의 내용
② ㉠은 다른 일을 하면서 동시에 독서를 할 수 있다는 특징이 있다. → 3문단의 내용
③ ㉡은 긴 글을 읽지 않아도 독서를 할 수 있다는 특징이 있다. → 4문단의 내용
④ ㉡의 채팅 형식은 책 내용의 이해를 방해할 수 있다.
⑤ ㉠과 ㉡은 모두 새로운 독서법으로 주목받고 있다. → 5문단의 내용

글쓴이는 4문단에서 챗북과 메신저 대화 형식은 어려운 책의 내용을 쉽고 재미있게 풀어 주는 장점이 있다고 설명했습니다. 따라서 책 내용의 이해를 방해한다는 설명은 알맞지 않습니다.

4 어휘 어법

㉢의 뜻으로 알맞은 것은 무엇인가요? (②)

① 꿰뚫어서 통하다. → '관통하다'의 뜻
② 남의 관심을 쏠리게 하다.
③ 여러 사람이 같은 의견을 말하다. → '입을 모으다'의 뜻
④ 어떤 곳이나 때를 거쳐서 지나가다. → '통과하다'의 뜻
⑤ 마주치기를 원하지 않아서 얼굴을 돌려 피하다. → '외면하다'의 뜻

'눈길을 끌다'는 '남의 관심을 쏠리게 하다.'라는 뜻의 관용 표현입니다.

독해 정답	
	1. ④ 2. ② 3. ④ 4. ② 5. ③ 6. ② 7. (1) 오디오북 (2) 챗북 (3) 내용

어휘 정답	
	1. (1) 저렴 (2) 성능 (3) 조성 (4) 변환 (5) 한정 2. (1) 조성 (2) 변환 (3) 저렴 (4) 한정 (5) 성능 3. (1) ㉮ (2) ㉮ (3) ㉮

5 추론하기

이 글을 읽고 더 알아볼 내용으로 알맞지 않은 것은 무엇인가요? (③)

① 이 글 외에 더 새로운 독서 방식이 있는지 알아봐야겠어.
② 오디오북의 비용이 저렴한 까닭은 무엇인지 조사해야겠어.
③ 종이책의 문자가 전자책에 어떤 형태로 저장되는지 알아봐야겠어.
④ 내가 좋아하는 연예인이 읽어 주는 오디오북이 있는지 알아봐야겠어.
⑤ 챗북은 두꺼운 책 내용을 어떤 방식으로 요약하는지 조사해 봐야겠어.

③은 더 알아볼 내용으로 '종이책의 문자가 전자책에 어떤 형태로 저장되는가'를 선택했습니다. 그런데 1문단에서 전자책은 기존 종이책을 그대로 디지털 단말기에 저장한다고 설명하고 있습니다. 따라서 ③은 이 글에서도 충분히 알 수 있으므로 더 알아볼 내용으로 알맞지 않습니다.

수능 연계

새로운 독서 방식인 북튜브의 뜻과 정보 전달법, 의미 등

6 적용 창의

이 글의 독자가 [보기]에 대해 보인 반응으로 알맞은 것은 무엇인가요? (②)

> [보기] '북튜브'는 책을 주제로 한 정보를 다루는 누리 소통망을 가리키는 말로, 새로운 독서 방식으로 인기를 끌고 있다.『북튜브는 영상과 함께 책 내용을 요약하거나 인상 깊은 구절을 낭독해 줄 뿐만 아니라 작가 인터뷰, 독서 평론가의 한 줄 평과 같이 책과 관련된 다양한 정보를 전달한다.』최근 누리 소통망의 영향력이 커지면서 개인뿐만 아니라 기업이 직접 나서서 북튜브를 운영하며 독서 문화를 확대하는 데 기여하고 있다.

『 』: '북튜브'의 특징
북튜브의 의의

① 북튜브가 오디오북이나 챗북을 완전히 대체할 수 있겠군. → 이 글과 [보기]를 통해 알 수 없는 내용임.
② 북튜브도 오디오북이나 챗북처럼 새로운 형태의 독서법이군.
③ 북튜브는 오디오북이나 챗북과 달리 접근성이 높지 않다는 한계가 있군. → [보기]에 따르면 북튜브는 영향력이 커진 누리 소통망을 사용한 것이므로 접근성이 좋음.
④ 유튜브를 통해 독서를 하는 북튜브는 한정된 의미의 '독서'에 해당하겠군. → 1문단에서 한정된 의미의 독서는 종이로 된 책을 읽는 행위라고 함.
⑤ 북튜브도 유선이나 무선 인터넷을 이용하니까 전자책이라고 할 수 있겠군. → 1문단에서 전자책은 종이책을 단말기에 그대로 저장하는 형태라고 설명했음.

[보기]에서 '북튜브'는 새로운 독서 방식 중 하나로 독서 문화를 확대하는 데 기여한다고 하였습니다. 따라서 ②와 같이 오디오북이나 챗북처럼 북튜브도 새로운 형태의 독서법이라고 한 것은 알맞은 반응입니다.

7 구조 알기

다음은 이 글의 중심 내용을 정리한 것입니다. 빈칸에 들어갈 알맞은 낱말을 쓰세요.

새로운 독서 방식의 등장	전자책의 사용자가 늘어나고 오디오북과 챗북 같은 독서 방식이 주목받고 있다.
새로운 독서 방식의 개념과 특징	• 전자책은 전자책 기기의 개발과 함께 본격적으로 사용되었다. • (1) (오디오북)은/는 가격이 저렴하다는 장점뿐만 아니라 다른 일을 하면서도 독서를 할 수 있다는 장점이 있다. • (2) (챗북)은/는 채팅 형식의 글로 어려운 책 내용을 쉽고 재미있게 풀어 준다는 장점이 있다.
새로운 독서 방식의 의의와 과제	새로운 독서법들은 저렴한 가격과 높은 접근성으로 기존 독서의 정의를 바꾸고 있지만 깊이 있는 (3) (내용)을/를 전해야 한다는 과제를 안고 있다.

이 글은 새로운 독서 방식으로 주목받는 전자책, 오디오북, 챗북에 대해 설명하고, 이러한 다양한 형태의 독서법이 가진 장점과 과제를 언급하면서 글을 마무리하고 있습니다.

문화를 이해하는 태도 [102~105쪽]

1 주제 찾기

이 글의 제목으로 알맞은 것은 무엇인가요? (②)

① 문화 상대주의의 역사 → 글에 언급되지 않은 내용
②문화를 이해하는 태도
③ 전 세계의 다양한 문화 → 주제와 관련 없는 내용
④ 문화 갈등의 다양한 사례 → 글에 언급되지 않은 내용
⑤ 문화 갈등을 해결하는 방법 → 글 (마)에만 언급된 세부 내용

이 글은 문화를 이해하는 태도를 자문화 중심주의, 문화 사대주의, 문화 상대주의로 나누어 설명하고 있으며, 글 후반부에는 바람직한 태도로 문화 상대주의를 언급하고 있습니다. 따라서 '문화를 이해하는 태도'가 글 전체의 주제를 담은 제목으로 적절합니다.

2 세부 내용

이 글의 내용과 일치하지 않는 것은 무엇인가요? (③)

① 문화를 이해하는 태도에는 여러 가지가 있다. → 자문화 중심주의, 문화 사대주의, 문화 상대주의 등이 있음.
② 문화 절대주의에는 자문화 중심주의가 포함된다. → 자문화 중심주의와 문화 사대주의를 합쳐 문화 절대주의라고 함.
③문화 사대주의는 우리 문화를 지키는 데에 유리하다.
④ 문화적 갈등을 막기 위해서 문화 상대주의가 필요하다. → 문화 상대주의는 세계 문화의 다양성을 인정하므로 문화적 차이에 의한 갈등을 방지할 수 있음.
⑤ 자문화 중심주의로 인해 국가 간에 갈등을 일으킬 수 있다. → 자문화 중심주의는 문화적 우월주의에 빠져 국가 간 갈등을 초래할 수 있음.

글 (다)에서 문화 사대주의는 자기 문화를 부정적으로 평가하여 문화의 고유성과 주체성을 상실할 위험이 있다는 것을 확인할 수 있습니다.

3 주제 찾기

글 (가)~(마)의 중심 내용으로 알맞지 않은 것은 무엇인가요? (⑤)

① 글 (가): 문화를 이해하는 태도와 그 종류
② 글 (나): 자문화 중심주의와 그 예시
③ 글 (다): 문화 사대주의와 그 예시
④ 글 (라): 문화 상대주의의 개념
⑤글 (마): 국가와 인종에 따른 문화적 차이

글 (마)의 내용에 국가와 인종에 따른 문화적 차이는 언급되지 않았습니다. 글 (마)를 요약하면 '문화를 바라보는 바람직한 태도'라고 할 수 있습니다.

4 구조 알기

문화 상대주의 관점에서 이해할 수 있는 티베트 지역의 '조장'

[보기]의 내용이 들어가기에 알맞은 곳은 어디인가요? (④)

> [보기] '조장'은 시신을 조류에게 맡겨 처리하는 티베트 지역의 전통적인 장례 풍습이다. 시신을 새의 먹이로 주는 조장이 야만적으로 보일 수도 있으나, 티베트 지역은 땅이 거칠고 나무가 없어 시신을 땅에 묻거나 불에 태우는 것이 어렵다. 따라서 조장이라는 풍습은 문화 상대주의의 관점에서 이해할 수 있는 그들만의 고유한 문화이다.

① 글 (가)의 뒤　② 글 (나)의 뒤　③ 글 (다)의 뒤
④글 (라)의 뒤　⑤ 글 (마)의 뒤

[보기]에 따르면 조장 풍습은 야만적으로 보일 수도 있으나 티벳 지역의 환경에서 봤을 때 이해할 수 있는 문화입니다. 이는 문화 상대주의의 관점에서 볼 수 있는 사례이므로, 글 (라)의 뒤에 오는 것이 알맞습니다.

독해 정답		
1. ②	2. ③	3. ⑤
4. ④	5. ②	6. ②
7. ③		

어휘 정답

1. (1) 우열 (2) 기여하다 (3) 상실하다 (4) 고립
2. (1) ㉰ (2) ㉯ (3) ㉮ (4) ㉱
3. (1) ㉰ (2) ㉮ (3) ㉯

5 어휘 어법

밑줄친 말이 ㉠과 같은 뜻으로 쓰인 것은 무엇인가요? (②)

① 이 방은 다른 방에 비해 볕이 잘 든다. → '빛, 물 등이 안으로 들어오다.'의 뜻

② 경찰은 목격자의 증언을 증거로 들었다.

③ 나는 무거운 짐을 들어서 허리가 아프다. → '아래에 있는 것을 위로 올리다.'의 뜻

④ 백화점에 갔지만 마음에 드는 옷이 없었다. → '어떤 것이 좋게 생각되다.'의 뜻

⑤ 그는 중학교에 입학하자마자 동아리에 들었다. →'어떤 단체에 가입하다.'의 뜻

㉠ '들다'의 사전적 의미는 '어떤 사실이나 예를 끌어다 대다.'입니다. ②의 '들다' 역시 이와 같은 뜻으로 쓰였습니다.

6 세부 내용

우리가 가져야 할 바람직한 태도가 문화 상대주의인 까닭

㉡의 이유로 알맞은 것은 무엇인가요? (②)

① 다른 문화와 우수성을 비교할 때 유용해서 → 문화 절대주의와 관련된 내용

② 여러 문화가 조화롭게 공존하는 것을 가능하게 해서

③ 다른 문화를 무조건적으로 우월하다고 할 수 있어서 → 문화 사대주의와 관련된 내용

④ 다른 문화를 배척하고 고유의 문화를 지킬 수 있어서

⑤ 다른 문화를 우리 문화의 입장에서 이해할 수 있어서

(④, ⑤) → 자문화 중심주의와 관련된 내용

서로 다른 문화를 평가하고 우열을 가리는 문화 절대주의와 달리 문화 상대주의는 문화의 다양성을 인정하고 각 문화를 그 맥락에서 이해하는 태도입니다. 따라서 다양한 문화를 교류하는 현재 우리에게 필요한 태도는 문화 상대주의적 태도입니다.

수능 연계

7 적용 창의

극단적 문화 상대주의 관점과 그 사례

글쓴이가 [보기]에 대해 보일 반응으로 알맞지 않은 것은 무엇인가요? (③)

극단적 문화 상대주의의 정의

> [보기] '극단적 문화 상대주의'란 문화 상대주의에 대한 잘못된 이해를 바탕으로 다른 나라의 문화에 대해서는 어떤 경우에도 판단하지 말아야 한다는 태도를 의미한다. 극단적 문화 상대주의의 예로 이슬람 문화권의 '명예 살인'을 들 수 있다. 파키스탄에서는 12살의 나이로 60살 남성에게 팔려 간 소녀가 매질을 견디다 못해 도망치자, 소녀의 오빠가 가족의 명예를 더럽혔다며 여동생을 죽이는 일이 있었다.

① 극단적 문화 상대주의는 인간의 보편적 가치를 무시하고 있어. → 인간의 존엄성을 무시함.

② 극단적 문화 상대주의는 우열을 매기는 행위(문화 절대주의)만큼 경계해야 할 부분이야. → 극단적 문화 상대주의와 문화 절대주의 모두 옳지 않은 태도임.

③ 모든 문화는 고유한 맥락에서 이해되어야 하고 그 자체로 존중받아야 해.

④ 아프리카 부족의 식인 풍습도 극단적 문화 상대주의의 예라고 볼 수 있겠군. → 극단적 문화 상대주의의 예로 적절함.

⑤ 인간의 존엄성을 무시하는 명예 살인은 문화 상대주의 관점에서 이해해서는 안 돼.

이 글의 글쓴이는 서로 다른 문화를 공존하게 한다는 점에서 문화 상대주의를 바람직한 태도로 보고 있습니다. 그러나 [보기]의 '명예 살인'은 인간의 존엄성이라는 보편적 가치를 무시하고 있어 다른 문화와 공존하기 어렵습니다. 따라서 '명예 살인'과 같은 문화도 존중받아야 한다고 한 ③은 글쓴이가 보일 반응으로 알맞지 않습니다.

1 주제 찾기

이 글의 주제로 알맞은 것은 무엇인가요? (③)

① 지진으로 인한 지각 변동
② 맨틀의 특징과 구성 성분
③ 지구의 내부 구조와 그 특징
④ 내핵과 외핵의 구성 성분 차이
⑤ 지구의 내부 구조를 분석하는 방법

이 글은 지진파 분석 방식으로 지구 내부 구조를 분석해 지각, 맨틀, 외핵, 내핵의 4개의 층으로 이루어진 지구의 내부 구조에 대해 자세히 설명하고 있습니다. 따라서 글의 전체를 아우르는 주제는 '지구 내부 구조와 그 특징'이 알맞습니다.

2 구조 알기

이 글의 설명 방법으로 알맞은 것은 무엇인가요? (⑤)

① 서로 다른 두 대상을 비교, 대조하고 있다. → 서로 다른 두 대상이 없음.
② 전문가의 말을 가져와 대상을 설명하고 있다. → 전문가의 말을 인용하지 않음.
③ 대상의 변화 과정을 시간순으로 설명하고 있다. → 지구 내부 구조 변화 과정이 시간순으로 설명되지 않음.
④ 대상의 장단점을 나누어서 각각 설명하고 있다. → 장단점에 대한 언급이 없음.
⑤ 대상을 기준에 따라 나누어 하나씩 설명하고 있다.

이 글은 지구 내부 구조가 4개의 층으로 구성되어 있음을 설명한 후, 각각의 층이 가진 특징을 하나씩 설명하고 있습니다.

3 세부 내용

이 글의 내용과 일치하지 않는 것은 무엇인가요? (⑤)

① 지구 내부를 통과하는 지진파는 P파와 S파가 있다. → 글 ㈎의 내용
② 현재 알려진 지구 내부는 크게 4개의 층으로 구분된다. → 글 ㈏의 내용
③ 원시 지구의 내부 구조와 성분은 현재 지구와 차이가 있었다. → 글 ㈒의 내용
④ 지진파의 분석을 통해 지구 내부에 대한 정보를 얻을 수 있다. → 글 ㈎의 내용
⑤ 지구 내핵은 외핵과 달리 ~~액체~~ 고체 상태로 이루어져 있는 것이 특징이다.

글 ㈑에서 내핵은 고체, 외핵은 액체 상태로 이루어져 있다는 것을 알 수 있습니다.

4 세부 내용

㉠에 대한 설명으로 알맞지 않은 것은 무엇인가요? (②)

① 내핵은 금속 원소 성분으로 구성된 층이다. → 글 ㈑의 내용
② 외핵은 4개의 층에서 가장 온도와 압력이 높다.
③ 맨틀은 4개의 층에서 가장 큰 부피를 차지한다. → 글 ㈐의 내용
④ 4개의 층은 지각, 맨틀, 외핵, 내핵을 의미한다. → 글 ㈏~㈑의 내용
⑤ 지각층은 지구의 가장 바깥쪽에 있는 얇은 층이다. → 글 ㈏의 내용

글 ㈑에서 지구 내부 구조 중 온도와 압력이 가장 높은 부분은 내핵이라고 하였습니다.

독해 정답			
	1. ③	2. ⑤	3. ⑤
	4. ②	5. ④	6. ⑤
	7. ⑤		

어휘 정답	
	1. (1) ㉰ (2) ㉮ (3) ㉱ (4) ㉯
	2. (1) 감소 (2) 유동성 (3) 추정 (4) 상대적
	3. (1) ㉮ (2) ㉰ (3) ㉯

5 어휘 어법

밑줄 친 낱말 중 ㉡과 동일한 의미로 사용된 것은 무엇인가요? (④)

① 20을 4로 나누면 5가 된다. → '나눗셈을 하다.'의 뜻
② 어머니는 사과를 세 조각으로 나누셨다. → '하나를 둘 이상으로 가르다.'의 뜻
③ 초면인 두 사람이 서로 인사를 나누었다. → '말이나 이야기, 인사 등을 주고받다.'의 뜻
④ 같은 반 학생들을 안경 착용 여부로 나누었다.
⑤ 그들은 피를 나눈 형제가 아님에도 사이가 돈독하다. → '혈연 관계에 있다.'의 뜻

㉡ '나누어'는 '여러 가지가 섞인 것을 어떤 기준에 따라 둘 이상의 부류가 되게 구분하거나 분류하다.'의 의미입니다.

수능 연계

6 추론하기

지구 내부에 대한 정보를 알려 주는 다이아몬드 속의 불순물

이 글의 독자가 [보기]를 읽고 보인 반응으로 알맞지 않은 것은 무엇인가요? (⑤)

[보기] 다이아몬드 속에 불순물이 섞이면 보석의 가치는 떨어진다. 하지만 이 불순물들은 지구 내부에 대한 정보를 전해 준다. 다이아몬드는 보통 땅속 수백 킬로미터 아래에 있는 맨틀에서 만들어지는데, 이곳은 압력도 높고 온도가 엄청나게 높다. 이런 환경에서 탄소 원자들이 특정한 배열을 이루면 다이아몬드가 되어 화산이 분출할 때 지표면으로 튀어나온다. → 맨틀의 높은 압력과 온도 속에서 만들어지는 다이아몬드

최근 고체 얼음이 든 다이아몬드가 발견돼 화제가 되었다. 고체 얼음이 기계 장치가 아닌 자연 상태에서 발견된 것은 이번이 처음이다. 다이아몬드에 갇힌 얼음은 특수 얼음으로 지하에서는 액체였다가 지표면 쪽으로 올라오면서 얼음이 되었을 것이라고 추정된다. → 얼음이 든 다이아몬드의 발견

(맨틀 속에 물 성분이 있었음을 짐작하게 함.)
(맨틀보다 지표면 쪽 온도가 더 낮음.)

① 얼음이 든 다이아몬드를 보니 맨틀 속에 물 성분이 있을 수 있겠네. → 다이아몬드는 맨틀에서 만들어지므로 맨틀에 물 성분이 있었음을 짐작하게 함.
② 물이 지표면으로 나오면서 얼음이 된 것을 보니 지구의 내부에 온도 차이가 있어.
③ 고체인 광물로 이루어진 맨틀이 굳지 않은 것은 온도가 엄청나게 높기 때문이구나. → 지표면에서는 고체 상태인 광물이 맨틀에서는 높은 온도 때문에 젤리 형태로 있음.
④ 지구의 내부를 탐색하는 방법에는 지진파뿐 아니라 다이아몬드의 불순물도 있구나. → 지진파와 다이아몬드 불순물 모두 지구 내부를 탐색하는 수단이 됨.
⑤ 가장 단단한 물질인 다이아몬드가 만들어지니 지구 내부에서 맨틀의 온도가 가장 높을 거야.

글 ㈑에서 지구 내부 구조 중 온도가 가장 높은 곳은 '내핵'이라고 하였습니다.

7 구조 알기

이 글의 중심 내용을 정리한 것으로 알맞지 않은 것은 무엇인가요? (⑤)

지구 내부 구조 분석 방식	① 지진파의 움직임을 통해 지구 내부 구조를 짐작할 수 있다. → 글 ㈎의 마지막 부분
지구 내부의 구성 요소	② 가장 바깥에 있는 지각은 해양 지각과 대륙 지각으로 구분된다. → 글 ㈏의 중간 부분 ③ 맨틀은 지구 내부 구조에서 가장 큰 부피를 차지한다. → 글 ㈐의 처음 부분 ④ 핵은 외핵과 내핵으로 구분되며 지구의 가장 내부에 위치한다. → 글 ㈑의 처음 부분
변화하는 지구 내부 구조	⑤ 원시 지구도 이미 현재 지구와 같이 층이 나뉜 내부 구조를 가졌다.

글 ㈒에서 원시 지구의 구조는 지금과는 차이가 있으며, 수많은 소행성이 충돌하고 부서져 마그마가 녹은 상태였을 것으로 추정된다고 했습니다. 따라서 원시 지구의 내부 구조가 현재와 동일하다는 설명은 알맞지 않습니다.

1 세부 내용

이 글의 내용과 일치하지 않는 것은 무엇인가요? (④)

① 우주 태양광 발전은 현실 속의 기술이 되고 있다. → 글 ㈎의 마지막 부분
② 우주 태양광 송전 방법에는 크게 두 가지 방식이 있다. → 글 ㈐의 내용
③ 우주 태양광 발전은 자원이 고갈되지 않는 친환경 에너지이다. → 글 ㈒의 마지막 부분
④ 우주 태양광 발전은 지상 태양광 발전에 비해 효율이 ~~떨어진다~~. 높다
⑤ 전 세계에 있는 여러 국가가 우주 태양광 발전을 개발하고 있다. → 글 ㈏에 언급된 내용

글 ㈑에서 우주 태양광 발전은 지상의 태양광 발전과 달리 낮과 밤의 제한을 받지 않고 발전할 수 있어 에너지 생산 효율이 상대적으로 높다고 하였습니다 .

2 추론 하기

이 글에 추가할 우주 태양광 발전의 장점으로 알맞은 것은 무엇인가요? (④)

① 개발 비용 부담이 적다. → 글 ㈒에 우주 태양광 발전은 개발 비용 부담이 크다고 나와 있음.
② 사람이 직접 관리하기 쉽다. → 우주 공간에 발전소를 설치하므로 사람이 직접 관리하기 어려움.
③ 폐기된 쓰레기를 재활용한다. → 언급되지 않은 내용임.
④ 기후 변화로 인한 영향이 적다.
⑤ 지구에 있는 자원을 효율적으로 이용한다. → 우주 공간에 있는 태양광을 이용함

이 글에서 우주 태양광 발전은 지구에 있는 자원을 이용하지 않으며, 대기나 구름 등의 요소에 영향을 받지 않는다고 했습니다. 지상에서 이루어지는 에너지 발전은 기후 변화로 변수가 많지만 우주 태양광 발전은 상대적으로 기후 변화의 영향을 덜 받는다는 것을 알 수 있습니다.

3 세부 내용

국가별 우주 태양광 발전 개발에 대한 설명으로 알맞지 않은 것은 무엇인가요? (②)

① 미국: 이미 태양광 에너지를 전송할 수 있는 제품을 개발했다.
② 중국: 우주 태양광 발전을 보완할 새로운 기술을 개발하고 있다.
③ 한국: 우주 태양광 발전 개발을 시작하여 탄소 배출을 줄이려 한다.
④ 영국: 우주 태양광 전지를 장착한 장치를 제작하는 기술을 개발하고 있다.
⑤ 일본: 상업용 우주 태양광 발전 위성을 우주로 쏜다는 계획을 가지고 있다.

글 ㈏에 국가별 우주 태양광 발전 개발 현황이 언급되어 있으며, 중국은 막대한 예산을 투입해 상업용 우주 태양광 발전소를 발사할 것을 계획하고 있다고 나와 있습니다. 우주 태양광 발전을 보완할 새로운 기술에 대한 내용은 나와 있지 않습니다.

4 구조 알기

레이저 송전 방식에 대한 설명

[보기]의 내용이 들어가기에 알맞은 곳은 어디인가요? (③)

[보기] 또 다른 송전 방식으로 레이저 송전 방식이 있다. 레이저 송전 방식은 파장 폭이 큰 태양광을 흡수하는 '크롬'과 이 태양광을 효율적으로 변환하는 '네오짐'을 사용한다. 네오짐에 의해 변환된 태양광을 세라믹 재료에 고밀도로 주입하면 레이저가 발생하는데, 레이저 송전 방식은 이렇게 만들어진 레이저를 지상으로 보내는 방식이다. → 레이저 송전 방식

① 글 ㈎의 뒤 ② 글 ㈏의 뒤 ③ 글 ㈐의 뒤
④ 글 ㈑의 뒤 ⑤ 글 ㈒의 뒤

[보기]에 언급된 '레이저 송전 방식'은 우주 태양광 발전을 통해 생산된 에너지를 지상으로 보내는 방식 중 하나입니다. 글 ㈐가 우주 태양광 에너지 송전 방식에 대해 다루고 있으므로 [보기]의 내용은 글 ㈐ 뒤에 오는 것이 알맞습니다.

독해 정답

1. ④ 2. ④ 3. ② 4. ③
5. ③ 6. ⑤ 7. (1) 인공위성
(2) 마이크로파 (3) 부지 (4) 우주 쓰레기

어휘 정답

1. ④
2. (1) 혁신 (2) 송전 (3) 발전 (4) 고갈 (5) 선두
3. (1) ㉯ (2) ㉱ (3) ㉮ (4) ㉰

5 세부 내용

우주 태양광 발전

㉠의 장점으로 알맞은 것은 무엇인가요? (③)

① 발전 과정에서 이산화 탄소를 ~~배출한다.~~ 배출하지 않음.
② 지표면에 아무 시설물도 설치할 필요가 없다. → 지표면에 안테나를 설치해서 마이크로파를 받아야 함.
③ 낮과 밤에 모두 에너지를 생산하는 것이 가능하다.
④ 궤도에 한 번 진입하면 장애물 없이 안전하게 사용 가능하다. → 우주 쓰레기에 노출될 위험성이 있음.
⑤ 다른 에너지에 비해 제작과 발사 비용이 상대적으로 저렴하다. → 우주 위성 발사 비용이 큼.

지구는 자전을 하므로 낮과 밤이 발생하여 밤에는 태양 에너지를 얻을 수 없습니다. 하지만 우주에서 태양광을 이용하면 낮과 밤 제한 없이 발전 가능하여 더 많은 에너지를 생산할 수 있습니다.

수능 연계

6 비판하기

마이크로파의 안정성에 대한 연구 부족을 우려하는 글

이 글의 독자가 [보기]에 대해 보인 반응으로 알맞은 것은 무엇인가요? (⑤)

[보기] 마이크로파는 직진하려는 성질이 강한 극초단파여서 전기를 안정적으로 전송하는 데에 적합하다는 평가를 받고 있다. 전자레인지에도 사용하는 마이크로파는 인체에 해롭지 않다고 알려져 있지만, 오랜 기간 지속적으로 노출되었을 경우에는 아직 밝혀진 결과가 없다. 또 마이크로파가 지구의 대기나 생태계, 사람에게 어떤 영향을 미칠지에 대해서는 충분한 연구가 이루어지지 않았다. → 마이크로파의 안전성이 보장되지 않음.

① 우주에서 보내는 마이크로파가 대기에 미칠 영향은 고려하지 않아도 되겠군. → 대기에 미칠 영향에 대해서도 충분한 연구가 이루어지지 않음.
② 현재까지 인체에 해가 없다고 밝혀졌으니 마이크로파 전송 방식은 문제가 없겠군.
③ 원거리 전송 실험을 진행할 때 마이크로파의 위험성은 시험해 보지 않아도 되겠군.
(②, ③ → 마이크로파의 영향과 위험성에 대한 충분한 연구가 이루어지지 않았음.)
④ 우주 태양광 발전의 효율이 매우 높기 때문에 위험성을 무시하고 개발해야 하겠군. → 효율과 상관없이 위험성에 대한 고려가 필요함.
⑤ 마이크로파 전송 방식을 개발할 때 마이크로파가 미칠 영향을 신중하게 고려해야겠군.

이 글에는 우주 태양광 에너지 전송 방식에 여러 가지가 있으며, 그중 대표적인 마이크로파 전송 방식의 장점에 대해 언급했습니다. 하지만 [보기]에서는 마이크로파에 대한 충분한 연구가 이루어지지 않아 안정성을 보장할 수 없다는 내용이 나와 있습니다. 이로 미루어 마이크로파 전송 방식에 대한 신중한 고려가 필요하다는 입장을 드러낼 수 있습니다.

7 구조 알기

다음은 이 글의 중심 내용을 정리한 것입니다. 빈칸에 들어갈 알맞은 낱말을 쓰세요.

우주 태양광 발전의 개념	• 우주 태양광 발전이란 발전소 역할을 하는 (1) (인공위성)에서 햇빛을 이용해 전기를 생산하고, 이 전기를 지상으로 보내는 발전 방식이다. • 소설에 등장하던 이 기술이 과학자들의 연구로 현실화되고 있다.
개발 현황과 송전 방식	• 미국, 일본, 영국, 중국, 우리나라 등이 우주 태양광 발전 개발을 이미 시작했으며, 일상적으로 사용하기 위해 노력하고 있다. • 우주 태양광 발전의 송전 방식은 크게 두 가지로 나뉘는데, 그중 대표적인 것이 (2) (마이크로파) 송전 방식이다.
우주 태양광 발전의 장점과 단점	• 우주 태양광 발전은 발전 시간에 제약이 없고, 대기의 영향을 받지 않으며, 발전소를 설치할 (3) (부지)이/가 필요하지 않다는 장점이 있다. • 우주 태양광 발전은 위성 발사 비용이 크며, (4) (우주 쓰레기)에 노출된다는 단점이 있어 보완이 필요하다.

이 글은 처음 부분에서 우주 태양광 발전의 개념을 설명한 후, 중간 부분에서 각국의 우주 태양광 발전 개발 현황과 인공위성에서 얻은 에너지를 지구로 송전하는 여러 가지 방식 중 마이크로파 송전 방식에 대해 설명하였습니다. 끝부분에서는 우주 태양광 발전의 장점과 단점을 언급하며 글을 마무리하였습니다.

1 세부 내용

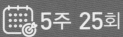

이 글의 내용과 일치하지 않는 것은 무엇인가요? (⑤)

① 뤼미에르 형제의 영화에도 음악이 사용되었다. → 무성 영화를 공개할 때 피아노를 연주하게 함.
② 초창기 영화 음악은 기존의 대중음악을 빌려왔다. → 기존 클래식 음악과 대중음악을 빌려옴.
③ 「한강 찬가」는 영화 「괴물」에서 여러 차례 등장한다. → 글 ㈑에 따르면 영화 속 여러 장면에 나옴.
④ 영화 음악은 다음에 나올 내용을 미리 알려 주는 기능도 한다. → 글 ㈎에서 영화 음악은 다음 영상에 이어질 장면을 암시하는 기능을 함.
⑤ 관람자는 음악의 속도에 상관없이 특정 대상에 주목하여 영상을 관람한다.

글 ㈐의 실험에서 강한 음악을 들으며 영상을 볼 때는 빠르게 움직이는 대상에, 약한 음악을 들으며 영상을 볼 때는 느리게 움직이는 대상에 집중한다고 하였습니다. 이를 통해 영화를 보는 관람자는 음악의 속도에 맞추어 특정 대상에 주목한다는 것을 확인할 수 있으므로 ⑤는 이 글의 내용과 일치하지 않습니다.

2 구조 알기

이 글에 대한 설명으로 알맞지 않은 것은 무엇인가요? (⑤)

① 영화 음악의 발전 과정을 순서대로 설명했다. → 글 ㈎의 내용
② 실제 영화를 예시로 들어 영화 음악을 설명했다. → 글 ㈑의 내용
③ 실험 결과를 통해 영화 음악의 영향을 설명했다. → 글 ㈐의 내용
④ 영화 음악의 기능을 두 가지로 나누어 설명했다. → 글 ㈏의 내용
⑤ 제작 과정을 구체적으로 서술하여 영화 음악의 한계를 설명했다.

이 글에서 영화 제작 과정과 영화 음악의 한계에 대한 내용은 언급되지 않았습니다.

3 주제 찾기

글 ㈎~㈑의 중심 내용으로 알맞은 것을 [보기]에서 모두 고른 것은 무엇인가요? (③)

㉮ 글 ㈎: 영화 음악의 역사	㉯ 글 ㈏: 영화 음악의 기능
㉰ 글 ㈐: ~~영화 제작 기술의 발전~~ 영화 음악의 영향과 효과	㉱ 글 ㈑: 영화 음악의 예시

① ㉮, ㉯ ② ㉮, ㉰ ③ ㉮, ㉯, ㉱
④ ㉮, ㉰, ㉱ ⑤ ㉮, ㉯, ㉰, ㉱

글 ㈐는 영화 음악이 우리 뇌에 미치는 영향을 증명하는 실험을 소개하면서 영화 음악이 영상에 집중하게 하는 효과가 있다는 것을 설명하였습니다. 따라서 글 ㈐의 중심 내용으로는 '영화 음악의 영향과 효과'가 알맞습니다.

4 어휘 어법

'암시하다'

㉠의 뜻으로 알맞은 것은 무엇인가요? (③)

① 무엇을 하려고 꾀하다. → '의도하다'의 뜻
② 무엇을 하겠다는 생각을 하다. → '마음먹다'의 뜻
③ 직접 드러내지 않게 가만히 알리다.
④ 추상적인 개념이나 사물을 구체적인 사물로 나타내다. → '상징하다'의 뜻
⑤ 앞으로 할 일의 절차, 방법, 규모 등을 미리 헤아려 작정하다. → '계획하다'의 뜻

'암시하다'는 직접적으로 알려 주는 것이 아니라 드러나지 않게 가만히 알리는 것을 뜻합니다.
예 작가는 흰옷을 이용하여 독자에게 주인공의 죽음을 암시하고 있다.

독해 정답			
	1. ⑤	2. ⑤	3. ③
	4. ③	5. ④	6. ④
	7. ④		

어휘 정답

1. (1) ㉮ (2) ㉮ (3) ㉯ (4) ㉯
2. (1) 수행 (2) 걸작 (3) 수단 (4) 흥행
3. ④

영상 시청 시 영화 음악이 특정 대상에게 집중하게 하는 효과

5 추론하기

ⓛ과 같은 경험을 한 사람으로 알맞은 것은 무엇인가요? (④)

① 음악의 속도와 반대로 움직이는 인물이 인상 깊었어.
② 음악과 상관없이 주인공에만 집중해서 영화를 보았어.
→ 영화 음악과 상관없는 경험임.
③ 영화의 음악 소리가 영상에 집중하는 데에 방해가 되었어. → 영화 음악이 영상 몰입을 방해하는 경험임.
④ 빠른 음악이 도망가는 주인공에 집중하는 데에 도움을 주었어.
⑤ 영화에 나온 음악이 좋아서 영상과 상관없이 음악을 감상했어. → 영화 음악에만 치중한 경험임.

ⓛ에서는 사람들이 음악에 맞추어 특정 대상에 더 적극적으로 반응한다고 하였습니다. 따라서 빠른 음악이 도망을 가는 주인공의 영상에 집중하는 데 도움을 주었다는 ④가 ⓛ과 같은 경험이라고 볼 수 있습니다.

「한강 찬가」

6 세부 내용

ⓒ에 대한 설명으로 알맞지 않은 것은 무엇인가요? (④)

① 영화 「괴물」에 사용된 음악이다. → 「괴물」의 배경 음악임.
② 현재도 다양한 방송에서 사용되고 있다.
③ 다양한 악기를 사용한 집시풍의 노래이다. → 아코디언과 트럼펫 등을 사용함.
④ 영화 속 상황이 달라져도 동일한 편곡이 사용되어 일관성을 주었다.
⑤ 중독성 있는 멜로디로 영화 속 장면과 잘 어울려 많은 인기를 얻었다.

글 ㈑에서 「한강 찬가」는 상황에 따라 다양하게 편곡해 사용되었다는 것을 알 수 있습니다.

수능 연계

글 ㈐의 실험과 관련된 내용임.

7 추론하기

이 글의 독자가 [보기]에 대해 보인 반응으로 알맞은 것은 무엇인가요? (④)

> [보기] 마셜과 코언이 실험에서 사용한 영상은 1944년 심리학자 프리츠 하이더와 마리아네 지멜이 제작한 무성 영화 필름이다. 이 영상은 단지 두 개의 삼각형과 한 개의 원이 불규칙하게 움직이는 짧은 동영상이지만, 이 영상을 본 관객들은 세 도형이 마치 인간처럼 성격을 지닌 것으로 보았고, 큰 도형이 작은 도형을 쫓는다는 이야기를 만들어 냈다.

① 도형이 나오는 영상을 본 관객들은 이야기를 떠올리지 못했어. → 관객들은 큰 도형이 작은 도형을 쫓는 이야기를 만들어 냄.
② 마셜과 코언이 실험에서 사용한 영상은 실험을 위해 새로 제작했어. → 하이더와 지멜이 제작한 무성 영화 필름임.
③ 음악의 속도가 달라져도 관객들은 영상을 볼 때 동일한 도형에 집중했을 거야. → 관객들은 음악에 맞추어 특정 대상에 집중함.
④ 이 영상을 음악과 함께 본 관객들은 자신들이 만든 이야기에 더 몰입했을 거야.
⑤ 영상에 음악을 틀어도 관객들은 음악이 없었을 때와 다른 점을 느끼지 못할 거야. → 음악이 있고 없고에 따라 관객들은 영상에 다르게 반응함.

글 ㈐에서 음악과 함께 영상을 보면 영상에 더욱 몰입할 수 있다는 것을 알 수 있으며, [보기]에서 관객들은 영상을 보고 이야기를 만들어 낸다는 것을 알 수 있습니다.